Tracie Peterson

Alaska: Land der Sehnsucht

Das Flüstern eines langen Winters

Sarah Long gewidmet – für alle deine Arbeit;
die Bücher werden dank dir besser.
Danke, dass du mein Leben bereicherst.

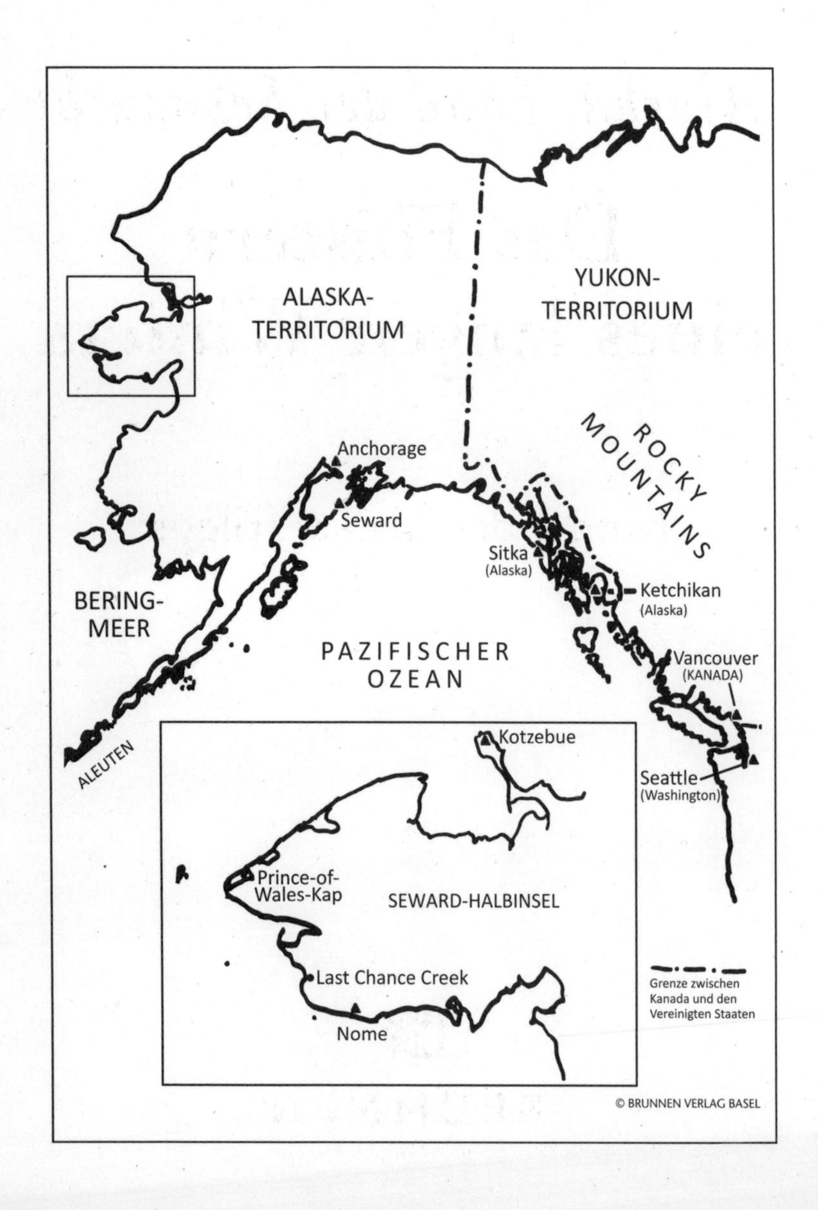

Tracie Peterson

Alaska: Land der Sehnsucht

Das Flüstern eines langen Winters

Band 3 der Alaska-Trilogie

BRUNNEN
VERLAG BASEL · GIESSEN

Bibliografische Information der Deutschen Nationalbibliothek
Die Deutsche Nationalbibliothek verzeichnet diese Publikation in der Deutschen Nationalbibliografie; detaillierte bibliografische Daten sind im Internet über www.dnb.de abrufbar.

Übersetzung aus dem Amerikanischen:
Dorothee Dziewas, Wiesbaden

Umschlag: Spoon Design, Olaf Johannson, Langgöns
Foto Umschlag: Dragonfly Studio/Shutterstock.com
Satz: InnoSet AG, Justin Messmer, Basel
Druck: CPI-Books, Ebner & Spiegel, Ulm
Printed in Germany

ISBN 978-3-7655-1503-3

1

Mai 1917

«Ayoona ist tot.»

Leah Barringer Kincaid blickte in Oopicks Gesicht und sah, dass sie die Wahrheit gesagt hatte. «Tot?» Das Wort blieb ihr fast im Halse stecken.

Ayoonas Schwiegertochter nickte. «Sie ist gestern Abend schlafen gegangen und ...» Tränen liefen über das braune, wettergegerbte Gesicht der Iñupiaq-Frau. «John ist bei ihr geblieben, aber er hat zu mir gesagt, ich soll dich holen.»

Leah schüttelte den Kopf. Die Nachricht kam unerwartet, und es war zweifellos ein Schock für John, so plötzlich seine Mutter zu verlieren. Natürlich war Ayoona alt gewesen, aber noch gestern hatte sie lebensfroh und gesund gewirkt. Leah spürte, wie eine Leere sich in ihr ausbreitete. Nicht, dass sie Zweifel hatte, wo Ayoona die Ewigkeit verbringen würde – die alte Frau hatte an Jesus geglaubt, seit sie als Jugendliche eine Missionsschule besucht hatte, und oft hatte sie Leah ermutigt, wenn dieser ihr Glaube zu schwach erschienen war. Aber dieser Verlust, zusätzlich zu dem Kummer um ihren Mann und ihren Bruder, die vermisst wurden, war zu viel für Leah.

Im letzten Jahr waren ihr Mann, Jayce Kincaid, und ihr Bruder Jacob mit einem Schiff namens «Regina» in den Norden aufgebrochen. Der Kapitän hatte einen Groll auf die Welt, weil seine Frau gestorben war, nach der das Schiff benannt war. Aber er interessierte sich immer noch für die Arktis, obwohl er vielleicht auch hoffte, sich dort zu verlieren. Im besten Fall schien er zu glauben, der eisige Norden könnte ihm helfen, seinen Kummer zu vergessen. Stattdessen hatten wahrscheinlich seine Vergesslichkeit und Sorglosigkeit dazu geführt, dass das Schiff zu Beginn des Winters im Eis eingeschlossen worden war. Walfischer, die in den Süden zurückkehrten, hatten die Regina im Eis gesehen, wo sie in Richtung russischer Grenze trieb. Aber niemand schien genau zu wissen, wo das Schiff jetzt war oder ob Besatzung und Passagiere überlebt hatten.

«Ich werde sie schrecklich vermissen.» Leah zwang sich, ihre Gedanken wieder auf Ayoona zu richten. «Erst vor zwei Tagen haben wir noch besprochen, dass wir Seehundhäute für ein neues Umiak zusammennähen wollen.» Die kleinen Boote waren ein ungeheurer Vorteil für die Iñupiat, die einen Großteil ihrer Lebensmittel dem Beringmeer verdankten.

«Wir werden die neuen Häute nähen und dabei an sie denken», sagte Oopick und wischte sich die Tränen fort. «Wir werden von ihrem Leben erzählen und uns für sie freuen.»

Leah umarmte ihre Freundin und drückte sie fest. Oopick war bestimmt fünfzehn Jahre älter als sie, aber Leah liebte sie wie eine Schwester. «Genau das werden wir tun. Sag mir, wann ich kommen soll, und dann nähen wir Häute für Ayoona.»

In diesem Augenblick fing einer von Leahs Zwillingen an zu weinen. Leah ließ Oopick los. «Ich komme und helfe dir mit dem Leichnam, sobald Helaina wieder da ist und auf die Kinder aufpassen kann.»

Oopick nickte. «Ich muss es Emma und Björn sagen.»

Leah wusste, dass die Nachricht vom Heimgang Ayoonas das Missionarsehepaar schwer treffen würde. Die alte Frau wurde von den Menschen im Dorf sehr geliebt, und ihr Verlust würde in den kommenden Jahren spürbar sein. Oopick ging, als Wills in das Gebrüll seiner Schwester Merry einstimmte und ebenfalls nach Aufmerksamkeit verlangte.

«Ihr armen Kleinen», sagte Leah, während sie zu dem selbst gebauten Bettchen ging, das ihre Kinder sich teilten. Beide waren ganz nass und brauchten ein warmes Bad und frische Windeln. Leah hatte bereits Wasser auf dem Herd erwärmt und ging jetzt, trotz des erbarmungswürdigen Gejammers ihrer Kinder, um die kupferne Badewanne und Handtücher zu holen.

Sie wusste, dass sie besser dran war als die meisten hier in der Gegend. Das neue Haus, das sie und ihr Mann in den Vereinigten Staaten bestellt hatten, war im letzten Jahr in Einzelteilen eingetroffen. Als Jacob und Jayce von ihrer Sommerreise zur Küste und zu den Inseln der Arktis nicht zurückgekehrt waren, hatte Björn Kjellmann Männer organisiert, die das Haus in Jayces Abwesenheit errichtet hatten. Der schwedische Gottesmann hatte dabei selbst tatkräftig angepackt, und weil Leah und Jacob im Ort sehr geschätzt waren, fand sich schnell die nötige Hilfe, um Leah und ihren Kindern vor dem Winter ein Dach über dem Kopf zu bieten.

Tatsächlich war es Björn gewesen, der ihnen geholfen hatte, das Fundament auf einem System aus stelzenartigen Pfählen zu errichten, damit der dauerhaft gefrorene Boden nicht auftaute und das Haus absinken ließ. Ein bisschen war das Haus trotzdem gesackt, aber Björn hatte Leah versichert, dass dieses Problem recht einfach zu beheben sei, indem man jedes Jahr Keile unter dem Haus einfügte oder entfernte. Alle diese Maßnahmen würden hoffentlich dafür sorgen, dass die Statik ihres neuen Zuhauses stabil blieb.

Als das Haus fertig war, hatten die Einwohner des Ortes sie in Scharen besucht. Alle wollten das Haus sehen, das in einem Geschäft gekauft worden war. Sie lachten darüber, wie es oberhalb des Erdbodens schwebte. Ihre eigenen traditionellen Behausungen wurden in die Erde hineingebaut, die für Isolierung und Schutz vor dem Wind sorgte. Die Tatsache, dass diese Erdhütten jeden Sommer geflutet wurden, schien ihnen unwichtig; während der warmen Monate waren sie ohnehin ein Nomadenvolk. Das war eine Sache, an die Leah sich in all den Jahren auf der Seward-Halbinsel nicht recht hatte gewöhnen können. Sie sehnte sich nach Stabilität, Beständigkeit und etwas

Dauerhaftem. Nichts von all dem war möglich, wenn ein Mensch ständig unterwegs war.

Leah goss heißes Wasser in die Wanne und fügte dann kaltes Wasser hinzu, bis die Temperatur sich genau richtig anfühlte. Als sie das getan hatte, warf sie noch ein paar Stücke Holz ins Feuer. Obwohl der Mai endlich gekommen war und der Frühling begann, konnte die Luft draußen noch empfindlich kalt sein und das Haus auskühlen. Sie wollte verhindern, dass irgendetwas die Gesundheit ihrer Kinder beeinträchtigte, deshalb hielt sie die Wohnung so warm wie möglich, um ihnen optimale Bedingungen zu bieten. Der Norden nahm keine Rücksicht auf die Schwachen – Kinder und Alte litten oft am meisten.

Leah dachte wieder an Ayoona. Wie seltsam es sein würde, sie nicht mehr zum Reden um sich zu haben. Ayoona hatte Leah vieles beigebracht. Dinge, die ihr im Laufe der Jahre geholfen hatten zu überleben.

Als das Wasser fertig war, ging Leah ins Schlafzimmer der Zwillinge und bemerkte, dass sie aufgehört hatten zu weinen. Sie waren jetzt damit beschäftigt, mit den Laken auf ihrer handgestopften Matratze zu spielen.

«Kommt, meine Süßen», sagte Leah liebevoll. Sie breitete die Arme aus und lächelte.

Die Zwillinge zogen sich an dem Geländer ihres Bettchens hoch und kamen mit unsicheren Schritten auf Leah zu. Sie konnte es kaum erwarten, bis sie ohne Hilfe laufen konnten, aber zugleich graute ihr auch vor diesem Zeitpunkt. Es war schwierig genug, *ein* Kleinkind im Blick zu behalten, und sie fürchtete, mit zweien würde es nahezu unmöglich sein.

Sie hob ihre Kinder gleichzeitig aus dem Bett und ging mit ihnen in die Küche zurück, wo die kupferne Wanne wartete. Leah legte sie auf den Tisch und redete mit ihnen, während sie erst das eine, dann das andere Kind entkleidete. Die Kinder schienen von ihrer Stimme gefesselt, und es erfüllte Leah jedes Mal mit Staunen und Begeisterung, wenn sie daran dachte, dass diese Babys ihr eigen Fleisch und Blut waren. Ganz hinten in ihren Gedanken hegte sie immer noch eine gewisse Unsicherheit, was die Vaterschaft betraf. Ihr Mann war immer darauf bedacht, ihr zu versichern, dass diese Dinge keine Rolle spielten, aber für Leah waren die Zweifel wie eine dunkle Regenwolke an einem sonst vollkommenen Sommertag.

Wenn sie ihre Zwillinge ansah, konnte Leah sich nicht vorstellen, dass etwas so Vollkommenes das Ergebnis einer schrecklichen Vergewaltigung sein könnte. Diese kostbaren Geschenke Gottes brachten einfach zu viel Freude und Liebe in ihr Leben. Sie seufzte, weil sie sich nicht von den Erinnerungen an Jayces Bruder Chase freimachen konnte. Der Mann hatte ihr Leben in so vielfältiger Weise zerstört ... Aber trotz seines Übergriffs und seines anschließenden Todes bemühte Leah sich, ihren Kindern eine hoffnungsvolle Zukunft zu bieten. Sie konnte nicht zulassen, dass das Zerstörungswerk von Chase Bestand hatte.

Leah schob die Erinnerung an die schlimmen Zeiten beiseite und hob ihre nackten Kinder hoch. «So, jetzt ist Zeit für euer Bad.» Ihr Singsang signalisierte den beiden, dass ein großer Spaß bevorstand, und für die Kincaid-Zwillinge traf das wirklich zu. Sie liebten ihr Bad, und Leah genoss die Zeit ebenfalls, weil sie das morgendliche Ritual als tröstlich empfand.

Nachdem sie die Babys ins Wasser gesetzt hatte, sah sie lachend zu, wie die Zwillinge sich an ihre nasse Umgebung gewöhnten und anfingen zu plantschen und zu spielen. Merry war deutlich ängstlicher als ihr Bruder, aber hier im Wasser fand sie ihren eigenen Mut. Wills, wie immer abenteuerlustig, tauchte hin und wieder das Gesicht ins Wasser und kam mit erstaunter Miene wieder heraus, als wundere er sich darüber, dass er unter Wasser nicht atmen konnte.

Leah ließ sie spielen, bis das Wasser abzukühlen begann. Dann nahm sie Seife und wusch die Kinder rasch. Am Schluss ihres Baderituals wickelte Leah die Babys in Handtücher, die sie hinterm Ofen angewärmt hatte. In diesem Augenblick kam Helaina Beecham zur Tür herein.

«Es ist wunderschön draußen», verkündete sie. «Es würde mich nicht wundern, wenn das Eis ganz schmelzen oder aufs Meer hinaustreiben würde.»

Leah befestigte die Windeln ihrer Kinder und widmete sich dann der beschwerlichen Aufgabe, die beiden anzuziehen. «Ich hoffe, du hast Recht. Je eher das Eis verschwindet, desto eher kann Hilfe zu Jacob und Jayce durchkommen.»

Helaina zog die dicke Wollmütze von ihrem Kopf und schob sich ein paar blonde Haarsträhnen hinter die Ohren. «Ich möchte nach Nome fahren, um zu hören, ob Stanley eine Nachricht geschickt hat.» Sie hatte Leah in den letzten Monaten oft Mut gemacht.

Helainas Bruder hatte den beiden Frauen geholfen, alle verfügbaren Informationen über die Regina zu erlangen. Leider hatte der Pinkerton-Agent aus Washington D. C. nicht viel für sie tun können. Niemand konnte in den Norden reisen, und nach einem Winter des Wartens und Betens waren Helaina und Leah mit ihrer Geduld am Ende.

«Ich hätte vorgeschlagen, dass John dich hinfährt, aber es gibt eine traurige Neuigkeit», sagte Leah, die sich an den Tod ihrer Freundin erinnerte. «Ayoona ist heute Nacht gestorben.»

Helaina starrte sie ungläubig an. «Ich habe doch gestern noch mit ihr gesprochen. Sie hat mir gezeigt, wie man eine Gans ausnimmt und zubereitet.»

«Ich weiß, aber jetzt ist sie nicht mehr bei uns.» Leah versuchte vor den Kindern nicht zu weinen. Die Zwillinge waren noch kein Jahr alt, und immer, wenn Leah weinte, fingen die beiden auch an zu weinen. Oft musste Leah ihre Tränen für die Nacht aufheben, wenn die Familie schlief.

Helaina nahm einen Becher und schenkte sich Kaffee ein. «Ich kann nicht fassen, dass sie tot ist.» Kopfschüttelnd setzte sie sich an den Küchentisch und trank einen Schluck.

«Oopick war gerade hier. Ich habe ihr gesagt, dass ich ihr helfe, den Leichnam zurechtzumachen, wenn du auf die Zwillinge aufpassen könntest. Aber wenn du keine Zeit hast, kann ich auch Sigrid fragen. Heute ist keine Schule, also muss sie nicht unterrichten.»

«Unsinn. Ich kann auf die beiden aufpassen. Außerdem braucht Emma ihre Schwester doch sicherlich. Helfen die beiden nicht bei Ayoona?» Sie schob ihren Kaffee von sich, als Leah aufstand.

«Doch, wahrscheinlich schon.» Nachdem sie die Kinder fertig angezogen hatte, reichte sie Helaina Wills. «Kannst du ihn bitte festhalten, während ich Meredith hinsetze? Es ist ganz schön schwierig, beide im Auge zu behalten.»

«Komm zu Tante Helaina», lächelte sie, und Wills machte es sich bereitwillig in Helainas Armen bequem. Sie war für Leahs Zwillinge ein wichtiges Familienmitglied geworden. Und für Leah auch.

Es war schwer zu glauben, dass diese Frau, die Leah einmal gehasst hatte, jetzt eine so bedeutende Rolle in ihrem Leben spielte. Leah liebte Helaina wirklich wie eine Schwester. Die Frau hatte unzählige Stunden damit zugebracht, am Strand beim Holzsammeln zu helfen, Jacobs Hunde zu versorgen und in dem kleinen Laden zu arbeiten, den Leah in ihrem alten Haus nur wenige Meter entfernt führte.

Leah setzte Meredith in einen grob gezimmerten Hochstuhl und schob sie an den Tisch. Wills war als Nächster dran, aber er war so fasziniert davon, an Helainas hochgesteckten Haaren zu ziehen, dass er seinen Hunger beinahe vergessen hatte.

«Komm schon, Sohnemann. Du kannst der Dame ein andermal schöne Augen machen.»

Helaina kicherte und griff wieder nach ihrem dampfenden Becher. «Ich wette, er wird später tatsächlich die Frauen mit seinem Charme bezirzen. Er ist ein gut aussehender junger Mann.»

Leah nahm ein Geschirrtuch und band ihren Sohn fest. Sie hatte die schmerzliche Erfahrung gemacht, dass die Kinder gerne aus ihren Stühlen kletterten, wenn sie sie nicht auf diese Weise sicherte.

«Auf dem Herd steht Haferbrei für ihr Frühstück. Dosenmilch gibt es auch und ein bisschen Zucker.»

«Ich kümmere mich darum», sagte Helaina und erhob sich. Sie zog ihren Mantel aus und hängte ihn an den Haken neben der Tür. «Ich glaube, allmählich bin ich genug aufgewärmt, um mich sinnvoll betätigen zu können.»

«Wie hast du geschlafen?» Leah warf ihrer Freundin einen prüfenden Blick zu. Seit kurzem schlief Helaina in Leahs und Jacobs altem Haus.

«Zuerst war ich ein bisschen nervös. Ich musste immer an meinen ersten Sommer hier denken, als du und Jayce in Ketchikan wart. Damals habe ich es gehasst. Ich war sicher, das Haus würde einstürzen oder irgendein Tier würde durch den Tunnel gekrochen kommen. Aber diesmal ... na ja ... diesmal hatte ich einfach das Gefühl, Jacob näher zu sein.»

Helaina tat Leah leid. Die Frau hatte alles in den Vereinigten Staaten aufgegeben: ihr Zuhause, ihre Arbeit in der Verbrechensbekämpfung mit ihrem Bruder Stanley und den Pinkertons, sogar ihr gesellschaftliches Leben – und das alles, um ihre Hoffnung in einen Mann zu setzen, der ihre Liebe vielleicht erwiderte, vielleicht aber auch nicht. Allerdings war Leah ziemlich sicher, dass er es tat, sonst hätte sie Helaina nicht ermutigt.

«Ich bin froh, dass es diese Wirkung hatte», sagte Leah,

während sie ihren Parka anzog. «Bald wird das Haus überschwemmt, aber bis dahin kannst du die Privatsphäre genauso gut genießen.»

«Ich habe den ganzen Sommer darin gewohnt, auch als es überschwemmt war», erwiderte Helaina lachend. «Die Dorfbewohner hielten mich für verrückt. Das war ich vielleicht auch, aber die Vorstellung, in einem Land voller Bären und anderer wilder Tiere in einem Zelt zu schlafen, gefiel mir überhaupt nicht. Ich habe auf dem Tisch geschlafen.»

Leah lachte. «Das musst du diesmal jedenfalls nicht. Wenn der Boden anfängt zu tauen, komm einfach wieder hierher. Du weißt, dass du immer willkommen bist.»

«Das weiß ich, aber ich will dir auch mit dem Laden helfen. Ich bin übrigens mit der Inventur fertig, und morgen müsste ich dir sagen können, wer dir wie viel schuldet.»

Leah lächelte. «Ich wusste, dass du gut organisiert sein würdest. Das hat Jacob an dir immer bewundert.»

«Dann können wir nur hoffen und beten, dass mein Organisationstalent hilft, sie heil nach Hause zu bringen. Sobald Ayoonas Beerdigung vorbei ist, will ich irgendeinen Weg finden, um nach Nome zu kommen. Und wenn ich hinlaufen muss.»

«Das musst du auf keinen Fall. Bevor ich dich, die du den Weg nicht kennst, losschicke, gehe ich selbst.» Leah ging zur Tür, während Helaina Schüsseln aus dem Schrank holte, und nach einem kurzen Blick auf ihre Kinder machte sie sich auf den Weg zu Ayoonas Haus.

Es war ein schöner Tag, da hatte Helaina Recht. Der kristallblaue Himmel war wolkenlos, und in der Ferne konnte Leah eindeutige Anzeichen für den beginnenden Frühling entdecken.

«Bitte lass uns die Männer finden, Herr. Hilf uns, Jacob und Jayce und die anderen zu finden. Bring sie gesund nach Hause.»

Sie hatte keine Ahnung, wie oft sie dieses Gebet schon gesprochen hatte. Sie hatte sich noch nie in ihrem Leben so hilflos gefühlt wie im vergangenen Winter, als ihr klar geworden war, dass sie nichts tun konnte, um ihrem Mann und ihrem Bruder zu helfen. Es war ihr so vorgekommen, als dauere der Winter ewig, und mit jedem Unwetter waren sie mehr von der Umwelt abgeschnitten. Bei jedem Schneesturm, jedem Gewitter dachte Leah an die Männer und fragte sich, ob sie ähnliche Mühsal ertragen mussten.

Leah bemühte sich, nicht den Mut zu verlieren, aber es tat weh, ohne die Menschen zu sein, die sie am meisten auf der Welt liebte. Jacob war in all den Jahren ihre wichtigste Stütze gewesen – vor allem als Jayce damals ihre Liebe zurückgewiesen hatte. Aber jetzt, wo sie und Jayce verheiratet waren, hatte Leah ihre Aufmerksamkeit schnell auf ihren Ehemann gelenkt. Jayce war die Liebe ihres Lebens, ihre Hoffnung für die Zukunft, der Mann, den ihr Herz begehrte. Wenn sie ihn jetzt verlor, war Leah nicht sicher, was sie tun würde. Wenn sie beide verlor ... aber an diese Möglichkeit wollte sie nicht denken.

Helaina war den ganzen Winter über ein erstaunlicher Fels in der Brandung für Leah gewesen. Wann immer Verzweiflung drohte oder Entmutigung sich breitmachte, waren es Helaina und ihr Glaube an Gott gewesen, der sie beide getragen hatte. Helaina war es nicht immer wichtig gewesen, was Gott wollte. Nach Jahren, in denen sie alles nach ihrem eigenen Ermessen getan hatte – sie hatte sich auf ihr eigenes Wissen und ihre Hartnäckigkeit verlassen –, hatte Helaina die gleiche Leere erlebt, die andere Menschen ohne Gott empfanden. Leah hatte gewusst, dass Jesus die Antwort auf ihre Not war, aber ihr war auch klar gewesen, dass es nichts nützen würde, Druck auf Helaina auszuüben, wenn sie nicht selbst zu der richtigen Erkenntnis kam.

Deshalb war es eine besondere Freude, über Helainas Liebe zur Bibel und ihr eifriges Lesen darin nachzudenken. Sie hatten viele Abende damit verbracht, dass Helaina aus der Heiligen Schrift vorgelesen hatte, während draußen der Wind heulte und drinnen die Zwillinge. Leah und Helaina hatten lange über verschiedene Abschnitte diskutiert und sich manchmal sogar Notizen gemacht, um Björn Kjellmann später danach zu fragen. Als sie das erste Mal mit einer Liste Fragen zu ihm gekommen waren, hatte er gelacht, aber nachdem er sich mit der Liste hingesetzt und versucht hatte, ihnen Antworten zu geben, war ihm nicht mehr nach Lachen zumute. Jetzt sagte er, sie seien wie Eisen, das Eisen schärft – die Schülerinnen, die den Lehrer dazu brachten, weiter zu forschen.

Aber Leah wusste, dass Buchwissen und ein verändertes Herz zwei verschiedene Dinge waren. Sie versuchte, sich nicht mehr Sorgen über ihre Situation zu machen als nötig, aber an Tagen wie diesen fühlte sie sich ziemlich hoffnungslos.

Ihre liebe Freundin und Mentorin war zu ihrem Herrn gegangen.

Ihr Bruder war irgendwo in der vereisten Arktis verschollen.

Und ihr geliebter Mann kam vielleicht nie wieder nach Hause.

2

Jacob Barringer blickte auf das gefrorene Meer der Arktis hinaus. Es gab kein echtes Anzeichen dafür, dass der Frühling begann, aber in seinem Herzen war er sicher, dass es bald so weit sein würde. Er konnte es beinahe in seinen Knochen spüren. Der Winter war vorüber – zumindest theoretisch.

Er dachte an all das, was sie durchgemacht hatten. Er und die restliche Besatzung der Regina hatten zum Glück Munition für die Winchester gefunden, außerdem noch ein anderes Gewehr und eine Pistole. Ein Vorrat an Medikamenten, die für die kanadischen Forscher, die sie in den Norden gebracht hatten, vorgesehen waren, war aufgetaucht, und Dr. Ripley war hocherfreut gewesen. Es war für sie alle ein Zeichen der Hoffnung gewesen, dass sie überleben würden. Jetzt, wo der Winter vorbei war, wollten die Männer so schnell wie möglich nach Hause. Die Nerven lagen blank, und Jacob fragte sich, wie lange sie die angespannte Situation noch ohne größere Auseinandersetzungen aushalten würden.

«Was gibt es zu sehen?», fragte Jayce Kincaid, als er sich zu seinem Schwager gesellte.

«Nichts, was gestern nicht auch schon da gewesen wäre», gab Jacob zu. «Aber ich weiß, dass das Tauwetter kommt. Meinen Berechnungen nach müsste es Ende Mai sein. Wenn es erst einmal wärmer wird, dauert es nicht mehr lange, bis das Eis bricht. Ich habe zu Hause Tage erlebt, an denen wir morgens mit Eis aufgewacht sind – und abends war es fort. Und wenn das Eis erst getaut ist, dann kommen die Suchtrupps.»

«Wenigstens war der Robbenfang durch das Eis einfacher.»

«Stimmt. Dem verdanken wir es, dass wir einigermaßen gut gegessen haben.»

Jayce schüttelte den Kopf. «Wir haben gut gegessen, weil du uns beigebracht hast, wie man hier oben überlebt. Die meisten dieser Männer hatten keine Ahnung, wie man in dieser Kälte am Leben bleibt, geschweige denn gedeiht. Und ohne Hilfe oder Ermutigung durch Kapitän Latimore … Also, man könnte sagen, dass die Verantwortung ziemlich schwer auf deinen Schultern gelegen hat.»

«Auf deinen aber auch. Die Männer fragen dich ebenso um Rat wie mich. Als wir auf der Insel ankamen, warst du es schließlich, der uns gezeigt hat, wie man Häuser aus Schneeblöcken baut.»

«Nur, weil ich es von dir gelernt hatte», wandte Jayce lachend ein. Er blickte aufs Meer hinaus und wurde wieder ernst. «Ich weiß, dass sie da draußen sind, Rettungskräfte … Leah.» Er seufzte schwer. «Das weiß ich, aber ich wünschte, ich könnte sicher sein, dass sie wissen, wo wir sind.»

Jacob nickte. «Ich hoffe, dass sie sich an die ‹Karluk› erinnern und sich überlegen, dass die Strömung uns in die gleiche Richtung getrieben haben könnte. Wenn sie davon ausgehen, finden sie uns oder kommen uns zumindest näher.»

«Ich bete, dass du Recht hast.»

Am nächsten Morgen wachte Jacob gegen fünf Uhr auf, als dunkle Unwetterwolken am Horizont heraufzogen. Die Männer befestigten das Lager und banden alles fest, was sie von der Regina hatten retten können. Jacob hatte geholfen, die Evakuierung des Schiffes zu koordinieren, als das Eis den Schiffsrumpf zerdrückt hatte. Wochenlang hatten sie mit nichts als ein paar Metern Eis zwischen sich und dem arktischen Meer gelebt. Es war auf jeden Fall ein Segen, dass sie Land gefunden hatten – auch wenn es eine trostlose Gegend war.

«Sieht aus, als würden wir Schnee kriegen», sagte Jacob zu einem der Männer. Er zeigte auf einen Stapel Treibholz. «Wir holen besser etwas davon rein. Wer weiß, wie schlimm das Unwetter wird oder wie lange es dauert?»

«Latimore wird vermisst», sagte Jayce, der in diesem Augenblick zu Jacob trat.

«Vermisst?»

«Seit gestern Abend hat ihn niemand mehr gesehen. Als Bristol heute früh aufwachte, hat er gemerkt, dass Latimore ihn nicht zu seiner Wache geweckt hat.»

Jacob dachte einen Augenblick über die Situation nach. «Bristol sollte um vier Uhr übernehmen, oder?»

Jayce nickte. «Ich habe mich umgesehen und Spuren gefunden, die den Strand entlang nach Westen führen. Ich könnte mir vorstellen, dass Latimore in diese Richtung gegangen ist. Vielleicht hat er etwas gehört oder gesehen, das seine Aufmerksamkeit erregt hat.»

Da es jetzt durchgehend hell war, wusste Jacob, dass es nicht allzu schwierig sein dürfte, den Mann zu finden, wenn sie ausschwärmten und ihn suchten. «Wir müssten ihn eigentlich bald haben, wenn wir uns aufteilen. Trommel die Männer zusammen, dann sehen wir weiter. Vielleicht ist er verwirrt oder schneeblind.»

Jayce rief die anderen schnell zusammen. Sie verließen sich schon lange auf Jacob als Anführer, vor allem, nachdem Latimores Mutlosigkeit in Bezug auf sein eigenes Leben und das der Mannschaft offenbar geworden war.

«Hört mal her: Wie es aussieht, ist der Kapitän heute Nacht verschwunden. Wir wissen nicht, ob er etwas gesehen hat, das ihn von seinem Posten weggelockt hat, oder ob er einfach gegangen ist.» Jacob wollte die Autorität des Mannes nicht unnötig untergraben, also fuhr er schnell fort. «Es gibt viele Bärenspuren, wie ihr wisst, also dürfen wir nicht einfach davon ausgehen, dass Latimore nichts passiert ist. Geht zu zweit, und nehmt eine Schusswaffe mit. Wenn ihr ihn in einer Stunde nicht gefunden habt», sagte er und blickte in Richtung Südwesten, «dann kommt zum Lager zurück. Der Himmel sieht ziemlich bedrohlich aus, und wir sollten besser wieder hier sein, bevor der Sturm losbricht.»

«Hier gibt es nichts als Schnee und Kälte», knurrte der neunzehnjährige Bristol. «Ich wusste nicht, dass es so niedrige Temperaturen wie hier überhaupt gibt.»

«Jetzt hör auf zu jammern», wies Elmer Warrick, der frühere erste Steuermann, ihn zurecht. «Wir haben keine Zeit, all deine Problemchen aufzulisten.»

Ursprünglich hatten vierzehn Männer die Regina verlassen, als sie gesunken war. Vier von ihnen waren bei Unfällen umgekommen – Unfälle, die den restlichen Männern gezeigt hatten, wie ernst ihre Lage inzwischen war. Jetzt war Latimore fort, also waren noch neun Männer übrig. Sie waren gute Leute, fand Jacob, aber allmählich wurden sie krank und gereizt. Es war nur noch eine Frage der Zeit, bevor sie ihre verzweifelte Lage erkennen würden. Vor allem, wenn nicht bald Hilfe kam.

Während die anderen sich zu zweit zusammenfanden, dachte Jacob über das Land und die Fähigkeiten der Männer nach. Manche waren aufgrund der einseitigen Ernährung geschwächt, und Jacob wollte nicht mit einer zu anstrengenden Aufgabe weitere Menschenleben aufs Spiel setzen. Im Schnee war das Fortkommen manchmal schwierig, und leider waren die meisten dieser Männer aus den Südstaaten, wo es nur sehr wenig Kälte und Schnee gab.

«Travis – du und Keith, ihr geht nach Norden. Dr. Ripley und Elmer folgen den Spuren, die Jayce gefunden hat, in Richtung Westen. Jayce, du und Bristol macht euch auf den Weg nach Osten und Ben und Matt gehen in nordöstlicher Richtung.» Da sie am Südufer der Insel standen und mehrere Kilometer in südlicher Richtung überblicken konnten, war es nicht nötig, dorthin zu gehen. Außerdem war das Eis viel zu unberechenbar.

Während die Männer ein paar Vorräte einpackten und sich trennten, beschloss Jacob, in Richtung Nordwesten zu gehen, weg vom Ufer. Sie wussten nicht, ob die Spuren, die Jayce gefunden hatte, Latimore gehörten oder einem der anderen Männer. Der Kapitän konnte in jede Richtung gegangen sein, aus den unterschiedlichsten Gründen. Jacob seufzte. Latimore hatte ihnen nicht viel genützt, seit sie von den Eisschollen eingeschlossen worden waren, aber sie durften ihn auch nicht im Stich lassen – egal, wie groß das Risiko für die restliche Mannschaft war.

«Was würde ich nicht für ein paar gute Hunde geben», murmelte Jacob.

Die Landschaft ihrer Insel bot einige Ablenkung. Es gab Hügel und Klippen, in denen nistende Vögel den Männern gute Nahrung geboten hatten, aber es gab auch zahlreiche gefährliche Spalten und Eisverschiebungen, über die es sich schlecht laufen ließ, und die Tiefe des Schnees war aufgrund von Verwehungen oft trügerisch. Es war ein wahrhaft unwirtliches Ödland. Mochte Gott dem Anführer der Karluk-Expedition vergeben, der es «die freundliche Arktis» genannt hatte. Vilhjalmur Stefansson war bekannt dafür, dass er behauptet hatte, die Arktis sei lediglich missverstanden, und mit der richtigen Ausbildung könnte jeder ohne Probleme im gefrorenen Norden leben. Aber Jacob wusste es besser. Hier war das Leben von Gottes Gnade abhängig und vom gesunden Menschenverstand. Wenn man eins von beidem verlor, war man auch verloren.

Das gleißende Licht der ständig scheinenden Sonne blendete. Jacob konnte nur hoffen und beten, dass die Männer klug genug waren, ihre Sonnenbrillen zu benutzen. Jacob hatte ihnen allen gezeigt, wie man hölzerne Brillen anfertigte, indem man winzige Schlitze in Masken aus Treibholz schnitt. Sie waren grob, taten aber ihre Wirkung, und die Männer, die vergaßen sie zu tragen, lernten schnell, es nicht wieder zu tun. Mehrere der Männer waren schneeblind geworden und hatten heftig gelitten; der Schmerz, den dieser Zustand verursachte, war stark und dauerte Stunden, manchmal sogar Tage an. Jetzt, wo die Zinksulfat-Lösung für die übliche Behandlung beinahe aufgebraucht war, wurden die Männer vorsichtiger. Niemand wollte ein solches Schicksal erleiden.

Abgesehen vom Mangel an Aussicht hatte die Eintönigkeit ihrer Tage sie alle irgendwann beinahe wahnsinnig werden lassen. Bristol hatte ein Kartenspiel, das die Männer sich teilten, aber Dr. Ripley wollte nichts damit zu tun haben, weil er davon überzeugt war, dass Karten Teufelswerkzeug waren. Stattdessen vergrub der Arzt seine Nase in einem der drei medizinischen Bücher, die er beim Verlassen des Schiffes hatte retten können.

Travis, Ben und Keith waren recht gute Sänger und unterhielten die Gruppe oft mit ihren Darbietungen alter Volkslieder und Choräle. Travis, ein Meteorologe, führte Buch über die Bedingungen auf der Insel, und Keith wollte die Pflanzenwelt dokumentieren, sobald das Eis schmolz.

Jacob hatte oft aus der Bibel die Geschichten vorgelesen, die die Männer aus den Gottesdienstbesuchen ihrer Kindheit kannten. Außer in der Botanik kannte Keith sich auch gut in der Kirchengeschichte und der Bibel aus, und Jacob genoss es, sich gelegentlich mit dem Mann zu unterhalten. Ben und Matt interessierten sich auch für diese Diskussionen, ebenso wie Travis. Die anderen jedoch vermieden Gespräche über Religion.

Im Allgemeinen waren die Männer gute Kerle. Jacob hatte befürchtet, sie könnten Unruhestifter in der Gruppe haben – Männer, die stehlen oder morden würden, um zu überleben. Aber bislang war das zum Glück nicht der Fall gewesen.

Aber trotz der Gutartigkeit der Männer war Jayce Jacobs

wichtigste Stütze. Wenn sie zusammen waren, sprachen sie von zu Hause und von Leah. Sie erinnerten sich an Zeiten, die sie in Ketchikan verbracht hatten, und an Karens Kochkünste und Adriks Geschichten. Ihre Unterhaltungen ließen Jacob nicht die Hoffnung verlieren, dass er seine Heimat wiedersehen würde.

Er dachte auch oft an Helaina Beecham. Er fragte sich, wo sie war und wie es ihr ging. War sie zurückgegangen, um für ihren Bruder zu arbeiten? Ein so gefährlicher Job wie die Kopfgeldjägerei sollte für Frauen verboten sein, fand er. Aber die Welt veränderte sich.

Jacob dachte an den Krieg, der in Europa tobte. Er fragte sich unweigerlich, ob der Krieg sich inzwischen auch auf Amerika ausgedehnt hatte. Auf der anderen Seite konnte es auch sein, dass die europäischen Länder ihre Probleme selbst gelöst und den Krieg beendet hatten. Das wäre das Beste, worauf sie hoffen konnten, aber irgendwie bezweifelte Jacob, dass es so gekommen war. Im letzten Sommer war jedenfalls kein Ende in Sicht gewesen.

Er stapfte durch den gefrorenen Schnee einen der höheren Hügel hinauf und ließ den Blick in allen Richtungen über das Land streifen. Durch sein Fernglas entdeckte er eine große Herde Seehunde auf dem Eis. Sie sonnten sich rund um ein Eisloch – so war das Wasser in der Nähe, falls ein Bär oder Mensch ungebeten auftauchte. Das Wasser war ein gutes Zeichen. Vielleicht würde die Frühjahrsschmelze eher einsetzen, als Jacob erwartet hatte.

Von Latimore war nichts zu sehen, aber die Unwetterwolken wurden dunkler und bewegten sich mit erschreckender Geschwindigkeit auf die Insel zu. Jacob konnte spüren, dass die Temperatur deutlich sank, als der Wind stärker wurde und das Gewitter herüberwehte. Eilig suchte er die restliche Gegend ab, aber nichts deutete darauf hin, dass ein Mann hier entlanggekommen war.

Während er die andere Seite hinunterstieg, versuchte Jacob die Entfernung einzuschätzen, die er und die Männer in einer Stunde zurücklegen konnten. Die Suche zu verlängern, würde unweigerlich die Gefahr in sich bergen, im Freien von dem Unwetter überrascht zu werden. Er fragte sich, ob er gezwungen sein würde, Latimore den Naturgewalten zu überlassen, um nicht das Leben der anderen aufs Spiel zu setzen.

Die Männer würden es jedoch nicht als den Verlust ihres Anführers empfinden. Das war bereits im Januar geschehen, als Latimore in tiefe Depressionen verfallen war und sich von fast allen zurückgezogen hatte. Jacob hatte dafür gesorgt, dass die Schusswaffen vor dem Kapitän versteckt wurden, aus Angst, er könnte sich das Leben nehmen. Bei jeder kleinen Entscheidung hatten die Männer immer mehr Jacob als ihren Anführer betrachtet. Selbst der erste Steuermann, Elmer Warrick, überließ Jacob alle Autorität. Es war nicht gerade eine Verantwortung, die Jacob angestrebt hatte, aber er hatte sich auch nicht geweigert, als Not am Mann gewesen war.

Es war klar gewesen, dass er und Jayce die einzige Hoffnung für diese Männer waren. Die meisten von ihnen wussten nichts über das Leben in der Arktis; sie hatten nicht jagen gelernt und waren nicht sehr erfahren, was das Leben außerhalb eines Schiffes betraf. Als das Trinkwasser auszugehen drohte, war es Jacob gewesen, der ihnen erklärt hatte, dass die ältesten Teile der Eisschollen gutes Wasser liefern konnten, wenn man das Eis abschlug und schmolz. Nachdem die Angst vor dem Verdursten besänftigt war, fingen die Männer an, Jacob ernsthaft zuzuhören, was das Überleben in der Kälte betraf.

Dabei war Jayce ebenfalls eine Hilfe gewesen. Sie arbeiteten mit den Fellen, die sie bei der Jagd erbeutet hatten, denn bevor sie das kanadische Forschungsteam auf den Parry-Inseln, den späteren Königin-Elisabeth-Inseln, abgesetzt hatten, war es der Crew gelungen, einige Bären, mehrere Karibus und Seehunde und ein paar Füchse zu schießen. Die Felle kamen ihnen sehr gelegen, weil Jayce den Männern zeigen konnte, wie sie sich wärmere Kleidung nähen konnten. Es war entscheidend, dass sie lernten, Hände und Füße warm und trocken zu halten und ihre Brust gut gegen die eisigen Winde zu schützen.

Der Wind schlug Jacob jetzt kräftig entgegen. Er drehte sich um und sah den Sturm immer näher kommen. Die dicken grauen Wolken bewegten sich jetzt schneller, und es wurde dunkler, als sie sich über das Land legten. Er sah auf seine Uhr. Sie hatten noch zwanzig Minuten, bevor sie zum Lager zurückkehren sollten. Jacob ging schneller und beschloss, das Lager im Norden zu umkreisen. So würde er schneller wieder zurück sein und die Zeit der Suche optimal ausnutzen.

Er überquerte einen gefrorenen Wasserlauf in der Hoffnung, dass das Eis noch fest genug war, um ihn zu tragen. Die stundenlange Sonneneinstrahlung hatte das Fundament jedoch geschwächt, und zweimal wäre Jacob beinahe eingebrochen. Er nahm sich vor, auf dem Rückweg ein Stück weiter stromabwärts zu gehen, weil er wusste, dass es dort eine schmale Stelle gab, über die er springen konnte.

Die Zeit verging schnell, und bald war die Stunde vorüber, aber eine Spur, die ihm frisch erschien, lockte Jacob weiter nach Norden und vom Lager fort. Das musste die Spur des Kapitäns sein. Es fing an zu schneien, und der Wind schob heftig von hinten, als Jacob noch einen Hügel hinaufstieg und in die auf ihn einpeitschenden Eiskristalle blinzelte. Er zog seine Schneebrille gerade so lange ab, um das Fernglas an die Augen zu halten.

Dort, vor dem grauen Himmel und den Schneebergen, war das unverkennbare Blau von Latimores Mantel zu sehen. Jacob rief ihn, aber der Mann hörte ihn nicht. Eilig stolperte und rutschte Jacob den größten Teil des Hügels hinunter. Unten angekommen, sprang er auf, unverletzt, wenn auch mit schmerzenden Gliedern, und rannte über das Feld zu der Stelle, wo Latimore im Kreis zu laufen schien.

«Sind Sie wohlauf, Kapitän?»

«Man hat mich nicht von der Situation in Kenntnis gesetzt», murmelte er. Sein Gesicht zeigte Anzeichen von Erfrierungen, und seine Lippen waren ganz blau. «Ich kann den Ingenieur nicht finden.»

«Wir müssen ins Lager zurück, Sir. Ein Sturm zieht auf. Wenn wir uns beeilen, schaffen wir es, bevor es richtig losgeht.»

«Dann kommen Sie nicht mit zu dem Fest?»

Jacob schüttelte den Kopf. Latimore hatte offensichtlich den Verstand verloren – zumindest vorübergehend. Nicht nur das, sondern seine Augen waren, nachdem sie ohne Schutz der Witterung ausgesetzt gewesen waren, fast gänzlich zugeschwollen. Jacob seufzte. «Kommen Sie, Sir. Zu dem Fest geht es hier entlang.»

Latimore schien zunächst beschwichtigt, aber als Jacob ihn unerbittlich hinter sich herzog, protestierte der Mann. «Ich kann die Kinder nicht zwingen, so schnell zu gehen.»

«Die Kinder schaffen das schon», antwortete Jacob, den Blick unverwandt auf den Himmel gerichtet. Wenn sie in diesem Tempo weitergingen, konnten sie es in einer halben Stunde bis zum Lager schaffen. Das wäre gerade noch rechtzeitig, vermutete Jacob. Er durfte auf keinen Fall zulassen, dass der Kapitän langsamer wurde – aus welchem Grund auch immer.

«Ich habe Regina nicht gesehen. Ist sie hier?»

Dass der Kapitän seine Frau erwähnte, überraschte Jacob. «Sie ist im Lager, Sir, und wartet dort auf sie», log er, weil er nicht wusste, wie er sonst Latimores Mitwirkung erreichen sollte.

Das funktionierte. «Dann beeilen wir uns besser. Sie wartet

nicht gerne. Sie liebt es zu tanzen, und das Fest wird ihre Laune bestimmt verbessern.»

Als sie schließlich im Lager ankamen, herrschte bereits dichtes Schneetreiben. Hätte Jayce nicht mit einer der Schiffslaternen im Sturm gestanden, wäre Jacob vielleicht aufs Meer hinaus geirrt. Es war eine Gefahr, vor der er die Männer oft gewarnt hatte. In der ewigen Dunkelheit des arktischen Winters war es unmöglich, genau zu sehen, wo das Land begann und endete, wenn man nicht ganz genau auf die Einzelheiten achtete. In einem arktischen Schneesturm war es genauso schwierig, sich zu orientieren.

«Wie ich sehe, hast du ihn gefunden», rief Jayce in den Wind. Er streckte die Hand aus, um Latimore zu stützen. «Komm, wir bringen ihn rein.»

«Sind die anderen heil zurückgekehrt?» Jacob schob Latimore vor sich her, während Jayce zog.

«Das sind sie.»

Sie erreichten die Zuflucht ihres provisorischen Hauses. Es war aus Paletten und Holzkisten aus den Schiffsvorräten gezimmert worden. Darum herum hatten sie Schnee und Eis gepackt, und das Ganze funktionierte erstaunlich gut. Mit den kleinen Öfen, die die Hütte die ganze Zeit heizten, hatten sie Außentemperaturen um minus sechzig Grad ohne größere Strapazen überstanden.

Jacob zog seinen Parka aus und half Latimore zum Ofen. Keith und Ben standen auf, um ihrem Kapitän zu helfen, obwohl es offensichtlich war, dass sie den Mann verabscheuten.

«Er ist verwirrt und blind. Als ich ihn fand, lief er immer im Kreis.»

«Es ist extrem schwierig, im Atlantik zu navigieren», sagte Latimore, als sie ihm halfen, sich auf dem Boden niederzulassen. Jayce brachte mehrere Decken und schlang sie um den Mann, während Ben einen Tee einschenkte und ihn Latimore reichte. Die Hände des Mannes zitterten so sehr, dass er den Zinnbecher nicht festhalten konnte, also führte Ben den Becher vorsichtig an seine Lippen.

Latimore trank und lehnte sich dann zurück. «Wir werden Schottland nie mehr wiedersehen.» Es klang wie ein Seufzer, dann wurde er ohnmächtig und sackte rücklings gegen Jayce.

«Wird er überleben?», fragte Ben.

Jacob schüttelte den Kopf. «Nicht, wenn er nicht will.»

3

«Ich bringe dich nach Nome.»

Helaina erschrak, als sie Johns Stimme hörte. Sie war damit beschäftigt gewesen, die Hunde zu füttern, und hatte den Dorfbewohner nicht einmal kommen hören. Sie richtete sich auf und ignorierte den Schmerz in ihrem Rücken. Johns Miene war emotionslos, aber in seinen Augen lag tiefer Kummer. Der Tod seiner Mutter war für ihn nicht leicht zu verkraften gewesen.

«Das ist sehr freundlich von dir. Wann können wir losfahren?»

«Jetzt gleich, wenn du so weit bist.»

«Wenn du sicher bist ... Ich will nicht ... ich weiß doch, dass du trauerst.»

«Wir trauern alle, aber nicht nur um meine Mutter. Ich trauere auch um meinen Freund Jacob. Ich trauere wegen Leah und ihren Kindern. Wir müssen gehen und sehen, was wir tun können.»

Es war der Augenblick, auf den Helaina und Leah den ganzen Winter gewartet hatten. «Ich packe nur schnell meine Sachen. Das dürfte nicht länger als zehn Minuten dauern.»

«Wir treffen uns am Ufer.»

Helaina nickte. Das Eis war geschmolzen, und sie würden mit den Umiaks nach Nome fahren. Es war ein Segen für das ganze Dorf, denn sie wusste, dass sie reichlich Vorräte aus ihrem Lagerhaus und von neuen Lieferungen aus Seattle und San Francisco mitbringen würden – falls irgendwelche Schiffe schon bis in den Norden vorgedrungen waren.

Sie eilte zu der Erdhütte der Barringers zurück und packte ihre Sachen zusammen. Durch das warme Wetter fing der Boden schon an zu tauen, und es war nur noch eine Frage der Zeit, bis das Haus voller Wasser stand. Trotzdem mochte sie diese

Behausung. Sie mochte den Ort, weil er sie an Jacob erinnerte. Hier konnte sie ihn sehen, seinen Duft riechen, seine Stimme hören. Hier verspürte sie einen ungewohnten Frieden und die Gewissheit, dass er zurückkommen würde, um sein Haus wieder in Besitz zu nehmen – und sie hoffte, dass er auch sie irgendwann sein Eigen nennen würde.

Helaina beeilte sich, eine kleine Tasche mit den notwendigsten Dingen für die Reise zu packen, dann warf sie alles andere in ihre Truhe und stellte sie auf den Küchentisch. Sie würde jemanden bitten, sie zu holen und in Leahs Haus zurückzubringen. Vielleicht würde sie es auch Leah sagen, wenn sie hinüberging, um sich zu verabschieden.

Als Helaina zum Haus der Kincaids hinüberlief, stellte sie erleichtert fest, dass Leah bereits mit den Kindern draußen wartete. «John hat mir erzählt, dass ihr losfahrt. Ich habe euch etwas zu essen eingepackt.» Leah reichte Helaina einen Jutesack. «Hoffentlich hält das gute Wetter an, dann kommt ihr heute noch bis Nome.»

«Du denkst wirklich an alles. Danke hierfür», lächelte Helaina, während sie den Jutebeutel über ihre Schulter warf. «Ich habe meine restlichen Sachen gepackt und in meiner Truhe auf dem Tisch stehen lassen. Könntest du jemanden bitten, sie herzubringen, wenn du Zeit hast? Ich würde sie gerne vor dem Wasser in Sicherheit wissen.»

«Natürlich.» Leah wandte den Blick von den Zwillingen ab, die sich an ihren Beinen hochgezogen hatten und unbeholfen wankten. «Bitte gib mir so bald wie möglich Bescheid.» Die Sehnsucht in ihrer Stimme war ebenso groß wie die in Helainas Herzen.

Helaina streckte die Hand aus und berührte den Arm ihrer Freundin. «Ich verspreche es dir. Egal, was passiert, ich lasse dich wissen, was los ist.»

Leah nickte. «Egal, was passiert.» Die Worte klangen ein wenig unheilvoll, aber entschlossen.

Helaina drehte sich ohne ein weiteres Wort um und ging zu den Booten. John half ihr hinein und verstaute ihre Sachen und die restlichen Vorräte hinter ihr. Helaina wusste, dass die Männer sie nicht beim Rudern helfen lassen würden, also machte sie es sich bequem und versuchte sich für das zu wappnen, was sie erwartete.

Es besteht immer noch die Möglichkeit, überlegte sie, *dass die Männer der Regina Hilfe gefunden haben und an Land gehen konnten, bevor sie in Schwierigkeiten geraten sind.* Aber in ihrem Herzen wusste sie, dass das äußerst unwahrscheinlich war. Es konnte natürlich sein, dass die staatlichen Boote bereits losgefahren waren, um die Männer zu suchen. Schließlich war das Eis jetzt seit einigen Tagen fort. Dafür würde sie beten, beschloss Helaina. Sie wollte nur hören, dass ein Rettungsschiff bereits auf dem Weg war und dass alle wussten, wo die Regina war.

Sie nickte ein, als die Sonne die Luft erwärmte. Ihre Gedanken galten Jacob und ihrer Hoffnung, dass er sich freuen würde, wenn er sie in Alaska sah. Sie hatte unzählige Male gebetet, er möge sie wirklich noch lieben, so wie Leah es glaubte. Sie bereute ihre Entscheidung, in den Norden zu ziehen, nicht, aber Helaina wusste, wenn Jacob ihre Liebe zurückwies, würde es keinen Grund geben zu bleiben. Dieser Gedanke machte sie trauriger, als sie es ertragen konnte, denn dann würde sie nirgendwohin gehören.

Du gehörst immer zu mir, schien eine Stimme zu ihr zu sagen. Sofort spürte sie die Hoffnung in sich aufsteigen, die von Tag zu Tag wuchs, während ihr Wissen über Gott zunahm.

Ja, dachte sie. *Ich gehöre zu Jesus. Ich gehöre zu Gott, und seine Liebe werde ich immer haben, auch wenn Jacob mir keine schenken wird.*

In Nome erfuhr Helaina, dass der Krieg in Europa nicht gut lief. Die Verluste der Amerikaner waren beträchtlich, und niemand wusste, wann der Konflikt zu Ende sein würde. Sie machte sich Sorgen um ihren Bruder, weil sie wusste, dass Stanleys patriotisches Herz ihn dazu bringen würde, sich freiwillig zu melden. Sein Bein würde verhindern, dass sie ihn nahmen – dessen war sie sicher. Nachdem Chase Kincaid ihn von einem fahrenden Zug gestoßen hatte, war Stanley nicht mehr der Alte. Das Bein war zertrümmert worden und außerdem hatte er sich noch andere Knochenbrüche zugezogen; Stanley konnte von Glück sagen, dass er überlebt hatte. Sie schüttelte langsam den Kopf, als sie an all das dachte. Wären die Pinkertons nicht so erpicht darauf gewesen, Chase Kincaid zu fangen, wäre sie Jacob Barringer vielleicht nie begegnet.

Helaina betrachtete das kleine Gebäude, vor dem sie stand, und versuchte die Sorge um Stanley zu verdrängen. Da es Sonntag war und sie keine Gelegenheit hatte, Nachrichten oder Informationen von der Armee oder anderen Behörden zu bekommen, hatte sie beschlossen, in den Gottesdienst zu gehen. Die Frau in dem Hotel hatte ihr von einer kleinen Kirche und der Gemeinde dort erzählt, in der eine liebevolle Gemeinschaft herrschte. Es klang so, als wäre es genau das Richtige, um Helaina aufzumuntern.

«Haben Sie sich verlaufen?»

Helaina drehte sich um und erblickte eine entschlossene alte Frau, die ihr direkt in die Augen sah. «Nein. Ich wollte in den Gottesdienst gehen.»

«Dann sind Sie hier richtig.» Die Frau lächelte strahlend und streckte die Hand aus. «Ich bin Mina Bachelder, und wir freuen uns, dass Sie da sind. Sind Sie neu in Nome? Ich glaube nicht, dass ich Sie schon mal hier gesehen habe.»

«Ich war schon mehrmals hier. Genau genommen», Helaina

beugte sich näher, weil sie nicht wollte, dass ihre nächste Bemerkung von anderen überhört wurde, «war ich die Frau, die entführt wurde, als die Hilfssheriffs getötet wurden.»

«Ach, du liebe Güte. Und jetzt sind Sie gesund und munter. Ich dachte, ich hätte gehört, Sie seien wieder in die Staaten zurückgereist.»

«Das war ich auch, aber ... also, es gibt etwas ... beziehungsweise jemanden, wegen dem ich zurückgekommen bin.»

Mina grinste, und ihre Miene erhellte sich. «Das müssen Sie mir beim Essen genauer erzählen. Ich mache einen guten Karibu-Eintopf. Bitte leisten Sie mir Gesellschaft.»

Helaina nickte. «Das mache ich gerne.»

Nach einem wunderbaren Gottesdienst führte Mina Helaina zu ihrem Haus in der Zweiten Straße. «Werden Sie lange in Nome bleiben?», fragte sie.

«Nein, wahrscheinlich nicht», erwiderte Helaina. «Ich bin hier, um Informationen zu bekommen. Mein ... na ja, der Mann und der Bruder von einer guten Freundin sind auf der Regina.» In der Kirche hatte der Pastor die Gemeinde aufgefordert, für die Männer auf der Regina zu beten. Es hatte Helaina das Herz erwärmt, als sie die Fürbitten des Pastors für die Männer hörte. Es war ein besonderer Trost, den sie nicht hätte erklären können.

Mina streckte die Hand aus und berührte Helainas Arm. «Deshalb sind Sie also hier.»

«Ja. Ich hoffe, dass die Armee oder die Küstenwache mir erzählen kann, ob Rettungsboote in den Norden gefahren sind. Ich weiß, dass es noch früh ist, aber diese Männer haben einen kalten Winter hinter sich.» Sie hasste den Gedanken daran, welches Schicksal Jacob und Jayce ereilt haben könnte.

«Wir haben jedenfalls gebetet, dass sie durchhalten.»

Helaina blieb stehen. «Sie müssen durchgehalten haben. Sie

sind gute Männer – stark und erfahren. Sie würden kein Risiko eingehen.»

«Wie es aussieht, sind sie aber ein Risiko eingegangen, als sie in den Norden gefahren sind», erwiderte Mina. «So, wir sind da.» Sie ging ein paar Schritte weiter und öffnete die Tür. «Hängen Sie Ihren Mantel an den Haken dort. Ich setze das Essen auf.»

Mina verschwand durch eine zweite Tür, während Helaina ihren Fellparka auszog. Das Haus erwies sich als gemütlich und warm. Offenbar hatte Mina das Feuer geschürt, bevor sie in die Kirche gegangen war. Helaina schloss die Tür hinter sich und sah sich in dem winzigen Wohnzimmer um. Es gab einen bunten Teppich, mehrere Holzstühle und ein mit Rosshaar gestopftes Sofa, das ziemlich abgenutzt aussah.

«Hier ist ein Tee für Sie, während ich den Tisch decke. Ich hoffe, Sie haben nichts gegen Tee. Ich trinke keinen Kaffee.»

Helaina lächelte und nahm den Becher. «Tee ist wunderbar. Ich mag ihn sehr gerne.» Sie nippte an dem Getränk, während sie den Raum weiter musterte. Ein kleiner Kamin war mit einem einfachen hölzernen Sims eingefasst worden. Darauf standen Bilder von Leuten, von denen Helaina vermutete, dass sie Minas Angehörige waren. Sie beugte sich näher heran, um die Fotografien zu betrachten.

Mehrere der Fotos waren offensichtlich Hochzeitsbilder. Frauen, die aussahen, als wären sie mindestens zehn Jahre jünger als Helaina, blickten mit ernster Miene aus weißen Kleidern und unter Schleiern hervor. Der Betrachter hätte glauben können, dass der Tag auch nicht wichtiger war als jeder andere – und dass die Tatsache, dass ein Foto gemacht wurde, ein ganz normales Ereignis war, weil die Abgebildeten sich langweilten. Aber Helaina wusste es besser. Dies war der Tag, auf den die meisten von ihnen gewartet hatten, für den sie gebetet hatten. Dies war der Anfang eines neuen Lebens. Ein Tag, der so wichtig war, dass die Erinnerung daran mit einer Fotografie festgehalten werden musste, egal, was es kostete.

Helaina musste unwillkürlich an ihren verstorbenen Mann Robert Beecham denken. Es schien ihr, als wäre diese Ehe hundert Jahre her. Aber ihre Gedanken verweilten nicht lange dort, als Jacobs Bild vor ihrem geistigen Auge auftauchte.

«Ah, Sie haben die Kinder gefunden.»

«Sind das alles Ihre Kinder?», fragte Helaina überrascht. Es waren mindestens ein Dutzend Paare oder Familien.

«Das sind sie. Ich habe meinem Mann siebzehn Kinder geschenkt. Fünfzehn von ihnen haben das Erwachsenenalter erreicht.»

«Wo sind sie jetzt?»

Mina strich ihre bunte Schürze glatt. «Ein paar leben hier. Ein paar in den Staaten. Eine Familie lebt in einem anderen Teil des Alaska-Territoriums. Sie schreiben alle fleißig – vor allem die Mädchen. Ich habe zehn Töchter, und sie halten mich immer auf dem Laufenden, was in der Familie los ist.»

«Das ist wirklich eine beeindruckende Familie, muss ich sagen.»

«Sie sind Gottes Geschenk an mich. Und sie alle lieben den Herrn ebenso sehr, wie ich es tue, und so kann ich am Tag des Gerichts mit einem reinen Gewissen vor ihm stehen.»

Helaina hörte den Stolz in der Stimme der Frau. Es war eine ganz schöne Leistung, eine so große Familie in der Wildnis Alaskas aufzuziehen, aber noch beeindruckender war es, dass sie alle die biblische Wahrheit erkannt hatten. Helaina fragte sich, was das Geheimnis dieser Frau war.

«Wie haben Sie das gemacht?»

Mina grinste. «Setzen Sie sich zu mir, dann erzähle ich es Ihnen.»

Helaina gehorchte und lauschte, während Mina ein einfaches Tischgebet sprach und noch einmal für die Männer auf der

Regina betete. Die Ernsthaftigkeit ihrer Worte gab Helaina das Gefühl, dass die Frau sich wirklich um das Wohl der Männer sorgte.

«Ich habe meinen Kindern immer gesagt», fing Mina an, «dass Gott immer Gott bleibt – egal, ob sie an ihn glauben wollten oder nicht. Er würde ihnen keine Extrawürste braten, nur weil sie stur oder verwirrt waren. Ich habe ihnen erzählt, dass der gütige Gott ihnen aus gutem Grund gottesfürchtige Eltern gegeben hat, nämlich damit wir ihnen den richtigen Weg zeigen.»

«Und das hat sie alle dazu gebracht zu glauben?»

«Das und die ständige Erinnerung daran, dass die Hölle ein echter Ort ist, an dem man sonst die Ewigkeit in Elend und totaler Trennung von jeder Hoffnung und Liebe verbringen würde. Mein Mann hat jeden Tag beim Frühstück und Abendessen eine Andacht gehalten. Wir haben über die Personen in der Bibel gesprochen, als gehörten sie zur Familie. Es gab keine Geschichte, die die Kinder nicht kannten, aber ihr Vater hat sie immer daran erinnert, dass es nicht reicht, das alles mit dem Verstand zu begreifen. Sie mussten ihr Herz dafür öffnen und die Botschaft aufnehmen.»

«Trotzdem ist das eine beachtliche Leistung, fünfzehn Kinder zu lehren, Gott zu vertrauen und an ihn zu glauben. Ich bin erst spät zum Glauben gekommen, und es war sehr schwer für mich.»

Mina sah sie streng an. «Waren Ihre Eltern Christen? Sind sie mit Ihnen in die Kirche gegangen?»

«Oh, wir waren in der Kirche – aber Sie müssen verstehen, dass ich in New York gelebt habe. In unseren Kreisen war die Kirche ein Ort, wo man sich aus gesellschaftlichen Gründen aufhielt und nicht wegen der eigenen Seele.»

«Ach, du meine Güte. Das kann ich mir gar nicht vorstellen.»

Helaina lächelte. «Überlegen Sie einmal: Eine der Kirchen, in die ich ging, hatte jede Menge glänzend polierter Bänke. Das Recht, in einer bestimmten Bank zu sitzen, erwarb man sich dadurch, mit wem man bekannt war und wie viel Geld man der Kirche spendete. Je weiter vorne man saß, desto wichtiger war man – und desto mehr wurde man geachtet.»

«Das ist schrecklich. Kein gutes Vorbild.»

«Ganz gewiss nicht.» Helaina probierte den Eintopf. «Mmm, das ist köstlich. Vielen Dank für die Einladung.»

Mina reichte ihr einen Teller mit Brötchen. «Die sind schon zwei Tage alt, aber man kann sie gut in die Suppe bröckeln.»

Helaina nahm ein Brötchen und folgte Minas Beispiel, indem sie es in Stückchen riss und mit dem Fleisch und Gemüse vermischte. «Wie kommt es, dass Sie hier in Nome leben, Mina?»

«Mein Mann kam mit uns hierher, als es kaum jemanden außer den Ureinwohnern hier gab. Das war lange vor dem Goldrausch – eine sehr schwierige Zeit.» Sie schüttelte den Kopf und widmete sich wieder ihrem Essen. «Nome hatte immer Probleme, und das waren schlimme Zeiten, das steht fest.»

«Warum wollte Ihr Mann hier leben?»

«Wir waren Missionare und haben den Menschen in dieser Region gedient. Als mein Mann heimging, waren bestimmt zweihundert Ureinwohner aus Nome und der Umgebung bei seiner Beerdigung. Sie haben ihn geliebt.»

«Wenn seine Gastfreundschaft mit Ihrer vergleichbar war, dann wundert mich das nicht», erwiderte Helaina.

«Der Herr befiehlt uns, gastfreundlich zu sein. In der Bibel steht, dass wir niemals wissen, ob wir nicht einen Engel beherbergen, also versuche ich keine Gelegenheit auszulassen, wenn ich jemand Neues einladen kann.»

«Für mich war das jedenfalls ein unerwarteter Genuss. Ich werde noch lange daran zurückdenken.»

«Sie kommen doch wieder und besuchen mich, nicht wahr? Wenn Sie nach Nome kommen, können Sie gerne hier wohnen. Sie können auch jetzt aus dem Hotel hierherkommen, wenn Sie wollen. Ich habe ein kleines Hinterzimmer mit einem Gästebett und einem eigenen kleinen Ofen. Da hätten Sie es ganz gemütlich.»

In New York hatte Helaina nie eine solche Großzügigkeit erlebt. Das Leben in Alaska war ganz anders; die Menschen wussten, dass sie einander helfen mussten. Wenn sie es nicht taten, konnte vielleicht jemand sterben, und das wollte niemand auf dem Gewissen haben.

«Ich glaube, es wäre sehr schön, bei Ihnen zu wohnen, Mina. Wenn ich mehrere Tage in Nome bleiben muss, komme ich gerne her.»

Mina nickte zufrieden. «Essen Sie auf. Ich habe noch einen Pudding für Sie.»

Am nächsten Tag musste Helaina immer noch an die köstliche Mahlzeit denken, als sie plötzlich Tscheslaw Babinowitsch gegenüberstand, einem Russen, den sie im vergangenen Jahr kennengelernt hatte. «Herr Babinowitsch? Sind Sie das?», fragte sie den verängstigt dreinblickenden Mann.

«Ach, meine Dame. Ich bin es.» Er warf einen Blick über seine Schulter. «Ich habe Ihren Namen vergessen, fürchte ich.»

«Helaina Beecham. Wir sind uns letztes Jahr begegnet, als sie Hilfe brauchten. Ich habe Sie Dr. Cox vorgestellt.»

«Ah, jetzt erinnere ich mich.» Er fuhr sich mit dem Handrücken über den dichten schwarzen Schnurrbart. «Ich fürchte, das Elend der letzten paar Monate hat mich sehr mitgenommen. Ich kann mich kaum an etwas erinnern außer an die

Schrecken, die mein geliebter Zar und seine Familie erleiden müssen.»

«Ich habe gehört, dass die Lage in Russland sehr schlecht aussieht, was die kaiserliche Familie betrifft. Jemand hat gesagt, sie seien im Gefängnis.»

«Das stimmt.» Er stöhnte und wandte sich ab. «Ich will ihnen unbedingt helfen. Ich fürchte, sie werden alle getötet, wenn ich nicht ihre Freilassung bewirke.»

«Können Sie das? Können Sie mit den Leuten, die sie gefangen halten, verhandeln?»

«Wenn ich genug Geld habe», sagte er und drehte sich wieder zu ihr um. «Geld ist das Einzige, was in meinem armen Land funktioniert.»

Helaina sah, wie mehrere Männer näher kamen. Babinowitsch zog den Kopf ein und drehte sich zum Schaufenster des Geschäfts um, als wollte er sich für ihre prüfenden Blicke unsichtbar machen. Als die Männer fort waren, wandte er sich wieder an Helaina. «Man kann gar nicht vorsichtig genug sein. Überall gibt es Spione. Sie werden alle, die wir Beziehungen zur kaiserlichen Familie haben, suchen und umbringen.»

«Wer tut das?»

«Die neue Regierung in meinem Land. Die Bolschewiken. Aber ich darf nicht darüber reden. Es ist zu gefährlich.» Er senkte die Stimme. «Ich habe Schmuck, den ich verkaufen kann. Aber in dem Moment, in dem unsere Feinde erführen, dass kaiserliche Juwelen aus dem Land geschmuggelt wurden und verkauft werden, um dem Zar und seiner Familie zu helfen, würden Köpfe rollen.»

Helaina runzelte die Stirn. «Daran möchte ich nicht beteiligt sein.»

«Aber vielleicht haben Sie Interesse daran, etwas von meinem Schmuck zu kaufen?», fragte er hoffnungsvoll. «Sie sind eine gute Frau, und Sie können doch sicher nicht zusehen, wie

Kinder in den Händen solch böser Leute bleiben. Die Töchter des Zars sind sehr schön, und der kleine Alexej ist ein so lieber Junge. Sie werden zweifellos schändlich behandelt.»

Helaina runzelte die Stirn. Die Geschichte des Mannes faszinierte sie. «Ich vermute, ich könnte ein paar Stücke kaufen», sagte sie.

Babinowitsch vergaß sich beinahe, als er die Arme ausstreckte. Doch dann hielt er sich zurück, bevor er sie tatsächlich umarmte. «Oh, Mrs. Beecham, Sie haben mich zu einem glücklichen Menschen gemacht. Ich bin sicher, dass wir sie jetzt retten können.»

Helaina vereinbarte mit dem Mann, dass er sie später am Tag in ihrem Hotel aufsuchen sollte. Dann wandte sie ihre Aufmerksamkeit wieder dem zu, weswegen sie hier war. Sie musste wissen, was für die Regina und ihre Besatzung getan wurde.

Latimore erholte sich etwas, während Jacob ihm mit dem Löffel heißen Kaffee mit viel gesüßter Kondensmilch einflößte. Seine Augen waren nicht mehr so geschwollen, und es schien Jacob, als könnte er schon wieder etwas erkennen.

«Können Sie mich sehen, Kapitän?»

Latimore blinzelte. «Ganz unscharf.» Seine Stimme war rau, und sein Atem ging schwer.

«Gut.» Jacob stellte den Becher beiseite. «Sie waren sehr krank. Beinahe eine Woche lang.»

«Sie hätten mich sterben lassen sollen», sagte der Mann nüchtern.

«Und was hätte das Ihrem Sohn genützt?»

Latimore runzelte die Stirn und wandte den Blick ab. «Ich habe keinen Sohn.»

«Dadurch, dass Sie das sagen, wird es nicht wahr. Ich könnte

Ihnen sagen, dass wir nicht in der Arktis verschollen sind, sondern dass wir stattdessen gefunden wurden und den Luxus eines Hotels in Seattle genießen, aber das entspräche nicht der Wahrheit.»

«Ich bin dem Jungen zu nichts nutze.»

«So nicht. Aber es gab eine Zeit, da wäre der Kapitän Latimore, den ich kannte, für jedes Kind von großem Wert gewesen.»

«Diesen Mann gibt es schon lange nicht mehr.»

«Das glaube ich nicht. Ich glaube, dass Sie ihn nur lebendig begraben haben.»

Latimores Blick wanderte wieder zu Jacob. Seine Augen verengten sich, dann fing er an sie zu reiben. Jacob hinderte ihn daran. «Das hilft nicht – im Gegenteil, wahrscheinlich schadet es eher. Möchten Sie etwas Ente essen? Wir haben eine zubereitet, und es gibt eine Brühe, die Ihrem Magen bestimmt bekommt.»

Latimore schüttelte den Kopf. «Warum tun Sie das? Sie würden gut zurechtkommen – vielleicht sogar besser –, wenn Sie mich sterben ließen.»

Jacob lehnte sich zurück und verschränkte die Arme vor der Brust. «Ich bin es nicht gewohnt, Menschen aufzugeben. Sie haben viel, wofür es sich zu leben lohnt, trotz Ihres Verlusts. Sie müssen aufhören, sich selbst zu belügen, und das endlich einsehen. Gott hat einen Grund, warum er Sie am Leben gelassen hat. Sie haben eine Aufgabe, aber Sie gehen ihr aus dem Weg. Vor Ihrem Sohn davonzulaufen, wird Ihnen nicht den inneren Frieden geben, nach dem Sie sich sehnen.»

Die letzten Reste von Latimores dicker Schutzmauer begannen zu bröckeln. «Aber wenn ich in sein Gesicht sehe … dann sehe ich meine Regina.»

Jacob nickte. «Da bin ich sicher. Aber vielleicht wird das irgendwann ein Segen sein und kein Fluch. Sie dürfen Ihren

Sohn nicht im Stich lassen, Latimore. Er braucht Sie. Ihre Frau ist nicht mehr da, und sie hat keine irdischen Bedürfnisse mehr, außer dass Sie für das Kind sorgen, das sie Ihnen geschenkt hat. Sie müssen Ihre Kräfte sammeln und zu ihm zurückkehren. Sie müssen es tun.»

Latimore schüttelte den Kopf. «Ich glaube nicht, dass ich das kann. Dazu bin ich zu erschöpft – zu krank.»

Jacob grinste. «Ich werde Sie nicht aufgeben, Latimore, und ich werde auch nicht zulassen, dass Sie sich selbst aufgeben.»

4

Leah beobachtete voller Stolz die Zwillinge, die zu ihren Füßen spielten und die frisch sprießenden Wiesenblumen erforschten, die gerade anfingen zu blühen. Der Schnee war fast vollständig verschwunden, aber das bedeutete nicht, dass es keine Unwetter mehr geben würde. Sie wusste, dass der Schnee plötzlich und ohne Vorwarnung kommen konnte. Sie waren immer auf der Hut vor Überraschungen.

«Kommt, Wills – Merry», rief sie und klatschte in die Hände. Sofort blickten die Zwillinge auf und wackelten mit unsicheren Babyschritten auf sie zu. «Wir gehen Sigrid besuchen», sagte sie und hob beide Kinder auf einmal hoch.

Wills fing sofort an zu strampeln, weil er wieder hinunterwollte, aber Meredith kuschelte ihr Köpfchen an Leahs Schulter. Heute arbeiteten die Frauen an den Seehundfellen für das Umiak. Ayoona hatte die Gruppe angeführt, aber jetzt würden sie ohne sie arbeiten. Oopick hatte jedoch versprochen, dass sie von der alten Frau erzählen und zu ihrem Andenken nähen würden. Der Gedanke an eine solche Zusammenkunft war Balsam für Leahs angeschlagene Seele. Sie sehnte sich nach dem Trost ihrer Lieben – nach Jayce und Jacob. Sie vermisste Ayoonas mütterliche Art und Weisheit.

Sigrid hatte angeboten, auf die ganz kleinen Kinder aufzupassen, damit die Mütter ungestört arbeiten konnten. Mehrere Iñupiaq-Mädchen würden ihr bei der Kinderbetreuung helfen. So mussten die Mütter nicht ständig hinter ihren Kleinen herlaufen, und die Kinder kamen nicht in Kontakt mit den öligen Häuten.

«Guten Morgen», rief Leah, als sie die Schule betrat. Sigrid spielte bereits mit einigen Kindern.

«Oh, hallo Leah. Wie ich sehe, hast du noch zwei kleine Freunde mitgebracht.» Sigrid stand auf und kam herüber, um

Wills zu übernehmen. Sofort fing er wieder an zu zappeln, damit er auf den Boden gestellt wurde. «Der hier hat Lust zu spielen.»

«Er hat immer Lust zu spielen», sagte Leah lachend. Sie stellte Merry ebenfalls auf den Boden, aber das Mädchen schien nicht geneigt, seine Umgebung näher zu erkunden. Die Kleine klammerte sich an Leahs Bein und versteckte ihren Kopf. «Merry hingegen hat wahrscheinlich Lust zu schlafen.»

Sigrid setzte Wills ab und streckte die Hand nach Merry aus. Das Kind ging nur zögerlich auf sie zu, weinte aber nicht, als Wills davonwackelte, um mit dem Spielzeug und den anderen Kindern zu spielen. Sigrid nahm Merry in den Arm und murmelte ihr tröstliche Worte ins Ohr.

«Hast du genug Hilfe?», fragte Leah. Sie sah, dass zwei ältere Mädchen hier waren, um zu helfen, aber sie fragte sich, ob das ausreichte.

«Zwei Mädchen kommen noch. Sie freuen sich darauf, mir zu helfen. Emma hat ihnen allen ein besonderes Geschenk versprochen. Ich bin nicht sicher, was es ist, aber die Mädchen waren ganz aufgeregt.»

Leah nickte. «Ich bin sicher, Emma fällt etwas Schönes ein. Sie hat ein Händchen dafür.»

Sigrid wurde ernst. «Hast du etwas von Helaina und John gehört?»

«Noch nicht.» Leah versuchte, ihre Enttäuschung zu verbergen. «Aber sie sind noch nicht lange fort. Ich bin sicher, dass sie wiederkommen, sobald sie etwas in Erfahrung gebracht haben.»

«Das werden sie ganz sicher. Wenn sie etwas wissen, werden sie dich nicht unnötig lange warten lassen.»

Leah holte tief Luft und atmete langsam aus. «Ich konnte noch nie gut warten.» Sie runzelte die Stirn. «Das ist wohl eine Lektion, die ich noch lernen muss.»

«Ich hoffe jedenfalls, dass das Warten bald ein Ende hat.»

Leah konnte das ernsthafte Mitgefühl in Sigrids Augen sehen. «Ich bete, dass du Recht hast.»

Leah ließ die Kinder dort und ging langsam zum Gemeinschaftshaus hinüber. Ihr Blick wanderte an dem Gebäude vorbei und schweifte zum Meer dahinter. Das Wasser funkelte verlockend und schien sie zu rufen.

Einen Moment lang vergaß Leah die Frauen und ging zum Ufer. Voller Sehnsucht blickte sie auf das Wasser hinaus bis zum Horizont, wo Meer und Himmel sich berührten.

«Du bist irgendwo dort draußen», murmelte sie. Der Schmerz der Einsamkeit zwang sie beinahe in die Knie. Wie konnte Jayce so weit entfernt und ihr zugleich so nahe sein – verbunden durch das Wasser, dass dieses Ufer berührte?

Leah kniete nieder und streckte die Hand ins Wasser des Beringmeers. Vielleicht tat ihr Ehemann irgendwo das Gleiche. Manchmal vergingen die Tage so unglaublich langsam, dass Leah glaubte, sie würde den Verstand verlieren. An anderen Tagen war sie so mit den Kindern oder anderen Leuten so beschäftigt, dass sie kaum Zeit hatte, über ihre Situation nachzudenken. Aber in Wirklichkeit war ihr Herz die ganze Zeit gebrochen. Jeden Abend ging sie einsamer zu Bett als am Abend zuvor. Und jeden Tag, wenn Leah aufwachte, wurde ihr die grausame Realität ihrer Lage neu bewusst, und jeden Tag schmerzte es genauso wie am Anfang, als ihr klar geworden war, dass Jayce und Jacob sehr, sehr lange nicht nach Hause kommen würden.

Doch sie hatte nie den Gedanken zugelassen, sie könnten gar nicht mehr heimkommen. Das konnte sie einfach nicht. Der Schmerz, den dieser Gedanke verursachte, war unvorstellbar groß. Leah hatte Angst vor der Wahrheit – Angst davor, niemals die Wahrheit zu erfahren oder dass die Wahrheit nicht so war, wie sie es wollte. Es war ein schrecklicher Zwiespalt. Leah strich sich eine Strähne ihres braunen Haares aus dem Gesicht und richtete sich auf.

«Bitte bring sie nach Hause, Vater. Ich kann diese Last nicht mehr länger tragen. Meine Kinder brauchen ihren Vater und ihren Onkel. Jayce muss zu mir zurückkehren. Und Jacob brauche ich auch.» Sie wischte die Tränen fort, die ihr über die Wangen liefen. «Ich vertraue dir in all dem, Gott, aber ich verstehe nicht, warum das geschehen musste. Wir hatten uns doch endlich gefunden. Die Sache mit Chase hat mich immer noch belastet, aber jetzt … jetzt möchte ich einfach nur Jayce zurückhaben. Die alten Wunden sind verheilt, aber diese neuen Wunden werden nie heilen, wenn sie nicht nach Hause kommen. Bitte, Gott – ohne deine Hilfe schaffe ich es nicht.»

Die Frauen saßen bereits in ihrer wasserdichten Kleidung auf dem Boden, als Leah eintraf. Sie zog ihre eigene Schutzkleidung an und setzte sich zwischen Oopick und ihre Schwiegertochter Qavlunaq. Emma Kjellmann saß ihnen gegenüber und lachte über etwas, das die anderen Frauen gesagt hatten. Sie blickte auf und lächelte Leah zu. «Ich bin froh, dass du gekommen bist. Ich war nicht sicher, ob es den Zwillingen gut genug geht. Ich habe gehört, dass sie zahnen.»

«Das tun sie, aber heute scheinen sie ganz munter zu sein. So munter sogar, dass ich keine ruhige Minute hatte.» Leah nahm eine Nadel und zog das ölige Fell näher. Sie nähten große Seehundfelle zusammen, um die äußere Haut für das Umiak herzustellen. Boote aus Leder waren für das Dorf lebenswichtig; dieses große, offene Boot würde für den Walfang benutzt werden.

«Wir haben gerade über die Neuigkeiten im Dorf gesprochen», fuhr Emma fort.

Leah nickte. Diese Zusammenkünfte waren immer ein Ort, an dem die Frauen sich über ihre Familien und Freunde austauschten.

«Mary hat uns gerade von ihrer Familie in Teller erzählt. Einige Kinder sind gestorben. Es klingt, als könnte es Diphtherie sein.»

Leah zuckte unwillkürlich zusammen. «Ich bete, dass es das nicht ist.» Sie sah Marys ängstliche Miene. «Wir werden für deine Familie beten.»

Epidemien waren überall gefürchtet, aber vielleicht noch mehr in abgelegenen Gegenden. Es schien, als hätten die Dörfer immer mit irgendeinem gesundheitlichen Problem zu kämpfen. Krankheiten fielen ungebeten über sie her und rissen ganze Familien fort. Last Chance Creek hatte schon seit längerem keine solche Epidemie mehr erlebt, aber jeder wusste, dass es nur eine Frage der Zeit war.

Emma wechselte das Thema. «Wie es aussieht, wird es diesen Sommer viele Wildbeeren geben, die wir pflücken können. Die Sträucher und Bodendecker blühen im Überfluss. Ich finde, wir sollten uns überlegen, wie wir das Einmachen und Trocknen organisieren.»

Die Frauen nickten, und so ging die Unterhaltung weiter. Leah lauschte nur mit einem Ohr, während sie an den kurzen Sommer dachte und wie wenige Monate es nur dauern würde, bis das Eis wieder die Reise nach Norden erschweren oder gar ganz unmöglich machen würde. Würde die Zeit lang genug sein, um ihre Männer zu retten? Würde die Regierung die Sache überhaupt ernsthaft in Angriff nehmen?

Während sie mit ihrem ledernen Fingerhut die Nadel durch das Material drückte, hörte Leah, wie Emma verkündete, sie sei schwanger. «Das Baby soll im November kommen, nach allem, was ich sagen kann.» Sie lächelte stolz. «Wir beten, dass Gott dieses Baby zu uns kommen lässt.»

«Das sind wunderbare Neuigkeiten», sagte Leah. Sie wusste, wie sehr die Fehlgeburt bei ihrer letzten Schwangerschaft Emma zu schaffen gemacht hatte. «Ich habe jede Menge Babykleidung, die du haben kannst. Ein paar Sachen sind sogar von dir.»

Qavlunaq lächelte schüchtern. «Ich bekomme auch noch ein Baby. Zusammen mit dir.»

«Herzlichen Glückwunsch», sagte Emma. «Soll dein Baby auch im November kommen?»

«Ja, genau wie deins.»

Leah versuchte nicht unglücklich auszusehen, während die anderen Frauen in dem großen Raum feierten. Sie freute sich für ihre Freundinnen über den Familienzuwachs, aber gleichzeitig erinnerte sie das an ihre eigene Situation.

«Ich habe Leah versprochen, dass wir von Ayoona und ihrer Zeit hier im Dorf sprechen würden», erklärte Oopick. Sie sah zu Leah hinüber.

«Ayoona war eine gute Frau.» Die anderen Frauen nickten, auch Lopa, Ayoonas andere Schwiegertochter. Lopa war die zweite Frau von Robbenauge Sam, Ayoonas älterem Sohn. Sie war nicht annähernd so gesellig wie Oopick, aber heute war sie mit ihrer siebzehnjährigen Tochter Mary hergekommen, denn Mary und ihr Verlobter waren es, die das Boot als Hochzeitsgeschenk erhalten sollten.

«Ayoona hat mir viele Sachen besser beigebracht als meine eigene Mutter. Sie hat mir gezeigt, wie man bei Seehundfellen bessere Nähte macht. Und sie hat mich gelehrt, anderen ihre Fehler zu vergeben», sagte Lopa.

Leah wusste, dass das stimmte. Ayoona war eine gläubige Frau gewesen, und sie hatte Leah in einsamen und schwierigen Zeiten ermutigend zur Seite gestanden. Erst vor wenigen Wochen hatte Ayoona zu Leah gesagt, sie solle sich nicht um ihren Mann sorgen oder um ihn weinen.

«Gott wird ihn nach Hause bringen, wenn die Zeit gekommen ist, Le-jah. Du kannst Gott nicht sagen, was er tun soll.»

Leah musste lächeln, als sie an diese Worte dachte. *Nein, ich kann Gott nicht sagen, was er tun soll, aber ich kann versuchen, ihn zu überzeugen.*

«Als Ayoona ein Mädchen war, ist sie schneller gerannt als alle anderen im Dorf. Ihre Mutter hat immer gesagt, sie solle nicht so viel herumrennen. Sie hatte Angst, es würde die Geister verärgern. Ayoona antwortete ihrer Mutter, die Geister könnten sie nicht fangen, auch wenn sie verärgert wären.» Oopick lächelte und fügte hinzu: «Später war es ein Segen, dass sie so rennen konnte, als sie von einem Bären überrascht wurde. Ayoona hat mir erzählt, dass sie damals erst siebzehn war und Beeren für ihre Mutter gesammelt hatte. Ein Bär wollte auch dort Beeren pflücken. Sie sagte, sie seien beide so erstaunt gewesen, dass sie zu laufen anfingen. Aber sie rannten beide in die gleiche Richtung. Der Bär hat sie eigentlich nicht verfolgt – er lief zufällig in die gleiche Richtung.»

Alle lachten bei der Vorstellung. Leah malte sich aus, wie der Bär und Ayoona um die Wette liefen, und sie hatte keinen Zweifel daran, wer gewonnen hätte, obwohl Bären meistens schneller waren als Menschen – zumindest auf kurze Entfernung.

Eine andere Frau erzählte davon, wie Ayoona bei den Geschichtenabenden des Dorfes getanzt hatte. Leah hörte zu, wie eine nach der anderen ihre Geschichte erzählte und ihre Liebe zu der alten Frau bekundete. Ayoona würde im Dorf schmerzlich vermisst werden – daran bestand kein Zweifel. Aber, und das war vielleicht noch wichtiger, Ayoona hatte ein Vermächtnis der Liebe und Weisheit hinterlassen. Sie hatte jeder Frau hier im Raum etwas über das Leben im Dorf beigebracht. Sie hatte geholfen, die meisten Kinder auf die Welt zu holen, die diese Frauen bekommen hatten. Ayoona war mehr als nur Teil des Dorfes – sie war das Dorf. In vielerlei Hinsicht hatte sie das Dorf so geformt und geprägt, dass es ihr liebevolles Herz widerspiegelte.

Später an diesem Nachmittag arbeitete Leah in ihrem Haus, während die Zwillinge schliefen. Das Letzte, was sie erwartete, war Lärm im Garten. Die Hunde bellten wie verrückt, als wäre etwas oder jemand in ihr Revier eingedrungen. Leah nahm ein Gewehr und schlich zur Haustür hinaus und um das Haus herum. Jacobs Hunde kläfften und jaulten, als wäre ihr Herrchen nach Hause gekommen. Leah spürte, wie ihr Herz schneller schlug, während sie ihre Schritte beschleunigte.

Sie durchquerte den Garten und ging zu dem Ort, wo Jacobs Erdhütte stand. Dort sah sie zu ihrer Überraschung und Erleichterung Helaina und John. Sie waren gerade zurückgekehrt.

«Ich wollte gleich zu dir kommen, sobald wir die Hunde versorgt haben», sagte Helaina und umarmte Leah. «John hat einige neue Hunde gekauft, als wir in Nome waren. Es sind gute, kräftige Tiere. Ich glaube, sie werden Jacob gefallen.»

Leah legte den Kopf schief. «Du hast Neuigkeiten, nicht wahr?»

Helaina lächelte. «Einige schon. Nicht genau die Neuigkeiten, die wir wollten, aber sie sind gut. Ein staatliches Rettungsboot sucht bereits im Norden nach den Männern. Das habe ich in Nome erfahren, und wir sind gleich zurückgekommen, nachdem wir uns vergewissert hatten, dass wir alles getan hatten, was wir konnten.»

«Haben sie eine Ahnung, wo die Regina sein könnte?»

«Nur von dem, was wir ihnen gesagt haben und aus den Berichten derjenigen, die sie gesehen haben», erklärte Helaina. Sie zog ihre Jacke mit spitzen Fingern nach vorne und schüttelte den Kopf. «Ich brauche ein Bad.»

«Komm mit in mein Haus – deine Sachen sind sowieso dort.

Ich habe jede Menge heißes Wasser. Und ich setze noch mehr auf.»

Helaina warf John einen Blick zu. «Hast du hier alles im Griff?»

«Klar. Geh ruhig.» Er war ein schweigsamer Mann, aber es machte ihm offensichtlich nichts aus, die Frauen ziehen zu lassen. «Ich bringe die Sachen, die du wolltest, nachdem ich die anderen Vorräte in den Laden geräumt habe.»

«Die Erdhütte steht unter Wasser», sagte Leah. «Vielleicht solltest du einfach alles zu mir bringen.»

John richtete sich auf. «Das haben wir noch nie gemacht. Im Sommer wird sowieso nicht viel verkauft. Nicht, wenn es genug zu jagen gibt. Wir ziehen bald in den Norden.»

«Da hast du Recht», erwiderte Leah. «Mach es einfach so wie immer.»

«Ich habe neuen Stoff mitgebracht. Kurz bevor wir wieder abgereist sind, gab es eine schöne Lieferung», verkündete Helaina, während sie zu Leahs Haus gingen. «Ich bin sicher, was ich gekauft habe, wird dir gefallen.»

«Noch gespannter bin ich darauf, alles zu erfahren», sagte Leah und zog Helaina hinter sich her. «Was hast du herausgefunden? Gab es irgendwelche Nachrichten?»

«Es gab noch einen Bericht. Offenbar haben ein paar russische Fischer ein Lager weit draußen auf einer ihrer Inseln entdeckt. Die Küstenwache ist zuversichtlich, dass es sich bei den Bewohnern um die Männer von der Regina handelt.»

«Oh, ich bete, dass sie bald gefunden werden. Der Sommer ist in der Arktis schrecklich kurz.»

Helaina nickte und folgte Leah ins Haus. «Sie haben sich schon auf den Weg in den Norden gemacht, bevor das Eis in Nome getaut war. Dadurch hat sich ihre Reise vielleicht hier und da verzögert, aber sie versuchen zu den Männern durchzukommen.»

Leah hörte die Erregung in Helainas Stimme und spürte neue Hoffnung in sich aufsteigen. «Ich hoffe, sie beeilen sich. Der Gedanke daran, was die Männer durchgemacht haben, ist mir unerträglich.»

«Aber sie sind klug. Klug und stark und auch voller Gottvertrauen. Jedenfalls unsere Männer.»

Leah lächelte, als sie hörte, wie Helaina Jacob als ihren Mann bezeichnete. Sie betete, dass die Liebe ihres Bruders zu dieser Frau mit der Zeit nicht verblasst war. «Du hast Recht. Es war manchmal schwierig, sich daran zu erinnern, dass Gott immer weiß, wo sie sind – auch wenn ich es nicht weiß.» Der Gedanke war zum ersten Mal seit langem tröstlich.

«Die Zwillinge schlafen in ihrem Zimmer, aber ich lasse dir ein Bad in deinem alten Zimmer ein. Du kannst dich ja schon mal ausziehen. Frische Handtücher und Seife sind in der Schublade.» Leah wandte sich zum Gehen, aber Helaina hielt sie zurück.

«Sie kommen nach Hause, Leah. Ich weiß es einfach.»

Ihre Zuversicht war ansteckend. Leah nickte. «Ich auch. Jetzt bin ich mir sicher. Auch wenn ich es vorher nicht war.»

5

Am achten Juni feierte das Dorf den ersten Geburtstag von Leahs Zwillingen, und die Kinder genossen die Aufmerksamkeit. Wills ging von einem zum anderen und blieb nie lange an einem Ort. Er schien es zu genießen, im Mittelpunkt der Feier zu stehen, und lachte und klatschte so viel, dass Leah sicher war, er würde am Ende ganz erschöpft sein. Selbst Merry war geselliger als üblich. Sie lächelte schüchtern und nahm die Geschenke und Leckereien entgegen, die sie von den Dorfbewohnern bekam.

Es gab einige traditionelle Tänze zu Ehren der Zwillinge. Beide versuchten die Schritte nachzuahmen und brachten die Erwachsenen damit zum Lachen. Leah fand alles sehr schön, aber sie musste unwillkürlich daran denken, wie sehr Jayce die Kinder genießen würde. Sie fragte sich, ob er in Sicherheit war und genug zu essen hatte. Hier schlugen sie sich den Magen mit allen möglichen Köstlichkeiten voll, und Jayce und Jacob waren vielleicht kurz davor zu verhungern.

Wann würde Jayce nach Hause kommen? Wann konnten sie ihr gemeinsames Leben fortführen?

Die Zeit verging, aber Leah war es, als wäre sie eingefroren. Nur die Tatsache, dass sie die Zwillinge wachsen sah, bewies ihr, dass der Kalender Tag für Tag vorrückte.

Am Tag nach der Geburtstagsfeier packten viele der Dorfbewohner Zelte und Vorräte ein und wanderten in Richtung Norden. Viele Vögel und Enten waren gesichtet worden, und die Aussicht auf Eier und anderes Fleisch als Seehund und getrockneter Lachs war verlockend. Leah hatte an mehreren solcher Jagdexkursionen teilgenommen und gestaunt, wie geschickt manche der Frauen mit Pfeil und Bogen umgingen. Sie erinnerte sich noch an eine Gelegenheit, bei der Qavlunaq erst elf Jahre alt gewesen war und ihrem Vater beweisen wollte, dass sie genauso gut jagen konnte wie ihre Brüder. Sie hatte ihre Familie auf der Jagd begleitet und war auf einen Bergkamm geklettert, wo sie auf die Gänse gewartet hatte. Während sie vorbeiflogen, hatte Qavlunaq Pfeil und Bogen genommen und den größten Vogel abgeschossen. Ihr Vater war damals sehr stolz auf sie gewesen. Leah sah noch vor sich, wie das kleine Mädchen stolz grinsend die Gans hochgehalten hatte. Jetzt war das Mädchen eine erwachsene Frau mit einem eigenen Kind und einem zweiten unterwegs.

Zwei Tage, nachdem die erste Gruppe aus dem Dorf aufgebrochen war, machten die nächsten Bewohner sich bereit. John und Oopick waren unter denen, die als Nächstes losziehen wollten. Einerseits hätte Leah gerne ihre Kinder genommen und wäre ihnen gefolgt, und sei es nur, um Gesellschaft und etwas zu tun zu haben. Aber die Hoffnung, dass Jayce und Jacob gerettet wurden und wieder nach Last Chance kamen, ließ sie bleiben. Denn was war, wenn sie in ein leeres Dorf zurückkehrten und niemand da war, um ihr Überleben zu feiern?

Der Tag begann wolkenlos und sonnig, aber um neun Uhr zog ohne Vorwarnung dichter Nebel vom Meer herauf. Gerade hatte Leah noch bis zum Horizont sehen können, aber jetzt konnte sie kaum noch erkennen, was wenige Meter von ihr entfernt war. Sie war dieses Phänomen gewohnt, aber sie hasste es trotzdem. Wenn man unterwegs war, konnte eine solche Nebelwand wirklich beängstigend sein. Als sie und Jacob einmal aus Nome zurückgekommen waren, hatte ein plötzlicher dichter Nebel sie überrascht. Jacob war so klug gewesen, anzuhalten und abzuwarten, bis der Nebel sich lichtete, obwohl er den Weg gut kannte. Aber Leah würde nie das Gefühl des Abgeschnittenseins vergessen, das sie bekam, weil sie nichts sehen konnte. Sie hatte die ganze Zeit Angst gehabt, jemand könnte die Hand aus dem Nebel strecken und sie packen. Jacob, der ihre Angst spürte, hatte ihr Geschichten von Colorado, aus ihrer Kindheit erzählt. Geschichten, die Leah vergessen hatte.

«Der Nebel ist schlimm», sagte Oopick, die in diesem Augenblick unerwartet in Leahs Haus erschien. Das Dorf war wie eine große Familie, und die anderen waren immer willkommen.

«Zieht ihr trotzdem heute los?», fragte Leah, während sie Oopick einen Tee einschenkte.

«John sagt, wir können bis morgen warten. Er denkt, dass Gott ihm sagt, er soll sich mehr Zeit lassen.» Die ältere Frau lächelte.

«Ich bin froh, dass ihr wenigstens noch einen Tag hierbleibt», gestand Leah.

Oopick nahm ihren Tee. «Es ist noch nicht zu spät. Du kannst mit uns gehen. Und früher zurückkommen.»

Leah dachte über den Vorschlag nach. «Nein. Ich will nicht, dass sie heimkommen und ich nicht hier bin, um sie willkommen zu heißen.»

Oopick senkte den Blick. «Es könnte ohne weiteres noch Monate dauern, Leah. Vielleicht sogar, bis das Eis wiederkommt. Du ... na ja ...» Sie trank einen Schluck, wie um sich selbst zum Schweigen zu bringen.

«Du sagst die Wahrheit, Oopick, und das ist nie verkehrt. Mir ist klar, dass sie vielleicht erst im Spätsommer gefunden werden ... und vielleicht nicht einmal dann.» Leah musste sich zwingen, die Worte auszusprechen. «Trotzdem möchte ich hierbleiben. Ein paar der ältesten Leute im Dorf werden hier sein, und vielleicht brauchen sie Hilfe. Außerdem bleiben Emma und ihre Familie auch hier. Ich habe einfach das Gefühl, dass es die richtige Entscheidung ist.»

«Was ist die richtige Entscheidung?», fragte Helaina, die vom Hinterzimmer hereinkam.

«Hierzubleiben, anstatt mit den anderen nach Norden zu ziehen.»

Helaina warf Oopick einen Blick zu. «Ich finde, Leahs Entschluss ist richtig. Wir kommen hier schon zurecht.»

«Dank John und Kimik habe ich viel gutes Robbenfleisch, und bald kommen die Lachse. Ich werde so viele fangen, wie der Fluss hergibt», versprach Leah. «Du wirst sehen, meine Trockenvorrichtungen werden voll sein, bevor ihr wieder da seid.»

Oopick lächelte. «Du arbeitest immer fleißig. Ich weiß, dass du tun wirst, was du gesagt hast, aber wir werden ja sehen, wer mehr Fisch nach Hause bringt.»

Leah grinste. «Das klingt nach einer Kampfansage. Ich nehme die Herausforderung an.» Sie wusste, dass Oopick und die anderen Frauen viel mehr Fisch erbeuten würden, aber das spielte keine Rolle. Sie mochte das unbeschwerte Geplänkel; es half ihr, sich abzulenken. «Außerdem wird es nicht lange dauern, bis ihr wiederkommt. Vergiss nicht, dass wir im nächsten Monat viele Beeren pflücken müssen.»

«Wir werden guten Pemmikan haben», nickte Oopick.

«Und Gelee und Marmelade», fügte Leah hinzu. «Ich habe extra Zucker für diese Dinge bestellt.»

«Das wird John gefallen. Er mag Süßigkeiten. Manchmal isst er sogar Lachs mit Gelee.» Oopick lachte. «Ich sage ihm besser, er soll vorsichtig sein, sonst wird er noch zu einem Weißen.»

Leah hatte noch nie gehört, dass ein Weißer Gelee auf Lachs gegessen hatte, aber sie lachte trotzdem. Ebenso wie Helaina, die schnell hinzufügte. «Das habe ich noch nie probiert, aber vielleicht tue ich das. Manchmal wird selbst das beste Essen langweilig.»

«John sagt, dass wir zurückkommen und fragen, ob es etwas Neues gibt.» Oopick trank ihren Tee aus und reichte Leah den Becher, als sie sich zum Gehen wandte. «Er will wissen, was mit Jacob ist. Ich auch.»

Leah nickte. Ihnen allen machte es sehr zu schaffen, dass sie nichts über das Schicksal der Männer wussten. John hatte sich solche Sorgen gemacht, dass er sogar überlegt hatte, selbst in den Norden zu reisen; erst vor wenigen Wochen hatte er gesagt, er könne einen eigenen Suchtrupp zusammenstellen. Leah hätte ihn fast ermutigt, weil sie irgendwie dachte, sie könnte sich der Gruppe ebenfalls anschließen. Aber dann wurde sie wieder realistisch, und sie wusste, dass es für keinen von ihnen klug war, so etwas zu versuchen. Sie konnten unmöglich sicher sein, wohin es die Regina verschlagen hatte, und unter Umständen endeten sie dann auf ähnliche Weise. Und dann waren da natürlich noch die Kinder.

Leah wusste, dass sie die Zwillinge niemals so lange allein lassen konnte. Eine Fahrt nach Nome war eine Sache – und die war lang genug, was die Trennung von den Kindern betraf, die sie liebte. Wenn man bedachte, dass ein Suchtrupp leicht den ganzen Sommer nach dem vermissten Schiff suchen konnte, wusste Leah, dass die Retterrolle nicht ihre war.

Helaina hatte zugestimmt und Leah Mut gemacht, der Regierung zu vertrauen, dass sie die Männer suchte. Außerdem hatte sie betont, selbst wenn der Krieg in Europa die Regierung von der Suche abhielt, würde ihr Bruder Stanley eine private Rettungsaktion aus Seattle oder San Francisco starten. Helainas gesundes Bankkonto konnte ein solches Unterfangen verkraften. Das tröstete Leah bis zu einem gewissen Grad.

Der Nebel lichtete sich um zwei Uhr und enthüllte eine wunderschöne Landschaft, die aussah, als wäre sie frisch gewaschen. Leah beschloss, ihre schlafenden Kinder bei Helaina zu lassen, während sie auf den matschigen Hängen der Tundra unweit von ihrem Dorf ein paar Kräuter sammelte. Zu ihrer Überraschung sah sie ein Schiff, das draußen im tieferen Wasser vor Anker gegangen war. Die ersten Boote waren bereits auf dem Weg zum Ufer. Sie hielt die Luft an und sah zu – während sie hoffte und betete, Jayce und Jacob würden unter den Männern sein, die da nach Last Chance kamen.

Leah schirmte die Augen gegen das Sonnenlicht ab und beobachtete die Gestalten, als sie näher kamen. Keiner von ihnen sah bekannt aus, und daran, wie die Männer Flaschen hochhielten, erkannte Leah, dass ihr Mann und ihr Bruder nicht unter ihnen waren. Das hier waren Walfänger, die leider ihre Umsätze damit steigerten, dass sie Whiskey an Eingeborene verkauften. Leah wandte sich angewidert ab. Sie hoffte, dass Emmas Mann Björn die Männer, die noch im Dorf waren, davon abhalten würde, der Versuchung nachzugeben. Außerdem hoffte sie, dass er die Walfänger dazu bringen konnte weiterzuziehen.

Leah achtete nicht auf die Zeit, während sie die Vegetation absuchte. Es gab sehr viele Pflanzen, die im Dorf für medizinische Zwecke nützlich waren. Leah hatte schon häufiger festgestellt, dass die Ureinwohner, die Christen waren, mit besonders schlimmen Fällen zu ihr kamen. Andere, die nichts vom Glauben der Weißen hielten, gingen zu ihrem Schamanen. Ayoona hatte Leah einmal erzählt, dass es schwierig war, solchen Aberglauben abzulegen, wenn man das ganze Leben lang gehört hatte, es sei die Wahrheit. Sie hatte zu Leah gesagt, sie solle doch einmal überlegen, wie schwer es für sie und Jacob wäre, wenn jemand käme, der erklärte, das Christentum sei falsch – dass alles, was sie gelernt hatten, nichts als eine Sammlung von Geschichten sei, die von einer Gruppe Menschen weitergetragen werde, die keine Ahnung von der Wahrheit hätten.

Diese eine Bemerkung hatte Leah mehr als alles andere gelehrt, viel Geduld und Toleranz im Zusammenleben mit den Iñupiat zu haben. Sie dachte oft an Ayoonas Worte und wusste, dass es für sie selbst ganz unmöglich wäre, einen anderen Glauben für wahr zu halten. Warum sollte es für die Ureinwohner Alaskas nicht genauso schwer sein? Emma und Björn hatten ihr zugestimmt und erklärt, dass ein Leben nach dem Vorbild der Liebe Jesu das beste Beispiel sei, um Menschen zum Glauben zu ermutigen. Wenn die Menschen hier die Hoffnung und Freude sahen, die die Weißen in ihrem Leben hatten – vor allem in schwierigen Zeiten –, dann würden sie neugierig werden und Fragen stellen. Das hatte sich immer wieder als wahr erwiesen.

Leah wurde bewusst, dass es Zeit war, zu den Zwillingen zurückzukehren, und so sammelte sie ihre Beutel ein und machte sich auf den Weg den Hügel hinunter. Sie wusste nicht, wie viel Uhr es war, aber sie vermutete, dass es spät am Nachmittag war. Da es im Sommer fast nie dunkel wurde, war es schwer, die Zeit einzuschätzen.

Leah hörte ihren Magen knurren und war froh, dass sie, bevor sie losgegangen war, einen Eintopf aufgesetzt hatte, der auf dem Herd vor sich hin köchelte. Sie hoffte, dass es bald Zeit fürs Abendessen war und sie die Früchte ihrer Arbeit genießen konnte.

Leah kam bei ihrem kleinen Fertighaus an und lächelte, als sie sich Jayces Reaktion vorstellte, wenn er das Haus zum ersten Mal sehen würde. Es schien im Dorf ein wenig fehl am Platze. Außer Emmas Haus waren alle anderen Behausungen nach Iñupiaq-Art halb in den Boden gebaut. Das Haus der Kincaids sah hübsch aus, aber hier für die Küste war es ungewöhnlich. Sie wusste, dass es Jayce gefallen würde, aber es würde nichts sein im Vergleich zum Anblick seiner Kinder.

Seine Kinder. Die alten Gedanken schlichen sich ein, um sie zu quälen. *Sind Wills und Merry wirklich Jayces eigen Fleisch und Blut? Warum kann ich es nicht einfach akzeptieren? Warum kann ich mich nicht an dem freuen, was ich habe, und aufhören, über die Vergangenheit nachzugrübeln?* Sie schauderte und schob die Erinnerungen beiseite. Es hatte keinen Wert, an diese schrecklichen Dinge zu denken. Und es brachte niemandem etwas, Fragen zu stellen, auf die sie keine abschließenden Antworten erhalten würde.

Wills und Merry waren Jayces Kinder. Mehr gab es dazu nicht zu sagen. Leah würde keinen anderen Gedanken gelten lassen.

Ein Tumult am Strand erregte ihre Aufmerksamkeit, als Leah gerade die Treppe zu ihrem Haus hinaufstieg. Mit einem Mal erfasste sie Angst. Sie stellte die Beutel auf den Stufen ab und fühlte sich unwillkürlich zu dem Geräusch kämpfender Männer hingezogen.

Als sie das Dorfgemeinschaftshaus erreichte, konnte Leah sehen, dass mehrere der Ureinwohner betrunken waren. Es waren gute Männer – Leah kannte sie gut, aber der Alkohol hatte ihren Verstand vernebelt. Sie schrien wütend aufeinander ein, und ein Mann schwenkte ein Gewehr. Sie wusste, dass diese Sache kein gutes Ende nehmen würde; mit Sicherheit würde jemand verletzt werden. Die Walfänger mit ihrem Schnaps waren nirgendwo zu sehen.

«Leg das Gewehr weg», befahl John, der in diesem Augenblick auf den Mann zuging.

«Er hat meine Axt gestohlen», erklärte der Mann.

«Er hat versucht, mir meine Frau zu stehlen», erwiderte ein anderer namens Charlie. «Ich werde ihm seine Axt wiedergeben – direkt auf den Schädel!»

«Ich wollte deine hässliche Frau überhaupt nicht», schrie der erste Mann auf Iñupiaq.

Leah spürte jemanden an ihrer Seite, und als sie sich umdrehte, sah sie Oopick neben sich stehen. Sie konnten nur hier warten und zusehen, wie die Situation sich entwickelte. Ein paar andere Dorfbewohner machten Bemerkungen und schlugen sich teils auf Charlies Seite, teils auf die des bewaffneten Mannes.

«Du musst das Gewehr weglegen, Daniel», forderte John, «sonst wird noch jemand verletzt.»

Dann, als wären Johns Worte prophetisch gewesen, löste sich ein lauter Schuss aus dem Gewehr. Alle erstarrten, während Charlie die Hände auf den Bauch presste und auf die Knie sank. Dann blickte er nach oben und brach zusammen.

Leah schlug eine Hand vor den Mund. Diese schreckliche Sache mit anzusehen, eine Situation, zu der es ohne den Whiskey vielleicht nie gekommen wäre, war mehr, als sie ertragen konnte.

«Das reicht. Gib mir das Gewehr.»

«Du wirst mich töten.» Daniels Augen waren vor Angst weit aufgerissen.

John schüttelte den Kopf. «Nein. Ich werde dich festnehmen und einsperren, bis die ‹Bear› kommt. Wenn die Leute von der Regierung hier sind, übergebe ich dich ihnen.»

Leah schüttelte den Kopf. Sie hatte keine Ahnung, wie lange es dauern würde, bis das staatliche Schiff hier war, und Charlies Familie würde ins Dorf kommen, um Rache zu üben. Darauf konnten sie sich verlassen.

«Ich gehe nicht mit ihnen», sagte der Mann und legte das Gewehr wieder an. Bevor jemand etwas unternehmen konnte, trat er ein paar Schritte zurück. «Ich werde nicht gehen.»

John näherte sich ihm in dem gleichen Tempo, wie der Mann zurückwich. «Komm schon, Daniel. Du weißt, dass die Regeln so sind.»

«Ich kann nicht. Ich will nicht.» Er trat noch einen Schritt zurück und blieb dann stehen. «Geh jetzt, John, sonst ... sonst muss ich dich erschießen.»

John schüttelte den Kopf. «Tu das nicht, Daniel. Sie werden dich hängen, wenn du das tust.»

«Sie werden mich sowieso hängen.»

John streckte die Hand nach dem Gewehrlauf aus, aber er

konnte ihn nicht mehr wegdrehen, bevor der Schuss fiel. Leah schrie auf und Oopick fing an zu rennen. Die Kugel traf John in den Bauch. Der große Mann fiel nicht sofort um; stattdessen schien er über die Situation nachzudenken, während mehrere Männer sich auf Daniel stürzten und ihn zu Boden rangen. Oopick war an der Seite ihres Mannes, als sein Körper gerade zu begreifen schien, was geschehen war.

Leah folgte nur wenige Schritte hinter Oopick. Sie hatte zuerst gedacht, dass John vielleicht nicht getroffen worden war, aber als er zu Boden sank, schrie sie: «Nein!»

Oopick kniete neben ihrem Mann und zog an seinen Kleidern, um zu sehen, wie schlimm die Wunde war und wo genau er getroffen worden war. Leah half ihr und vergaß darüber die anderen Leute um sie herum völlig.

Die Wunde, etwa fünfzehn Zentimeter von Johns linker Seite, blutete heftig. Leah zog ihren Kuspuk aus und presste den weichen Baumwollstoff auf Johns Unterleib. «Wir müssen ihn nach Hause bringen», sagte sie und blickte auf. «Ist von euch jemand nüchtern genug, um zu helfen?» Ihre Stimme war voller Wut.

«Wir können helfen», sagten mehrere Männer gleichzeitig. Sie traten vor und warteten auf Anweisungen.

«Wir müssen sehr vorsichtig mit ihm sein», befahl Leah. «Einer von euch muss diesen Stoff auf die Wunde halten, während die anderen ihn tragen. Schafft ihr das?»

Die Männer nickten, und Leah erhob sich. Oopick schluchzte unkontrolliert und wollte ihrem Mann nicht von der Seite weichen. Ihr Sohn Kimik kam und half den Männern, seinen Vater hochzuheben, während Leah sich um Oopick kümmerte.

«Komm mit. Für Tränen ist später Zeit», sagte Leah zu ihr. «Jetzt braucht John uns beide.» Oopick sah Leah in die Augen, als hätte sie Mühe, ihre Worte zu verstehen.

Leah wusste, dass die nächsten Minuten entscheidend waren. «John braucht uns, um am Leben zu bleiben, Oopick. Komm – wir haben zu tun.»

6

«Das Eis ist genug geschmolzen», erklärte der erste Steuermann Elmer Warrick. «Ich sehe keinen Grund, warum wir hier sitzen und auf Hilfe warten sollten, die vielleicht nie kommt.»

Jacob schüttelte den Kopf. «Es ist äußerst riskant, sich auf den Weg zu machen, weil wir keine Ahnung haben, wo wir sind.»

«Wir können ziemlich sicher sein, dass wir in der Nähe der russischen Territorien sind», erwiderte Dr. Ripley. «Und nicht nur das, sondern als Arzt der Mannschaft muss ich auch meine Meinung zu der Sache sagen. Wir leiden alle mehr oder weniger ausgeprägt an Skorbut. Unser Essen ist so einseitig, dass die meisten von uns langsam an Mangelernährung sterben werden. Ganz zu schweigen davon, dass der Kapitän Herzprobleme hat und Bristol drei Zehen, die wir heute Abend amputieren müssen, wenn er nicht in einer Woche tot sein soll.»

«Wir sterben alle?», fragte Matt. Er warf Jacob einen schnellen Blick zu, wie um sich zu vergewissern, dass der Arzt die Wahrheit sagte.

Ripley zuckte mit den Schultern. «Wenn nicht jetzt, dann werden wir es bald tun. Unser Körper braucht eine ausgewogene Ernährung mit Gemüse und Obst. Nahrungsmittel, die wir offensichtlich nicht haben. Dass wir den Elementen ausgesetzt sind, kommt noch hinzu.»

«Aber wenn wir losgehen, ohne zu wissen, wohin», wandte Jacob ein, «setzen wir unser Leben mindestens genauso aufs Spiel, als wenn wir hierbleiben.»

«Ich finde, Jacob hat Recht», sagte Jayce und blickte in die Runde. «Hier haben wir ein Dach über dem Kopf und erst einmal genug zu essen. Ich schlage einen Kompromiss vor: Anstatt auf unbestimmte Zeit zu warten, könnten wir nicht vereinbaren, dass wir bis zum zehnten Juli hierbleiben? Dann haben wir immer noch genug Zeit, um loszuziehen und das Risiko des offenen Meeres einzugehen.»

Die Männer dachten einen Augenblick darüber nach, während Jacob eine Frage stellte. «Dr. Ripley – da Sie sich Sorgen um unsere Gesundheit machen, wäre das Ihrer Meinung nach ein akzeptabler Kompromiss?»

Ripley rieb sich sein bärtiges Kinn. «Das ist nur noch ein guter Monat. Ich würde sagen, das ist akzeptabel. Obwohl ich sagen muss, dass wir mit jedem Tag, den wir warten, wegen unserer mangelhaften Ernährung schwächer werden.»

«Da haben Sie Recht», nickte Jacob. «Kapitän Latimore ist schon jetzt ein sehr kranker Mann. Und ich weiß, dass es auch Ben und Travis nicht gut geht.» Die beiden waren nicht wieder richtig auf die Beine gekommen, nachdem sie vor zwei Monaten eine Bronchitis bekommen hatten. «Ich will keinen von uns länger hier festhalten als unbedingt nötig. Wenigstens das müsst ihr mir glauben. Ich will genauso sehr nach Hause wie ihr. Ihr müsst nicht länger hierbleiben als nötig, darauf gebe ich euch mein Wort.»

Die Männer begegneten seinem ernsten Blick, und einer nach dem anderen nickte zustimmend. Jacob wusste, dass ihr Heimweh groß war – wie sein eigenes auch. Er wollte nichts lieber, als in seinem eigenen Bett aufzuwachen und mit Freunden und Familie zusammen zu sein. Die Besatzung musste verstehen, dass er dieses Ziel ebenso energisch verfolgte wie sie.

«Also gut. Wir bleiben bis zum zehnten Juli hier. Wenn bis dahin keine Hilfe gekommen ist», verkündete Jacob, «dann machen wir uns auf den Weg.»

Er entfernte sich von der Gruppe mit gemischten Gefühlen aus Frustration und Erleichterung. Er war froh, dass Jayce den Kompromiss vorgeschlagen hatte, aber er machte sich auch Sorgen über das, was passieren würde, wenn niemand sie bis zum zehnten Juli fand.

«Ich hoffe, mein Vorschlag gerade hat dir nichts ausgemacht.» Jayce holte Jacob ein und passte sich dann seinem Schritt an. «Ich wollte deine Autorität nicht untergraben.»

«Ich bin froh, dass du die Idee hattest, Jayce. Jemand musste etwas tun, um sie zu beruhigen.» Jacob blieb stehen und blickte auf das Beringmeer hinaus. Hier und dort war immer noch Eis zu sehen. Überall schwammen Schollen auf dem ansonsten ruhigen Wasser.

«Sie wissen einfach nicht, was sie da verlangen. Ich war mit einem Umiak hier draußen, als die Dorfbewohner auf Walfang waren. Selbst wenn man gesunde, erfahrene Männer hat, die das Land und die Strömungen kennen, ist es nicht einfach. Und das hier sind Männer, deren Körper von der Kälte und vom Mangel an richtiger Nahrung geschädigt sind. Sie sind schwach, und ihr Verstand ist nicht so klar, wie er sein müsste.» Jacob wandte sich wieder Jayce zu. «Bei uns allen funktioniert der Verstand nicht so gut wie sonst. Ich hatte heute Morgen Mühe, einige Zahlen zu addieren, die mir normalerweise keine Probleme bereiten würden.»

«Ich weiß, dass es stimmt, was du sagst, aber wir dürfen die Hoffnung nicht aufgeben.» Jayce zeigte aufs Meer hinaus. «Da draußen sind jede Menge Seehunde mit ihren Jungen. Wir hatten Erfolg beim Fischen, und jetzt, wo wir eine Gegend gefunden haben, in der Vögel nisten, können wir Eier bekommen. All das wird uns am Leben halten und einigermaßen ernähren, auch wenn wir nicht die Ausgewogenheit bieten können, die der gute Doktor gerne hätte.»

Jacob schüttelte den Kopf. «Meine Zähne sind locker, und mein Zahnfleisch ist entzündet.»

«Meins auch», gab Jayce zu. «Wir leiden also an Skorbut. Das war zu erwarten.»

«Und wir werden daran sterben, wenn wir nicht bessere Lebensmittel finden oder jemand uns rettet.»

Jayce zuckte mit den Schultern. «Wir können nicht herumsitzen und uns darüber Gedanken machen. Irgendwann werden wir an irgendwas sterben. Wenn wir ständig grübeln, geht es nur noch schneller. Ehrlich gesagt, glaube ich, dass wir den arktischen Winter recht gut überstanden haben, und ich glaube wirklich, dass Hilfe auf dem Weg ist. Wir werden es schaffen.»

«Ich kann nur hoffen und beten, dass wir das schlimmste Wetter hinter uns haben», murmelte Jacob. «Ich weiß mit Sicherheit, dass wir nicht noch einen Winter überleben, wenn wir uns nicht darauf vorbereiten.»

«Wir werden keinen zweiten Winter überstehen müssen», erklärte Jayce. «Du hast meinem Kompromissvorschlag zugestimmt. Wenn bis zum zehnten keine Hilfe da ist, ziehen wir los.»

Jacob versuchte sich vorzustellen, wie es sein würde, sich bis nach Alaska durchzuschlagen. «Hörst du eigentlich, was du da sagst, Jayce? Verstehst du, wie gefährlich und nahezu unmöglich es ist, mit diesen kranken Männern eine solche Reise zu machen?»

Jayce grinste. «Aber du hast mir beigebracht, dass wir einem Gott dienen, der Unmögliches möglich macht. Hast du plötzlich deine Meinung geändert?»

Jacob seufzte. Er war erschöpfter, als er es jemals gewesen war. «Ich weiß nicht, was ich tue. Ich bin müde und denke, wie gesagt, nicht klar. Ich glaube, dass es unser Tod sein wird, wenn wir gehen, aber ich kann es ihnen nicht verübeln, dass sie nach Hause wollen.»

«Wir wollen alle nach Hause, aber wir müssen vernünftige Pläne machen», sagte Jayce, während er neben Jacob herlief. «Wir können es schaffen, aber wie du immer wieder gesagt hast, müssen wir als Team zusammenarbeiten. Wenn du uns jetzt im Stich lässt, dann fällt das Team auseinander.»

«Aber was passiert, wenn bis zum zehnten Juli niemand gekommen ist?» Jacob blickte Jayce an, ohne stehenzubleiben, und wandte dann seine Aufmerksamkeit wieder dem Hügel zu, den sie hinaufstiegen. «Diese Männer erwarten von mir, dass ich Wunder vollbringe. Ein Wunder, das ich einfach nicht liefern kann.»

«Seit wann bist du denn in der Wunderbranche?», fragte Jayce sarkastisch. «Du bist nicht Gott, Jacob. Hör auf damit, es sein zu wollen.»

Jetzt blieb Jacob doch stehen. Er spürte, wie Wut in ihm aufstieg, während er unwillkürlich die Fäuste ballte. Er hätte Jayce am liebsten einen Kinnhaken verpasst, aber dann beruhigte er sich ebenso schnell wieder, denn er wusste, dass Jayce nichts Falsches getan hatte. Er hatte die Wahrheit gesagt. Jacob straffte die Schultern und ging noch ein paar Schritte auf den Bergkamm zu. «Wenn niemand kommt, beladen wir die Boote und machen uns auf den Weg. Aber wohin? Was ist unser Ziel? Und wie sollen wir es schaffen, wenn die Stürme kommen? Man kann keinen Blizzard in einem Umiak überstehen.»

«Ich habe auch nicht alle Antworten auf deine Fragen, aber wir können beten und darauf vertrauen, dass Gott uns schickt, was wir brauchen. Wenn es kein Schiff ist, das uns rettet, dann kann Latimore uns bestimmt helfen. Er ist schon häufiger auf dem Beringmeer gewesen.»

«Wenn Latimore überlebt, könnte er uns bestimmt raten, aber er hat selbst zugegeben, dass er noch nicht in diesem Gebiet war. Wir könnten in der Tschuktschensee sein oder sogar in der Ostsibirischen See. Wir haben keine Ahnung.»

Oben auf dem Hügel setzte Jacob sich auf einen Felsvorsprung. «Ich suche immer nach einem Zeichen – irgendeinem Anhaltspunkt, wo wir sein könnten. Sind wir auf der Wrangel-

Insel oder der Skelett-Insel, oder ganz woanders? Wir haben das eine Lager gefunden, aber wir wissen nicht, ob es etwas mit den Männern der Karluk zu tun hat. Ich hatte es so verstanden, als hätten sie eine Art Markierung hinterlassen.»

Jayce ließ sich mit einem unterdrückten Stöhnen neben ihm auf dem Fels nieder. Jacob hatte vergessen, dass Jayce sich erst vor wenigen Tagen den Rücken verrenkt hatte, als sie einen Seehund ans Ufer gezerrt hatten. Es schien immer noch wehzutun, und Jacob hatte ein schlechtes Gewissen, weil er so schnell den Hügel hinaufgestürmt war.

«Wie geht es dem Rücken?»

«Besser. Wirklich», fügte Jayce hinzu, als er Jacobs skeptischen Blick sah. «Ich glaube, ein schönes heißes Bad würde helfen.» Er grinste. «Oder vielleicht eine Sauna mit Dampf und Eukalyptuszweigen.»

«Und ein weiches Bett», ergänzte Jacob.

«Und Leah, die mir den Rücken massiert.» Jayce nahm einen Stein und warf ihn von sich. «Ich vermisse sie mehr als alles auf der Welt. Und ich frage mich, was die beiden Kleinen so machen.»

«Ich würde tippen, dass sie nicht mehr so klein sind», entgegnete Jacob. «Sie sind immerhin schon ein Jahr alt. Ich musste neulich an sie denken. Wenn unsere Aufzeichnungen korrekt sind, haben sie ihren ersten Geburtstag bereits hinter sich.»

«Ich weiß, das ist mir auch bewusst geworden.» In Jayces Stimme schwang Sehnsucht mit.

«Ich habe in letzter Zeit viel nachgedacht. Wenn wir nach Hause kommen … werde ich aus Alaska weggehen.»

«Was?» Jayce schüttelte den Kopf. «Wovon redest du? Du hast mir erzählt, Alaska läge dir im Blut – und du könntest es nie verlassen.»

«Helaina Beecham habe ich auch im Blut», antwortete er

leise. Ihr Gesicht war in sein Gedächtnis eingegraben. «Ich muss immerzu an sie denken – sie ist alles, was mir wichtig ist.»

«Aber Alaska verlassen?»

Jacob stützte die Arme auf die Knie. «Sie hat gesagt, dass Alaska für sie zu schwierig sei. Das Leben dort war ihr zu einsam. Wie kann ich sie bitten, meine Frau zu werden, wenn ich weiß, dass sie dort nur unglücklich sein wird?»

«Aber dein Leben für die Liebe einer Frau aufzugeben – das ist gefährlich. Du weißt, dass das später zu Problemen führen kann. Wenn es schwierig wird, wirst du ihr die Schuld geben. Vielleicht denkst du sogar wehmütig an das, was hätte sein können, und nimmst ihr übel, dass sie dich von dem getrennt hat, was dir lieb war.»

«Ich könnte ihr gegenüber nie so empfinden. Könntest du es denn bei Leah?»

Jayce seufzte. «Mir diese Frage zu stellen, ist eine schlechte Idee – oder vielleicht sollte ich sagen, eine gute Idee. Ich bin schließlich derjenige, der einer Beziehung mit ihr aus dem Weg gegangen ist, nicht nur ihres Alters wegen, sondern weil ich dachte, sie würde aus Alaska wegziehen wollen, während ich dort bleiben wollte. Noch im Sommer vor unserer Hochzeit hat sie davon gesprochen, dass sie nach Seattle wollte, um sich einen Mann zu suchen. Da saß ich wieder in der Zwickmühle. Würde sie Alaska wirklich verlassen? Würde sie jemals zurückkommen? Ich wusste, dass ich nie vorhatte, mich mit ihr zu streiten, wenn wir verheiratet waren und sie plötzlich das Territorium verlassen wollte. Genauso kannst du dir nicht vorstellen, so in Bezug auf Helaina zu empfinden, aber dazu könnte es später kommen. Du musst das realistisch sehen und nicht nur an die Schmetterlinge im Bauch denken. Du sprichst hier von einer Veränderung deines Lebens, die du aus keinem anderen Grund in Erwägung ziehen würdest.»

«Aber ich liebe sie», sagte Jacob leise, und in seinem Herzen konnte er nur an sein Bedürfnis denken – daran, wie leer sein Leben ohne sie sein würde. «Ich war so glücklich, als sie sich für Jesus entschieden hat. Ihre Wut und ihr Kummer in Bezug auf die Vergangenheit waren wie eine Last, die sie niedergedrückt hat. Sie hat sich selbst die Schuld am Tod ihrer Familie gegeben – am Tod ihres Mannes. Das hat sie mit sich herumgetragen, und es hätte sie beinahe umgebracht. Sie wollte nur frei sein, aber sie glaubte wirklich, es wäre ihre Strafe – den Kummer bis in alle Ewigkeit ertragen zu müssen.»

«Manchmal quälen wir uns mit solchen Dingen», stimmte Jayce zu. Er verlagerte sein Gewicht ein wenig, und Jacob fürchtete, sein Freund könnte größere Schmerzen haben, als er zugab. «Manchmal übernehmen wir die Verantwortung für etwas, obwohl Gott das gar nicht von uns erwartet oder will.»

«Du meinst, wenn ich Alaska wegen Helaina verlasse?»

Jayce zuckte mit den Schultern. «Ich meine nur, dass du sicher sein solltest, dass hinter dem Entschluss Gott steckt und nicht deine Einsamkeit. Wenn du erst einmal eine Entscheidung gefällt hast, wirst du mit den Konsequenzen leben müssen, egal, wie sie aussehen.»

«Ich habe darüber gebetet und tue es immer noch. Ich habe Gott gesagt, dass ich alles tun werde, um ihr Herz zu gewinnen, wenn ich lebend hier rauskomme.»

«Das hast du Gott gesagt?» Jayce grinste. «Wie war das noch damit, Gott zu fragen, was sein Wille für dein Leben ist? Du hast mir immer erzählt, das sei das Wichtigste, was ein Mann tun muss.»

Jacob stieß hörbar die Luft aus. «Ich weiß, und ich sage ja auch nicht, dass ich nicht gefragt habe. Es ist nur so … in der Bibel steht auch in den Sprüchen, dass man Pläne schmieden und Gott vertrauen soll, dass er einen lenkt. Ich muss glauben, dass die Pläne, die ich mache, von ihm stammen. Sie scheinen richtig zu sein. Sie fühlen sich richtig an.»

«Ich behaupte ja auch nicht, dass sie es nicht sind», sagte Jayce und streckte sich, um seinen Rücken zu reiben. «Ich sage nur, dass du vorsichtig sein sollst. Überstürze nichts und lass dir alles in Ruhe durch den Kopf gehen. Sonst könntest du es hinterher bereuen. In einer Weise, die man nicht einfach so wieder hinbiegen kann.»

Noch lange, nachdem sie wieder ins Lager zurückgekehrt waren, dachte Jacob über Jayces Worte nach. Er wusste, dass sein Freund sich nur um sein Wohlergehen sorgte. Er wollte Jacob nicht aus Eigennutz in Alaska festhalten. Er liebte Jacob wie einen Bruder und wollte, dass er die richtige Entscheidung traf.

«Aber was ist die richtige Entscheidung?», murmelte er. Er war froh, dass er im Moment allein in ihrer Hütte war. Er gähnte und legte sich auf sein Lager. Nachdem das schlimmste Winterwetter vorbei war, hatten sie ihre Sachen zusammengepackt und ein neues Lager aufgeschlagen. Der Raum, in dem er sich jetzt befand, war erst vor kurzem mit Kisten und Zeltplanen, die sie von der Regina mitgebracht hatten, errichtet worden. Dr. Ripley war der Meinung gewesen, dass es der Gesundheit aller dienlich war, und Jacob fand, dass es ihnen guttat, wenn sie beschäftigt waren.

Jetzt rang er mit der Entscheidung, was er tun sollte und wie er es tun sollte. Jayce hatte ihm guten Rat gegeben. Jacob hatte das Gefühl, dass der Mangel an gesunder Nahrung und anständiger Unterkunft ihm gelegentlich wirre Gedanken bescherten. Konnte er da überhaupt eine vernünftige Entscheidung treffen?

Die Entscheidung musste Helaina beinhalten, sagte er sich. Wenn sie nicht in der Gleichung vorkam, würde sein Leben nicht mehr dasselbe sein.

Aber warum solltest du sie haben wollen, wenn der Herr nicht auch will, dass du sie bekommst?

Der Gedanke kam ungebeten, und so sehr Jacob es auch versuchte, er wurde ihn nicht wieder los. Was war, wenn Helaina nicht die richtige Frau für ihn war? Würde er ihr wirklich ein unglückliches Leben zumuten, wenn er nicht der richtige Mann für sie war?

Mit diesen zweifelnden Gedanken schloss Jacob die Augen. Er zog ein Robbenfell um seinen Körper und über den Kopf, um das Licht auszusperren. Irgendwie – das wusste er – würde Gott seine Schritte lenken. Er hoffte nur, dass der Weg ihn zu Helaina zurückführen würde.

Jayce betete noch bis tief in die Nacht für Jacob. Nur dass es keine Nacht gab. Nicht in dieser Jahreszeit. Um ein Uhr morgens war der Himmel genauso hell, wie er es um ein Uhr mittags hätte sein können. Jayce hatte nicht schlafen können und beschlossen, ein kurzer Spaziergang könnte helfen. Hatte er aber nicht.

«Konntest du nicht schlafen?»

Jayce blickte auf und sah Keith Yackey. Wie so oft hatte er eine Bibel in der Hand. Eins der Gewehre hatte er lässig über die Schulter gehängt. Offenbar war er mit der Wache dran.

«Ich musste beten. Für einen Freund.»

Keith nickte. «Ich würde dir gerne Gesellschaft leisten. Ich kann nämlich das Lager bewachen, nach Schiffen Ausschau halten und beten gleichzeitig. Gott hört mich auch, wenn ich die Augen nicht zumache.»

Jayce lachte. «Da bin ich sicher. Ich habe schon oft gebetet, während ich lief oder mit dem Hundeschlitten unterwegs war. Dabei hatte ich meine Augen auch nicht zu.»

«Ich habe Bibeltexte auswendig gelernt», erzählte Keith ihm. «Ich dachte, bis ich in die Zivilisation zurückkehre, könnte ich große Teile der Bibel im Kopf haben.»

«Und funktioniert es?», fragte Jayce.

«Das Neue Testament habe ich so ziemlich durch. Jetzt arbeite ich an Jesaja.»

«Ich bin beeindruckt.» Jayce warf einen Blick zum Lager hinüber. «Ich habe einen Freund, der eine schwierige Entscheidung fällen muss. Eine, die das Leben verändert. Er vertraut Gott, aber es geht um eine Herzensangelegenheit.»

«Was die Sache immer erschwert», fügte Keith hinzu.

«Warst du schon mal verliebt?»

Keith lachte. «Ich bin es immer noch. Ich habe eine wunderbare Frau und drei fantastische Kinder.»

«Bestimmt vermisst du sie sehr. Ich jedenfalls vermisse meine Frau und die Zwillinge sehr.»

«Ich weiß, dass du Zwillinge hast. Jacob hat davon erzählt. Du hast seine Schwester geheiratet, nicht wahr?»

Die Tatsache, dass Keith über seine Umstände Bescheid wusste, bereitete Jayce ein schlechtes Gewissen, weil er nicht versucht hatte, den Mann besser kennenzulernen. «Ja. Leah ist Jacobs Schwester. Sie ist eine erstaunliche Frau.»

«Das muss sie wohl sein, wenn sie in Alaska lebt.»

«Wo ist deine Familie?»

«Kalifornien.»

Jayce lächelte. «Wo es immer schön und warm ist.»

«Meistens jedenfalls», gab Keith zu. «Wir haben auch Stürme und unsere Probleme, aber nichts von diesem Kaliber.»

«Glaubst du, dass deine Frau die Hoffnung aufgibt, was unsere Situation betrifft?», fragte Jayce vorsichtig. «Meinst du, sie glaubt, dass du verschollen bist – tot?» Er sprach das Wort nur widerstrebend aus.

«Janessa? Niemals. Sie gibt nicht so schnell auf. Das ist eine Eigenschaft, die ich an ihr liebe. Sie hat einen starken Glauben.» Keith schlug seine Bibel auf und wollte gerade etwas sagen, doch dann verstummte er.

«Du mieser kleiner …» Das Geräusch von kämpfenden Männern drang in den friedlichen Augenblick, den Jayce und Keith genossen hatten.

Die beiden Männer drehten sich um und blickten zu einer der anderen Unterkünfte hinüber. Bristol und Elmer stritten über etwas. Dann hob Elmer ohne Vorwarnung eine Pistole und feuerte sie über Bristols Kopf hinweg ab. Die Dinge nahmen offenbar eine gefährliche Wendung.

«Was ist denn da los?», fragte Jacob, der in diesem Moment erschien.

«Ich weiß nicht», erwiderte Jayce. Keith war bereits losgegangen, um nachzusehen. «Es hat gerade erst angefangen. Elmer hat auf Bristol geschossen, aber über seinen Kopf hinweg.»

«Den Schuss habe ich gehört. Ich dachte schon, der Krieg wäre bei uns angekommen.»

Wieder fiel ein Schuss, und Jayce verengte die Augen, während Jacob seinen eigenen Revolver überprüfte, um sich zu vergewissern, dass er geladen war. «Komm mit. Wir sehen besser nach, worum es geht.»

7

«Elmer! Bristol! Was ist hier los?», rief Jacob, als er näher kam. Er wollte die Männer nicht erschrecken, damit sie sich nicht reflexartig gegen ihn wandten, deshalb verlangsamte er seine Schritte und rief noch einmal. «Elmer, leg die Waffe weg und erzähl mir, was los ist.»

«Er hat gesagt, ich hätte gestohlen. Hat mich einen Dieb genannt.»

«Du bist ein Dieb!», entgegnete Bristol. Er konnte wegen seines schlimmen Fußes kaum stehen. «Ich habe gesehen, wie du an den Essensschrank gegangen bist. Du hast etwas genommen, was dir nicht gehört.»

«Das Essen gehört uns allen. Ich habe bei der letzten Jagd den größten Seehund erlegt. Da hab ich mir das doch wohl verdient.»

«Es gibt hier keinen Grund, eine Waffe gegen einen Menschen zu richten. Wir sind zu wenige und darauf angewiesen, dass jeder von uns überlebt.» Jacob behielt seinen eigenen Revolver fest in der Hand. «Leg die Pistole weg, Elmer, dann reden wir wie zivilisierte Männer darüber.»

«Das ist hier kein zivilisierter Ort», erwiderte Elmer. «Und er ist kein zivilisierter Mann. Ich wüsste nicht, was es nutzen soll, wenn ich meine Waffe weglege.»

Die anderen Männer hatten sich inzwischen um sie versammelt. Dr. Ripley rieb sich die Augen. «Ich dachte schon, wir würden angegriffen. Seid ihr wirklich sicher, dass ihr mir noch mehr Arbeit machen wollt – unter diesen Umständen?» Er wandte sich an Elmer. «Du liebe Güte, Mann, hast du den Verstand verloren?»

«Er hat mich als Dieb bezeichnet, und ich habe nicht den Verstand verloren.»

Ripley schüttelte den Kopf. «Dann sei wenigstens so gut und schieß ihm die drei entzündeten Zehen ab, wenn du schon auf ihn schießen musst. Dann muss ich vielleicht nicht zweimal operieren.» Bristol runzelte die Stirn und blickte verwirrt drein, aber Elmer zielte unbeirrt weiter auf ihn.

«Leg einfach die Waffe weg, dann können wir darüber reden, was passiert ist», warf Jacob ein.

«Was passiert ist», sagte Bristol erbost, «ist, dass er dachte, wir würden alle schlafen, und sich eine Extraportion Essen genommen hat. Er ist ein Dieb.»

«Das bin ich nicht. Ich habe bloß Hunger!»

«Schluss jetzt!»

Alle drehten sich um und sahen, dass Kapitän Latimore unter großen Mühen auf die Männer zukam. Er drängte sich an Jacob und Keith vorbei und trat direkt vor Elmer hin. «Geben Sie mir die Waffe.»

«Äh ... Kapitän, ich ...»

«Geben Sie mir auf der Stelle die Pistole!» Latimore sah ihm unverwandt in die Augen. «Wir werden die Sache in meiner Unterkunft besprechen, aber dabei werden wir nicht bewaffnet sein.»

Zu Jacobs Erstaunen reichte Elmer ihm die Pistole. Latimore wandte sich an Bristol. «Sie kommen auch mit.» Der jüngere Mann nickte und sah dabei beinahe etwas dümmlich aus. Er hinkte auf den Kapitän zu.

Latimore ging zu seinem Zelt zurück, und die beiden Männer folgten ihm. Jacob wechselte einen Blick mit dem Kapitän, als dieser an ihm vorbeikam. Es war offensichtlich, dass der Vorfall ihn alle verfügbare Kraft gekostet hatte, aber seine Miene machte deutlich, dass er nicht nur neuen Lebenswillen gewonnen hatte, sondern auch bereit war, seine Autorität wieder zu beanspruchen.

Nachdem die Männer verschwunden waren, wandte Jacob sich an Jayce. «Es ist gut zu sehen, dass Latimore die Sache in die Hand nimmt.»

«Ja. Es ist offensichtlich, dass die Männer ihn brauchen.»

Keith nickte. «Er ist ein feiner Mann. Ein guter Kapitän. Es tat mir leid, ihn so depressiv zu sehen, aber vielleicht kommt er ja jetzt wieder zurecht.» Er ging, um sich seinen Kameraden anzuschließen.

Jayce drehte sich zu Jacob um. «Weißt du, er hat Recht. Wenn Latimore die Männer wirklich mobilisieren kann, dann fassen sie vielleicht wieder Mut.»

«Ich hoffe, du liegst richtig.» Jacob gähnte. «Jetzt sollten wir aber besser wieder schlafen gehen. Für heute Nacht hatten wir genug Aufregung.» Er sah zu, wie Keith das Gewehr an Travis weitergab. «Es sind gute Männer – aber der Kampf ums Überleben ist zu viel für sie.»

«Gott wird bei ihnen sein. So wie er bei uns allen ist, Jacob. Das weißt du. Verlass dich darauf.»

Acht Stunden später saß Jacob Latimore gegenüber. Der Kapitän sah besser aus, als Jacob ihn seit dem Untergang der Regina gesehen hatte.

«Das Problem ist, dass die Männer nicht genug zu tun haben, um sich zu beschäftigen. Haben Sie irgendwelche Vorschläge, Jacob?»

«Die habe ich, aber vielleicht werden Sie davon ebenso wenig begeistert sein wie die Männer selbst.»

Latimore sank auf einen Stapel Felle zurück. «Sie müssen mich entschuldigen, ich bin immer noch sehr schwach.»

«Bitte ruhen Sie sich aus. Wir können ein andermal darüber sprechen.»

«Nein, ich finde, wir sollten jetzt reden. Wenn Elmer Warrick beschäftigt wäre, dann glaube ich, dass er sich weniger Gedanken darüber machen würde, dass er verhungern könnte.

Wissen Sie, er war als Junge sehr arm und hat die meiste Zeit gehungert. Das verfolgt ihn bis heute. Er ist kein schlechter Mensch, aber seine Angst bringt ihn dazu, falsche Entscheidungen zu treffen.»

«Das kann ich verstehen, aber die Männer sind deswegen wütend. Sie haben das Gefühl, dass er sie um Essen betrügt, das von Rechts wegen geteilt werden sollte. Wir alle haben Angst vor dem Verhungern.»

«Ich will Mr. Warrick nicht in Schutz nehmen, sondern gebe nur die Tatsachen wieder. Der Mann wird in meiner Gegenwart bleiben, wenn er nicht mit seinen Aufgaben beschäftigt ist. Und das bringt mich zu unserer Situation zurück. Meine Männer haben immer fleißig gearbeitet. Sie brauchen eine Aufgabe.»

«Wir müssen Lebensmittel einlagern», sagte Jacob. «Unter uns gesagt, es besteht immer die Möglichkeit, dass keine Hilfe kommt. Wir haben einen Kompromiss ausgehandelt, dass wir die Insel verlassen, wenn wir bis zum zehnten Juli nicht gefunden werden. Aber unabhängig davon, ob wir hier auf der Insel warten oder die Umiaks nehmen und versuchen, nach Alaska zurückzukommen, brauchen wir Vorräte. Die Männer scheinen das nicht zu verstehen oder zu akzeptieren. Oder besser gesagt, einige der Männer sehen das nicht ein. Ein paar von ihnen sind sehr kooperativ.»

«Ich werde mit ihnen sprechen. Jagen und Schlachten ist zwar nicht das, was sie am besten können, aber für ihr eigenes Überleben müssen sie es tun. Vielleicht sind sie auch motivierter zu helfen, wenn sie es als Mittel betrachten, um die Insel verlassen zu können.»

Jacob erkannte die Weisheit in den Worten des Kapitäns. «Wir sollten ihnen auch sagen, dass die Rettung in Form von Russen oder von den Iñupiat kommen könnte. Die Begegnung mit ihnen wird einfacher sein, wenn wir etwas haben, das wir ihnen als Gegenleistung bieten können – zum Beispiel Trockenfleisch.»

«Das ist ein gutes Argument, ich werde es ebenfalls erwähnen.»

Jacob blickte über seine Schulter, bevor er sich näher zu dem Kapitän beugte. «Ich kann nicht mit gutem Gewissen behaupten, dass ich den Plan, die Insel auf eigene Faust zu verlassen, wenn keine Hilfe kommt, gutheiße. Ich habe dem Kompromiss zugestimmt, aber eigentlich wider besseres Wissen.»

Latimore dachte einen Augenblick darüber nach. «Ich weiß, dass ich Ihnen eine Last gewesen bin, Jacob, aber Sie haben sich immer als kluger Mann erwiesen. Ich vertraue darauf, dass Sie sich in Sachen Überleben in der Arktis am besten auskennen. Andererseits frage ich mich, ob wir wirklich noch ein Jahr in diesen Bedingungen überleben könnten. Der Winter war grausam.»

«Sie sind ein Mann der See», warf Jacob ein. «Sie kennen die Gefahren dort draußen auf einem großen Schiff wie der Regina. Stellen Sie sich vor, Sie müssten versuchen, ein Unwetter in einem der Lederboote zu überstehen. Wir würden garantiert umkommen. Die Männer sind schwach – die meisten von ihnen leiden an mehr als einer Krankheit. Der Versuch, nach Hause zu gelangen, wäre im besten Falle schwierig und im schlimmsten Falle tödlich.»

«Was soll ich Ihrer Meinung nach tun?»

Jacob dachte kurz nach. «Am liebsten wäre mir, wenn Sie die Entscheidung in Bezug auf den Kompromiss außer Kraft setzen würden. Sie waren nicht dabei, um ihre Stimme abzugeben, und Sie sind der Kapitän dieser Expedition. Jetzt, wo es Ihnen wieder besser geht, werden die Männer sich nach Ihnen richten. Sie könnten erklären, dass Sie von der Entscheidung unterrichtet wurden, aber finden, dass sie … nun, unvernünftig ist.»

Latimore nickte und rieb sich das bärtige Kinn. Das Weiß,

das früher Haar und Bart gesprenkelt hatte, schien jetzt zu überwiegen. «Lassen Sie mich darüber nachdenken. Vielleicht erledigt sich die Sache ja von selbst. Wenn der Zeitpunkt näher rückt und von einer Rettung nichts zu sehen ist, werde ich mit den Männern reden.»

«Das hoffe ich.» Jacob wusste, dass er nicht ganz überzeugt klang.

Latimore sah ihn einen Augenblick lang an und räusperte sich dann. «Wegen der Rettung, Jacob.»

«Was ist damit?»

«Glauben Sie, dass sie kommt?»

Jacob dachte daran zurück, wie die Karluk vor einigen Jahren verschwunden war. Alle waren davon ausgegangen, dass sie für immer verloren war. Niemand hatte erwartet, dass die Männer tatsächlich an Land hatten gehen und den Winter überleben können. Und es gab andere Schiffe, die auch vermisst wurden. Schiffe, die nie wieder aufgetaucht waren. Aber dann dachte er an Leah. Leah würde sie nie ohne Kampf aufgeben. Sie würde das Beste annehmen, bis das Gegenteil bewiesen war.

«Ich glaube, dass in diesem Augenblick nach uns gesucht wird», sagte Jacob in dem Versuch, optimistisch zu sein. «Meine Schwester ist eine hartnäckige Frau. Sie wird alle Hebel in Bewegung setzen, um unsere Rettung zu erwirken. Sie wird nicht aufgeben – egal, wie hoffnungslos die Lage auch scheinen mag.»

«Aber Sie machen sich Sorgen. Das sehe ich in Ihren Augen, und Ihre Worte verraten es auch.»

«Wir wissen nicht, wo wir sind, und die Suchtrupps wissen es auch nicht. Sie müssen in kurzer Zeit ein großes Territorium absuchen. Es wird nur wenige Monate dauern, bis dieses Gebiet wieder zufriert – vielleicht sogar nur Wochen. Der arktische Sommer enthält immer einen Hauch von Winter.»

«Das kann ich mir vorstellen. Andererseits sprechen Sie davon, wie wirkungsvoll das Gebet ist. Ich nehme an, Sie haben für unsere Rettung ebenso eifrig gebetet wie für meine Genesung.» Er lächelte, als Jacob die Augenbrauen hochzog. «Ich habe gehört, wie Sie über mir gebetet haben, als ich kaum bei Bewusstsein war. Gott hat diese Gebete auf jeden Fall gehört – warum also nicht auch die Gebete um Rettung?»

Jacob fühlte, dass er diesen Tadel verdient hatte. «Sie haben Recht. Ich habe in letzter Zeit keinen sehr starken Glauben. Je näher der Zeitpunkt rückt, der unsere Rettung bedeuten könnte, desto mehr verzweifle ich.»

Latimore nickte verständnisvoll. «So ist es auch, wenn ich auf See bin. Wenn wir fern von jedem Land und viele Wochen von unseren Lieben getrennt sind, spüre ich auch manchmal eine düstere Vorahnung – oder sogar Verzweiflung. Im Hinterkopf ist immer die Frage, ob wir es wieder zurück schaffen werden. Und bei dieser Reise war meine Verzweiflung größer als jemals zuvor.»

«Aber Sie hatten auch mit anderen Umständen zu kämpfen. Sie hatten Ihre Frau verloren und Ihr Zuhause und Ihr Kind verlassen – das alles würde jedem Mann zu schaffen machen.»

Latimore setzte sich auf und verschränkte die Arme vor der Brust. «Es fällt mir immer noch schwer, mir mein Leben ohne meine Regina vorzustellen.»

In seiner Stimme klang ein solcher Kummer mit, dass Jacob überlegte, ob er nicht besser das Thema wechseln sollte. Er wollte gerade sprechen, als Latimore ihm zuvorkam. «Haben Sie schon einmal geliebt?»

Jacob fühlte einen schmerzhaften Stich in seiner Brust. «Ja, ich tue es noch. Ich liebe eine Frau.»

Latimore lächelte. «Aber Sie sind noch nicht verheiratet?»

«Nein, der richtige Zeitpunkt hat sich noch nicht ergeben.» Jacob schüttelte den Kopf. «Oder eigentlich war nicht der Zeitpunkt das Problem, sondern der Ort. Sie hasste Alaska.»

«Hass ist mächtig, aber die Liebe auch.» Der Kapitän seufzte. «Regina hasste die Tatsache, dass ich zur See fuhr. Sie sagte, ich sei zu oft von ihr fort. Deshalb ist sie manchmal mit mir gereist. Auf meinem Schiff war sie unglücklich, aber sie war froh, in meiner Nähe zu sein.»

Jacob wurde bewusst, dass sie mehr gemeinsam hatten, als sie beide geglaubt hatten. Deshalb wagte er zu fragen: «Bedauern Sie es, die Seefahrt nicht um ihretwillen aufgegeben zu haben?»

Latimores Augen verengten sich. «Ich bedaure, dass sie gestorben ist. Ich bedaure, dass sie das Baby, das sie so geliebt hat, nicht auf die Welt bringen und leben konnte. Ich bedaure, dass wir nicht mehr Zeit zusammen hatten. Insofern bedaure ich schon in gewisser Weise, dass ich die Seefahrt nicht aufgegeben habe.»

«Aber hätten Sie ein guter Ehemann – ein glücklicher Mann – sein können, wenn Sie das Leben, das Sie liebten, für sie aufgegeben hätten?»

Latimore lächelte. «Solange ich sie hatte, hätte ich einen Weg gefunden, glücklich zu sein. Manchmal erfordert die Liebe Opfer. Oft sind wir zu blind, um zu sehen, dass wir etwas verlieren können, das scheinbar wichtig ist, um etwas unendlich viel Wertvolleres zu gewinnen.»

«‹Wer sein Leben findet, der wird's verlieren; und wer sein Leben verliert um meinetwillen, der wird's finden›», zitierte Jacob.

«Was war das?» Latimore beugte sich vor, so als hätte das Gespräch plötzlich an Bedeutung gewonnen.

«Das ist ein Vers aus dem Matthäus-Evangelium. Das ganze Kapitel ist voller guter Dinge. Jesus sendet seine Jünger aus und sagt ihnen, was sie tun sollen und was nicht. Er ermahnt sie, auf der Hut zu sein. Er warnt sie vor Verfolgung, wenn Menschen nicht wollen, dass das Evangelium verkündet wird. Er sagt ihnen, dass sie keine Angst haben sollen vor denen, die den Leib töten können, sondern stattdessen Gott fürchten, der Leib und Seele vernichten kann. Dort wird auch deutlich, dass Jesus wusste, sein Werk würde die Menschen spalten.»

«Inwiefern?»

«In dem Abschnitt, den ich gerade zitiert habe, sagt Jesus auch, dass wir seiner nicht würdig sind, wenn wir Vater oder Mutter, Sohn oder Tochter mehr lieben als ihn. Er will bei uns an erster Stelle stehen. Das bedeutet nicht, dass wir nicht andere Menschen im Leben haben sollen, aber wir dürfen sie nicht zur obersten Priorität machen.»

«So wie ich es mit Regina getan habe», sagte Latimore traurig. «Vielleicht hat er sie mir deshalb genommen. Er ist ein eifersüchtiger Gott, nicht wahr?»

Jacob streckte den Arm aus und legte seine Hand auf die von Latimore. «Ich glaube nicht, dass Gott so grausam ist. Er ist auch ein gerechter und liebender Gott. Menschen sterben, Kapitän. Sie werden geboren und sie sterben, so ist das in unserer gefallenen Welt nun einmal. Ich glaube nicht, dass Gott sich anschleichen und Ihnen Ihre Regina rauben würde, weil Sie sie lieben. Aber ich weiß, dass Gott unsere Treue, unser Vertrauen will. Er will, dass wir ihn vor alles andere stellen – an erste Stelle … immer.» Die Worte trösteten Jacob selbst, so wie er hoffte, dass sie Latimore trösten würden.

Er fuhr fort: «Manchmal werden wir dazu aufgefordert, etwas loszulassen, das uns besonders wichtig ist. Gehorsam tut manchmal weh.»

Latimore nickte. «Das stimmt. Es ist so wie bei einem Kind, das sich entscheiden muss, ob es seinen eigenen Weg geht oder der Anleitung seines Vaters folgt. Der eine Weg erscheint vielleicht einfacher, schneller – aber die Erfahrung könnte ihm sagen, dass der schwierigere Weg besser, sicherer, erfüllender ist.»

Die Worte trafen Jacob direkt ins Herz. Welchen Weg wies Gott ihm, was Helaina betraf?

«Mir scheint, sie denken über schwerwiegende Dinge nach», sagte Latimore, bevor er sich wieder auf seine Kissen aus Fell zurücklehnte. «Vielleicht zu schwerwiegend, als dass ich Ihnen raten könnte.»

«Sie haben mir bereits mehr geholfen, als Sie ahnen», erwiderte Jacob. «Ich bin froh, dass Sie wieder bei uns sind. Ich werde weiter für Ihre Gesundheit beten. Die Welt braucht mehr Männer wie Sie.»

«Vielleicht nicht unbedingt die Welt», erwiderte Latimore und schloss die Augen, «aber ein kleiner Junge.»

8

John schwebte tagelang an der Schwelle des Todes. Leah und Oopick taten zusammen alles, um seinem Körper beim Heilen zu helfen, aber er hatte viel Blut verloren. Fieber und Entzündung waren ihre größte Sorge gewesen, und beide hatten mit voller Wucht zugeschlagen. Leah wusste, dass ihre Heilkräuter gut waren und dass ihre Ausbildung viel half, aber trotzdem wünschte sie, sie hätten einen Arzt und ein Krankenhaus.

«Wenn John kräftiger wäre, würde ich vorschlagen, dass Kimik ihn nach Nome bringt», sagte Leah. Sie blickte auf und sah Oopicks und Kimiks sorgenvollen Blick. «Aber die Reise würde ihn umbringen, da bin ich mir sicher.»

«Ich finde, wir sollten den Schamanen holen», erklärte Kimik. Seine ablehnende Haltung gegenüber Gott hatte sich seit der Schießerei noch verstärkt. «Mein Vater hat die Pflege verdient, die er früher hatte.»

«Kimik», wandte seine Mutter ein, «du weißt doch, dass dein Vater nicht mehr an die alten Traditionen glaubt. Ich kann mich seinen Wünschen nicht widersetzen, auch wenn er sie uns jetzt nicht mitteilen kann.»

«Dein Vater glaubt daran, dass Gott ihm helfen kann», ergänzte Leah. «Gott würde nicht wollen, dass du dem Aberglauben nachgibst. Vertraue Gott, Kimik.»

«Gott hat nicht verhindert, dass mein Vater angeschossen wurde.»

«Aber Gott hat auch nicht auf deinen Vater geschossen», entgegnete Leah. «Der Whiskey ist schuld daran, dass ein anderer Mann das getan hat. Wenn du etwas Gutes für deinen Vater und für dieses Dorf tun willst, dann überzeuge die Männer davon, dass sie die Finger vom Whiskey lassen. Es sollte ihn hier nicht geben – warum also nicht versuchen, das Gesetz einzuhalten?»

«Sie hat Recht, mein Sohn.» Oopick legte eine Hand auf Kimiks Schulter. «Dein Vater würde nicht wollen, dass du den Glauben an Gott verlierst. Er glaubt, dass Gott mächtig ist. Er glaubt, dass Gott uns alle liebt.»

«Es ist aber nicht sehr liebevoll zuzulassen, dass er angeschossen wurde. Warum lässt Gott das geschehen? Warum beschützt er jemanden, der ihn liebt, nicht?» Kimik klang eher wie ein verängstigter Junge als wie ein erwachsener Mann.

Leah tat ihr Freund leid, denn sie wusste, wie schwer es war, trotz aller Widrigkeiten am Glauben festzuhalten. Hatte sie angesichts von Jacobs und Jayces Verschwinden nicht selbst diese Fragen gestellt?

«Wer sind wir schon, dass wir Gott in Frage stellen dürfen, Kimik? Er denkt nicht so wie wir. Deine Großmutter würde dir sagen, dass du dir die Ohren waschen und darauf hören sollst, was Gott dir sagt. Er wird dich nicht vergessen. Er hat auch deinen Vater nicht vergessen.»

Leah sah Tränen in Kimiks Augen, und sie hätte ihn gerne getröstet.

«Ich hasse es», sagte Kimik schließlich. Der Schmerz wurde von Wut verdrängt. «Gott ist nicht gerecht. Er ist nicht gnädig. Wenn er das wäre, würde mein Vater nicht sterben.» Er stürmte aus Leahs Haus.

«Kimiks Worte tun mir leid», sagte Oopick. Sie nahm einen Lappen und fing an, die Stirn ihres Mannes abzutupfen. «Er hat so sehr getrauert, als Ayoona starb. Ich glaube, er hat Angst, dass dieser Kummer wiederkommt, wenn sein Vater stirbt.»

Leah rührte Kräuter in einer Schüssel an, um damit die Wunde zu reinigen. «Ich glaube, die Angst überwältigt ihn im Moment. Angst macht oft wütend.» Sie zog den Umschlag ab, den sie einige Stunden zuvor aufgelegt hatten, und betrachtete die Wunde. «Sie sieht besser aus.» Und das tat sie wirklich. Ein

Großteil der Entzündung war verschwunden, und die Schwellung hatte nachgelassen. «Lass uns diese Seite säubern und verbinden, und dann sehen wir nach, wie es auf dem Rücken aussieht.»

Die Kugel hatte Johns Unterleib komplett durchschlagen. Leah konnte nur beten, dass die inneren Organe nicht verletzt worden waren, denn sie konnte unmöglich die Operationen vornehmen, die bei solchen Verletzungen nötig waren.

Als die Wunde neu verbunden war, sah Leah auf die Uhr. «Ich werde mich etwas ausruhen, und das solltest du auch tun.» Sie hatte gleich neben John ein schmales Bett für Oopick aufgebaut. «Außerdem will ich nach den Kindern sehen.»

Oopick nickte. «Ich werde mich ausruhen. Wenn etwas ist, rufe ich dich. Du bist John eine gute Freundin – und mir auch.»

Leah lächelte und umarmte die ältere Frau. «Ich liebe euch beide sehr. Ihr seid wie meine Familie. Ich könnte es nicht ertragen, einen von euch zu verlieren.»

Oopicks schwarzbraune Augen füllten sich mit Tränen. «Du gehörst für mich auch zur Familie.»

Leah wischte sich die Tränen fort und streckte sich, als sie die dunkle Stille des Zimmers verließ, das sie Oopick und John überlassen hatte. Helaina begrüßte sie, zusammen mit den Zwillingen.

«Da ist ja die Mama», sagte Helaina und zeigte auf Leah, damit Wills sie sah.

Merry hatte ihre Mutter bereits entdeckt und rannte auf sie zu. Wills folgte ihr, nur für den Fall, dass es etwas Interessantes gab. Leah sank auf die Knie und umarmte die beiden.

«Wie geht es ihm? Ich habe gesehen, wie Kimik hinausgerannt ist, und fürchtete schon das Schlimmste.»

Leah blickte in Helainas besorgte Augen. «John geht es etwas besser – jedenfalls, soweit ich das beurteilen kann. Die Wunde scheint nicht mehr so infiziert zu sein. Das Fieber ist auch fast weg. Solche Dinge betrachte ich als gute Zeichen der Heilung.»

«Ist er schon wieder bei Bewusstsein?»

«Nur manchmal, ganz kurz. Oopick will ihn so weit wie möglich betäubt halten, damit die Wunde heilen kann. Wir machen uns Sorgen, wie viel Schaden die Kugel innerlich angerichtet hat. Es besteht die Möglichkeit, dass sie die wichtigsten Organe nicht getroffen hat, aber andererseits könnte er auch schwere innere Verletzungen haben, von denen wir nichts wissen, bis es zu spät ist.»

«Das tut mir leid. Ich weiß, das muss sehr frustrierend für dich sein.» Helaina fing an, im Zimmer aufzuräumen.

«Du warst mir wirklich eine große Hilfe», sagte Leah. Merry wackelte davon, um mit ihrer Puppe zu spielen, und Wills schien nichts anderes zu sehen als den Hundewelpen, den Leah ihnen als Spielgefährten erlaubt hatte. Sie hatte überlegt, dass es klug sein könnte, wenn sie einen Beschützer hatten – vor allem dann, wenn sie nicht überall gleichzeitig sein konnte. Champion war beinahe so groß wie Wills. Champ schien hocherfreut, der Spielkamerad des Jungen zu sein; die beiden waren schon jetzt unzertrennlich. Merry hatte zuerst Angst vor dem Hund gehabt, aber selbst sie freundete sich allmählich mit dem Tier an.

«Als ich sie gestern Abend gebadet habe, musste ich darüber nachdenken, wie es wohl wäre, eigene Kinder zu haben. Ich habe mir mein eigenes Haus vorgestellt und ...» Helaina verstummte und wandte sich ab, um ein Handtuch aufzuheben, das auf den Boden gefallen war.

«Dieser Tag wird kommen, Helaina. Da bin ich sicher. Du wirst eine eigene Familie haben.»

«Wenn es das ist, was Gott für mich vorgesehen hat.» Helaina wandte sich um und schüttelte den Kopf. «Aber was ist, wenn nicht? Was, wenn Jacob ...»

«Sag das nicht», unterbrach Leah sie und hob die Hand. «Ich könnte es jetzt nicht ertragen, die Worte zu hören.»

Helaina sah sie merkwürdig an. «Ich wollte nicht sagen, was du denkst. Ich meinte nur, es könnte doch sein, dass Jacob wiederkommt und nichts für mich empfindet.»

Leah stieß einen Seufzer der Erleichterung aus. «Tut mir leid. Ich bin diese Ungewissheit leid. So viele Leute haben mich im Winter gefragt und bis in den Sommer hinein: ‹Was wirst du tun, wenn sie nicht wiederkommen? Was machst du, wenn sie tot geborgen werden?› Ich konnte den Gedanken, es noch einmal zu hören, einfach nicht ertragen.»

Helaina trat näher und legte den Arm um Leah. «Ich weiß, aber das ist eine Frage, die ich nicht stellen werde. Sie kommen nach Hause. Das weiß ich.»

«Ich halte das Warten nicht mehr aus. Und jetzt liegt der einzige Mensch, der mich hätte zu ihnen bringen können, verwundet in meinem Gästezimmer. Das ist mehr, als ich verkraften kann.» Leah spürte, wie die Tränen über ihre Wangen liefen. «Ich komme mir genauso vor wie Kimik. Er wollte wissen, warum Gott zugelassen hat, dass seinem Vater so etwas passiert, und mir geht es nicht anders. Ich weiß, dass Gott von mir enttäuscht sein muss. Wo ist mein Glaube? Wo ist der Friede, der alles Verstehen übersteigt?»

«Wir alle haben unsere Zeiten des Zweifels und der Mutlosigkeit, Leah.»

Leah löste sich von ihr. «Aber ich weiß es doch besser. Gott hat es mir immer wieder bewiesen, aber ich scheine es einfach nicht zu lernen. Warum kann ich nicht verstehen und akzeptieren, dass geschieht, was geschehen muss? Dass er die ganze Zeit weiß, was er tut, und dass ich die Zukunft nicht fürchten muss?»

Helaina holte tief Luft und seufzte. «Ich muss mich auch immer wieder daran erinnern. Aber Leah – selbst Jesus, der wusste, was seine Aufgabe hier auf der Erde war, hat darum gebeten, verschont zu werden.»

Leah dachte darüber nach. «Das stimmt. Er wusste sogar, wie die Sache enden würde – und ist trotzdem für mich gestorben.»

«Und wieder auferstanden», erwiderte Helaina. «Ich weiß, dass du mutlos bist, Leah. Das bin ich auch. Ich weiß, dass es aussieht, als wäre ich stark und könnte alles akzeptieren, aber es ist unglaublich schwer. Ich glaube, dass sie gesund nach Hause kommen. Ich weiß nicht, warum ich das glaube, aber ich war mir noch nie einer Sache so sicher. Was ich nicht weiß, ist, ob Jacobs Herz sich mir öffnen wird, wenn er wieder hier ist.»

«Ich weiß, dass er dich liebt», sagte Leah.

«Vielleicht. Aber schlimme Erlebnisse können einen Menschen verändern.»

Wills rannte gegen Leahs Bein und lachte, als wäre es ein besonderes Spiel. Champ war direkt an seiner Seite. Sie blickte ihren Sohn an und sah plötzlich das Gesicht seines Vaters zu sich aufblicken. «Das ist es ja, wovor ich Angst habe», flüsterte sie. Sie hob Wills auf den Arm, und ausnahmsweise machte er keine Anstalten, sich aus ihrer Umarmung zu winden. Stattdessen legte er die kleinen Hände um ihr Gesicht, fast als fordere er sie auf, ihn um seiner selbst willen anzusehen. Champ winselte eine Weile, dann verschwand er, um Merry zu suchen.

«Manchmal habe ich solche Angst, dass sie nicht seine Kinder sind. Ich versuche nicht daran zu denken, und an den meisten Tagen gelingt mir das auch. Aber ich frage mich immer wieder, was passiert, falls er beschlossen hat, dass sie nicht ihm gehören. Was, wenn er die ganze Zeit über die Situation nachgedacht hat und zu dem Schluss gekommen ist, dass die Zwillinge von Chase sind?»

«Du darfst dich nicht darauf versteifen. Das weißt du. Wir haben schon so oft darüber gesprochen. Es spielt keine Rolle,

Leah. Sie sind vor allem deine Kinder. Dein Fleisch und Blut. Du darfst dir keine Sorgen mehr darüber machen. Jayce liebt dich, und er liebt die Zwillinge. Er wird sie nicht verleugnen – auch nicht nach einer so langen Trennung.»

Leah berührte zärtlich Wills' Haare. «Aber er war nicht hier, um sie wachsen zu sehen – sie zu lieben und kennenzulernen. Er hat nicht ihre tränenreichen Nächte oder Krankheiten miterlebt und auch nicht, wie süß sie sind.» Wills ließ ihr Gesicht los und kuschelte sich in untypischer Weise an sie. Er schien zu spüren, dass sie Trost brauchte. «Du machst dir Sorgen darüber, dass Jacob dich nicht liebt, aber ich habe dieselben Ängste», gab Leah zu. «Was Jayce durchgemacht hat, könnte ihn verändert haben. Diese Möglichkeit muss ich in Betracht ziehen.»

«Das ist Unsinn. Hat es denn deine Liebe zu ihm verändert?», fragte Helaina und stemmte die Hände in die Hüften wie eine scheltende Mutter. Sie legte den Kopf schief. «Leah Kincaid, das müsstest du doch besser wissen. Das ist der Teufel, der versucht, dich zu täuschen.»

«Wahrscheinlich hast du Recht. Ich bin so müde, dass es kaum einen Sinn hat, eine vernünftige Unterhaltung zu führen.» Sie blickte auf und lächelte. «Tut mir leid, dass ich so pessimistisch bin. Gibt es eigentlich etwas zu essen? Ich muss schlafen, aber ich habe auch Hunger. Ich fühle mich, als hätte ich seit Wochen nichts mehr gegessen.»

Helaina lachte. «Ich habe ein schönes Karibu-Steak für dich. Mit Bratkartoffeln.»

«Kartoffeln?» Leah lief das Wasser im Mund zusammen. Sie hatte schrecklich lange keine Kartoffeln mehr gesehen.

«Die Walfänger haben nicht nur Whiskey mitgebracht. Die hier habe ich für uns gekauft. Die Eingeborenen vermissen solche Dinge vielleicht nicht, aber ich schon.»

Leah aß, während Helaina ihr einen Tee aufgoss. Als der

Becher vor ihr stand, wusste Leah, dass sie nicht mehr lange durchhalten würde. Sie trank einen ausgiebigen Schluck von dem heißen Getränk. «Danke für alles. Ich glaube, ich lege mich jetzt besser hin.»

«Tu das. Das hier hebe ich für dich auf», sagte Helaina und nahm Leahs Teller. «Wenn du ausgeschlafen bist, wirst du mehr Appetit haben.»

Leah nickte und stand auf. «Ruf mich, wenn irgendetwas mit John ist.»

«Das werde ich, darauf kannst du dich verlassen.»

Helaina blickte Leah nach, als diese in ihrem Zimmer verschwand. Sie bewunderte Leah, wie sie noch nie eine Frau bewundert hatte. Sie erinnerte sich noch genau an ihre erste Begegnung und Leahs Freundlichkeit. Später hatte Leah allerdings nichts mit ihr zu tun haben wollen. Sie war mit Helainas Interesse an ihrem Bruder nicht einverstanden gewesen und hatte Helaina die Schuld daran gegeben, dass sie alle ihr Leben in der Wildnis aufs Spiel gesetzt hatten.

Helaina wusste, dass sie ihr das zu Recht vorwarfen. Sie hatte von ihnen und von Gott Vergebung erfahren, aber sie war nicht sicher, ob sie diese Entlastung ganz akzeptieren konnte. So viel hatte sich in den letzten Jahren in ihrem Leben ereignet, und jetzt war die Frage, die sie nicht losließ, die einzige, die sie nicht beantworten konnte. Nicht, bevor Jacob nach Hause kam.

«Entweder er liebt mich oder nicht», sagte sie zu sich selbst. «Wenn er mich liebt, ist alles gut. Und wenn nicht …» Sie fühlte, wie eine Welle der Verzweiflung sie erfasste. «Wenn nicht, dann …» Sie dachte an das, was sie zu Leah gesagt hatte, und lächelte. Sie musste solche negativen Gedanken verbannen. «Wenn er mich nicht mehr liebt, dann werde ich dafür sorgen, dass er sich noch einmal in mich verliebt.»

9

Der Juli brachte wunderschöne sonnige Tage und für John eine Genesung, die Leah wieder Hoffnung machte. Nachdem es John wieder besser ging, bestand Oopick darauf, dass sie Leahs Haus verließen. Kimik war dabei, am Strand ein Zelt für sie zu errichten. Er schien jetzt weniger wütend auf Gott, aber Leah machte sich Sorgen, dass noch immer eine Mauer zwischen ihm und dem Gott seines Vaters stand. Kimiks Frau Qavlunaq half Oopick, so dass Leah sich wieder auf ihre eigene Familie konzentrieren konnte. Leider spürte sie dadurch einen überwältigenden Kummer, als die Tage verstrichen, ohne dass sie etwas von Jayce oder Jacob hörten.

Im Juli kam ein Brief von Karen und Adrik. Sie würden mit den Kindern kommen und bei Leah bleiben, so lange sie gebraucht wurden. Das Verschwinden der Regina im letzten Jahr hatte sie fürchterlich getroffen. Adrik, schrieb Karen in ihrem Brief, hätte beinahe einen Hundeschlitten beladen und wäre durchs Landesinnere zu Leah gefahren.

«‹Er hält sich immer noch für einen jungen Mann›», las Leah aus dem Brief vor. «‹Unsere ziemlich wilden Buben erinnern ihn dann aber daran, dass er es doch nicht ist.›» Sie grinste. «Ich weiß, wie das ist. Wills und Merry sorgen beinahe jeden Tag dafür, dass ich ganz erschöpft bin.»

Helaina zeigte auf den Brief. «Steht dort auch, wann sie losfahren oder ankommen?»

Leah las weiter. «Sie sagt, dass sie Ende Juni aufbrechen wollen. Das bedeutet, dass sie bald hier sein müssten. Wir wissen natürlich nicht, welche Unwetter oder Nebel sie aufgehalten haben, aber selbst dann … wir haben heute schon den achten Juli.»

Helaina erhob sich. «Ich packe meine Sachen und ziehe in das alte Haus. Die Überschwemmung ist nicht so schlimm, und ich kann immer noch eins von den Zelten benutzen. Dann hast du mehr Platz für die anderen.»

«Ich will dich aber nicht vertreiben. Bestimmt können wir alle unterbringen.»

«Nein, ich finde es besser so. Ich gehe doch sowieso hin, um die Hunde zu versorgen. Außerdem bin ich gerne dort.»

Leah lachte. «Das trifft sich gut, denn es könnte gut sein, dass es für längere Zeit dein Zuhause wird.»

Helaina blieb an der Tür stehen. «Nichts wäre mir lieber.»

Die Ausbeute an Lachs konnte sich sehen lassen. Leah verbrachte ihre Freizeit damit, so viel Lachs wie möglich zu fangen und für den Winter zu trocknen. Jeden Abend aßen sie frischen Lachs und hatten sogar ein paar frühe Blaubeeren.

Leah arbeitete so viel, wie sie nur irgend konnte, weil sie wusste, dass die Zeit dann schneller verging. Sie las jeden Tag in der Bibel, wusch und stopfte, spielte mit ihren Kindern und half bei den Hunden. Sie suchte Eier und Beeren und fing Lachs, um sich und ihre Familie zu versorgen, und außerdem arbeitete sie mit Helaina daran, den Laden mit Vorräten für den Winter zu füllen.

Es gab eine Menge zu tun, aber auch wenn ihre Hände beschäftigt waren, musste Leah immer wieder ganz bewusst ihre Gedanken beschäftigen. Es war einfacher, sich auf das zu konzentrieren, was sie nicht hatte, anstatt auf das, was der Herr ihr geschenkt hatte.

Karen und Adrik trafen vier Tage nach ihrem Brief ein. Als ihre Taschen und Kisten am Ufer ausgeladen waren, führte Leah sie auf dem Weg zu ihrem Haus durch das Dorf.

«Es ist ein sehr kleines Dorf, wie ihr seht, aber die Leute sind sehr gut organisiert. Einige Bewohner sind nach Teller oder in die Gegend von Nome gezogen, aber diejenigen, die geblieben sind, bilden eine große Familie.»

Wills schien schwer beeindruckt von Karens und Adriks Jungen. Er lief nicht wie sonst voraus, sondern hängte sich an die älteren Kinder an und lachte und plapperte, als würde er seine eigene Dorfführung veranstalten.

Leah sah Karens Kinder an und schüttelte den Kopf. «Ich kann gar nicht fassen, wie groß ihr geworden seid. Ihr seid ja beinahe erwachsene Männer.»

«Ich werde am achten August dreizehn», erklärte Oliver stolz.

Christopher runzelte die Stirn. «Mein Geburtstag ist erst im Dezember.»

Leah lachte. «Dann müssen wir so viel feiern, dass es für euch beide reicht. An deinem Geburtstag werdet ihr sicher nicht mehr hier sein, aber vielleicht können wir ja einen Tag aussuchen und vorfeiern.»

Christophers Miene erhellte sich und er sah seinen Vater an. «Können wir das?»

Adrik schien eine Weile darüber nachzudenken. «Also, ich weiß nicht.»

«Bitte, Papa, bitte!»

Irgendwann konnte Adrik den strengen Blick nicht mehr durchhalten. Lachend antwortete er: «Ich wüsste nicht, warum das nicht gehen sollte. Ich bin immer für eine Party zu haben.»

Merry schien in Karens Armen ganz zufrieden. «Sie ist wundervoll. Wills auch. Du musst sehr stolz auf sie sein.»

Leah nickte. «Sie sind ein wahrer Segen.»

«Ein Segen, der aus Kummer entstanden ist», murmelte Karen. «Das sieht Gott ähnlich, so eine besondere Heilung zu schenken.»

Leah dachte über Karens Worte nach. Sie hatte immer noch Zweifel daran, wer der Vater ihrer Kinder war und ob Jayce sie lieben würde, aber sie vergaß oft, wie sehr sie ihr geholfen hatten, den Blick in die Zukunft zu richten. Auch wenn sie zugleich bittersüße Erinnerungen an die Vergangenheit waren.

«Ich kann kaum glauben, wie groß sie schon sind. Ich wünschte, ich hätte sie eher sehen können.»

Sie blieben vor Leahs Haus stehen. «Das ist es», sagte sie.

«Das ist ein ganz ordentliches Haus, Leah. Und du sagst, ihr habt es aus einem Katalog bestellt?», fragte Adrik.

«Ja. Die Teile kamen mit dem Schiff. Es war ein ziemlicher Aufwand, alles zusammenzusetzen.» Sie beugte sich näher, als wollte sie ihm ein Geheimnis anvertrauen. «Wir hatten erstaunlich viele Teile übrig und keine Ahnung, wohin sie gehören.»

Adrik lachte laut auf. «Aber es sieht stabil aus. Mir gefällt vor allem, dass es auf Pfeilern steht.»

«Jayce hat das von ein paar Männern gelernt, die Erfahrung mit Häusern in Boston hatten. Dort haben sie auf dem Land direkt an der Küste gebaut und dafür haben sie die Technik mit den Pfeilern entwickelt. Das Ganze ist komplizierter, aber Jayce hat darüber nachgedacht, und das ist dabei herausgekommen.»

«Aber er war nicht hier, um es zu bauen?», fragte Karen.

«Nein, aber er hatte Zeichnungen angefertigt. John und einige der anderen Männer haben zusammen daran gearbeitet und alles fertiggestellt. Jeder, der behauptet, die Ureinwohner seien dumm, kann unmöglich Zeit mit ihnen verbracht haben.»

«Dem kann ich nur zustimmen.» Adrik hatte nicht nur einen Großteil seines Lebens bei dem Volk der Tlingit im Südosten Alaskas verbracht, er hatte selbst auch Tlingit-Blut in den Adern.

«Das Haus ist natürlich nicht so einfach zu heizen», fuhr Leah fort. «Es hat schließlich einen Grund, warum die Leute hier ihre Häuser in den Boden bauen. Wenn es windig ist, wird es ganz schön kalt. Ich glaube, wir müssen das Haus besser isolieren, aber es gefällt mir, nicht unter der Erde zu wohnen. Das war eine Sache, an die ich mich nie so recht gewöhnen konnte. Ich fühlte mich immer bei lebendigem Leibe begraben.»

«Wann kommen die Dorfbewohner zurück?», fragte Karen. Sie setzte Merry auf den Boden, damit sie mit den anderen spielen konnte.

«Ich habe gehört, dass es eine gute Jagdsaison sei. Ein paar von den Leuten sind schon wiedergekommen, um Trockengestelle und Ähnliches aufzubauen. Andere kommen erst im August zurück. Es sieht so aus, als würde es hier in der Gegend besonders viele Beeren geben, und das wollen viele sich nicht entgehen lassen. Die Dorfbewohner helfen sich immer gegenseitig. So wie bei uns zum Beispiel – Helaina und ich können nicht gut alleine Robben fangen, und ihr Fleisch ist hier ein wichtiges Nahrungsmittel. Außerdem brauchen wir die Felle für Kleidung, das Öl und so weiter. John und seine Familie haben uns immer genug abgegeben. Genauso ist es mit dem Walfang. Die Männer bringen mir meinen Anteil. Sie wissen, dass sie das bei mir gegen Ware aus dem Laden tauschen können, die von den Schiffen gebracht wird. Wir haben hier ein gutes System.»

«Sieht ganz so aus. Trotzdem werden die Jungs und ich so viel wie möglich helfen, während wir hier sind», sagte Adrik und sah sich um.

«Wie lange könnt ihr bleiben?»

«So lange, wie du uns brauchst», sagte Karen sanft. «Wenn die Dinge … also, wenn das Schlimmste passieren sollte …» Sie ließ den Satz in der Luft hängen. Dann hob sie den Blick und sah Leah an. «Du hast bei uns immer ein Zuhause, das weißt du, nicht wahr?»

Leah nickte und lächelte schwach. «Das weiß ich.» Sie wollte Haltung bewahren, aber allein die Tatsache, dass sie mit Angehörigen zusammen war, machte sie weinerlich.

«Wo sind eure Bäume?», fragte Christopher.

Leah wandte ihre Aufmerksamkeit dem Jungen zu. «Sie sind alle weggeweht. Jedenfalls ist das die Geschichte, die die Einwohner hier erzählen. Der Wind vom Meer war so heftig, dass alle Bäume nach Osten geweht wurden.»

Der Junge schüttelte den Kopf und blickte missbilligend in die offene Landschaft hinaus. «So sieht es gar nicht schön aus. Ich würde die Bäume vermissen.»

Leah ließ ihren Blick über die baumlose Gegend schweifen. «Manchmal vermisse ich sie auch. Ich weiß noch, wie ich bei euch in Ketchikan gelebt habe, wo es hohe Pinien und Tannen gab. Und der Duft war himmlisch. Ich werde nie die langen Spaziergänge im Wald vergessen. Ich habe mich dort sehr beschützt gefühlt.»

Wills und Champ kamen herbei. «Mama, Hammhamm», sagte Wills und zog an Leahs Rock.

Leah nickte. «Ich kann mir vorstellen, dass ihr alle völlig ausgehungert seid. Helaina hat für uns gekocht, und das Essen ist bestimmt fertig. Warum gehen wir nicht hinein?»

Christopher trug Merry, während Leah Wills an der Hand nahm. Champ schien aufgeregt und glücklich, weil er mit dabei sein durfte, und hüpfte um Leahs Füße herum. Drinnen duftete es köstlich nach Lachs und Gemüse.

«Oh, das hätte ich beinahe vergessen», sagte Karen, als sie sich um den Tisch versammelten. «Wir haben mehrere Kisten für dich mitgebracht.»

«Für mich?» Leah sah sie überrascht an. «Das hättet ihr doch nicht tun müssen.»

«Wir wollten es aber tun. Einerseits wollten wir nicht mit leeren Händen hier erscheinen, andererseits hatten wir auch Geschenke, die wir einfach so zum Spaß mitbringen wollten – zum Beispiel ein paar neue Bücher für dich.»

«Bücher? Wie wunderbar!» Leah hatte seit der Geburt der

Zwillinge nicht viel an neuer Lektüre gesehen. Nicht, dass die beiden ihr viel Zeit zum Lesen gelassen hätten. Leah hatte manchmal schon Mühe, ein paar Minuten Ruhe zu finden, um in ihrer Bibel zu lesen.

«Die Jungs und ich werden nach dem Essen runtergehen und die Sachen holen», sagte Adrik und fuhr Oliver gut gelaunt durchs Haar. «Du solltest sehen, wie stark die beiden schon sind. Sie sind mir eine große Hilfe.»

«Da bin ich sicher.» Leah half Helaina, das Essen aufzutragen.

«Ich habe schon gegessen», verkündete Helaina. «Ich gehe hinüber in den Laden und räume auf.»

Leah sah sie fragend an. «Nein, bleib doch hier. Du gehörst doch praktisch zur Familie.»

Helaina schüttelte den Kopf, und Leah bemerkte die Traurigkeit in ihren Augen, als sie flüsterte: «Praktisch ist nicht gut genug.» Sie eilte aus dem Zimmer, bevor jemand anders sie fragen konnte.

«Was war denn das?», fragte Karen, als Leah sich auf ihren Platz zwischen den Zwillingen setzte.

«Sie liebt Jacob. Sie hat alles aufgegeben und ist hierhergezogen, in der Hoffnung, dass er ihre Liebe erwidert – und ich bin sicher, das tut er. Aber im Augenblick fühlt sie sich unbehaglich. Sie weiß, dass ihr euch an ihre Vergangenheit erinnert, was sie Jayce angetan hat und welche Probleme sie verursacht hat.»

Karen half, etwas Gemüse für Merry zu zerquetschen, während Leah das Gleiche auf Wills' Teller tat. «Aber das ist doch alles vorbei. Helaina muss wissen, dass wir ihr die Vergangenheit nicht nachtragen. Nicht, nachdem sie um Vergebung gebeten hat.»

«Hammhamm», erklärte Wills.

«Ich glaube, sie schämt sich», sagte Leah und reichte Wills einen Kräcker, um ihn zum Schweigen zu bringen.

«Vielleicht sollten wir das Tischgebet sprechen», sagte Adrik und ergriff die Hände seiner Söhne. Leah und Karen taten das Gleiche mit den Zwillingen. Adrik dankte für das Essen, für die Bewahrung auf der Reise und bat Gott dann, seine schützende Hand über die Männer der Regina zu halten.

«Amen», murmelten sie einstimmig, als Adrik sein Gebet beendet hatte.

Bevor Leah noch etwas sagen konnte, nahm er den Faden ihrer Unterhaltung wieder auf, als wäre sie gar nicht unterbrochen worden. «Wir alle haben Dinge in unserer Vergangenheit, für die wir uns schämen. Helaina geht es nicht anders. Ich spreche nach dem Essen mit ihr. Vielleicht muss sie einfach nur wissen, dass wir ihr nichts nachtragen.»

«Oh, diese Stoffe sind wundervoll!» Leah hielt einen Ballen blauen Flanellstoff hoch. «Daraus kann ich schöne warme Hemden machen.»

«Das dachte ich auch, als ich ihn sah», erwiderte Karen. «Und sieh dir mal diesen hier an. Festes Leinen. Damit kann man alles Mögliche anfangen.»

Leah betrachtete den dunklen Stoff. «Ganz bestimmt.»

«Ich habe dir auch etwas von meiner Marmelade mitgebracht», sagte Karen und griff in eine der anderen Kisten. Sie zog etwas Verpackungsstroh heraus und dann ein Glas mit einer dunklen Flüssigkeit. «Ich habe sogar Sirup für Pfannkuchen gemacht.»

«Die Starterkultur für Sauerteig, die du mir gegeben hast, habe ich immer noch», sagte Leah stolz. «Es ist erstaunlich, dass man Brot und Pfannkuchen mit einer Starterkultur machen kann, die über zwölf Jahre alt ist.»

«Sie ist noch älter – jedenfalls war die ursprüngliche Kultur es. Ich habe sie damals aus dem Yukon-Territorium mitgebracht.» Karen zog ein Glas nach dem anderen aus der Kiste. «Ich glaube, sie haben alle überlebt. Adrik war unglaublich gewissenhaft beim Einpacken. Kein anderer durfte diese Kiste anrühren.»

«Das ist sehr großzügig von euch. Es fühlt sich an wie Weihnachten.»

«Und wir sind noch nicht fertig.» Karen zog den festgenagelten Deckel von der nächsten Kiste. «Ich habe ein paar Sachen für dein neues Haus genäht.» Sie holte eine große, dicke Patchworkdecke heraus. Die Quadrate waren in Weiß und verschiedenen Blau- und Gelbtönen gearbeitet. Die Decke war hell und hübsch – wie ein arktischer Sommertag.

«Oh, die ist … die ist zauberhaft.» Leah berührte staunend die Kanten der Decke. «Ich habe noch nie etwas so Schönes gesehen.»

«Es hat überhaupt keinen Sinn, keine schönen Dinge zu haben. Die braucht ein Mädchen einfach ab und zu. Ist doch egal, wenn du noch ein Fell darunterlegen musst, damit es warm genug ist. Oder noch besser, du kuschelst dich einfach dichter an Jayce, wenn er wieder da ist.» Karens blaue Augen funkelten belustigt. Für eine Frau, die erst in diesem Mai fünfzig geworden war, hatte sie ein erstaunlich junges Gemüt.

«Ich habe auch Kleidung für die Kinder genäht», sagte Karen und griff wieder in die Kiste. «Natürlich wusste ich, dass du selbst genug hast, aber es hat so viel Spaß gemacht. Es ist eine Ewigkeit her, dass ich einen Grund hatte, so kleine Sachen zu nähen.»

«Vielleicht heiratet Ashlie bald und du bekommst Enkel.»

«Das kann natürlich sein. Sie genießt ihre Zeit in Washington. Sie überlegt, Krankenschwester zu werden. Wäre das nicht großartig? Wenn sie ins Territorium zurückkäme, um kranken Menschen zu helfen?»

«Und was ist, wenn sie nicht zurückkommen will? Spricht sie immer noch davon, dass sie die Welt bereisen möchte?» Leah betrachtete das kleine Kleid, das Karen ihr gerade gereicht hatte. «Deine Nähte sind immer so perfekt.»

«Ashlie liebt die Stadt. Das hat sie mir oft gesagt. Aber sie redet auch von den Dingen, die sie am meisten vermisst. Ich weiß, dass sie mit halbem Herzen noch in Alaska ist.»

«Gibt es romantische Entwicklungen?»

Karen übergab Leah die nächste Kinderkleidung, diesmal für Wills. «Sie besucht eine Schule für Mädchen, also gibt es keine jungen Männer, mit denen sie regelmäßig zu tun hätte. Aber in der Gemeinde sieht es anders aus. Dort gibt es einige junge Männer, die sich für sie interessieren. Sie haben eine Bibelgruppe für ihre Altersklasse, und offenbar gibt es dort viel mehr Jungen als Mädchen.»

«Es wäre nicht das Schlechteste, wenn sie ihren Traummann durch die Kirche kennenlernt», sagte Leah lächelnd.

«Überhaupt nicht.» Karen zwinkerte. «Vielleicht sogar noch besser, als ihn in der Wildnis des Yukons zu treffen.»

«Oder in Alaska», entgegnete Leah.

«Sie waren beim Essen so schnell verschwunden», sagte Adrik, als er zu Helaina trat, die mit den Hunden beschäftigt war. Sie hatte ein Paar von Jacobs alten Arbeitshosen angezogen und ihre Haare unter einer Mütze versteckt.

Sie war nicht überrascht, ihn hier zu sehen, aber ihr war unbehaglich zumute. «Ich dachte, Sie könnten die ungestörte Zeit gebrauchen. Ich weiß, dass Sie sich lange nicht gesehen haben.»

Adrik lehnte sich gegen den Schuppen, in dem die Hündinnen ihre Jungen zur Welt brachten, und musterte sie einen Augenblick lang. Sein Blick war Helaina unangenehm. «Ich kümmere mich um Jacobs Hunde.» Sie sagte es, als hätte er gefragt, was sie da tat.

«Leah hat mir gesagt, dass Sie ein Händchen für die Tiere haben. Und dass Jacob Ihnen alles beigebracht hat, als Leah und Jayce den Sommer über bei uns waren.»

«Ja. Ich musste mir meinen Unterhalt verdienen», sagte sie mit einem zaghaften Lächeln. «Aber es macht mir nichts aus. Ich liebe die Hunde.»

«Und Jacob lieben Sie auch, wie ich gehört habe.»

Helaina wusste nicht, was sie sagen sollte. «Ich … äh …» Sie wandte sich ab, weil sie nichts Dummes sagen wollte.

«Ist schon in Ordnung. Ich finde das prima. Leah hat mir auch erzählt, dass Jacob Ihre Liebe erwidert.»

«Sie weiß nicht, ob das immer noch so ist», sagte Helaina, während sie eine Dose Fischinnereien hochhob. Der eklige Geruch war etwas, woran sie sich nie so recht hatte gewöhnen können, aber jedes Mal, wenn sie damit konfrontiert war, sagte sie sich, dass sie es für den Mann tat, den sie liebte.

«Jacob ist kein flatterhafter Mensch. Wenn er Ihnen sein Herz geschenkt hat, dann können Sie sich darauf verlassen, dass er seine Meinung nicht ändert.»

Helaina stellte die Dose ab und richtete sich auf. Dann wandte sie sich um und wagte es, Adrik ins Gesicht zu schauen. Sie sah nichts als Mitgefühl dort. «Sie halten mich bestimmt für einen schrecklichen Menschen, Mr. Iwankow.»

«Adrik. Lassen wir doch die förmliche Anrede – unser Herz schlägt schließlich für dieselben Menschen. Und nein, ich finde überhaupt nicht, dass du ein schrecklicher Mensch bist.»

«Ich habe deiner Familie so viel Kummer zugefügt. Und das tut mir sehr leid.»

Er lächelte und kam näher. «Auch wenn du es nicht glauben kannst – dir ist vergeben.»

«Ich glaube, dass Gott vergibt, aber ich weiß, dass es den Menschen schwerfällt. Vor allem, wenn so viel Schaden angerichtet wurde. Wegen mir haben so viele Menschen gelitten. Ihr Leben war in Gefahr und …» Sie verstummte, als sie an die Vergewaltigung dachte, die Leah durchgemacht hatte.

Adrik überraschte sie, indem er ihre Hände ergriff. «Es ist vielleicht schwierig, die Vergangenheit zu vergessen, und manchen gelingt es nicht so gut. Aber wenn Jesus in deinem Herzen wohnt, musst du vergeben und vergessen. In der Bibel steht, dass Gott vergisst, auch um seiner selbst willen. Wenn es für Gott gut genug ist, ist es auch für mich gut genug.»

Helaina biss sich auf die Unterlippe, damit sie nicht zitterte. Sie hätte sich am liebsten in Adriks väterliche Arme geworfen und wie ein Baby geweint.

«Du brauchst dir keine Sorgen zu machen, ob wir dich als Jacobs Frau akzeptieren können», sagte Adrik leise. «Die Wahrheit ist, dass Jacob ein kluger Mann ist, und wenn er dich liebt, dann soll es mir recht sein.»

«Aber das ist es ja», sagte Helaina, und jetzt strömten die Tränen über ihr Gesicht. «*Wenn* er mich liebt. Er ist schon so lange fort. Als wir uns das letzte Mal sahen, hat er nichts versprochen. Er hat nichts von Liebe gesagt. Wie kann er mich lieben? Er hat mich gehen lassen.»

«Er hat dich gehen lassen, *weil* er dich liebt. Was hättet ihr beide denn davon gehabt, wenn er dir seine Liebe erklärt und von dir Liebe gefordert hätte, obwohl er wusste, dass du nicht in Alaska bleiben konntest?»

Helaina betrachtete sein Gesicht einen Augenblick. Er schien alles zu wissen – offensichtlich hatte Leah ihrer Familie erzählt, welche Rolle Helaina in ihrem Leben spielte. Und als Adrik ihre Hände losließ und die Arme ausbreitete, konnte Helaina nicht mehr so tun, als wäre sie stark. Sie sank in seine Arme und schluchzte.

«Ich will ihn nur zurück. Selbst wenn er mich nicht liebt, möchte ich nur, dass er wiederkommt.»

10

«Es ist schon August.» Ben Kauffman zeigte seine Gefühle nicht sehr oft, aber die Wut in seiner Stimme war deutlich zu hören.

«Wir haben getan, was Sie verlangt haben, Kapitän», fügte Travis hinzu. «Aber jetzt müssen wir einen Plan machen, damit wir diese Insel verlassen und wieder in die Zivilisation zurückkehren können.»

Die anderen Männer nickten zustimmend. Jacob wusste, dass sie sich nicht mehr damit zufriedengeben würden, auf der Insel zu bleiben, aber der Gedanke, aufs offene Meer hinauszufahren, war ernüchternd. Niemand wollte dringender nach Hause als er, aber er wollte lebend dort ankommen.

Der Kapitän rieb sich das bärtige Kinn. «Hört mal, Männer. Ich weiß, wie ihr euch fühlt. Ich sehne mich auch danach, wieder bei meiner Familie und meinen Angehörigen zu sein. Ich hätte gerne schmackhaftere Mahlzeiten und ein Federbett anstatt Felle. Aber wir müssen vernünftig sein.»

«Das müssen wir tatsächlich», sagte Dr. Ripley und trat einen Schritt vor. «Ich respektiere Ihr Kommando, aber wie Sie wissen, sind zwei von uns bereits krank. Einer ist verletzt und braucht unbedingt eine bessere Behandlung, als ich sie ihm hier geben kann. Der andere hat eine Krankheit, die selbst ich nicht verstehe. Ich habe ernsthafte Zweifel, dass die beiden noch lange leben werden. Ganz zu schweigen davon, dass wir alle krank sind von der mangelhaften Ernährung. Es gibt keinen hier, der nicht an Skorbut leidet.»

«Als wenn ich das nicht wüsste, Dr. Ripley. Aber wollen Sie geschwächte Männer in Boote setzen und sie aufs Meer hinausschicken ohne Hoffnung, dass sie ihr Ziel erreichen? Sollen wir etwa die Kranken im Stich lassen – sie hier zurücklassen und dem Tod ausliefern?»

«Warum sagen Sie ‹ohne Hoffnung›, wenn es darum geht, die Insel mit dem Boot zu verlassen?», entgegnete Ripley.

«Weil ich kaum Hoffnung für uns habe, wenn wir uns aufs Meer hinausbegeben. Erstens werden die Männer, schwach wie sie sind, den starken Strömungen in dieser Gegend nicht gewachsen sein. Zweitens hätten wir keine Chance, wenn ein Unwetter uns überrascht, was höchstwahrscheinlich geschehen wird. Das Meer hier im Norden ist unberechenbar.»

«Ich würde lieber das Risiko eingehen und dieser verfluchten Insel den Rücken kehren, anstatt noch ein Jahr hier zu leiden», murmelte Ben.

Jacob hatte das Gefühl, dass es wichtig war, die Position des Kapitäns zu unterstützen. «Wir haben zwei kleine Umiaks, aber keiner von euch ist mit diesen Booten vertraut. Bislang haben wir darin nur Vorräte übers Eis gezogen und kaum etwas anderes getan. Ich kann sehr gut mit den Umiaks umgehen, aber trotzdem würde ich nicht damit losfahren wollen, um das arktische Meer zu überqueren oder die Gewässer, die uns nach Hause bringen könnten.»

«Dann bleib doch hier», entgegnete Travis trocken.

«Wir müssen zusammenhalten, Männer», sagte der Kapitän streng. «Wir brauchen mehr Treibholz fürs Heizen und Kochen. Außerdem müssen wir weiter an den Fellen nähen. Wir müssen dafür sorgen, dass wir gegen die kalten Nächte gerüstet sind. Auch wenn wir einen Weg finden, wie wir mit den Booten die Insel verlassen können, müssen wir vorbereitet sein.»

Die Männer murrten, sagten aber nichts, was Jacob hätte verstehen können. Einer nach dem anderen machten sie sich an ihre Arbeit, aber Jacob wusste, dass es nur eine Frage der Zeit war, bis sie meuterten, und was dann?

«Tut mir leid wegen der Schwierigkeiten, Kapitän», sagte Jacob, als die letzten Männer gegangen waren. «Ich weiß, dass es für die Männer schwer ist. Und ich wünschte, ich hätte eine einfache Lösung. Eigentlich hatte ich gehofft, wir wären inzwischen gerettet worden.»

Der Kapitän zupfte an seiner abgewetzten Jacke. «Die Männer haben guten Grund, verzweifelt zu sein. Sie spüren, dass das Wetter sich ändert. Sie wissen, was auf sie zukommt.»

Jacob nickte. In diesem Moment sah er Jayce. Er war jagen gewesen und hatte mehrere Enten geschossen. Sie würden eine gute Mahlzeit abgeben, so viel stand fest.

«Kapitän, wenn Sie meinen, dass Sie uns übers Meer navigieren können, bin ich bereit, es mir noch einmal zu überlegen», sagte Jacob, wieder zu Latimore gewandt.

«Ich werde darüber nachdenken und mit den Männern sprechen. Es ist immer eine gute Idee, eine Sache von allen Seiten zu betrachten.»

«Da haben Sie Recht», erwiderte Jacob, obwohl er nicht sicher war, ob er mitgehen würde, wenn die Männer beschlossen, die Insel zu verlassen.

Jayce kam näher und hielt seine Beute hoch. «Sie sind schön fett», sagte er und ließ die Enten auf den Boden fallen.

«Das ist eine willkommene Abwechslung. Vielleicht hat Ente mehr Nährwert als Robbenfleisch», sagte Jacob achselzuckend.

«Als ich oben auf dem Hügel war, habe ich gesehen, dass ihr die Männer zusammengetrommelt habt», sagte Jayce und streifte das Gewehr von der Schulter. «Worum ging es? Um Nährwert?»

«Die Männer sind unruhig.» Jacob senkte die Stimme, damit niemand außer Latimore ihn hören konnte. «Ich fürchte, es wird eine Meuterei geben, wenn wir keinen Weg finden, wie wir ihnen Hoffnung geben können.»

«Wie geht es Bristol und Elmer?», fragte Jayce.

Bristol war schwer krank, nachdem er sich beim Häuten eines Seehunds eine Verletzung zugezogen hatte, die sich anschließend entzündet hatte. Jetzt war der Arzt sicher, dass Bristol sterben würde. Elmers Krankheit ließ Dr. Ripley zu dem gleichen Schluss kommen, obwohl er nicht recht wusste, was den Mann so langsam umbrachte.

«Bristol geht es gar nicht gut. Der Doktor sagt, er hat eine Blutvergiftung. Es ist nur noch eine Frage der Zeit. Er ist schon den ganzen Tag bewusstlos. Elmer ist auch nicht viel besser dran. Er hat schreckliche Schmerzen. Sein Unterleib ist aufgebläht und fühlt sich warm an. Dr. Ripley hat ihm eine Dosis Kokain gegeben, in der Hoffnung, damit seine Not zu lindern, aber es scheint nicht viel zu helfen.»

«Schade. Die armen Männer haben nichts, womit sie sich trösten könnten. Ich bin sicher, sie sind sich über ihre Situation im Klaren.» Jayce blickte zu der Unterkunft hinüber, in der die Kranken untergebracht waren. Latimore teilte sich bereitwillig die Hütte mit den Kranken, aber die anderen Männer hatten sich alle zusammengedrängt, weil sie ihrer eigenen Sterblichkeit nicht ständig ins Auge sehen wollten.

«Ich mache mich besser an die Arbeit und bereite diese Enten zu», sagte Jayce und warf Jacob das Gewehr zu. «Hier, du kannst losziehen und jagen, es ist noch lange hell.»

Jacob nickte. «Ich glaube, ein bisschen Zeit für mich würde mir guttun. Vielleicht gibt Gott mir ja ein paar Antworten.»

Er zog los und ging am Ufer entlang in östlicher Richtung. Manchmal ergaben die Dinge einfach keinen Sinn. Er glaubte wirklich, dass alles aus gutem Grund geschah – dass Gott seinen Kindern nicht einfach Situationen zumutete, ohne dass es einen tieferen Sinn hatte. Natürlich wusste Jacob auch, dass manche Dinge einfach passierten, weil das Leben nun mal so war. Man konnte unmöglich den natürlichen Verlauf des Lebens aufhalten. Jacob war sich im Klaren darüber gewesen, dass er ein Risiko einging, als er zu dieser Expedition in den Norden aufgebrochen war. Es gab genug Schreckensmeldungen, so dass jeder, der bei klarem Verstand war, sich dagegen entscheiden würde.

«Aber vielleicht bin ich ja nicht bei klarem Verstand», überlegte er laut. Ein Mann, der bei klarem Verstand war, hätte doch nicht die Frau, die er liebt, gehen lassen.

Jacob hatte überlegt, was er tun musste, sobald er nach Last Chance zurückkam. Die Pläne spulten sich immer wieder in seinen Gedanken ab. Er würde die Hunde verkaufen müssen. Jacob konnte sich ein Leben ohne die Hunde nicht vorstellen; das vergangene Jahr war ohne seine liebsten Gefährten schrecklich einsam gewesen. Aber wenigstens musste er sich keine Gedanken um sie machen. John würde wahrscheinlich die meisten von ihnen nehmen und sich darum kümmern, dass die Tiere gut versorgt wurden.

Jacob blieb stehen und ließ den Blick über die Insel schweifen, die seit vielen Monaten sein Zuhause war. Die Erfahrung war gar nicht so schrecklich gewesen. Sie zeigte ihm vielmehr, dass er so ziemlich alles ertragen konnte. Und dazu gehörte seiner Ansicht nach auch, Alaska für immer zu verlassen.

«Wenn das der Preis für Helainas Liebe ist», sagte er mit einem Seufzer, «dann lohnt sich das Opfer.»

Inzwischen hatten sie einige Stunden Dunkelheit, wofür Jacob sehr dankbar war. An diesem Abend fiel er in einen unruhigen Schlaf, während er betete und Gott um Hilfe anflehte.

Schick uns ein Schiff, Herr, betete er. *Sende jemanden her, der uns bald nach Hause bringt.*

Ihm war, als hätte er kaum die Augen geschlossen, als etwas ihn hochfahren ließ. Er war sich nicht sicher, was ihn geweckt hatte. Alles schien wie immer. Jayce schlief in der Nähe, und sein gleichmäßiger Atem bezeugte, dass es ihm gut ging.

Jacob strengte sich an, um irgendetwas anderes zu hören. Einer der Männer würde Wache schieben, nach Schiffen Ausschau halten und das Lager vor angreifenden Tieren schützen – vor allem Bären, obwohl ohne die riesigen Eisflächen, auf denen sie sich vorwärtsbewegen konnten, nur wenige auf der Insel zu finden waren. Trotzdem durften sie in ihrer Wachsamkeit nicht nachlassen. Ein Eisbär konnte mehr als achtzig Kilometer schwimmen, ohne zwischendurch auszuruhen. John hatte ihm das erzählt – weil er es selbst erlebt hatte, als ein Bär ihm einmal gefolgt war. John hatte nur sein kleines Kajak gehabt, und der Bär war entschlossen gewesen, ihn zu töten. John hatte den Bären schließlich mit einer Harpune erlegt und nach Hause gebracht.

Jacob lauschte wieder, ob ein Geräusch zu hören war, das auf ein Problem hindeuten könnte. Dann dämmerte es ihm: Vielleicht war einer der kranken Männer gestorben und Latimore hatte es für nötig befunden, die Männer aus der Hütte zu holen. Was auch immer der Grund war, irgendetwas stimmte nicht. Jacob zog seine Stiefel an. Er musste sehen, was im Lager vor sich ging. Vielleicht war es nichts – aber andererseits könnte es auch ein Problem sein, das nicht bis zum Morgen warten konnte.

«Was ist los?», fragte Jayce müde.

«Ich weiß nicht. Ich habe nur so ein komisches Gefühl. Es hat mich aus dem Tiefschlaf gerissen.»

Jayce setzte sich auf und gähnte. «Warte auf mich, dann komme ich mit.» Er schlug das Fell zurück und griff nach seinen Stiefeln. «Hast du etwas gehört?»

«Ich weiß nicht. Ich habe tief und fest geschlafen, aber etwas hat mich geweckt. Ich kann nicht sagen, dass ich etwas gehört hätte, aber irgendwie habe ich das Gefühl, dass etwas los ist.» Er kroch zur Öffnung ihrer Unterkunft, und Jayce folgte ihm auf dem Fuß.

Draußen wurde es allmählich hell. Der erste Schein der Sonne am Horizont im Südosten versprach einen schönen Tag. Im Lager war alles ruhig ... vielleicht zu ruhig. Jacob suchte nach der Wache, fand aber keine.

«Wer sollte denn die Nachtschicht übernehmen?»

Jayce unterdrückte ein Gähnen. «Ich glaube, Matthew war an der Reihe.»

«Ich sehe ihn nirgendwo.» Jacob ging ein paar Schritte weiter, bedacht darauf, nicht über ein Seehundfell zu stolpern, das am Boden aufgespannt war.

Jacob suchte das Ufer in beiden Richtungen ab, aber der Mann war nirgends zu sehen. Dann sah Jacob, dass noch etwas fehlte. «Wo ist das andere Umiak?»

«Was?» Jayce sah ihn verständnislos an. «Das andere Umiak?»

«Ja. Sieh doch. Wir haben das eine, mit dem wir eine Unterkunft für Latimore und die kranken Männer gebaut haben. Aber wo ist das andere?»

«Das letzte Mal habe ich es gesehen, als es am Ufer lag.» Jayce folgte Jacob zu der Stelle, wo das Boot gewesen war. Es waren Spuren zu sehen, die darauf schließen ließen, dass es ins Wasser gezogen worden war.

«Sie sind weg.» Jacob spürte, wie sein Magen sich zusammenzog.

«Sie haben doch bestimmt nicht einfach ihre Sachen gepackt und uns hier zurückgelassen», sagte Jayce. «Das hätte der Kapitän nie zugelassen.»

«Der Kapitän wurde bestimmt nicht nach seiner Meinung gefragt. Er war schließlich auf unserer Seite, erinnerst du dich? Ich vermute, dass er noch bei den kranken Männern ist und schläft.» Jacob ging auf die Unterkunft zu, wo die anderen Männer hätten sein sollen. Ein Blick ins Innere bestätigte seine schlimmsten Befürchtungen. «Sie sind weg.»

«Dann sollten wir wohl Latimore wecken und ihm sagen, was passiert ist.»

Jacob richtete sich auf und schüttelte den Kopf. «Wir können ihn genauso gut schlafen lassen. Jetzt können wir ohnehin nichts mehr unternehmen.» Er spürte, wie eine Welle der Angst über ihm zusammenzuschlagen drohte. Angst sowohl um die Männer, die sich auf den Weg gemacht hatten, als auch um sie, die sie hiergeblieben waren.

«Sie haben keine Ahnung, worauf sie sich da einlassen», murmelte Jacob, als er wieder schlafen ging. «Sie werden es nicht schaffen.»

«Dr. Ripley hat sie bestimmt ermutigt. Diese Männer hatten kein Problem damit, Latimore zu folgen, solange Ripley sie nicht aufgewiegelt hat.»

«Ich bin sicher, Ripley hatte etwas damit zu tun, aber die Männer wollten unbedingt gehen. Es war sicherlich eine gemeinsame Entscheidung. Und ich bin sicher, es wird eine gemeinsame Katastrophe werden.»

Drei Stunden später traf Latimore sich am Lagerfeuer mit Jacob und Jayce. Jacob war damit beschäftigt, Fellüberzüge für seine ausgetretenen Stiefel zu nähen.

«Es ist genau so, wie Sie gesagt haben», bestätigte Latimore. «Ich habe das Zelt durchsucht, und alle persönlichen Dinge sind fort.»

«Sie haben auch alle ihre Felle und einen großen Teil der Fleischvorräte mitgenommen», sagte Jayce, während er die grimmige Miene des Kapitäns sah. «Sie glauben, sie könnten es bis zum Festland schaffen, aber ich sehe das nicht. Sie sind zu unerfahren.»

«Das stimmt. Für viele ist es das erste Mal, dass sie auf

einem Schiff gearbeitet haben. Sie wussten kaum etwas über die Seefahrt. Kein einziger von den Männern kann anhand der Sterne navigieren. Nur Elmer war gut darin, aber er ist hier bei uns.» Latimore ließ sich auf einem improvisierten Hocker nieder, während Jayce ihm einen Becher Tee einschenkte.

«Sie haben uns ein paar Vorräte dagelassen. Wahrscheinlich wussten sie, dass es sonst Mord gewesen wäre.»

Latimore nahm den Becher. «Ich bin sicher, sie wollten uns nicht schaden. Ich bete, dass sie es bis in Sicherheit schaffen.»

Jacob streckte die Füße aus. «Ich habe da keine große Hoffnung. Meiner Meinung nach müsste Gott da schon unmittelbar eingreifen. So wie ich das sehe, hätten wir eine bessere Chance, wenn wir uns im Winter zu Fuß nach Sibirien aufmachen, als alleine auf dem Meer zu sein.»

«Ich bringe Elmer und Bristol etwas Suppe», verkündete Jayce. Er hob eine Blechdose vom Feuer und stand auf.

Als er gegangen war, verwandelte sich Jacobs Schock in Wut. «Diese Männer denken nur an sich selbst. Ihre Kameraden liegen sterbenskrank hier, und sie lassen sie im Stich.»

«Jeder hat eine andere Schmerzgrenze.» Latimore schüttelte den Kopf. «Diese Männer hätten nicht so gehandelt, wenn sie irgendeine Hoffnung auf Rettung gehabt oder geglaubt hätten, dass sie den nächsten Winter überleben würden. Außerdem bin ich sicher, dass Dr. Ripley sie beeinflusst hat. Der Mann hat ständig auf mich eingeredet, damit ich meine Meinung ändere und die Insel verlasse. Ich gebe die Verantwortung für das Geschehene ihm.»

«Jacob?» Jayce kam aus der Unterkunft der kranken Männer. «Kapitän, kommen Sie besser her. Bristol ist heute Nacht gestorben, und ich glaube, Elmer wird es auch nicht mehr lange machen.»

Er hatte Recht. Eine Stunde später standen sie vor der Aufgabe, zwei Männer zu beerdigen. Jacob wusste, dass der Permafrost ein Begräbnis erschweren würde. Schließlich bereiteten sie eine Stelle vor, indem sie die Erde, so gut es ging, aushoben und dann Steine um die beiden Toten aufschichteten. Es schien alles andere als ein angemessenes Ende.

Jacob war außer sich vor Wut. Er wusste nicht, was ihn zorniger machte – die Tatsache, dass die anderen Männer sie zurückgelassen hatten oder dass er nicht in der Lage gewesen war, es zu verhindern. *Ich hätte sie irgendwie aufhalten müssen. Sie irgendwie davon überzeugen, dass es besser ist, nicht zu gehen. Jetzt werden sie sterben. Sie werden alle sterben.* Er schauderte bei dem Gedanken, dass die Männer für immer in den eisigen Tiefen des arktischen Meeres verschollen sein würden.

Jayce schlug die Bibel auf und begann daraus vorzulesen, aber Jacob hörte die Worte kaum. *Wie konnten sie es wagen, einfach zu gehen?* Die Einsamkeit, in der sie sich befanden, schien Jacob mit einem Mal völlig zu überwältigen. Irgendwie war ihm die Lage nicht so schlimm erschienen, als sie ein Dutzend Männer gewesen waren. Jetzt, wo sie nur noch zu dritt waren, schien es Jacob, als wären sie die letzten Menschen auf der Erde.

«Jacob, betest du mit uns?», fragte Jayce.

Die Worte schreckten Jacob auf. «Beten? Ich habe gebetet. Ich habe ohne Ende gebetet, seit wir hier auf dieser Insel gestrandet sind. Ich soll beten?» Er hatte genug und ging. Wenn er sich nicht zurückzog, konnte es sein, dass er etwas sagte, das er später bereuen würde. Jedenfalls wollte er seine Wut nicht an Jayce oder Latimore auslassen.

Er stapfte den Hügel hinauf, wie er es schon unzählige Male getan hatte. Oft war er dort oben gewesen, um Trost zu suchen, manchmal, um Informationen zu sammeln. Der Aussichtspunkt hatte ihm meist eine klare Sicht verschafft, so weit man nach Osten und Süden sehen konnte, und auch ein Stück in Richtung Westen. Nur diesmal hatte er kein Interesse an der Aussicht.

«Warte, Jacob.» Jayce folgte ihm.

«Es wäre besser, wenn du mich einfach in Ruhe lässt, Jayce. Ich bin im Moment keine gute Gesellschaft.»

«Vielleicht nicht, aber ich glaube, du brauchst einen Freund. Auch wenn er stumm ist.»

Jacob blieb stehen. «Ich verstehe nicht, wie anständige Männer so entscheiden können, wie diese Männer es gestern Nacht getan haben. Sie mussten doch wissen, dass wir zusammen eine bessere Überlebenschance hätten als getrennt.»

«Sie haben einen Fehler gemacht. Dr. Ripley hat die jüngeren Männer beeinflusst. Es ist traurig und kann durchaus tragisch für sie enden, aber ich glaube nicht, dass sie uns schaden wollten. Wie Latimore sagt, wissen wir doch, dass sie im Kern gute Kerle sind.»

Jacob stöhnte laut auf. «Dass sie gute Kerle sind, hat uns aber nicht geholfen. Ich weiß nicht, was Gott hier von mir verlangt. Ich vertraue ihm, dass er uns bewahrt. Ich glaube an seine Macht, uns zu retten, trotz unserer schlechten Gesundheit. Aber ich weiß einfach nicht mehr, was er von uns verlangt.»

Jayce nickte. «Ich weiß genau, was du meinst. Ich habe ihn dasselbe immer wieder gefragt. Ich weiß nicht, warum ich ein Jahr getrennt von meiner Frau und meinen Kindern verbringen soll. Kinder, die ich nicht einmal kenne – und die mich nicht kennen.»

Seine Worte stimmten Jacob milder, und der Zorn in seiner Stimme legte sich. «Ich weiß. Tut mir leid.»

«Wir haben beide eine Menge durchgemacht, aber wir wussten immer, dass Gott bei jedem Schritt bei uns war. Das heißt nicht, dass ich die Gründe für unsere Lage verstehe, aber eine Alternative gibt es für mich nicht. Ich kann mich nicht von Gott abwenden, selbst jetzt nicht.»

«Ich auch nicht.» Jacob hörte die Resignation in seiner eigenen Stimme. «Das habe ich noch nicht einmal in Erwägung gezogen, aber in meiner Wut habe ich ein Gefühl der Entfremdung von Gott gehabt, das mir große Sorgen bereitet. Ich will nicht von diesem Zorn bestimmt werden – er dient niemandem. Aber ich verstehe nicht, warum diese Situation noch länger andauert.»

«Ich auch nicht, Jacob. Aber ich weiß, dass wir Gott weiter vertrauen müssen.»

«Das weiß ich auch. Aber der Gedanke an noch einen Winter hier draußen ist mir unerträglich – getrennt von Leah und Helaina. Ich weiß nicht einmal, ob wir stark genug sein werden, um zu überleben.»

«Jacob! Jayce!» Latimore rief nach ihnen.

Jacob legte eine Hand über seine Augen und blinzelte in die grelle Sonne. «Was ist, Kapitän?» Die Sorge, ein Raubtier könnte sich nähern, ließ Jacob einen schnellen Blick über die Schulter werfen.

«Ein Schiff!», rief Latimore. «Da ist ein Schiff am Horizont!»

11

Leah schob den Riemen ihres Gewehrs über eine Schulter und hob zwei große Eimer voll Blaubeeren hoch. Der Tag war für diese Jahreszeit ungewöhnlich warm, aber die Sonne fühlte sich gut auf ihrer Haut an. Leah hob das Gesicht zum Himmel und atmete den berauschenden Duft des Meeres und der feuchten Tundra ein. Sie liebte ihr Leben hier, aber die Sehnsucht, was Jayce betraf, ließ sich nicht stillen.

«Jetzt ist schon August», flüsterte sie. «Schon August und sie sind immer noch nicht zurück.» Die Wahrscheinlichkeit, dass sie noch in diesem Sommer gefunden wurden, nahm zusehends ab. Bald würden sich wieder Eisschollen im Meer türmen und die Temperaturen würden sinken. Nach Oktober wagten sich selten irgendwelche Schiffe weit in den Norden. Einige Kapitäne weigerten sich sogar, nach Mitte September bis ins Beringmeer vorzudringen.

Karen und Adrik hatten vorgeschlagen, dass Leah und die Kinder mit ihnen nach Seward kommen sollten, wenn die Männer nicht gefunden wurden. Wenn sie das nicht wollte, konnte Leah auch im Haus der Iwankows in Ketchikan wohnen. Schließlich war sie mit der Gegend und den Leuten dort vertraut. Es könnte tröstlich für sie sein.

Aber inzwischen konnte nichts sie mehr trösten.

Leah war kein Dummkopf. Sie wusste, mit jedem Tag, der verstrich, sank die Chance, dass die Männer vor dem Ende des Sommers gefunden wurden. Bald würde der Winter vor der Tür stehen, und sie musste sich den Tatsachen stellen.

Sie ging den Hügel hinunter, und die Eimer zog sie hinter sich her. Am Fuße der Erhebung wartete ein kleiner Wagen auf sie. Leo und Addy, Jacobs Lieblingshunde, waren vor den Wagen gespannt. Leah stellte die Eimer darauf und ging dann zu den Hunden. Sie nahm sich einen Augenblick Zeit, um sie zu kraulen. Sie vermissten Jacob ebenso sehr, wie Leah es tat. Nach seiner Abreise hatten sie wochenlang nur geheult und gejault.

Leah richtete sich seufzend auf und löste die Bremse des Wagens. Sie war etwa fünf Kilometer von zu Hause entfernt, aber die Hunde würden für die Strecke nicht lange brauchen. Die Eimer hatten leicht auf dem Wagen Platz gefunden, und auch für Leah war noch Raum übrig, wenn sie es wollte. Sie entschied sich jedoch dagegen, weil sie wusste, dass der Spaziergang ihr guttun würde.

Auf ihrem Weg traf Leah eine Entscheidung. Wenn die Männer nicht zurückgekehrt waren, bis Karen und Adrik fanden, dass sie nach Hause zurückkehren mussten, würden Leah und die Kinder mit ihnen reisen. Die Zwillinge hätten dort besseren Zugang zu einem Arzt, falls sie krank wurden, und Jayce und Jacob würden wissen, dass sie dort nach ihnen suchen mussten. Es war nur vernünftig.

Eine Weile später sah Leah Adrik auf sie zukommen. Es schien der perfekte Zeitpunkt, um ihre Entscheidung zu verkünden. «Was machst du denn hier?», rief sie.

«Ich suche dich. Karen hat sich Sorgen gemacht, und die Zwillinge haben nach dir gefragt.»

Leah lachte. «Sie fragen immer nach mir.» Sie schloss zu Adrik auf und ging dann ein wenig langsamer. Es hatte keinen Sinn, ihre Ankündigung länger aufzuschieben. «Ich habe beschlossen, mit dir und Karen und den Jungs abzureisen, wenn die Männer bis dahin nicht zurück sind.»

«Ich halte es für das Beste», erwiderte Adrik mit leiser, mitfühlender Stimme. «Ich weiß, dass der Gedanke, sie könnten nicht nach Hause kommen, nicht einfach zu ertragen ist.»

«Aber ich muss realistisch sein.» Leah hob den Kopf und begegnete seinem Blick. «Vielleicht kommen sie nie mehr nach Hause. Bis jetzt war ich nicht bereit, diese Möglichkeit ernsthaft in Erwägung zu ziehen. Helaina war immer so stark – so sicher, dass sie heimkommen würden, aber …» Sie beendete den Satz nicht, sondern dachte an ihren Vater, der zu den Minen im Yukon-Territorium aufgebrochen war. Er hatte auch versprochen wiederzukommen. Dann war Jacob in den Norden gegangen, und wenn sie ihm nicht gefolgt wäre, hätte Leah ihn wahrscheinlich nie wiedergesehen.

«Aber der Sommer ist bald vorbei und der Winter liegt schon in der Luft», sagte Adrik.

Er war immer ein ausgesprochen sprachgewandter Mensch gewesen, obwohl er im Hinterland aufgewachsen war. Leah lächelte. «Ja. Ich weiß, dass ich vernünftig sein muss. Die Zwillinge müssen sicher sein und die Dinge haben, die sie brauchen. Die Winter hier sind streng, und ohne einen Mann, der hilft, für uns zu sorgen, wird es noch schlimmer sein. Wir haben schon oft Hunger und Tod ins Auge gesehen. Krankheiten wüten hier, und Epidemien sind gar nicht so selten.»

«All diese Dinge können dir in Ketchikan oder Seward auch begegnen», warf Adrik ein. «Obwohl ich sagen muss, dass Hunger noch nie ein Thema war. Das Land ist sehr fruchtbar und bietet reichlich Fleisch und Vegetation.»

«Und die Häfen frieren nicht zu», fügte Leah hinzu. «Wir haben immer die notwendigen Dinge mit dem Schiff geliefert bekommen, sogar mitten im Winter.»

«Das stimmt. Jedenfalls kennst du unsere Meinung. Wir wollen, dass ihr euch wohlfühlt, und Karen liebt diese Babys, als wären sie ihre eigenen Enkel. Und in mancher Hinsicht sind sie genau das.»

«Ja, das sind sie. Ich habe dich und Karen immer als meine zweiten Eltern betrachtet. Gott hat in meinem Verlust wunderbar für mich gesorgt. Karen war für mich immer wie eine Mutter, und du …» Sie zögerte und holte tief Luft. «Du warst immer ein Vater, der mir Geborgenheit und Unterstützung gegeben hat. Du hast eine Kraft, die ich in anderen Menschen nicht entdecken konnte – außer vielleicht in Jacob und jetzt in Jayce.»

«Du und Jacob, ihr wart mir immer sehr wichtig, das weißt du. Ich verspreche dir, ich werde dafür sorgen, dass du und deine Kinder immer versorgt seid. Ich weiß, dass Karen deine Gesellschaft genießen wird, aber vor allem wird sie froh sein, dass ihr unter unserem Dach in Sicherheit seid.» Er lachte leise. «Du kennst meine Frau ja. Sie denkt, sie wäre der einzige Mensch auf der Welt, der für ihre Lieben sorgen kann. Manchmal ist sie unmöglich, wenn sie daran denkt, dass Ashlie so weit weg ist.»

«Das kann ich mir vorstellen, aber Karen hat so lange auf eine eigene Familie gewartet. Ich weiß, wie sich das anfühlt. Man will seine Kinder festhalten und sie nie mehr loslassen. Es ist nicht einfach. Die Zwillinge sind gerade mal ein Jahr alt, aber schon der Gedanke, dass sie irgendwo herumlaufen, wo ich sie nicht sehen kann, macht mich ganz krank. Wenn ich an all die Gefahren denke, die es gibt, dann werde ich beinahe verrückt.»

«Das Leben ist ein Risiko, Leah. Aber die Alternative ist zu sterben. Zum Glück brauchen wir uns vor beidem nicht zu fürchten. Gott ist unsere Kraft und Hilfe. Er wird uns nicht enttäuschen. Auch wenn es scheint, als hätte er uns vergessen – er ist immer da.»

«So wie jetzt.» Leah hielt die Hunde an. «Ich versuche einen starken Glauben zu haben, aber ehrlich gesagt glaube ich, dass Gott schrecklich enttäuscht von mir ist.»

Adrik lächelte. «Das Gleiche habe ich auch schon oft gesagt. Es gibt keinen leichten Weg auf dieser Erde, Liebes. Oh, manche Leute scheinen es besser zu haben – ein angenehmes Leben –, aber auch sie müssen irgendeinem Verlust ins Auge sehen. Der Glaube wäre kein Glaube, wenn er so einfach wäre.

Abraham musste sich mit einem Messer über Isaak beugen, bevor sein Glaube ganz geboren wurde. An jenem Tag hat Abraham eine wichtige Lektion gelernt. Er hat gelernt, dass er Gott vertrauen konnte, auch wenn nichts um ihn herum einen Sinn ergab. Er hat gelernt zu glauben, dass er in Gottes vollkommener Treue ruhen konnte, auch wenn Gott ihn an einen furchteinflößenden neuen Ort rief.»

«Diese ruhige Gewissheit würde ich auch gerne erleben», gab Leah zu. «Wahrscheinlich ist das der Grund, warum ich beschlossen habe, mit euch zu fahren. Ich tue es nicht, weil ich die Hoffnung aufgegeben habe. Es scheint mir nur unter den gegebenen Bedingungen das Beste.»

«Das sehe ich auch so. Du sollst wissen, dass du und die Kinder in Sicherheit sind. Die Menschen hier sind gut zu euch, aber der lange Winter wird schwer zu überstehen sein.»

Sie gingen schweigend ein Stück nebeneinander her, bevor Adrik eine Frage stellte. «Was ist mit Helaina?»

«Ich habe noch nicht so recht darüber nachgedacht», sagte Leah kopfschüttelnd. «Ich bezweifle, dass sie weggehen wird. Aber sie hat auch keine Kinder, um die sie sich Sorgen machen muss. Sie kann in meinem Haus wohnen, wenn sie sich entscheidet hierzubleiben.»

«Oder sie kann mit uns kommen. Wir würden sie willkommen heißen. Es wird dann zwar etwas eng, aber einer passt immer noch rein.»

Leah war von Adriks Großzügigkeit tief berührt. «Ich werde mit ihr reden und dir Bescheid sagen. Ich weiß, sie wartet darauf, dass ich eine Entscheidung treffe. Und jetzt, wo ich das getan habe … muss sie sich wohl auch entscheiden.»

Im August fingen die sonnenhellen Tage an, kürzer zu werden. Helaina fragte sich, wie sie jemals den langen dunklen Winter ertragen sollte, falls Jacob nicht zurückkam. Sie hatte für seine Rückkehr gebetet und darüber nachgedacht – hatte so realistisch davon geträumt, dass sie morgens, wenn sie aufwachte, innehalten und sich in Erinnerung rufen musste, was Wirklichkeit war und was ihre Fantasie.

Jetzt war der Sommer beinahe vorbei und die Schiffe fuhren wieder nach Süden. Sie hatten weder von einem staatlichen Boot noch von der Küstenwache etwas gehört. Sie sehnte sich danach, die Wahrheit zu erfahren, selbst wenn sie schmerzlich und traurig war. Aber noch immer wussten sie nichts. Stanley schrieb und versicherte ihr, dass keine Mühe gescheut wurde, die Männer zu suchen, aber trotzdem war Helainas Herz schwer.

Sie hörte Leah leise im Kinderzimmer summen. Sie brachte ihre Kinder zu Bett und gab ihnen so viel Trost und Frieden, wie sie konnte. Leah hatte beschlossen, mit Karen und ihrer Familie nach Seward zu reisen, aber Helaina fühlte sich an Last Chance gebunden. Wenn Jacob nach Hause kam, wollte sie hier sein, um ihn willkommen zu heißen. Sie musste hier sein.

«Ich glaube, jetzt schlafen sie endlich», sagte Leah, als sie aus dem Kinderzimmer kam. Sie streckte sich und rieb sich den Rücken. «Ich muss draußen noch an dem Robbenfell arbeiten. Irgendwie ist die Arbeit nie getan.» Sie streckte die Hand aus, um ein paar Spielsachen zu nehmen, die auf dem Tisch lagen.

«Ich gehe und kümmere mich um die Hunde», bot Helaina an. Sie stand auf und klopfte sich den Staub von dem leichten Kuspuk, den sie über ihrem Denim-Overall trug.

Leah blieb an der Tür stehen. «Willst du wirklich hierbleiben?»

Helaina nickte. «Ich kann nicht weggehen. Ich muss mich

ihm nahe fühlen, und sei es dadurch, dass ich seine Tiere versorge.»

«Es könnte noch lange dauern, bis sie nach Hause kommen.»

«Ich weiß», sagte Helaina und sah Leah in die Augen. Zwischen ihnen hing der unausgeprochene Satz: *Wenn sie überhaupt nach Hause kommen.*

Leah zuckte mit den Schultern, als sei ihr klar, dass sie Helaina nicht würde umstimmen können, wenn diese eine Entscheidung getroffen hatte. «Ich bin draußen, wenn du mich brauchst.»

Helaina ging zu dem Stück Land, wo die Hunde angebunden und untergebracht waren. Bei ihrem Erscheinen fingen sie an zu jaulen und zu kläffen. Mit der Zeit hatten sie Helaina als ihre Herrin akzeptiert und taten alles, um ihr zu gefallen. Den ganzen Winter über hatten sie ebenso treu für sie gearbeitet wie für Leah. Sie schienen zu verstehen, dass Helainas Liebe zu ihnen irgendetwas mit ihrem Herrchen zu tun hatte.

«Hallo Toby», rief sie und streckte die Hand aus, um durch das blondbraune Fell des Leithundes zu fahren. «Wie geht es dir?» Er jaulte seine Antwort.

Sie kümmerte sich um die Hunde in der ersten Reihe, holte Futter aus dem Schrank und begann sie zu füttern. Die anderen Gespanne machten viel Aufhebens, als fühlten sie sich irgendwie vernachlässigt.

«Ich komme ja schon, Leute!», rief sie.

Sie machte die Runde und sorgte dafür, dass alle zu fressen und zu saufen hatten und die nötige Aufmerksamkeit bekamen. Es gab drei neue Würfe, und Helaina sah nach den Muttertieren, denen sie jedem ein schönes Stück Robbenleber aus dem letzten Fang gab. Leah hatte ihr erzählt, dass Jacob die säugenden Tiere gerne so verwöhnte, um ihren Milchfluss anzuregen. Helaina sah keinen Grund, es anders zu machen.

Während sie den Boden um die Einzäunung herum sauber machte, sah Helaina mit einem Mal, dass Leah keine zwei Meter entfernt stand. Sie lachte. «Ich habe dich gar nicht kommen hören. Ich war wohl mit den Gedanken woanders.»

Leah sah bleich aus, beinahe so, als hätte sie schlechte Nachrichten. Ein Gefühl der Angst erfasste Helaina, als sie ihre Arbeit unterbrach. «Was ist denn? Was weißt du?»

«Sigrid ist gerade zu mir gekommen. Im Hafen liegt ein Boot. Angeblich hat es die Männer der Regina gesucht.»

Helaina schluckte. «Was ist mit den Männern?»

«Ich weiß nicht. Eine Gruppe kommt gerade an Land. Sigrid hat angeboten, bei den Zwillingen zu bleiben. Kommst du mit?»

«Natürlich komme ich mit!» Helaina warf die Schaufel beiseite. «Ich wasche mir nur kurz die Hände.» Sie eilte zu dem Eimer mit Wasser, der auf einem umgedrehten Waschzuber stand. Wortlos wusch und trocknete sie ihre Hände, aber sie zitterte so heftig, dass sie das Handtuch kaum festhalten konnte.

«Wenn sie sie nicht gefunden haben …», fing Leah an und verstummte dann.

«Wir haben jetzt keine Zeit für Wenns und Abers. Lass uns nachsehen, was Sache ist. Dann können wir planen.»

Sie eilten zum Ufer hinunter, wo sich schon eine ganze Reihe Menschen eingefunden hatte. Viele der Dorfbewohner waren von der Jagd zurück, und im Hafen war einiges los. Eine Gruppe hatte einen Wal erbeutet, aber ohne den vereisten Untergrund am Ufer mussten sie das Ungetüm mit Hunden und Männern an Land ziehen. Die meisten Leute waren zweifellos gekommen, um bei dem Walfang zu helfen, und nicht, um das Schiff zu begrüßen.

Leah hielt eine Hand über ihre Augen, um sie vor der untergehenden Sonne abzuschirmen. Es war schwer zu erkennen, wer die Männer in dem Beiboot waren, aber als Helaina hörte, wie Leah scharf Luft holte, wusste sie, dass ihre Freundin jemanden erkannt hatte.

«Wer ist es?», fragte Helaina, aber Leah rannte schon zum Strand hinunter.

Von weitem sah sie zu, wie Leah durchs Wasser lief. Sie konnte Leute rufen hören, aber alles kam ihr vor wie einer ihrer Träume. Ganz langsam ging Helaina auf die Menschenmenge zu. Ein Mann stieg aus dem Boot – sprang ins knietiefe Wasser des Beringmeers. Er watete, bis er Leahs ausgestreckte Arme erreicht hatte. Es war Jayce.

Helaina stockte der Atem, als das Paar sich umarmte. Sie trat ein paar Schritte zurück, bis sie vom Kopf des Wals vor den Blicken der Männer im Boot verborgen war. Helaina wollte unsichtbar bleiben, bis ihre angespannten Nerven sich ein wenig beruhigt hatten.

Herr, was mache ich nur, wenn Jacob nicht mitgekommen ist? Wie werde ich leben, wenn er dabei ist, aber nichts mehr für mich empfindet?

Sie spähte um den Wal herum und sah, wie Jayce Leah auf seine Arme hob und zum Ufer trug. Es war der Stoff, aus dem Märchen und wunderbare Liebesgeschichten gemacht wurden. Es war das Happy End, das Leah so sehr verdient hatte. Helaina trat vor und ging auf die Leute zu. Sie musste wenigstens wissen, ob Jacob in Sicherheit war.

Und dann sah sie ihn. Das Boot wurde an Land gezogen, und die Männer stiegen aus. Jacob war dabei, zusammen mit mehreren anderen Männern. Dies war der Augenblick der Wahrheit für Helaina. Dieser Moment würde über ihre Zukunft entscheiden.

Helaina schob sich durch die Menschen, während Jayce Leah auf den Boden stellte. Sofort umarmte Jacob seine Schwester. Helaina bemühte sich, ihre Tränen zurückzudrängen, während sie wünschte, er würde stattdessen sie im Arm halten. *Bitte liebe mich. Bitte sag, dass du mich immer noch liebst.*

Sie trat vor und bahnte sich einen Weg zu den dreien hindurch. Dann holte sie tief Luft und straffte die Schultern.

In diesem Augenblick sah Jacob auf. Seine Miene erstarrte, als er ihrem Blick begegnete. Dann ließ er auf der Stelle seine Schwester los und ging auf Helaina zu. Mehrere Sekunden sagte keiner von beiden ein Wort. Er sah sie so unverwandt an, dass es Helaina vorkam, als wollte er sich jeden ihrer Züge einprägen.

«Du hast ja eine ganze Weile gebraucht, um herzukommen», brachte sie schließlich heraus. Sie lächelte ihn an, während ihre Freude überzuschäumen drohte.

«Wenn ich gewusst hätte, dass du hier wartest, wäre ich eher gekommen», sagte er. Dann zog er sie ohne Vorwarnung an sich und küsste sie auf die Lippen.

Die Verzweiflung, Enttäuschung und Not des Wartens im vergangenen Jahr fielen von Helaina ab, und sie konnte nicht mehr klar denken. Sie spürte die Wärme seiner Hände auf ihrem Gesicht, und sein Kuss wurde leidenschaftlicher. Als er sich schließlich von ihr löste, konnte sie nur voller Staunen zu ihm aufsehen.

«Ich kann noch gar nicht fassen, dass du hier bist», murmelten sie gleichzeitig und lachten dann.

«Wann bist du wiedergekommen?», fragte Jacob, und seine Hände fuhren zärtlich über ihre Schultern.

«Vor einem Jahr. Ich habe alles, was ich besaß, verkauft und bin nach Last Chance zurückgekehrt.»

«Einfach so?», wunderte er sich. «Du hast dein Leben dort aufgegeben, um hier zu sein?»

Sie schüttelte den Kopf. «Ich habe es aufgegeben, um *bei dir* zu sein.» Sie wartete nervös auf seine Reaktion. Einen Augenblick lang sagte er nichts, dann ließ er sie los und trat einen Schritt zurück.

«Bist du dir sicher, dass du das willst?»

Helaina stemmte die Hände in die Hüften. «Ich hatte schließlich ein ganzes Jahr lang Zeit, darüber nachzudenken.» Ihre Stimme klang entrüstet, aber nach allem, was sie seinetwegen durchgemacht hatte, hatte er das verdient.

In diesem Moment erschienen Björn und Emma, um mit ihnen zu jubeln. «Jacob!», riefen sie, bevor Björn ihn in seine kräftigen Arme schloss.

«Wir sind ja so froh, dass ihr wieder da seid. Gott sei Dank für seine Bewahrung!»

Emma nickte und umarmte Jacob ebenfalls. «Ja, wir haben jeden Tag für euch gebetet.»

«Als wenn ich das nicht wüsste», antwortete Jacob und blickte über Emmas Schulter hinweg Helaina an. «Denn Gott hat gerade alle meine Gebete erhört.»

12

Für das Dorf war die Ankunft der Männer ein willkommener Anlass zum Feiern. Es dauerte nicht lange, und es gab Essen und Trinken und Gesang und Tanz. Leah weckte die Zwillinge, die zwar zuerst reizbar waren, sich dann aber schnell von der Feierlaune der anderen anstecken ließen. Besonderes Interesse zeigten sie an ihrem Papa, der sie bereitwillig in die Luft warf und mit ihnen auf dem Boden saß und spielte. Jede Sorge, dass sie ihn ablehnen könnten, war verflogen, und Leah war erstaunt, wie schnell sie sich mit ihm anfreundeten.

Jacob und Helaina schienen ganz und gar ineinander vertieft zu sein, obwohl sie seit der Heimkehr der Männer keinen Augenblick für sich gehabt hatten. Aber Leah kannte ihren Bruder. Er würde eine Möglichkeit finden, mit Helaina allein zu sein. Und wenn es ihm nicht gelang, würde Helaina es schaffen. Es war klar, dass Jacobs Gefühle für Helaina so stark waren wie eh und je. Und es war nicht zu übersehen, dass ihr Bruder Helaina nicht aus den Augen ließ, egal, wo im Zimmer sie sich befand. Leah ging es mit ihrem Mann genauso. Sie beobachtete ihn den ganzen Abend über so unverwandt, dass sie sicher war, er würde ihren Blick in seinem Rücken spüren. Wenn es ihn störte, erwähnte er es mit keinem Wort.

Es war schwer zu fassen, dass sie wirklich zu Hause waren. Was wie ein endloser Albtraum erschienen war, hatte so ohne jegliche Vorwarnung nun doch ein Ende gefunden, dass es Leah beinahe … normal vorkam. Seeleute kehrten vom Meer nach Hause zurück. Sonst nichts.

Leah sehnte sich danach, mit Jayce allein zu sein. Sie wollte seine Geschichten hören und wissen, was er durchgemacht hatte. Sie wollte das Schlimme ebenso erfahren wie das Schöne, denn es war ein ganzes Jahr, das sie nicht miteinander geteilt hatten. Sie wusste, dass sie noch genug Zeit für sich haben würden, aber trotzdem verspürte sie den selbstsüchtigen Wunsch, die Kinder zu Bett zu bringen und einen stillen Ort aufzusuchen, an dem sie sich in Jayces Arme schmiegen konnte. Sie fragte sich, ob es ihm genauso ging. Er schien ganz glücklich, wie er so mit den Kindern spielte. Hatte er seine Leidenschaft für sie vergessen? Hatte die Erfahrung sein Herz verändert?

«Ich kann nicht glauben, wie groß sie sind», erklärte Jayce, während er Merry hochhob und sich neben seine Frau setzte.

Leah sah zu, wie ihre Tochter an Jayces Bart zog und die ganze Zeit lachte und plapperte. Trotz ihrer Schüchternheit schien Merry sich auf Anhieb zu ihrem Vater hingezogen zu fühlen, obwohl sie ihn doch kaum kannte. Bei Wills war es genauso. Er rannte auf Jayce zu, als wären sie alte Kumpel, und rief immer wieder: «S-bielen!»

«Sie waren nur kleine Bündel, als ich wegging», sagte Jayce und strich zärtlich über Merrys braune Locken.

«Es war ein langes Jahr», murmelte Leah. Ihr Blick begegnete dem ihres Mannes, und sie wusste, dass er sie verstand.

«Ja. Viel zu lang.»

«Wenn ihr einmal alle herhören könntet!», verkündete Björn, «dann würde ich gerne für die Rückkehr von Jacob und Jayce und Kapitän Latimore danken. Ich möchte auch für die Männer beten, die auf eigene Faust losgezogen sind. Es gibt kein Lebenszeichen von ihnen, und Jacob hat mich gebeten, an sie zu denken. Wie ihr wisst, sterben außerdem unzählige Menschen auf den Schlachtfeldern Europas, und nur Gott kann diesen schrecklichen Ereignissen ein schnelles Ende bereiten. Lasst uns beten.»

Während er begann, hatte Leah ein ganz merkwürdiges Gefühl. Es war, als würde sie die ganze Szene träumen. Sie wusste, dass Jayce und Jacob wirklich nach Hause gekommen waren, aber ihr Erscheinen hatte etwas an sich, das sich irgendwie unbehaglich anfühlte. Sie konnte nicht genau sagen, was es war, aber vielleicht war das nach einer so langen Trennung normal. Sie konnte sich noch daran erinnern, dass es zunächst merkwürdig gewesen war, als Jayce vor Jahren wieder in ihr Leben getreten war, aber sie hatte das größtenteils auf ihre Wut zurückgeführt.

Sie fragte sich, ob es den Frauen der Soldaten wohl genauso ging. Sie mussten ebenfalls warten und hoffen, dass ihre Lieben lebend nach Hause kamen. Sie verbrachten zweifellos endlose Stunden der Angst und Vorahnung, ohne dass sie etwas von ihnen hörten. Während die Tage und Monate verstrichen, gab es bestimmt einige, die der Tatsache, dass die Chancen nicht gut standen, mutig ins Auge sahen. Vielleicht war das der Schlüssel zu ihren eigenen Gefühlen. Ein Teil von Leah hatte die Möglichkeit akzeptiert, dass ihr Mann und ihr Bruder tot sein könnten. Vielleicht hatte sie sogar die Hoffnung verloren, dass sie lebend wiederkommen würden, und jetzt, wo sie tatsächlich da waren, fühlte sie sich beinahe wie eine Verräterin, weil sie aufgegeben hatte. Schließlich hatte sie Adrik erst heute erzählt, dass sie Last Chance verlassen und mit ihm und Karen nach Seward reisen würde. Vielleicht war das ihre Art gewesen, die Sache als hoffnungslos abzuschließen. Schuldgefühle stiegen in ihr auf.

Helaina hat nie die Hoffnung aufgegeben. Warum habe ich mich so leicht entmutigen lassen?

Björn beendete sein Gebet und bat Kapitän Latimore, ein paar Worte zu sagen. Der Mann trat vor. Obwohl er etwas schwächer und dünner aussah, zeigte seine Miene eine Entschlossenheit, die Leah an ihre erste Begegnung mit ihm erinnerte.

«Sie erweisen mir durch Ihre Freundlichkeit Ehre», fing er an. «Ich bin unendlich froh, hier zu sein – dankbar für die Rettung und die Rückkehr in die Zivilisation. Und dies ist eine wunderbare Zivilisation, verglichen mit dem Ort, an dem ich die letzten Monate verbracht habe.» Einige Dorfbewohner lachten. «Ich hätte nie gedacht, dass ich für einfache Dinge wie richtige Tische und Stühle so dankbar sein würde – und besonders freue ich mich auf ein richtiges Bett.»

«Ich auch», flüsterte Jayce plötzlich.

Leah merkte, dass sie rot wurde, und war so klug, ihren Mann nicht anzusehen.

«Ich muss betonen», fuhr Latimore fort, «dass keiner von uns überlebt hätte, wenn Jacob Barringer nicht gewesen wäre.» Die Leute klatschten und Latimore zeigte auf Jacob. «Dieser Mann hat, zusammen mit Jayce Kincaid, die Verantwortung übernommen und die Expedition angeführt, als es uns besonders schlecht ging – als es *mir* besonders schlecht ging. Sie konnten uns anderen zeigen, wie man in der bitteren Kälte der Arktis überlebt, und dafür werde ich ewig dankbar sein. Jacob, erzählen Sie den Leuten doch unsere Geschichte.»

Jacob trat vor, und Leah fand, dass er älter aussah. «Liebe Freunde, eure Liebe und Anleitung in den letzten zwölf Jahren haben mir da draußen im arktischen Eis das Leben gerettet. Ich habe mich an die Weisheit und die Überlieferungen erinnert, die unter den Iñupiat weitergegeben werden, und habe sie in die Tat umgesetzt. Die Ehre gebührt ganz eindeutig nicht Jayce oder mir allein. Euer Volk hat auch eine wichtige Rolle gespielt. Ihr könnt stolz auf euch und auf eure Begabungen sein. Das ist es, was Gott von uns allen erwartet – dass wir einander helfen und die Last unseres Nächsten tragen.» Er hielt einen Augenblick inne, als wäre er nicht sicher, wie viel er sagen sollte.

«Wir hatten große Schwierigkeiten. Menschen sind gestorben. Unser Schiff wurde vom Eis eingeschlossen und dann zerstört. Wir hatten genug Zeit, um unsere Sachen herauszuholen, aber die Sicherheit des Schiffes gegen nichts als eine Eisscholle zu tauschen, war hart. Wir hatten das Glück, auf unserem Weg Land zu finden – eine kleine Insel unweit der russischen Küste. Dort schlugen wir unser Lager auf und fingen an zu jagen. Bei all dem hat Gott uns am Leben erhalten. Ich kann nicht behaupten, dass ich verstehe, warum wir so lange auf dieser Insel festsitzen mussten, aber ich weiß, dass Gott sich dabei etwas gedacht hat. Ich kann nicht sagen, dass ich immer stark und treu war, aber ich kann sagen, dass Gott es die ganze Zeit über war.»

Leah sah, dass viele der Zuhörer nickten. John war trotz seines Gesundheitszustands zu diesem freudigen Anlass erschienen und lächelte stolz zu Jacob hinauf. Auch Oopick schien sich über Jacobs Worte zu freuen.

«Ich werde euch später gerne mehr erzählen, aber es ist schon spät und ich weiß, dass ihr müde seid. Danke für eure Gebete und dafür, dass ihr uns nicht vergessen habt.»

Die Zuhörer applaudierten, während Jacob die kleine improvisierte Bühne des Gemeinschaftshauses verließ. Björn trat erneut an seine Stelle. «Willst du auch etwas sagen, Jayce?»

Jayce schüttelte den Kopf. «Vielleicht ein andermal.» Er blickte auf seine schlafende Tochter hinab, und sein glücklicher Gesichtsausdruck ließ Leahs Herz höher schlagen. Er liebte Merry und Wills, daran bestand kein Zweifel. Leahs Angst, ob er sie annehmen oder ablehnen würde, verflüchtigte sich.

«Er sieht gut aus», sagte Adrik, als er und Karen neben Leah traten. «Ein bisschen dünn, aber das werdet ihr Frauen bestimmt bald wieder hinkriegen.»

Leah nickte. «Daran habe ich auch gerade gedacht.» Sie lächelte und versuchte, ein Gähnen zu unterdrücken. «Wie lange könnt ihr noch bei uns bleiben?»

«Darüber wollten wir mit euch sprechen», sagte Adrik mit einem schelmischen Grinsen. «Wir haben einen Antrag zu stellen, wenn wir wieder bei euch zu Hause sind.»

«Ich glaube, Jacob plant auch einen Antrag», sagte Jayce lachend. Er zeigte zu Jacob und Helaina hinüber, die inmitten der Gratulanten standen.

«Wenn Helaina ihm nicht zuvorkommt», entgegnete Leah.

Allmählich löste die Feier sich auf, nachdem man beschlossen hatte, am nächsten Abend gemeinsam zu essen. Die Leute sprachen auch davon, den Wal zu Ende zu schlachten, aber Leah wusste, dass sie nichts damit zu tun haben würde. Sie ging neben Jayce her mit Wills auf dem Arm, der an ihrer Schulter tief und fest schlief, nachdem er sich in einen Zustand der Erschöpfung gespielt hatte. Leah hoffte, dass die beiden die ganze Nacht durchschlafen würden, so dass Jayce und sie die ersehnte Zeit für sich hatten.

Nachdem sie die Kinder ins Bett gelegt hatte, erschien Helaina mit ihrem Koffer in der Hand an der Tür. «Wohin gehst du denn?», fragte Leah.

«Ich konnte doch nicht in Jacobs Haus bleiben.» Sie nahm den Koffer in die andere Hand. «Das wäre ungehörig.»

«Du weißt, dass du hier willkommen bist», warf Jayce ein. «Ich kann dir gar nicht genug für all das danken, was du für meine Familie getan hast. Leah hat mir erzählt, dass sie es ohne dich nicht geschafft hätte.»

«Leah übertreibt», sagte Helaina lächelnd. «Sie hat mir geholfen, nicht den Verstand zu verlieren. Ohne ihre Gesellschaft wäre ich wahrscheinlich verrückt geworden. Wir haben die Last gemeinsam getragen.»

Jayce zog Leah näher. «Darüber bin ich froh. Wir drei haben eine merkwürdige gemeinsame Vergangenheit, aber Gott hat daraus etwas ganz Besonderes gemacht.»

«Das stimmt», erwiderte Helaina. «Ich wollte euch nur bitten, Jacob zu sagen …»

Genau in diesem Augenblick betrat Jacob das Haus. «Was sollt ihr Jacob sagen? Wo willst du hin?»

«Sigrid hat mir angeboten, ihr Zimmer bei den Kjellmanns mit mir zu teilen. Der Kapitän wohnt auch bei ihnen, und Emma sagte, eine Person mehr sei kein Problem. Ich finde, Leah und Jayce haben das Haus voll genug, mit Karen und Adrik und ihren Kindern.»

«Wo hast du denn bis jetzt gewohnt?», fragte Jacob.

Helaina errötete. «Also … wenn du es unbedingt wissen willst: Ich habe in deinem Haus gewohnt. Jetzt, wo du wieder da bist, wäre es nicht schicklich, wenn ich dort bliebe.»

«Ihr könntet doch dafür sorgen, dass es schicklich wird», neckte Adrik, der gerade aus dem Hinterzimmer kam. Karen war an seiner Seite und stieß ihm den Ellbogen in die Rippen. «Autsch! Wofür war das denn?»

«Dafür, dass du dich nicht um deine eigenen Angelegenheiten kümmerst», säuselte Karen. Sie lächelte Jacob und den anderen zu, dann wandte sie sich an Leah. «Wir wollten euch nur gute Nacht sagen. Ich hoffe, wir haben morgen Zeit, uns ausgiebig zu unterhalten. Adrik hat einen Vorschlag für euch.»

«Ich werde da sein», antwortete Jacob.

«Wir auch», warf Jayce ein.

Adrik nickte. «Gut. Ich glaube, was ich zu sagen habe, wird euch gefallen. Dann gute Nacht.» Er drehte sich um und zog Karen mit sich in ihr Zimmer. Leah hörte Karen kichern, als Adrik ihr etwas ins Ohr flüsterte. Nach all den Jahren benahmen sie sich noch immer wie ein frisch verliebtes Ehepaar.

«Ich muss los», sagte Helaina, deren Unbehagen deutlich zu spüren war.

«Lass mich das tragen», sagte Jacob und streckte die Hand nach dem Koffer aus. «Das Mindeste, was ich tun kann, ist, dich zu den Kjellmanns zu begleiten.»

Helaina nickte, und Leah konnte den Anflug eines Lächelns auf ihren Lippen sehen. Alles würde sich finden. An dem Verhalten ihres Bruders sah sie, dass er Helaina noch immer liebte.

Und das machte Leah zufriedener, als sie erwartet hatte. Sie freute sich für die beiden.

«Dann erwarte ich euch zum Frühstück», erklärte Leah.

«Zu einem sehr späten Frühstück», sagte Jayce und gähnte. «Jedenfalls hoffe ich das.»

Jacob lachte. «Ich auch.»

Als sie gegangen waren, drehte Jayce sich zu Leah um. «Ich habe dich schrecklich vermisst. Sogar deinen Duft.» Er schloss sie in die Arme und vergrub sein Gesicht in ihren Haaren.

Leah schlang die Arme um Jayces Hals. «Ich hatte die Hoffnung, dich wiederzusehen, schon aufgegeben. Ich war nicht stark und tapfer, und ich hoffe, dass du von mir nicht furchtbar enttäuscht bist.»

Er löste sich von ihr und sah sie fragend an. «Das ist nicht dein Ernst, oder?»

Leah zuckte mit den Schultern. «Helaina war so sicher, dass ihr wiederkommen würdet. Sie hatte immer Hoffnung, während ich von Tag zu Tag mutloser wurde. An manchen Tagen war ich zuversichtlich, dass du den Weg zu mir zurück finden würdest. Aber dann wieder …» Sie schüttelte den Kopf. «Es gab trostlose Zeiten.»

«Ich weiß – für mich auch. Ich habe versucht, es Jacob nicht merken zu lassen, aber ich hatte Angst, wir würden alle an einer schrecklichen, schmerzhaften Krankheit sterben und mein letzter Gedanke würde einer des Bedauerns sein. Bedauern, weil ich nicht an deiner Seite geblieben war. Ich war ein Narr, Leah. Bitte vergib mir.» Er fuhr mit dem Daumen über ihre Wange, und ein Schauer fuhr ihr den Rücken hinunter. Wie sehr sie diesen Mann liebte!

«Du bist nur einem Traum gefolgt.» Sie konnte kaum sprechen. «Es gibt nichts, was ich dir vergeben müsste.»

«Ich habe genug von Träumen. Ich will die ehrliche Wahrheit, wie mein Leben jetzt aussieht. Ich will eine Zukunft mit meiner Frau und meinen Kindern. Ich will eine Familie mit dir.» Er senkte seine Lippen auf ihre. «Jetzt und für immer», flüsterte er. «Jetzt und für immer.»

Jacob wurde langsamer und hoffte, Helaina würde den Hinweis verstehen. «Ich wollte dir etwas sagen», begann er, «jetzt, wo wir einen Augenblick für uns haben.»

Helaina blickte auf, aber in der Dunkelheit war seine Miene nur schwer zu erkennen. «Dann sag es mir.»

Er blieb stehen und stellte den Koffer auf den Boden. «Komm her.» Sie trat näher, und er streckte die Hand aus, um ihr Gesicht zu berühren. «Ich kann immer noch nicht glauben, dass du wirklich hier bist. Ich musste immerzu an dich denken, als wir fort waren. Als du damals abgereist bist, wusste ich, dass es ein Fehler war, aber ich konnte mich einfach nicht dazu durchringen, dich zu bitten, dass du bleibst. Ich wusste, wenn du Alaska hasst, würdest du immer unglücklich sein, auch wenn du mich liebst.»

Jacob vergrub seine Finger in ihrem sorgfältig hochgesteckten Haar. Er wusste, dass er es in Unordnung brachte, aber er wollte, dass dieser Augenblick andauerte – für immer. In seinem Herzen spürte er ein Gefühl der Verzweiflung.

«Du musst wissen, dass ich beschlossen habe, Alaska zu verlassen.»

«Wie bitte?»

Er seufzte. «Ich kann den Gedanken, ohne dich zu leben, nicht ertragen. Ich bin bereit, Alaska aufzugeben, wenn es bedeutet, dass ich dich für den Rest unseres Lebens an meiner Seite haben kann.»

Sie lachte leise. «Ach, Jacob. Wir sind vielleicht ein Pärchen. Ich habe alles, was ich in New York und Washington besaß, verkauft. Ich habe meine Anwesen verkauft, meine Wohnung, die Möbel. Ich habe sogar die meisten meiner Kleider weggegeben oder an Secondhand-Läden verkauft. Behalten habe ich nur ganz wenig, weil ich wusste, dass es ohne dich nichts bedeutete. Ich habe Alaska von dem Augenblick an vermisst, als ich es verlassen hatte. Die ganze Zeit musste ich an seine Schönheit und die Menschen hier denken. Mir wurde klar, dass ich in einer lauten Stadt, in der niemand den anderen kennt oder sich für ihn interessiert, nie mehr würde glücklich sein können.»

«Dann würdest du hier leben – mit mir?»

«Natürlich.» Sie berührte seine Wange mit einer Hand. «Ich liebe dich schon sehr lange, Jacob. So lange, dass ich gar nicht mehr sagen kann, wann es begonnen hat, aber ich habe den Verdacht, dass ich mich schon in dich verliebt habe, als du mich damals auf der Straße in Nome umgerannt hast. Letztes Jahr bin ich wieder zurückgekehrt, damit ich hier bin, wenn du wiederkommst. Ich wollte dich sehen und herausfinden, ob die Chance besteht, dass du mich vielleicht ... genauso liebst ... wie ich dich liebe.»

Sie fing an zu weinen, was Jacob überraschte. Helaina Beecham war eine so starke Frau, dass er kaum jemals einen solchen Gefühlsausbruch bei ihr gesehen hatte. Sanft wischte er mit dem Finger ihre Tränen fort, während sie weitersprach.

«Als wir erfuhren, dass ihr ... verschollen wart, dachte ich, ich würde sterben.» Sie holte zitternd Luft. «Ich bin fast verrückt geworden, während ich versuchte, etwas in Erfahrung zu bringen. Es schien, als wären die Regina und ihr Verschwinden so viel unwichtiger als andere Dinge, zum Beispiel der Krieg in Europa. Stanley hat versucht, mir zu helfen, aber niemand wusste etwas, und natürlich wollte niemand etwas unternehmen, bevor es wärmer wurde.

Aber ich habe die Hoffnung, dass ich dich wiedersehen würde, nie aufgegeben. Ich wusste einfach, dass du es schaffst – dass du nach Hause kommen würdest. Was ich nicht wusste … was mich in meinem Herzen zweifeln ließ … war, ob du meine Liebe erwiderst.»

Jacob zog sie an sich und hielt sie fest im Arm. «Ich liebe dich, Helaina. Ich werde dich immer lieben. Daran darfst du nie zweifeln, und du brauchst keine Angst zu haben, dass du meine Liebe jemals verlieren wirst.»

Sie klammerte sich an ihn, als wäre er ihre Rettung. Jacob genoss das Gefühl, sie in seinen Armen zu halten; sie passten genau zusammen. Während der langen Monate im Norden hatte er nur davon träumen können. Er hatte wider alles bessere Wissen gebetet und gehofft, dass er sie wiederfinden würde, und jetzt … war sie hier.

«Heirate mich, Helaina», flüsterte er.

«Natürlich.» Sie hatte ihre Fassung wiedergewonnen und löste sich von ihm. «Wann?»

«Jetzt.»

Sie lachte, und der Klang erfüllte die Nacht wie Musik. «Jetzt?»

«Warum nicht? Ich bin sicher, die anderen sind noch wach. Wir sind doch gerade erst ein paar Minuten fort. Lass uns gehen und Björn und Emma holen, und dann heiraten wir.»

«Was ist mit Leah und Jayce? Und was mit Adrik und Karen?»

«Wir werden in Leahs Haus heiraten. So können die Babys weiterschlafen.»

Sie seufzte. «Ich bin froh, dass du das alles organisierst. Ich bin zu müde, um eine vernünftige Entscheidung zu treffen.»

Jetzt war er es, der lachte. Er packte ihren Koffer und streckte die Hand aus, um Helaina mit sich zu ziehen. «Willst du damit sagen, dass es keine vernünftige Entscheidung ist, mich zu heiraten?»

«Das nicht. Ich glaube, die Entscheidung ist vernünftig, aber … ich bin nicht sicher, dass die Art und Weise es ist.»

Jacob klopfte am Haus seiner Schwester an die Tür. «Bleib du hier und erzähl ihnen, was wir vorhaben. Ich gehe und hole Björn und Emma.»

Helaina nahm ihren Koffer und nickte. Jayce öffnete die Tür, während Jacob sich umdrehte. «Ist irgendetwas nicht in Ordnung?», fragte er.

«Alles ist in Ordnung», rief Jacob, «wir heiraten nur in eurem Haus – jetzt gleich!»

13

Leah half Helaina, sich für ihre Hochzeit zurechtzumachen, indem sie ihr die langen blonden Haare frisierte. «Ich wünschte, ihr würdet warten, damit wir euch eine richtige Hochzeitsfeier ausrichten können.»

Helaina lachte. «Diese Hochzeitsfeier ist richtig genug für mich. Du darfst nicht vergessen – ich war schon mal verheiratet. Ich hatte die üppigste Hochzeit, die man für Geld kaufen kann. Mein Vater hat damals im Umkreis von dreihundert Kilometern alle weißen Rosen aufgekauft. Es müssen Hunderte gewesen sein.»

«Das kann ich mir gar nicht vorstellen», sagte Leah, während sie versuchte, sich ein solches Blumenmeer auszumalen. «Was war mit deinem Kleid?»

«Das war eine Maßanfertigung des besten Designers damals. Ich habe Monate in der Anprobe verbracht. Es hatte ein wundervolles Oberteil mit einem Spitzeneinsatz, der bis zum Hals reichte. Die Ärmel waren lang und schmal und die Schleppe war mehrere Meter lang. Es war ein Traum. In unserem ersten Ehejahr habe ich es noch ein paar Mal angezogen, aber danach wurde es weggepackt, und nachdem Robert tot war, habe ich es irgendwann einer entfernten Cousine gegeben, die es bei ihrer eigenen Hochzeit tragen wollte.»

«Du musst umwerfend ausgesehen haben», sagte Leah, während ihre Gedanken zu ihrer eigenen bescheidenen Hochzeitsfeier zurückwanderten.

«Ich bin sicher, du hast an deinem Hochzeitstag auch wundervoll ausgesehen», erklärte Helaina, als hätte sie Leahs Gedanken gelesen. «Es ist furchtbar schade, dass ich nicht dabei war.»

«Ich wünschte auch, du wärest dort gewesen. Es waren schlimme Zeiten – so trostlos. Aber nachdem ich all die Jahre gewartet habe, kann ich mich nicht beklagen. Immerhin habe ich jetzt Jayce, den ich immer wollte.»

«So wie Jacob alles ist, was ich mir wünsche. Die Zeremonie ist nicht annähernd so wichtig.» Sie drehte sich um, während Leah die letzten Haarnadeln feststeckte. «Wichtig ist, dass ihr alle hier seid. Ich bin so froh, dass wir Freundinnen sind, Leah. Ich hatte nie eine Freundin wie dich. Die meisten Frauen waren neidisch auf meinen Reichtum und mein gesellschaftliches Ansehen. Es ist nicht einfach, in New York mit seinen Hierarchien und Regeln zu leben. Vielleicht findet man Gleichgesinnte in der eigenen Gesellschaftsschicht, aber sollten sie aus irgendeinem Grund auf- oder absteigen, verändert das deine Beziehungen für immer. Das ist einfach so.»

«Ich kann mir das gar nicht vorstellen. So könnte ich nicht leben. Ich meine, wenn ich plötzlich einer anderen Schicht angehören würde, könnte ich doch nicht einfach den Menschen, die ich liebe, den Rücken kehren.»

«Bei der Familie erwartet das natürlich auch keiner, aber bei Freunden ist es etwas anderes. Anders als in England, wo ein verarmter, aber vornehmer Bekannter immer noch deine Aufmerksamkeit verdient, sind die Amerikaner Snobs, wenn es um solche Dinge geht. Das war einer der Gründe, warum ich mich auf keine engeren Freundschaften einlassen wollte. Und es war auch der Grund, warum es für mich so schwer war, als meine Eltern und Robert starben. Ich hatte niemanden, dem ich mich anvertrauen konnte, außer Stanley, und er war weit weg und oft beschäftigt. Das waren schwierige Zeiten.»

«Aber jetzt musst du so etwas nicht mehr ertragen», sagte Leah und reichte ihr den Spiegel. «Jetzt werden wir Schwestern und Freundinnen zugleich sein. Keine gesellschaftliche Position oder finanzielle Situation wird uns voneinander trennen.»

Helaina nahm den Spiegel, aber anstatt sich selbst zu betrachten, sah sie Leah in die Augen. «Davon bin ich überzeugt, und es macht mich so froh wie sonst nichts auf der Welt. Wenn ich an die Vergangenheit denke und an all das, was wir gemeinsam durchgemacht haben – was du für mich getan hast: dein Leben bei Chase zu riskieren und … alles andere. Wenn du nicht gewesen wärest, hätte ich vielleicht nie zum Glauben an Gott gefunden.»

Leah schüttelte den Kopf. «Die Vergangenheit muss in der Vergangenheit bleiben. Ich weiß, dass ich eigentlich gar nichts dazu sagen dürfte, wenn man bedenkt, wie wenig mir das gelingt, aber ich bemühe mich. Du hättest deinen Weg zu Gott mit oder ohne mich gefunden, aber der Herr wusste, dass ich Demut und Barmherzigkeit lernen musste. Ich war damals nicht sehr freundlich zu dir, aber deine Vergebung war für mich wie ein warmes Feuer nach einer tagelangen Reise durchs Eis. Ich werde immer für dich da sein.»

Helaina nickte. «Und ich für dich. Egal, was passiert.»

«Was ist denn hier los?», rief Jayce von der Tür aus. «Ihr beide scheint ja ernste Dinge zu besprechen.»

«Nur ein Gespräch unter Mädchen», sagte Leah lächelnd. «Findest du nicht, dass unsere Braut wunderschön aussieht?»

«Sie ist bezaubernd», sagte Jayce und musterte Helaina.

«Danke.» Helaina blickte kurz in den Spiegel, dann gab sie Leah den Spiegel zurück. «Jayce, ich hoffe, du weißt … dass ich …» Sie schien die richtigen Worte nicht zu finden.

Leah wusste, dass Helaina sich vergewissern wollte, ob zwischen ihnen allen Frieden herrschte. «Ich glaube, Helaina möchte in der Gewissheit heiraten, dass die Vergangenheit vergeben ist und dass wir alle Freunde sind.»

Jayce legte einen Arm um Leahs Schultern. «Die Vergangenheit ist vorbei. Natürlich sind wir alle Freunde. Meine Zeit draußen in der Arktis hat mich viel gelehrt, und eine wichtige Lektion war, dass ich meine Vergangenheit loslassen muss. Die Last, die ich jahrelang mit mir herumgeschleppt habe, schien im Angesicht der Not unwichtig. Ich trage dir nichts nach, Helaina, und ich hoffe, du bist mir auch nicht mehr böse.»

Helaina trat mit Tränen in den Augen auf Jayce zu. «Ich verdiene eine solche Barmherzigkeit nicht, aber ich bin sehr dankbar dafür. Du, Leah und Jacob habt so viel getan, um mir zu zeigen, was Gnade bedeutet, auch wenn man etwas anderes verdient hätte. Es ist mir nicht leichtgefallen, aber endlich habe ich mich mit dem Tod meiner Eltern – und Roberts Tod – abgefunden. Das ist nicht über Nacht geschehen, aber während ich in der Bibel nach Gottes Willen geforscht habe, wurde mir klar, dass er allen Menschen Vergebung anbietet und dass ich das auch tun muss. Ich muss außerdem lernen, meine Schuldgefühle abzulegen, wenn Gott mir vergibt und meine Fehler mit seiner Liebe bedeckt. So viele Jahre haben die Schuldgefühle mein Herz bedrückt. Jacob hat das erkannt und mich ermahnt, etwas Produktiveres mit meiner Zeit anzufangen.» Sie lächelte ein wenig verlegen. «Ich vermute, dieses ‹etwas Produktivere› wird wohl Jacob selbst sein.»

Alle lachten.

«Ich bin wieder da!», rief Jacob von der Haustür.

Helaina biss sich auf die Unterlippe und warf einen schnellen Blick über ihre Schulter, als hätte sie etwas vergessen. Leah streckte beruhigend eine Hand aus. «Du siehst wundervoll aus. Denk immer mit Liebe an diesen Augenblick zurück.»

Helaina nickte. Jayce reichte ihr den Arm. «Sollen wir? Wenn wir nicht bald rausgehen, fängt er wieder an zu brüllen und weckt die Kinder auf.»

Helaina lächelte und hakte sich bei Jayce unter, als brauchte sie die zusätzliche Unterstützung. «Ich bin bereit.»

Leah sah zu, wie sie durch die Tür schritten. Jacob würde endlich heiraten und eine eigene Familie haben. Sie wischte eine Träne aus ihrem Augenwinkel und holte tief Luft. Ihr Leben würde sich wieder verändern, aber diesmal war es eine sehr gute Veränderung.

Im Wohnzimmer wartete Jacob mit Adrik, Karen, Sigrid und Björn. «Emma ist bei den Kindern zu Hause geblieben. Sie wusste, dass Sigrid untröstlich sein würde, wenn sie bei Helainas Hochzeit nicht dabei wäre», sagte Björn.

«Wir haben uns in dem vergangenen Jahr gut kennengelernt. Als einzige unverheiratete weiße Frauen hatten wir eine Menge gemeinsam», sagte Sigrid erklärend.

Björn gähnte. «Auf jeden Fall haben sie den Hang zum Reden gemeinsam.»

Leah grinste. Ihr Mann war zu Hause, ihr Bruder heiratete die Frau, die er schon lange liebte, und ihre Familie war gesund und in Sicherheit. Was wollte sie mehr?

Björn begann den Gottesdienst mit einer Lesung aus dem ersten Buch Mose. «Gott will nicht, dass der Mensch allein ist – er hat gesagt, das sei nicht gut.» Leah mochte Björns breiten schwedischen Akzent. «Und es ist nicht gut. Allein zu sein ist schrecklich – vor allem hier im Norden. Salomo hat auch davon gesprochen, dass zwei besser sind als einer. Sie wärmen sich gegenseitig und helfen einander. Wenn zwei Menschen sich in der Ehe zusammentun, tun sie das auch, und sie teilen ihre Liebe und hoffentlich den Glauben an Gottes erlösende Gnade miteinander.»

Helaina sah Jacob an, als hätte er ihr die Sterne vom Himmel geholt. Leah sah zu Jayce hinüber, der darauf wartete, dass er Helaina offiziell an Jacob übergeben konnte. Schon jetzt vermisste sie ihn an ihrer Seite.

«Helaina, liebst du den Herrn und hast du Jesus als deinen Heiland angenommen?»

«Ja, das habe ich.»

Er lächelte und wandte sich an Jacob. «Und liebst du,

Jacob, den Herrn und hast du Jesus als deinen Heiland angenommen?»

«Ja, Sir.» Die Emotion in seiner Stimme ließ ihn wieder wie einen Teenager klingen anstatt wie einen Mann über dreißig.

«Wer übergibt diese Frau ihrem Bräutigam?»

«Wir», erwiderte Jayce. «Ich und ihre anderen Freunde.»

Björn nickte, und Jayce reichte Jacob Helainas Arm. «Gib gut auf sie Acht», ermahnte er ihn mit väterlicher Miene.

Jacob nickte grinsend. «Du weißt, dass ich das tun werde. Ich habe mein Leben lang auf sie gewartet.»

Jayce trat zurück und gesellte sich wieder zu Leah. Er schob seinen Arm um ihre Taille und zog sie näher. Leah lächelte zu ihm hinauf und spürte, wie glücklich er war.

Die Zeremonie war kurz und schlicht. Sie gaben sich einander das Eheversprechen der Liebe und Unterstützung, dann überraschte Jacob sie alle, indem er einen schmalen Goldring hervorzog. Leah erkannte, dass er ihrer Mutter gehört hatte. Jacob hatte einmal versucht, ihn ihr zu geben, aber wie Leah wusste, hatte ihre Mutter gewollt, dass Jacob ihn für seine Braut aufhob.

Während er Helaina den Ring ansteckte, musste Leah die Tränen zurückhalten. Ihre Mutter wäre so stolz gewesen, und ihr Vater auch. Leah stellte sich gerne vor, dass sie vom Himmel aus zusahen, und sie war sicher, dass sie diese Verbindung gutheißen würden.

«Du darfst die Braut küssen, Jacob. Ihr seid jetzt Mann und Frau», verkündete Björn.

Jacob zog Helaina in seine Arme und gab ihr einen kurzen, aber leidenschaftlichen Kuss. Alle im Raum jubelten, während Leah ihren Bruder ansah. Sie hatten sich immer sehr nahe gestanden. Sie hatten aufeinander aufgepasst, als niemand anders es getan hatte. Sie hatten widrige Umstände ertragen, auf dem Weg nach Alaska, aber auch bei dem Leben hier. Das Land war schwierig und rau, aber es hatte sich gelohnt. Leah fragte sich unwillkürlich, was die Zukunft jetzt für sie bereithielt. Würden sie getrennte Wege gehen? Oder sah Gottes Plan so aus, dass sie alle zusammenblieben?

«Ich möchte euch beiden gratulieren», sagte Adrik und schloss Jacob in seine starken Arme. Dann wandte er sich an Helaina. «Darf ich die Braut küssen?»

Sie nickte und schien hocherfreut, auf diese Weise in die Familie aufgenommen zu werden. Auch Karen trat vor und küsste sie. «Möge Gott eure Ehe reich segnen. Denkt bei allem, was ihr tut, zuerst an ihn, und möge eure Liebe sich immer bewähren.»

«Danke», sagte Helaina und umarmte Karen. «Ich bin ja so froh.»

Leah kam und drückte Helaina. «Jetzt bist du wirklich meine Schwester. Ich habe mir immer eine Schwester gewünscht.»

Helaina lachte und erwiderte die Umarmung. «Ich auch, und jetzt hat Gott auch dieses Gebet erhört.»

Jayce umarmte Helaina ebenfalls, während Leah sich ihrem Bruder zuwandte. Sie sahen einander ein paar Sekunden lang an, und Leah sah in Jacobs Augen die Erinnerung an zwei Jahrzehnte. Jacob spürte es offenbar auch.

«Als wir zuerst in den Norden kamen, habe ich es gehasst», gab er zu. «Ich konnte kaum etwas Gutes hier entdecken, wie du weißt.»

«Ich erinnere mich. Und mir ging es genauso», erwiderte Leah.

«Aber jetzt sehe ich ganz klar Gottes Hand in all den Entscheidungen – den guten wie den schlechten. Ich staune, wie Gott selbst meine rebellischen Entscheidungen nehmen und etwas Gutes daraus machen konnte.»

«Ich weiß. So etwas Ähnliches habe ich auch gedacht. Du warst immer für mich da.»

Jacob nahm sie in den Arm. «Ich liebe dich, Leah. Niemand kann sich eine bessere Schwester wünschen.»

Als er sie losließ, trat Leah einen Schritt zurück. «Und keine Frau sich einen besseren Bruder.»

Helaina blickte auf ihren Finger hinunter und konnte kaum glauben, dass sie endlich verheiratet war. Ihr Traum, Jacob zum Ehemann zu haben, war in Erfüllung gegangen. Sie dachte nur kurz an Robert und an den wundervollen Diamant- und Saphirring, den er ihr an ihrem Hochzeitstag geschenkt hatte. *Er würde sich für mich freuen,* dachte sie. *Er würde mir sagen, es sei höchste Zeit, dass ich aufhöre, um ihn zu trauern, und nach vorn blicke.*

Sie lächelte in sich hinein, als sie ihr altes Leben mit dem neuen verglich. Nichts würde mehr so sein wie vorher – aber andererseits wollte sie das auch gar nicht.

«Also, ihr könnt die ganze Nacht durchfeiern, wenn ihr wollt», verkündete Jayce schließlich, «aber Leah und ich werden uns jetzt zurückziehen. Ich habe diese Frau seit mehr als einem Jahr nicht gesehen und … mehr will ich gar nicht sagen.»

Adrik lachte und zog Karen mit in ihr Zimmer. «Wir sagen auch gute Nacht. Ich freue mich darauf, euch alle beim Frühstück zu sehen.»

«Bei einem späten Frühstück», rief Jacob ihm zu, während er Helaina näher zog. Sie war sprachlos, als er sie auf seine Arme hob. «Einem sehr, sehr späten Frühstück.»

Sie alle lachten, aber keiner protestierte. Helaina war Jacobs Geste ein wenig peinlich, aber gleichzeitig genoss sie es und schmiegte sich in seine Arme. Sie seufzte zufrieden.

«Mir geht es genauso», sagte Jacob, während er sie zu ihrer Erdhütte trug.

«Ich staune einfach, dass es tatsächlich Wirklichkeit geworden ist. Ich bin so glücklich … so unendlich glücklich», flüsterte sie. «Ich liebe dich sehr, Jacob.»

«Und ich liebe dich, Mrs. Barringer.»

Am nächsten Morgen fuhr Helaina aus dem Schlaf hoch. Einen Augenblick lang konnte sie sich nicht erinnern, wo sie war, und als sie Jacob schlafend neben sich liegen sah, erschrak sie noch mehr. Dann kamen die Erinnerungen an den vergangenen Abend zurück. Sie kuschelte sich an Jacob und lächelte, als seine Arme sich um sie legten und sie näher zogen.

«Guten Morgen», sagte er leise. «Wie hast du geschlafen?»

«Wie in einem Traum. Ich bin sogar gerade aufgewacht und dachte, es wäre vielleicht alles ein Traum. Ich bin froh, dass es Wirklichkeit ist.»

Er lachte. «Ich hoffe, alle deine Träume sind so süß.» Er küsste sie leidenschaftlich, und Helaina vergaß alle Träume und Albträume. Plötzlich gab es nur noch Jacob. Und er war genug.

Als sie eine Stunde später bei Jayce und Leah zum Frühstück erschienen, mussten sie sich die neckenden Bemerkungen der anderen gefallen lassen.

«Es ist beinahe Mittag», sagte Adrik mit einem Blick auf seine Taschenuhr.

«Es ist schon seit Stunden hell», bestätigte Karen.

«Im Sommer ist es in Alaska immer seit Stunden hell», erwiderte Jacob, der sich nicht so leicht geschlagen geben wollte.

Leah holte ihre Teller aus dem Ofen. «Das haben wir für euch warm gehalten. Hört nicht auf die beiden. Sie sind ein altes Ehepaar, für die ist das alles ganz langweilig.» Sie lachte und zwinkerte Adrik und Karen zu.

«Meine Mama und mein Papa sind nicht alt», protestierte Christopher.

Leah tätschelte seine Wange. «Nein, das sind sie nicht. Ich habe sie nur ein bisschen aufgezogen.»

Oliver war mit seinem Frühstück schon lange fertig und auf Abenteuer aus. «Kimik hat gesagt, wir können heute mit ihm auf die Jagd gehen. Dürfen wir?», fragte er, und Christopher nickte hoffnungsvoll.

«Warum nicht?», erwiderte Adrik. «Ihr Jungs werdet bestimmt viel Spaß dabei haben. Aber ihr müsst genau tun, was er sagt, und bleibt immer in der Nähe. Hier ist es nicht wie zu Hause. Ihr kennt die Wege nicht, und es kann neblig werden, dann verlauft ihr euch.»

«Wir bleiben bei Kimik, versprochen. Und ich passe auch auf Christopher auf.»

«Aber du bist nicht mein Papa», erinnerte der Junge seinen Bruder. «Also kannst du mir nicht sagen, was ich tun soll.»

«Kimik ist auch nicht euer Papa», entgegnete Adrik, «aber wenn ihr nicht bereit seid, seine Anweisungen zu befolgen und euch von ihm belehren zu lassen, dann bleibt ihr besser hier bei mir.»

Christopher wurde ganz ernst. «Ich verspreche, dass ich brav bin. Ich werde ganz bestimmt tun, was er sagt.»

«Also gut. Dann könnt ihr zwei jetzt gehen. Ich bin sicher, Kimik will bald aufbrechen.»

Leah setzte die Zwillinge zum Spielen auf den Boden und fing dann an, die Sachen vom Frühstück abzuräumen. Helaina machte sich über das Essen her, das Leah ihr gegeben hatte, und fand, dass sie noch nie etwas so Köstliches gegessen hatte. Ausgehungert biss sie in die Karibu-Wurst.

«Ich hoffe, ihr habt Lust auf ein bisschen Diskussion», sagte

Adrik. «Es gibt etwas, das ich mit euch vieren besprechen möchte.»

«Wenn es einer von Adriks Plänen ist», sagte Jacob und lehnte sich mit dem Kaffeebecher in der Hand zurück, «dann halten wir uns besser fest.»

Adrik wechselte einen schnellen Blick mit Karen und lachte. «Da hast du allerdings Recht. Ich gebe zu, dass meine Ideen manchmal ein bisschen radikal sind.»

«Nun sag schon, was du auf dem Herzen hast», forderte Leah ihn auf.

Adrik faltete die Hände auf dem Tisch und sah sie der Reihe nach an, bevor er sprach. «Ich möchte euch alle bitten, mit uns zu kommen.»

«Nach Ketchikan?», fragte Leah.

«Nein, nach Seward. Oder zu der Ansiedlung Ship Creek an der Mündung des gleichnamigen Flusses – obwohl sie angefangen haben, es Anchorage – Ankerplatz – zu nennen.»

Helaina spürte Jacobs Interesse, noch bevor er sprach. «Und wozu?»

«Darüber wollte ich mit euch sprechen. Wollt ihr es hören?»

14

«Wir haben folgende Situation», fuhr Adrik fort. «Die Eisenbahnlinie geht bis nach Fairbanks, und dort herrscht ein unglaublicher Betrieb. Ich bin von der Bahngesellschaft eingestellt worden, um für die Arbeiter Wild zu jagen und heranzuschaffen. Es ist schließlich viel billiger, mich zu bezahlen, als das Essen aus den Staaten kommen zu lassen. Das einzige Problem ist, dass ich nur eine Person bin und die Zahl der Arbeiter täglich wächst. Sie schätzen, dass es inzwischen viertausend sind. Ich glaube nicht, dass das Territorium noch lange unbesiedelt sein wird.»

Jacob zuckte mit den Schultern. «Wir haben bei dem Goldrausch Leute kommen und gehen sehen. Um in Alaska zu bleiben, braucht es ganz bestimmte Menschen.»

«Jacob hat Recht. Um dieses Land zu besiedeln und zu erreichen, dass die Welt uns bemerkt, sind mehr als viertausend Männer nötig», sagte Jayce.

«Aber es ist ein Anfang. Die Eisenbahn schafft ein Gefühl der Dauerhaftigkeit, das Menschen auch langfristig anlocken wird.»

«Du meinst also, wir sollen für die Eisenbahngesellschaft arbeiten?», fragte Jacob.

«Nein. Ich meine, wir sollten für uns selbst arbeiten», erwiderte Adrik. «Seht mal, wir könnten uns zusammentun – vielleicht noch ein paar andere Männer dazunehmen, denen ich vertraue, und unser eigenes Unternehmen gründen. Ihr könnt euch gar nicht vorstellen, wie oft ich angefragt werde, um Leute aus der Stadt mit auf die Jagd zu nehmen. Die meisten wollen das Abenteuer, einen Bären oder einen Elch zu erlegen, aber andere genießen einfach, was sie sehen, und das ist eine zusätzliche Art, Geld zu verdienen. Zu Beginn könnten wir einen Vertrag mit der Eisenbahngesellschaft machen, dass wir eine bestimmte Menge Fleisch pro Woche liefern, und den Gewinn teilen wir unter uns auf.»

Jacob rieb sich nachdenklich das Kinn. «Wo würden wir wohnen?»

«In der Gegend um Ship Creek. Das ist ein guter Standort. Die Bahnlinie von Seward aus wurde gerade bis dahin ausgebaut und soll jetzt weiter bis nach Palmer und Wasilla gebaut werden. Wenn es so weitergeht, werden sie in zwei Jahren damit fertig sein. Natürlich müssen wir durch die Berge im Norden, und das wird nicht so einfach sein.»

«Und habt ihr vor, mit der Bahn nach Norden zu ziehen?», wollte Jacob von Adrik wissen.

Adrik sah Karen an und zuckte mit den Schultern. «Wir versuchen offen zu sein für das, was Gott mit uns vorhat. Wir haben festgestellt, dass es in unserer Gegend jede Menge zu tun gibt, aber wir vermissen auch unser Zuhause in Ketchikan. Wir müssen einfach abwarten, wo Gott uns haben will.»

«Nicht nur das», warf Karen ein. «Seward ist ein ganzjähriger Hafen. Wir können alle Vorräte bekommen, wenn wir sie brauchen. Zumindest das meiste», fügte sie lächelnd hinzu. «Es gibt gute Ärzte, Pläne für ein Krankenhaus in Ship Creek und ein Kraftwerk und Elektrizität.»

«Das wäre wunderbar», sagte Leah kopfschüttelnd. «Ich erinnere mich daran, wie angenehm es war, als wir in Seattle waren.»

«Nicht nur das, sondern sie legen auch Rohre, so dass es fließendes Wasser in den Häusern gibt», fügte Adrik hinzu.

«Wie schon gesagt», fuhr Karen fort, «die Gegend bietet viele Vorteile, die es in abgelegeneren Gebieten Alaskas nicht gibt. Und im Winter wäret ihr nicht von der Außenwelt abgeschnitten, weil die Schifffahrt nicht wegen zugefrorener Häfen eingestellt werden muss.»

«Das wäre eindeutig ein Vorteil», sagte Leah. Sie gab es nicht gerne zu, aber Kinder zu haben, ließ sie andere Dinge berücksichtigen, wenn es darum ging, wo sie leben würden. «Aber ich werde leben, wo immer Jayce sein will. Ich weiß, dass er für uns sorgen wird und dass wir bei ihm gut aufgehoben sind. Solange meine Familie bei mir oder in der Nähe ist, bin ich glücklich.»

Sie blickte Jayce an und sah, dass er die Möglichkeit ernsthaft in Erwägung zog. «Ich glaube, wir sollten auf jeden Fall darüber nachdenken», sagte er.

Jacob sah Helaina an. «Was ist mit dir? Was hältst du von Adriks wilden Plänen?»

«Mir geht es wie Leah. Ich musste so lange darauf warten, dass ich dich bekomme, da ist es mir eigentlich egal, wo wir leben, solange wir nicht voneinander getrennt sind.»

«Das ist ein gutes Argument. Wie lange dauern diese Jagdexpeditionen?»

Adrik zuckte mit den Schultern. «Das hängt davon ab, wie viel Wild es gibt und wie weit wir gehen müssen, um die Tiere zu finden. Wir würden uns aber abwechseln. Eine Gruppe Männer wäre auf der Jagd, während die andere zu Hause bleibt und sich um das Fleisch, die Felle und die Leute von der Bahn kümmert. Man kann auch gutes Geld mit dem Fellhandel verdienen, und die Häute zu bearbeiten, ist ein weiterer Arbeitsbereich.»

«Dabei könnten wir doch helfen», warf Leah ein. «Ich habe schon viele Felle gegerbt.»

«Ich bin nicht sicher, ob mir das recht wäre», sagte Adrik kopfschüttelnd. «Es würde davon abhängen, wo die Arbeit getan wird. Die Männer dort können ein bisschen ungehobelt sein – vor allem die aus den Vereinigten Staaten, die angeheuert wurden, um ihre Erfahrung im Bahnbau im Norden einzusetzen. Versteh mich nicht falsch – man kann dort gut leben und die meisten Leute sind einwandfrei erzogen, aber es ist eine Männerwelt.»

Leah nickte. Sie verstand, was Adrik meinte. Er hatte kein Problem damit, dass eine Frau ihrer Familie half, zu überleben, aber er wollte verhindern, dass ihr etwas zustieß.

Jayce sah Jacob an und zuckte mit den Schultern. «Was meinst du, Jacob?»

«Kann auch nicht schlimmer sein als ein Jahr in der Arktis.» Sein Lächeln wurde breiter. «Ich würde sagen: Lass es uns versuchen. Vielleicht gefällt es uns dort ja. Und wenn nicht, haben wir uns wenigstens an der Zivilisierung des Territoriums beteiligt. Dann können wir unseren Kindern irgendwann erzählen, dass wir mitgeholfen haben, die Eisenbahn nach Alaska zu bringen.»

«Du hast Recht. Wir sollten es ausprobieren.»

Leah spürte, wie sich ein Gefühl der Aufregung und zugleich des Bedauerns in ihr breitmachte. Sie würden Last Chance verlassen – vielleicht für immer. Sie würde ihre Freunde sehr vermissen, aber Karen und die Jungs würden wieder zu ihrem Leben gehören. Sie hatte sie alle mehr vermisst, als sie ausdrücken konnte.

Jayce sah sie an und hob zärtlich ihr Gesicht zu sich auf. «Bist du sicher, dass es für dich in Ordnung ist?»

Sie dachte einen Augenblick nach. «Es fällt mir schwer zu gehen, aber ich gehe gerne überall dorthin, wohin du mich führst.» Sie warf Jacob und Adrik einen Blick zu. «Ich glaube, es wird für uns alle eine Bereicherung sein.»

«Ich will nur dafür sorgen, dass du glücklich bist.»

Sie lachte und schüttelte den Kopf. «Wir wissen beide, dass es dafür keine Garantie gibt. Mir gefällt der Gedanke, bessere Möglichkeiten für die Kinder zu haben, sehr, aber wenn du hierbleiben wolltest, würde ich mich nicht wehren. Ich bin so froh, dich wiederzuhaben, und ich habe Gott versprochen, wenn er dich nur nach Hause schickt, würde ich mich bemühen, nicht mehr so streitsüchtig zu sein.»

Jayce berührte ihre Wange. «Ich will, dass du glücklich bist. Das ist mir sehr wichtig.»

«Ich glaube, es wird ein gutes Experiment», warf Jacob ein. «Wir können schließlich immer noch wiederkommen, wenn es nicht funktioniert. Ich weiß nicht genau, warum, aber ich habe das Gefühl, dass Gott uns nach Anchorage führt. Und da wir schon August haben, müssen wir uns entscheiden und unsere Schiffspassage buchen.»

«Das stimmt. Wir hatten unsere Rückfahrt schon für den sechsundzwanzigsten gebucht», erklärte Adrik ihnen. «Ich weiß nicht, ob an Bord genug Platz für uns alle ist, aber ich bin ganz zuversichtlich.»

Leah wurde bewusst, dass es bis zum sechsundzwanzigsten nur noch ein paar Tage waren. Sie würden nicht viel Zeit zum Packen haben. Andererseits wusste sie ja gar nicht, was sie brauchen würden. Würden sie ein eigenes Haus haben oder bei Adrik und Karen wohnen? Mussten sie alle ihre Sachen mitnehmen oder sollten sie warten, bis sie eine Vorstellung davon hatten, wie lange sie bleiben würden?

«Wir müssen uns beeilen, wenn wir mit euch mitfahren wollen», sagte Jacob. «Dann müssten wir bis übermorgen alles gepackt haben und uns von Kimik und ein paar anderen nach Nome bringen lassen.»

Zwei Tage. Mehr hatten sie nicht. Heute und morgen. Leah schüttelte den Kopf. Sie konnte sich nicht vorstellen, dass sie ihr Leben zusammenpacken und in nur zwei Tagen abreisen würden. «Wir könnten auch ein späteres Schiff nehmen», schlug sie vor.

«Das könntet ihr, aber ich glaube, es wäre besser, wenn ihr mit uns kommt, sofern genug Platz auf dem Schiff ist», erwiderte Adrik. «Wir können euch beim Transport eurer Sachen helfen. In Seward kann ich Leute anheuern, die alles in den Norden bringen. Wenn ich die Lage erklärt habe, wird die

Bahn uns bestimmt unentgeltlich dorthin bringen. Es wäre alles einfacher, wenn wir zusammen reisen.»

«Das sehe ich auch so», stimmte Karen zu, «und ich könnte dir mit den Kindern helfen.»

«Lasst uns darüber beten. Ich habe ein gutes Gefühl bei der Sache – ein sehr gutes sogar –, aber ich will mich vergewissern, dass es die Richtung ist, in die Gott uns schicken will», sagte Jacob.

Jayce nickte nachdenklich. «Stimmt. Gottes Zeitplan ist nie hektisch und unüberlegt. Ich schlage vor, wir fangen mit dem Packen an und organisieren alles, während wir intensiv beten.»

Leah blickte in die Landschaft hinaus und drehte sich dort, wo sie stand, um die eigene Achse, während sie den Blick rundum in alle Richtungen schweifen ließ. Es war ein merkwürdiges Gefühl, diesen Ort zu verlassen, aber sie freute sich auf das Abenteuer eines neuen Anfangs – eines neuen Lebens in Ship Creek. Alles schien zu Gottes Plänen zu passen. Johns und Oopicks Reaktion war positiv, und sie versprachen, alle Hunde zu nehmen, die Jacob zurücklassen wollte. Sie boten außerdem an, die Erdhütte zu übernehmen und dafür zu sorgen, dass alles in gutem Zustand blieb.

Sigrid hatte angeboten, in Leahs und Jayces Haus zu wohnen und sich darum zu kümmern, bis sie entschieden hatten, ob sie es verkaufen oder wieder einziehen wollten. Das war für Leah ein großer Trost. Es war gut zu wissen, dass sie nicht alle Brücken nach Last Chance Creek abbrachen.

«Geht es dir gut?»

Leah drehte sich um und sah, dass ihr Bruder den Hügel herauf und auf sie zu kam. «Ich habe nur gerade an unsere

Abreise gedacht. Jayce spürt Gottes Hand dabei – so wie du auch, das weiß ich.»

«Aber du nicht?»

«Das habe ich nicht gesagt.» Leah sah Jacob an. Er wirkte so viel älter als noch vor einem Jahr. «Ich habe von dir immer noch nichts über das vergangene Jahr gehört. Ich hatte überhaupt keine Zeit, mich zu dir zu setzen und dich zu fragen, wie es war.»

Jetzt starrte Jacob in die Ferne. Er runzelte die Stirn. «Zuerst dachte ich, wir wären imstande, alles zum Guten zu wenden. Mir gefiel der Gedanke, dass Gott das Unglück zugelassen hatte, nicht, aber ich hatte das Gefühl, dass es nicht unser Ende sein würde. Aber es gab Tage ...» Seine Stimme wurde so leise, dass Leah ihn beinahe nicht mehr verstehen konnte. «Am Ende war ich regelrecht verzweifelt. Die Männer waren so wütend. Sie konnten nicht verstehen, warum wir sie nicht in Richtung Heimat losziehen ließen. Sie konnten die Gefahren nicht einschätzen. Sie waren noch nie in einem Umiak auf dem Meer gewesen und kannten die Risiken nicht. Ich fürchte, sie sind jetzt alle tot.»

Leah legte ihre Hand fest auf Jacobs Arm. «Das ist nicht deine Schuld. Deine Ermahnung, dort zu bleiben, war richtig. Sie haben sich entschieden, deinen Rat in den Wind zu schlagen.»

«Sie wollten unsere Autorität nicht anerkennen, sondern hatten das Gefühl, wir seien genau wie sie und unser Wissen gebe uns nicht das Recht, für sie die Entscheidungen zu treffen.»

«Menschen sehen Autoritätspersonen oft so», sagte Leah. Sie schob die Kapuze ihres Kuspuks zurück. «Vor allem, wenn es um Gott geht.»

«Da hast du Recht. Aber sie waren gute Kerle, Leah. Ich habe mit jedem von ihnen ganze Nächte hindurch geredet. Sie hatten

Heimweh und sehnten sich danach, wieder bei ihren Familien zu sein. Leider trafen sie deshalb falsche Entscheidungen, und ich fürchte, sie werden die Zivilisation niemals wiedersehen, und ihre Familien schon gar nicht.»

«Wenn sie tot sind, kannst du nichts daran ändern, indem du dich darum grämst, was hätte sein können», sagte Leah und drückte seinen Arm. «Ich bin sicher, du hast ihnen gut und weise geraten. Ich glaube ganz fest, dass du ihnen Freundschaft und Güte erwiesen hast.»

Er wandte sich zu ihr um und legte seine Hand auf ihre. «Wir haben in diesem Land eine Menge durchgemacht – du und ich.»

Leah sah, dass der Kummer ihn verlassen hatte – zumindest vorübergehend. Sie lächelte. «Ja, das haben wir. Wir haben große Dinge gesehen, gute wie schlechte.»

«Aber der Segen war größer als die Schwierigkeiten.»

«Ja. Ehrlich gesagt war ich nicht sicher, dass ich das jemals würde sagen können», begann Leah, «aber der Herr hat im vergangenen Jahr an meinem Herzen gearbeitet. Vielleicht war ich auch nicht gerade willens, auf meine Autoritätsperson zu hören.» Sie trat einen Schritt zur Seite, wandte sich um und blickte über das weite Meer hinaus.

«Es gab Tage», sagte sie und Sehnsucht schwang in ihrer Stimme mit, «da stand ich hier und habe auf das Eis hinausgestarrt. Ich wusste, dass ihr beide dort draußen wart. Ich hatte das Gefühl, dass ihr am Leben wart, weil es sich einfach nicht anfühlte, als wäret ihr tot. Aber etwas zu fühlen ist eine Sache, und es Wirklichkeit werden zu lassen … das ist etwas anderes. Ich habe die Hoffnung verloren und angefangen, das Schlimmste zu befürchten. Helaina hat mir immer wieder erzählt, dass du lebst – dass ihr beide wiederkommen würdet. Ich hätte gerne ihren Glauben gehabt, weil meiner so unzureichend schien.»

«Ich weiß, was du meinst. Wenn ich höre, wie sie davon erzählt, dass sie hier gewartet und gewusst hat, dass ich nach Hause kommen würde, dann fühle ich große Demut und Verlegenheit. Warum konnte ich mich nicht bewähren? Ich bin schon viel länger gläubig als sie.»

Leah lachte. Jacob hatte eine Gabe, die Dinge auf den Punkt zu bringen. «Das ist der Stolz in uns beiden, vermute ich. Wir haben die Ärmel hochgekrempelt und gesagt, dass wir Gott vertrauen, und dann saßen wir alleine dort und hatten schreckliche Angst, dass unser Vertrauen nicht gerechtfertigt sein könnte. Und wenn wir dann sehen, dass andere stärker sind und die Wahrheit fester glauben als wir, dann sind wir enttäuscht und reumütig. Und das alles, weil unser Stolz gekränkt wurde. Wir waren doch so zuversichtlich, dass wir stark sein würden. Wir waren sicher, wir könnten jede Prüfung bestehen, die Gott uns schickt.»

«Du weißt doch, was in der Bibel steht: ‹Wir haben nicht mit Fleisch und Blut zu kämpfen …›»

«‹… sondern mit Mächtigen und Gewaltigen, nämlich mit den Herren der Welt, die in dieser Finsternis herrschen, mit den bösen Geistern unter dem Himmel›», beendete Leah den Vers aus Epheser 6. «Diese Stelle habe ich mir oft vorgesagt, als du weg warst. Ich hatte das Gefühl, dass ich mich bemühte, alles für alle zu sein. Die Leute sollten nicht sehen, wie traurig oder einsam ich war. Nicht einmal mit Helaina wollte ich darüber sprechen.»

«Ich weiß. Mir ging es genauso mit Jayce.» Er streckte die Rechte aus und ergriff Leahs Hand. «Wir sind uns sehr ähnlich. Wahrscheinlich, weil wir so lange nur uns hatten. Ich hoffe, du weißt, dass du immer einen besonderen Platz in meinem Herzen haben wirst. Ich kenne viele Männer, die keine Beziehung mehr zu ihren Geschwistern haben. Jayce ist ein gutes

Beispiel. Er hat seit Jahren von keinem von ihnen etwas gehört, außer von Chase.»

Bei dem Gedanken an Jayces Zwillingsbruder runzelte Leah die Stirn.

Jacob erkannte seinen Fehler sofort. «Es tut mir leid. Ich hätte ihn nicht erwähnen sollen.»

«Nein, das ist schon in Ordnung. Ich versuche, ihn zu vergessen. Dabei habe ich ein schlechtes Gewissen, weil ich Jayce nicht einmal trösten kann, was den Verlust seines Bruders betrifft. Ich möchte nie erfahren, was da draußen geschehen ist – und Jayce hat auch keine Einzelheiten erzählt, außer dem, was er gleich nach seiner Rückkehr damals gesagt hat. Chase wurde von einem Bären angegriffen – vielleicht von demselben, den ich an dem Tag angeschossen hatte. Sein Tod war von Gott vorherbestimmt.»

Jacob nahm sie in den Arm. «Ich möchte, dass du es besser hast. Ich habe mich schrecklich schuldig gefühlt, weil ich dich nicht vor ihm beschützen konnte.»

Leah löste sich aus seiner Umarmung. «Du brauchst dich nicht schuldig zu fühlen. Ich hatte genug Schuldgefühle für uns beide.»

«Aber du warst doch an dem, was geschehen ist, völlig unschuldig. Helaina könnte vielleicht noch einen Teil der Verantwortung übernehmen, aber du nicht.»

«Niemand ist dafür verantwortlich außer Chase.» Leah zwang sich, den Namen auszusprechen. «Er hat die falschen Entscheidungen getroffen. Sein ganzes Leben lang. Er selbst und sein Vergnügen waren ihm wichtiger als andere Menschen. Er tat, was er tat, zu seiner eigenen Befriedigung und um Jayce für dessen gutes Leben zu bestrafen.»

«Trotzdem wünschte ich, ich hätte dir das ersparen können.»

Leah hoffte, dass ihre nächsten Worte Jacob von jeglichen

Schuldgefühlen befreien würden. «Ich hätte nie gedacht, dass ich das einmal sagen würde, Jacob, aber ich würde meine Kinder um nichts in der Welt hergeben wollen, selbst wenn sie das Ergebnis dessen sind, was Chase getan hat.»

Jacob sah sie fragend an. «Wirklich?»

«Wirklich. Sie sind mein Ein und Alles. Selbst wenn sie als Folge der Vergewaltigung geboren wurden, ist das nicht ihre Schuld. Sie haben nichts Falsches getan und sollten nicht für die Sünden eines anderen Menschen büßen. Nicht einmal für die Sünden ihres Vaters – falls Chase diese Rolle tatsächlich gespielt hat. Ich kann nicht behaupten, dass das für mich nicht schwierig ist», gab sie zu, «aber meine Sorge gilt nicht so sehr der Frage, ob ich durch Chases Verhalten schwanger wurde oder nicht, sondern mehr der Angst, Jayce könnte die Babys, die ich liebe, nicht als seine eigenen akzeptieren. Oder dass er sie hassen könnte, wenn wir noch andere Kinder bekommen, von denen er weiß, dass sie von ihm sind.»

«Ich habe noch nie darüber nachgedacht, aber ich kann dir sagen, dass es für mich keinen Unterschied machen würde, wenn das Gleiche Helaina zugestoßen wäre. Ich würde jedes Kind, das sie zur Welt bringt, lieben – weil es ein Teil von ihr ist. Ich bin sicher, Jayce geht es genauso. Ich weiß, dass er unter eurer Trennung sehr gelitten hat. Er hat oft von dir und den Babys gesprochen.»

«Ich glaube, dieser Neuanfang wird für uns alle gut sein. Es ist sicher eine Menge Arbeit, aber ich glaube, wir werden auch sehr davon profitieren.»

«Das glaube ich auch. Es ist ein bisschen so, als hätten wir eine andere Art von Goldader entdeckt.»

Leah dachte daran zurück, als ihr Vater sie damals nach Alaska geschleppt hatte. Sie dachte auch an die Reise in den Norden, um Jacob zu finden, als er Dyea verlassen hatte, um in das Yukon-Territorium zu gehen. «Es ist so ähnlich wie diese Abenteuer, aber es hält für uns mehr bereit als die Aussicht auf Gold. Was wir erhoffen dürfen, ist Liebe.»

15

Dezember 1917

Die Weihnachtsfeiertage standen vor der Tür, wie Leah erstaunt feststellte. Es kam ihr vor, als wären sie erst vor wenigen Tagen in Ship Creek eingetroffen und nicht vor einigen Monaten. Das kleine Haus, das sie und Jayce bewohnten, war vor ein paar Wochen fertiggestellt worden, und Leah empfand das als großes Privileg: Die meisten Leute lebten noch in Zelten, und sie erinnerte sich gut daran, wie das war, aus ihrer Zeit im Yukon. Das Haus war eine riesige Verbesserung.

So wie sie es sich gewünscht hatte, gab es einen großen Wohnraum und zwei kleinere Zimmer dahinter. Letztere waren Schlafzimmer, eins für Leah und Jayce und das andere für die Zwillinge. Im Kinderzimmer stand ein niedriges Bett aus Seilen, in dem beide Platz fanden. Ein kleiner Überseekoffer diente als Kleiderschrank, und eine weitere Truhe ergänzte das Mobiliar als provisorische Spielzeugkiste. Adrik hatte ihnen eine schönere als Weihnachtsgeschenk versprochen, aber den Zwillingen schien das jetzige Arrangement nichts auszumachen.

Das Zimmer von Leah und Jayce war kaum größer als das Kinderzimmer. Darin stand ein stabileres Bett, das Adrik entworfen hatte. Der Rahmen aus Baumstämmen, von denen die Rinde entfernt worden war, bot festen Halt, während die mit Federn gestopfte Matratze bequemen Nachtschlaf verhieß. Eine große hölzerne Kommode stand in einer Ecke des Zimmers, ebenfalls Adriks Werk. Das Haus war klein, aber dadurch war es noch gemütlicher.

Leah liebte außerdem die Privatsphäre, die es bot. Als sie zu Beginn in dem Haus angekommen waren, das Adrik für seine Frau und seine Söhne gebaut hatte, war es offensichtlich gewesen, dass sie eine Weile wenig Platz haben würden. Land war im Überfluss vorhanden, Häuser aber nicht. Es dauerte seine Zeit, Bäume zu fällen und Gebäude zu errichten. Aber die Leute waren hier ebenso gerne bereit, einander zu helfen, wie es in Last Chance der Fall gewesen war. An einem Tag hatte eine Gruppe Männer von der Eisenbahngesellschaft gemeinsam Bäume gefällt und Bauteile für zwei kleine Häuser zugeschnitten. Sie hatten an diesem einen Tag eine unglaubliche Menge geschafft, und erst später erfuhr Leah, dass alle drei Männer in ihrer Familie den Helfern Bezahlung angeboten hatten, sie aber davon nichts hatten hören wollen. Diese Freundlichkeit berührte sie zutiefst.

Ein weiterer offensichtlicher Unterschied in Leahs Leben war das Wachstum der Zwillinge. Äußerlich veränderten sie sich unglaublich schnell, und nachdem sie einander zunächst sehr ähnlich gesehen hatten, traten jetzt deutlich männliche und weibliche Züge zutage. Merrys Gesicht schien zierlicher, ihre Lippen voller und ihre Wimpern waren länger und dichter als die ihres Bruders. Wills entwickelte einen Gesichtsausdruck, der Leah an Jayce erinnerte. Oft runzelte er die Stirn, wenn er ein Spielzeug oder etwas anderes Interessantes betrachtete. Seine Nase war ein wenig breiter, während seine Lippen schmaler waren als die von Meredith.

Auch in ihren Persönlichkeiten veränderten sie sich. Obwohl Merry noch immer schüchtern war, hatte sie eine Persönlichkeit entwickelt, die Leahs stiller Art glich. Wann immer Wills in Schwierigkeiten geriet, war Merry da, um die Wogen zu glätten. Wenn Leah traurig war, tätschelte Merry oft das Bein ihrer Mutter, als wollte sie sie trösten, während sie Leah mitfühlend ansah und unverständliche Worte der Ermutigung plapperte.

Wills Persönlichkeit hingegen erinnerte Leah sehr an Jayce. Seine Augen waren von einem dunkleren Blau als Merrys, die eher eisblau waren. Er war ausgesprochen furchtlos und unabhängig, und selbst wenn Leah den Kindern beim Spielen zusah, machte sie sich ständig Sorgen darum, dass Wills zu nah ans Feuer kommen könnte. Er schien sich überhaupt nicht darum zu scheren, ob er sich vielleicht wehtat oder nicht. Wills sah in allem ein Abenteuer. Warum sollte es beim Ofen anders sein?

Ein Klopfen an der Tür riss Leah aus ihren Gedanken. «Wills, bleib von dem Ofen weg. Er ist heiß. Du wirst dir wehtun.» Wills blickte auf, als versuche er zu ergründen, ob die Worte seiner Mutter der Wahrheit entsprachen.

Leah öffnete die Tür und sah Karen und Helaina davor stehen. Beide hatten mehrere Tannenzweige auf dem Arm. «Was für eine Überraschung! Wie es aussieht, wart ihr beide fleißig.» Sie trat zur Seite, damit die beiden aus der Kälte hereinkommen konnten.

«Es hat wieder fünfzehn Zentimeter Neuschnee gegeben», sagte Karen. Sie schüttelte die Zweige und reichte sie dann Leah. «Die hier haben wir für Weihnachten gesammelt und dachten, du möchtest vielleicht auch ein paar. Ich wusste nicht, ob du mit den Kleinen Zeit hast, selbst welche zu holen.»

«Das ist lieb von euch.» Leah steckte die Nase in das Bündel Zweige. «Mmm, die riechen gut.»

«Ich kann kaum glauben, dass bald Weihnachten ist», erklärte Helaina. Sie legte ihre Zweige auf den Tisch und bückte sich, um zu sehen, womit Wills spielte. «Was ist denn das, Wills?»

Er hielt das Spielzeug hoch und grinste. «Hund lieb.»

Helaina nickte. «Das ist wirklich ein lieber Hund.»

«Baby!», erklärte Merry, die am anderen Ende des Zimmers ihre Puppe hochhielt.

«Was für ein hübsches Baby, Merry. Zeigst du es mir?» Helaina spielte eine Weile mit den Kindern, während Leah überlegte, wo sie die Zweige am besten aufbewahren sollte. «Wenn ich sie nicht aufhänge, zerrupfen die Kinder sie bestimmt.»

«Oh, ich wollte dir was erzählen», warf Karen ein. «Heute sind drei Briefe für mich angekommen. Einer von Grace, einer von Miranda und der dritte war von Ashlie.»

Leah liebte es, Neuigkeiten zu hören – vor allem von lieben Menschen, die weit entfernt wohnten. «Ich wünschte, ich könnte etwas aus Last Chance erfahren, aber ich muss wohl bis zum Frühling warten, bis ich weiß, wie es allen geht. Du weißt ja, dass es unmöglich ist, Post auf dem Landweg zu befördern.»

«Ja. Ich habe oft gedacht, wie schön es wäre, wenn ich dir während der langen Winter Briefe oder Päckchen hätte schicken können.»

«Ich auch», sagte Leah, die sich gut an das Gefühl der Isolation erinnerte. «Wie geht es Grace?» Grace war früher in Karens Obhut gewesen, als sie beide in Chicago gelebt hatten. Karen war gerne die Gouvernante des reichen Mädchens gewesen. Sie waren beide nach Alaska gekommen, weil Grace entschlossen gewesen war, einer arrangierten Heirat zu entfliehen. Und hier in Alaska hatten Grace und Karen beide die wahre Liebe gefunden und geheiratet. Karen war geblieben, aber Grace war nach San Francisco gezogen, um bei ihrem Mann und seiner Familie zu leben.

«Ihr und ihren Lieben geht es gut. Grace macht sich Sorgen, weil ihr Sohn ständig davon spricht, dass er sich beim Militär melden will, um in Europa zu kämpfen. Sie kann den Gedanken nicht ertragen, dass er vielleicht mitten in der Nacht davonläuft und etwas Unüberlegtes tut.»

«Hat Peter nicht versucht, ihm diese Idee auszureden?»

«Was kann ein Vater schon machen?» Karen schüttelte den Kopf. «Ich bin sicher, Peter und Grace haben beide ihr Möglichstes getan, um ihn davon zu überzeugen, dass er zu Hause bleiben sollte, aber du weißt ja, wie dickköpfig Kinder sein können. Andrew ist beinahe achtzehn und meint, er wüsste mehr als seine Eltern. Jedenfalls nach dem zu schließen, was Grace erzählt.»

«Das kann ich mir vorstellen», nickte Leah. «Was ist mit den anderen Kindern?»

«Warte mal: Jeremiah ist fünfzehn und will unbedingt zur See fahren, wie sein Vater. Belynn ist zwölf, und Grace sagt, sie hat vor, zu heiraten und sechs Kinder zu bekommen, bevor sie zwanzig ist.»

Leah lachte und versuchte sich vorzustellen, wie das Leben der zwölfjährigen Belynn aussehen mochte. Es gab Automobile und Flugzeuge, ganz zu schweigen von allen möglichen Geräten, die bei den täglichen Hausarbeiten halfen. Leahs Kinder würden einen solchen Luxus vielleicht nie kennenlernen, wenn sie in der Wildnis blieben. «Und was ist mit Miranda? Wo werden sie und Teddy Weihnachten verbringen?»

«Teddy wollte irgendwelche Inseln vor der Küste Südamerikas erkunden. Sie waren übrigens in San Francisco bei Peter und Grace, als Miranda ihren Brief abgeschickt hat, aber sie schreibt, sie würden nach Süden reisen. Wie es scheint, möchte Teddy ein Buch über die Flora und Fauna der Region dort schreiben.»

Leah nickte. Sie erinnerte sich gut daran, dass Teddy Davenport eine Leidenschaft für Botanik hatte, die nur von seiner Liebe zu Miranda übertroffen wurde. «Und wie fand Mirandas Bruder die Idee?»

«Peter hat sich gerne bereit erklärt, ihnen zu helfen. Sie werden mit einem seiner Schiffe nach Süden fahren. Die Colton-Reederei ist gegenüber früher um einiges expandiert.»

«Schade, dass Peters Eltern nicht mehr erlebt haben, was für ein erfolgreicher Geschäftsmann er geworden ist. Ich bin sicher, sie wären sehr stolz auf ihn», sagte Leah nachdenklich. «Und das Beste hast du bis zum Schluss aufgespart. Was für Neuigkeiten gibt es von Ashlie? Ach du liebe Güte, wo sind denn meine Manieren? Ich habe doch Tee gekocht – möchtet ihr eine Tasse?»

Helaina richtete sich auf und rieb sich den Rücken durch ihren dicken Parka. «Gerne. Mir ist immer noch ein bisschen kalt.»

«Mir auch. Tee wäre wunderbar.» Karen zog ihren Mantel aus und ging, um ihn neben der Tür aufzuhängen. «Ich hoffe, ich habe nicht deinen ganzen Fußboden nass getropft.»

«Er muss sowieso gewischt werden. Er ist ziemlich dreckig», sagte Leah und blickte grinsend auf den festen Lehmboden hinunter.

Karen kicherte. «Du wirst bald Fußböden haben. Adrik hat schon ein ganz schlechtes Gewissen, weil ihr noch ohne Bodenbelag leben müsst.»

«Das ist kein Problem. Wir haben schon weitaus Schlimmeres überstanden.» Leah schenkte ihrem Besuch Tee ein und trug die dampfenden Becher zum Tisch. «Entschuldigt die Becher, aber mein gutes Porzellan ist anderweitig im Einsatz.»

«Wo denn?», fragte Helaina lächelnd.

Leah zuckte mit den Schultern und kicherte mädchenhaft. «Ich habe keine Ahnung, weil ich gar kein gutes Porzellan habe. Aber wo auch immer es ist, ich bin sicher, es ist im Einsatz.»

«Du erinnerst dich doch sicher noch daran, dass ich sehr schönes Porzellan hatte, als Adrik und ich nach Ketchikan zogen. Er konnte mit seinen Fingern noch nicht mal die winzigen Henkel der Tassen richtig anfassen. Es war wirklich lustig. Weniger lustig war seine Neigung, sie fallen zu lassen. Sie waren einfach zu zart und rutschten ihm glatt aus der Hand. Für uns sind Becher die bessere Alternative.»

«Deshalb habe ich mir auch nie Gedanken über feines Geschirr gemacht», sagte Leah achselzuckend. «Aber du vermisst solche Dinge doch bestimmt, oder?» Sie sah Helaina an, weil sie daran dachte, wie vornehm sie früher gelebt hatte.

«Es gibt Tage», gestand Helaina, «an denen ich ein paar luxuriöse Dinge vermisse. Aber ich bin gerne hier, und es hat keinen Sinn, Dinge zu haben, die keinen oder kaum einen Nutzen haben. Becher sind völlig in Ordnung. Was ich vermisse, sind Bequemlichkeiten. Heiße Bäder, eine große Auswahl duftender Seifen und solche Dinge. Das fehlt mir am ehesten.»

«Ich weiß noch, wie schön es in Seattle war, ein Bad nehmen zu können, wann immer mir danach war», bestätigte Leah. Bei dem Gedanken an Seattle fiel ihr Ashlie wieder ein. «Jetzt erzähl uns aber von deiner Tochter.»

Helaina nickte begeistert. «Ja, bitte. Ist sie glücklich? Wie kommt sie in der Schule zurecht?»

«Sie ist glücklich», sagte Karen und in ihrer Stimme schwang ein wenig Bedauern mit. «Ich würde ihr natürlich nichts anderes wünschen, aber ein Teil von mir hätte nichts dagegen, wenn sie dort so unglücklich wäre, dass sie zu mir nach Hause käme. Ich vermisse sie schrecklich.»

«Ich weiß», sagte Leah und legte eine Hand auf Karens Arm. «Ich hoffe, wir können dich ein bisschen ablenken, damit du nicht so viel Zeit hast, sie zu vermissen.»

«Es ist wirklich schön, euch beide in der Nähe zu haben. Die Jungs sind manchmal schlechte Gesellschafter; ich bin überzeugt, dass keiner von beiden mich braucht. Sie wollen jagen oder die Gegend auskundschaften, sobald sie ihre Hausaufgaben erledigt haben. Und sie sind nicht gerade Plaudertaschen.» Die drei Frauen lachten.

«Hat Ashlie vor, bald einmal zu Besuch zu kommen?»

«Nein. Sie hat viel mit den Aktivitäten der Gemeinde zu tun und natürlich mit ihren Schulaufgaben. Meine Cousine Myrtle genießt ihre Anwesenheit auch sehr. Ashlie schreibt in ihrem Brief, dass sie oft ins Theater oder zu Gesellschaften gehen.

Durch Ashlie ist meine Cousine wieder viel aktiver geworden, und dafür bin ich dankbar. Myrtle hat keine eigenen Kinder, und Ashlie bei sich zu haben, bereitet ihr große Freude. Ich würde Ashlie ja anflehen, wieder zu uns zu kommen, aber es würde Myrtle das Herz brechen. Und Ashlie natürlich auch, denn sie will aufs College gehen. Sie ist ganz vernarrt in die Schule und das Lernen.»

Karen klang traurig und resigniert, und das konnte Leah nicht ignorieren. «Du hast wirklich ein großes Opfer gebracht, damit Ashlie ein solches Leben führen kann. Die Welt in Seattle ist ganz anders als das, was wir von hier kennen.»

«Das stimmt. Es war nicht einfach, sich an das Leben in Alaska zu gewöhnen. Als ich mit Grace in den Norden kam, war es aufregend, etwas Neues auszuprobieren, aber während man im Süden einfach vor sich hinleben kann, braucht es hier in Alaska viel mehr. Hier kommt man nicht irgendwie klar, sondern wenn man sich keine ernsthafte Mühe gibt zu überleben, stirbt man.»

«Da hast du Recht», bestätigte Leah nickend, «aber Ashlie kennt sich mit dem Überleben aus. Sie ist hier geboren und aufgewachsen, und sie ist nicht dumm. Soll sie die Zeit genießen und sehen, was das Leben zu bieten hat. Sie ist in guten Händen, und deine Cousine profitiert offensichtlich auch davon.»

Karen nickte. «Ganz bestimmt. Trotzdem: Sie ist bald achtzehn. Ich habe bereits gemerkt, dass sie in ihren Briefen öfter von jungen Männern schreibt, die ihr den Hof machen wollen, aber bis jetzt hat sie alle noch auf Distanz gehalten. Sie meint, sie sei nicht besonders beeindruckt von ihnen. Aber ich versuche, mir nichts vorzumachen. Irgendwann kommt der Tag, an dem ein Mann ... der richtige Mann ... sie erobern wird.»

«So wie es bei uns allen war», sagte Leah lächelnd. «Willst du nicht, dass sie das auch erlebt?»

Karen nickte. «Natürlich will ich das. Es ist nur … ich mache mir einfach Sorgen, dass sie dann nie wieder nach Alaska zurückkehrt.»

«Sie wird immer dorthin kommen, wo du bist», beschwichtigte Leah. Sie drückte Karens Arm sanft und hob den Blick, um zu sehen, ob die Zwillinge immer noch zufrieden mit ihren Spielsachen beschäftigt waren. «Und gab es in einem der Briefe Neuigkeiten vom Krieg in Europa?»

«Nur, dass er sich weiter hinzieht. Es ist schrecklich traurig. So viele Menschen sind gestorben», sagte Karen leise. Es hatte fast den Anschein, als wollte sie nicht, dass die Zwillinge hörten, was sie sagte. «Für das russische Volk sieht es jedenfalls nicht gut aus. Sie haben den Zaren und seine Familie gefangen genommen, und niemand weiß, was mit ihnen geschehen wird. Und König Georg von England, der zufällig ein Verwandter ist – ich glaube, ein Cousin entweder des Zaren oder seiner Frau –, hat sich geweigert, der Familie Asyl zu gewähren.»

Leah schüttelte den Kopf. «Wie schrecklich, die eigene Familie zurückzuweisen. Was für ein Mann tut denn so etwas, wenn er weiß, dass der Zar dadurch in Gefahr ist? Ich habe in einer der alten Zeitungen gelesen, dass die neue Regierung der Monarchie gegenüber nicht gerade freundlich gesinnt ist.»

«Ich habe einen Mann kennengelernt, der mit dem Zaren und der Zarin eng verbunden ist», warf Helaina ein. «Er war hier, um einen Ort zu suchen, an dem er die Familie verstecken konnte, sollte es ihnen gelingen, aus Russland zu entkommen. Er glaubt, dass ihnen die Todesstrafe droht.»

«Und trotzdem gewährt der König von England ihnen keine Zuflucht?»

«Ashlie schreibt in ihrem Brief, dass die Regierung offenbar dem König geraten hat, sich aus der Sache rauszuhalten. Sie meinen, es bringe wenig und könnte vielleicht die Beziehung zu der neuen Regierung beschädigen und diese dazu bringen, nicht mehr gemeinsam mit den Engländern gegen Deutschland zu kämpfen.»

«Das ist furchtbar traurig», sagte Leah kopfschüttelnd. «Ich hasse den Krieg. Ich kann mir nicht vorstellen, was die Soldaten ertragen müssen. Und ich weiß nicht, was ihre Familien zu Hause durchmachen. Es dauert so lange, bis Nachrichten die Heimat erreichen, und dann fragt man sich automatisch, wie genau sie sind.»

«In den Vereinigten Staaten gibt es regelmäßig Nachrichten», sagte Karen und starrte in ihren Becher. «Aber wie es scheint, sind es immer nur schlechte Nachrichten.»

«Also, ich habe jetzt genug von den traurigen Themen», sagte Helaina und stellte ihren Becher auf den Tisch. «Ich habe eine gute Neuigkeit, die ich euch erzählen will. Ich wollte noch ein bisschen warten, aber ihr sollt auf jeden Fall die Ersten sein, die es erfahren.» Leah und Karen sahen sie an. Helaina grinste. «Ich erwarte ein Baby.»

Leah konnte es kaum fassen. Ihr Bruder würde endlich Vater werden. «Das ist fantastisch, Helaina!» Sie beugte sich vor, um ihre Schwägerin zu umarmen. «Was hat Jacob gesagt? Ich wette, er ist ganz aus dem Häuschen.»

«Er weiß es noch nicht», gab Helaina zu. «Ich wollte warten, bis ich ganz sicher bin, und das bin ich jetzt.» Sie rieb sich die Arme, als spüre sie einen Schauer der Erregung. «Ich kann kaum glauben, dass es wahr ist.»

«Wann soll das Baby denn kommen?», fragte Karen.

«Nach meinen Berechnungen im Mai.»

«Ein Hochzeitsnachtsbaby», sagte Leah, nachdem sie schnell im Kopf gerechnet hatte.

Helaina errötete. «Das vermute ich auch.»

Karen lachte. «Jacob hat noch nie Dinge hinausgeschoben, die er wollte. Dieser Junge ... obwohl er das ja nun wirklich nicht mehr ist … er hat sich so lange Frau und Kinder gewünscht, da hat er sich anscheinend überlegt, alles in einem Rutsch zu erledigen.»

Leah lehnte sich auf ihrem Stuhl zurück. «Wann willst du es ihm sagen?»

«Heute Abend, wenn es geht. Ich wusste, dass sie heute viel zu tun haben würden, und ich wollte warten, bis genug Zeit ist, den Augenblick richtig zu genießen. Heute Abend ist früh genug.»

«Ich werde nichts verraten», versprach Leah.

«Ich auch nicht», schloss Karen sich an.

Helaina legte die Hand auf ihren Bauch und schüttelte den Kopf. «Ich kann kaum glauben, dass mir das widerfährt. Ich bin so glücklich, dass ich weinen könnte.»

«Wenn du das tust, wird Jacob sofort wissen, dass etwas los ist.» Leah stand auf. «Ich glaube, es wird Zeit, dass die Zwillinge ein Nickerchen machen.» Sie deutete auf die Ecke, in der Merry jetzt müde an die Wand gelehnt saß, während Wills auf dem Teppich hockte und gähnte.

«Ich muss nach Hause und das Mittagessen kochen.» Karen erhob sich ebenfalls. «Morgen können wir unsere Weihnachtsfeier planen. Das wird ein fröhliches Fest.» Sie zog ihren Parka an. «Mai ist der perfekte Monat für ein neues Baby.»

«Dasselbe habe ich auch gerade gedacht», sagte Leah, die gerade Wills hochhob.

«Hier wird es dann warm und angenehm sein. Letztes Jahr gab es Blumen und schöne warme Tage, an denen es ein Vergnügen war, draußen zu sein. In Alaska weiß man ja nie, wie das Wetter wird, aber die Chancen stehen gut, dass es ein schöner Zeitpunkt ist, ein Kind auf die Welt zu bringen.»

Helaina lächelte. «Es beruhigt mich, dass ihr alle hier sein werdet. Ihr bleibt doch bei mir, oder? Ich meine, wenn es so weit ist?»

«Natürlich werden wir das.» Leah hörte die Angst in Helainas Stimme. «Du hättest Schwierigkeiten, uns loszuwerden.»

«Das stimmt», fügte Karen hinzu. «Ich habe bei vielen Geburten geholfen, und Leah auch. Diese wichtige Gelegenheit werden wir uns garantiert nicht entgehen lassen. Wir werden für dich da sein.»

Jayce überraschte Leah damit, dass er eine Stunde später zum Mittagessen auftauchte. «Ich hoffe, du hast etwas zu essen da, ich bin völlig ausgehungert», sagte er, als er das Haus betrat. Er war von Kopf bis Fuß mit Schnee bedeckt. «Ich finde, Holzfällen ist viel anstrengender als Jagen.»

Leah sah ihn an und schüttelte den Kopf. «Könntest du bitte etwas vom Winter draußen lassen?»

Jayce blickte an sich hinunter und zuckte mit den Schultern. «Er folgt mir einfach überall hin. Ich werde sehen, was ich tun kann.»

Ein paar Minuten später kam er mit dem Parka in der Hand zurück. Er hatte den Schnee von seinen Sachen geklopft und seine Jacke gut ausgeschüttelt. Leah lächelte ihm über die Schulter hinweg zu. «Jetzt siehst du besser aus. Ich mache dir den Eintopf von gestern Abend warm. Ich hoffe, das reicht jetzt erst einmal. Ich verspreche dir, dass es heute ein dickes Elchsteak für dich gibt.»

«Das klingt gut. Wir haben Bäume gefällt, die heute Nachmittag an die Bahn geliefert werden sollen, und dann müssen wir erst mal nicht mehr los, sagt Adrik. Das Winterwetter hat beinahe alle Teile der Bahnlinie lahmgelegt. Die Behörden sind aber nach wie vor entschlossen, die Vorräte aufzufüllen und neue Häuser für einige der Männer zu bauen.»

«Ich verstehe nicht, warum sie im Winter keine Gleise legen können. So kalt ist es doch noch gar nicht.»

«Aber der Boden ist gefroren, und da kann man schlecht einschätzen, wie fest der Boden im Frühjahr sein wird. Wenn wir Gleise in einem Gebiet legen, ohne zu wissen, ob sie abgestützt oder erhöht werden müssen, könnten die Züge im Sumpf enden. Wahrscheinlich spart es eine Menge Geld, einfach bis Mai zu warten. Selbst wenn sie eine neue Mannschaft anheuern müssen. Ich habe gehört, dass die meisten Männer in die Staaten zurückgehen.»

«Wenn sie nicht an den Winter in Alaska gewöhnt sind, kann ich es ihnen nicht verübeln. Dann ist es wahrscheinlich besser, wenn sie gehen.» Leah rührte in dem schwarzen, gusseisernen Topf. «Oh, ich habe gute Neuigkeiten.» Sie legte den Kochlöffel ab und trat zu Jayce, der sich an den Tisch gesetzt hatte.

Zu ihrer Überraschung zog Jayce sie auf seinen Schoß und schmiegte sein bärtiges Gesicht an ihren Hals. «Hmm, das ist eine gute Methode, um sich aufzuwärmen.»

«Hast du mich gehört? Ich habe dir etwas zu erzählen.»

«Mhm, das habe ich gehört.»

«Ich glaube, du hörst mir überhaupt nicht zu.» Sie schob ihn spielerisch von sich, aber Jayce hielt sie nur noch fester.

Er blickte zu ihr auf und grinste. «Was gibt es denn so Wichtiges?»

«Du musst mir aber versprechen, dass du kein Wort sagst, jedenfalls noch nicht.»

Er runzelte die Stirn und ließ sie los. «Na gut, das kann ich wohl versprechen. Jetzt erzähl schon.»

«Helaina und Jacob bekommen ein Baby. Aber Helaina hat es Jacob noch nicht erzählt.»

Ein breites Lächeln zog über Jayces Gesicht. «Das ist wirklich eine gute Neuigkeit. Ich weiß, dass Jacob begeistert sein wird.»

«Ich finde, es ist eine wunderbare Neuigkeit. Ich freue mich so für die beiden.»

Jayce zog sie wieder an sich und hielt sie zärtlich im Arm. «Das Leben ist mit Frau und Kindern ganz anders. Jacob wird endlich ein Gefühl der Vollkommenheit haben. Es gibt nichts Schöneres, als in die Gesichter der eigenen Kinder zu sehen und zu wissen, dass ein Teil von dir weiterlebt, auch wenn du längst gegangen bist.»

Plötzlich tauchte das Gesicht von Chase vor Leahs geistigem Auge auf. Sie schob den Gedanken beiseite, aber Jayce bemerkte die Veränderung, die in ihr vorging. «Was ist los?»

Sie überspielte ihre Reaktion so gut wie möglich. «Der Eintopf. Er wird anbrennen.» Sie erhob sich schnell und ging zum Herd. *Oh Herr, wie lange dauert es noch, bis diese alten Gedanken mich nicht mehr quälen?* Sie seufzte. Die Gedanken kamen jetzt nicht mehr so oft, und das war gut. Trotzdem fragte Leah sich unwillkürlich, was nötig war, damit sie endlich all die bösen Erinnerungen loslassen konnte. Es musste eine Antwort geben. Es musste einfach.

16

Jacob lud den letzten entrindeten Baumstamm auf den Wagen. «So, das war's.»

Adrik nickte und notierte etwas in seinem Buch. «Ich weiß nicht, was sie mit all den Stämmen vorhaben, aber wenigstens haben sie jetzt einen gewissen Vorrat. Sie wollen das Sägewerk ausbauen, und das wird für alle nützlich sein.»

«Meinst du, sie werden an der Bahnlinie weiterarbeiten, bevor das Frühlingstauwetter einsetzt?»

Adrik schüttelte den Kopf. «Sie wären dumm, wenn sie das täten. Das würde viel zu viele Probleme mit sich bringen. Das größte ist natürlich immer das Geld, abgesehen von den Wetterbedingungen. Der Krieg ist auch ein Aspekt. Ich bin nicht sicher, wie sich das alles auswachsen wird.»

Jacob grinste. «Du klingst schon genauso wie Karen. Diese Redensart habe ich bei ihr schon öfter gehört.»

Adrik beugte sich vor und schloss das grüne Auftragsbuch. «Ich habe Neuigkeiten, und ich kann es kaum für mich behalten.»

«Bei mir bist du an der richtigen Adresse», sagte Jacob und blickte sich um. «Du tust ja gerade so, als wäre es eine Frage der nationalen Sicherheit.»

«Nee, nur Iwankow-Sicherheit. Ich habe arrangiert, dass Ashlie über Weihnachten nach Hause kommt. Erinnerst du dich noch an Karens Neffen Timothy Rogers?»

«Natürlich.»

«Er wird Ashlie begleiten. Sie müssten jeden Tag eintreffen.»

«Karen wird überglücklich sein.» Jacob konnte sich ihre Freude vorstellen.

«Ich arbeite schon eine Weile daran. Zuerst habe ich versucht, Myrtle dazu zu bewegen, dass sie mitkommt, aber sie fühlt sich einer so langen Reise nicht gewachsen. Sie wird die

Feiertage mit anderen Verwandten von Karen verbringen, also ist sie nicht alleine.»

«Timothy war uns in Seattle eine große Hilfe», erinnerte Jacob sich. «Ich bin gespannt von ihm zu hören – was er über den Krieg denkt und so weiter. Ehrlich gesagt habe ich manchmal ein schlechtes Gewissen, wenn ich daran denke, dass die Männer in den Kampf ziehen. Vielleicht würde ich ernsthaft darüber nachdenken, wenn ich nicht verheiratet wäre.»

«Nur die jüngeren Männer werden eingezogen – unter einunddreißig, habe ich gehört.»

Jacob lehnte sich gegen den Wagen. «Ich weiß. Trotzdem denke ich an die Freiheit, die ich in all den Jahren genossen habe, und dann habe ich das Gefühl, dass ich mehr tun sollte.»

«Du kannst immer beten», schlug Adrik vor. «Die Leute brauchen viel mehr Gebete, als sie ahnen.»

«Das stimmt natürlich. Bist du so weit, dass wir los können?», fragte Jacob. «Die Temperaturen sind so weit gesunken, dass ich es spüren kann. Und die Pferde werden auch unruhig. Ich könnte Feierabend machen.» Leo und Addy winselten ungeduldig. «Wie es aussieht, sind die beiden auch bereit.» Die zwei Huskys legten gleichzeitig den Kopf schief, als wüssten sie, dass ihr Herrchen von ihnen sprach.

«Ich suche nur noch kurz alles nach Werkzeugen ab», sagte Adrik und warf eine Säge auf den Wagen. «Und kein Wort über Ashlie», rief er über die Schulter.

«Ich werde schweigen wie ein Grab. Weißt du, das ist wirklich rücksichtsvoll von dir, Adrik. Die meisten Männer würden sich nicht halb so viele Gedanken um ihre Frauen machen, wie du es tust.» Jacob kletterte auf den Wagen.

«Karen ist eine ganz besondere Frau. Sie kann auch mal streitlustig sein, aber ihr liebevolles Wesen entschädigt für die seltenen Gelegenheiten, bei denen sie auf dumme Gedanken kommt.»

«Wie damals, als sie deine Hosen immer enger genäht hat?» Jacob erinnerte sich gerne daran. Adrik hatte sich geweigert, eine besonders hässliche und abgenutzte Hose wegzuwerfen. Um ihren Mann dazu zu bringen, dass er sich von dem Kleidungsstück trennte, hatte Karen alle paar Tage die Nähte enger gefasst. Zuerst hatte Adrik geglaubt, er hätte ein bisschen zugenommen, aber nichts, was er tat, half. Die Hose wurde immer enger.

«Das hatte ich beinahe vergessen», gab Adrik grinsend zu. «Beinahe, aber nicht ganz. Sie hat es faustdick hinter den Ohren. Man weiß nie, was sie als Nächstes anstellt. Aber ich weiß, dass sie so glücklich wie noch nie sein wird, wenn sie Ashlie sieht.»

Adrik kletterte auf seinen Platz oben auf dem Wagen, nahm die Zügel und ließ sie einmal knallen. «Auf geht's.»

Leo und Addy, Jacobs langjährige Lieblinge, liefen voraus. Adrik hatte anstelle der Räder Kufen an dem Wagen angebracht, damit sie sich im Schnee besser fortbewegen und möglichst viel Gewicht transportieren konnten. Mit weniger Leuten auf der Gehaltsliste der Eisenbahngesellschaft war die Jagd auf ein Minimum zurückgegangen. Sie mussten nur selten mehr als einmal die Woche losziehen, um alle in ihrer Gegend ausreichend zu versorgen. Jacob machte es nichts aus, etwas anderes zu tun. Den ständigen Geruch des Todes gegen den berauschenden Duft von Fichte und Erde einzutauschen, lohnte sich. Außerdem brachte es etwas mehr Geld ein, obwohl die Bahn nicht gerade dafür bekannt war, dass sie irgendjemanden besonders gut bezahlte.

Jacob dachte an die kommenden Tage. Er hatte einen schönen Ring für Helaina besorgt, den er ihr am Weihnachtsmorgen geben wollte, wenn sie allein waren. Es war schön, die Familie oft um sich zu haben, aber er sehnte sich auch nach ungestörter Zweisamkeit mit seiner Frau. Helaina würde nicht mit seinem Geschenk rechnen – da war er sich sicher. Schließlich hatte er ihr den schmalen goldenen Ring seiner Mutter geschenkt, als sie in Last Chance geheiratet hatten. Aber die Schlichtheit des Rings und die Tatsache, dass Jacob ihn nicht selbst für Helaina ausgesucht hatte, ließ ihn immerzu daran denken. Als sich die Gelegenheit bot, hatte er den neuen Ring begeistert gekauft. Er würde zusammen mit dem schlichten Goldring umwerfend aussehen und ein Symbol für seine Liebe zu Helaina sein.

«Du bist ja ganz schön schweigsam», sagte Adrik, während er den Wagen den vereisten Weg hinunterlenkte.

«Ich bin müde», sagte Jacob und schlug den Kragen seiner Jacke hoch. «Müde und durchgefroren. Ich freue mich darauf, eine Zeitlang ohne Eisenbahn zu verbringen. Die Pause wird uns allen guttun. Es ist gar nicht so einfach, wenn man vorher sein eigener Chef war und plötzlich die Forderungen eines anderen erfüllen muss.»

«Redest du vom Verheiratetsein oder von der Arbeit für die Eisenbahngesellschaft?», neckte Adrik ihn.

Jacob lachte. «Von der Eisenbahngesellschaft. Das Verheiratetsein gefällt mir immer noch.»

«Mir auch. Jedenfalls solange ich mich daran erinnere, wer das Sagen hat.»

«Ich habe eine Menge über die Arbeit nachgedacht und darüber, was ich gerne tun möchte, wenn die Eisenbahngesellschaft weiterzieht.»

«Und woran hattest du gedacht?»

«Ich habe deswegen viel gebetet. Meine Idee ist, ein Geschäft zu eröffnen. Der Handel mit den Leuten hat mir in Last Chance Spaß gemacht, und ein solches Unternehmen scheint mir eine vernünftige Investition zu sein. Die meisten Läden hier sind ziemlich dürftig, und ich dachte, ich kann vielleicht mit

Peter Colton reden und sehen, ob er regelmäßig Lieferungen nach Seward bringen kann.»

«Und dann willst du dorthin ziehen?»

«Nicht unbedingt. Vielleicht ein Lager dort einrichten, wenn es nötig ist. Ship Creek scheint so stark zu wachsen, dass es zusätzliche Geschäfte vertragen kann. Wenn die Bahn sich als Erfolg erweist, wäre es einfach, die Waren von Seward hierherzubefördern. Ich muss mal sehen, wie sehr es mir hier gefällt, wenn ich einen Winter hinter mir habe. Es kann kaum so hart oder einsam sein wie das Leben in Last Chance.»

«Das bestimmt nicht.» Adrik kratzte sich mit den behandschuhten Fingern den Bart. «Ein Geschäft wäre eine gute Sache. Aber viel Arbeit. Bist du sicher, dass dir eine solche Beschäftigung gefallen würde – jetzt, wo du frisch verheiratet bist?»

«Helaina sagt immer wieder, dass sie gerne mit mir zusammenarbeiten würde. Jagen ist nicht gerade optimal für sie, also dachte ich, ein Geschäft wäre eine gute Idee.»

«Das heißt, ihr wollt beide in Alaska bleiben?», fragte Adrik. Er sah Jacob an, als versuche er, seine Miene zu ergründen. «Mal ganz ehrlich.»

«Wir beide lieben das Land. Es ist so ursprünglich, und auch wenn es nicht die Bequemlichkeiten des Stadtlebens bietet, hat man eben auch nicht die negativen Seiten. Weißt du, Helaina hat mir erst vor ein paar Tagen erzählt, dass sie sich noch nirgendwo auf der Welt so sicher gefühlt hat wie hier. In New York müssen sie alles abschließen, weil sie Angst haben, dass jemand kommt und ihren Besitz stiehlt.»

«So könnte ich nicht leben», sagte Adrik kopfschüttelnd. «Es ist traurig, wenn man jeden, dem man begegnet, misstrauisch ansehen muss. Es ist fast so, als würde man für sich selbst und seine Dinge ein Gefängnis bauen.»

Adrik schien sich zu entspannen, als der Weg in ein sich

weitendes, schneebedecktes Tal führte. Er gab den Pferden ein Zeichen und ließ sie volles Tempo gehen, bevor Jacob den Faden der Unterhaltung wieder aufnahm.

«Das sehe ich auch so. Die ganze Zeit, seit ich in Alaska bin, hatten wir nie so viel, dass wir uns Gedanken darüber hätten machen müssen, unser Hab und Gut wegzusperren», bestätigte Jacob. «Die Leute wussten, dass sie in leer stehenden Hütten auf dem Weg Zuflucht suchen konnten – die Besitzer ließen sogar genug Brennholz für ein Feuer da.»

«Das ist das Gesetz des Nordens. Die Leute wissen, dass man nicht einfach geht, ohne irgendeine Vorkehrung für die nächste Person zu treffen.»

Jacob kannte dieses Gesetz gut. «Selbst als wir in Last Chance unseren Laden führten, haben wir uns nie besonders viel Sorgen über die Bestände gemacht. Leah hat Buch geführt und so etwas, aber oft kamen Leute und haben sich selbst bedient. Sie haben später immer ihre Schulden beglichen.»

Adrik nickte. «Das würde ich auch erwarten. Aber auch hier oben gibt es Diebstahl. Weißt du noch, wie schlimm es während des Goldrauschs war?»

«Oh ja», nickte Jacob. «Die Leute wollten immer etwas umsonst haben, aber die Schwächeren sind in den Süden gegangen, nachdem sie es mit dem Gold und anderen Methoden des schnellen Geldverdienens versucht hatten. Es ist die Unzufriedenheit, die Menschen Dummheiten machen lässt. Ich bin ein zufriedener Mensch, also mache ich mir nichts daraus, Dingen nachzujagen, die mich glücklich machen könnten, vielleicht aber auch nicht.»

Das Tal wurde wieder enger, aber der Weg war breit und viel bereist, und Jacob wusste, dass die Pferde kaum Probleme haben würden, sie zu ihrem Lager zurückzubringen. Die Geräusche der Zivilisation durchbrachen die Stille. Jacob fand es erstaunlich, dass die kleine Stadt schon jetzt Pläne für den

Zeitpunkt schmiedete, an dem die Elektrizität die lange Dunkelheit des Winters mit Straßenlaternen und hell erleuchteten Häusern erträglicher machen würde.

«Hör mal, ich bringe das hier eben noch zum Holzlager. Geh du doch schon mal nach Hause», schlug Adrik vor.

Bevor Jacob antworten konnte, rief ein Mann, der ihnen auf dem Weg entgegenkam, Adriks Namen. Er winkte ihnen zu. «Adrik, es gibt Nachricht von deinen Verwandten. Sie sind in Seward angekommen.»

«Das ist eine gute Neuigkeit, Morris. Danke, dass du hergekommen bist, um es mir zu sagen.»

Morris lachte. «Gut, dass du schon auf dem Rückweg bist. Ich hatte schon befürchtet, dass es eine lange Wanderung wird. Da habe ich Glück gehabt. Was müsst ihr noch machen?»

«Das hier ist die letzte Ladung Holz», erwiderte Adrik. «Jetzt, wo du mir die Nachricht überbracht hast, auf die ich gewartet hatte, bin ich besonders guter Dinge.» Er wandte sich an Jacob. «Hör zu, ich brauche eure Hilfe: Ich will nach Seward fahren und Ashlie und Timothy abholen.»

«Ich mache diese Lieferung zu Ende», bot Jacob an. «Fahr du ruhig.»

«Der Zug lädt gerade Treibstoff. Ich habe gesagt, sie sollen auf dich warten», sagte Morris. «Sie waren nicht begeistert, aber als ich die Situation erklärte, haben sie eingewilligt zu warten, bis du zurück bist. Es wird sie freuen, dass es nur noch ein paar Minuten sind und nicht mehrere Stunden.»

Adrik nickte. «Klingt gut. Ich schulde euch beiden etwas.»

Morris grinste. «Ich habe einen Packen Unterlagen, die du ausliefern kannst, wenn du in Seward ankommst. Dann musst du deine Frau nicht anlügen. Jacob kann deiner Karen sagen, dass du etwas Dienstliches für die Eisenbahngesellschaft erledigen musstest.»

Adriks Lachen dröhnte durch die ansonsten stille Landschaft. «Ich sehe, du hast an alles gedacht.»

«Es ist fast dunkel», sagte Jacob mit einem Blick zum Himmel hinauf. «Geh schon. Ich kümmere mich um das hier. Morris und ich haben das schnell erledigt.»

Adrik nickte. «Vergiss nicht, Karen das Auftragsbuch zu geben. Sie wird dafür sorgen, dass meine Zahlen richtig eingetragen werden.»

«Mach ich. Jetzt geh.»

Jacob sah zu, wie Adrik seine Sachen von der Ladefläche des Wagens holte. So glücklich hatte Jacob ihn schon seit einer Ewigkeit nicht mehr gesehen. *Ich glaube, er hat Ashlie mindestens genauso um seiner selbst willen hergeholt wie Karens wegen,* überlegte Jacob. Ashlie war der Schatz ihres Vaters, und Adrik verwöhnte sie schrecklich. Jacob vermutete, wenn Gott ihm jemals eine Tochter schenken sollte, würde er es wahrscheinlich ebenso machen.

Als Jacob sein Haus betrat, war es schon lange dunkel. Er spürte den überwältigenden Drang, sich auf einen Stuhl am Küchentisch fallen zu lassen, aber er wusste, dass er ziemlich übel roch. Er zog seinen schweren Parka an der Tür aus und hängte das Fell an einen Haken, bevor er sich die schlammbedeckten Stiefel von den Füßen streifte.

«Ich habe dir ein heißes Bad eingelassen!», rief Helaina.

Jacob bemerkte die Badewanne vor dem Kamin. «Eine solche Wohltat habe ich zwar nicht verdient, aber ich bin ausgesprochen dankbar dafür.» Er grinste seine Frau an und bemerkte das Funkeln in ihren Augen. Sie schien ungewöhnlich guter Laune zu sein.

«Das Essen ist noch in Arbeit. Es gibt Elchsteak und frisches Brot. Außerdem Gemüse aus der Dose. Oh, und Karen hat uns ein Stück von dem Apfelkuchen abgegeben, den sie gebacken hat.»

«Das klingt beinahe so gut wie das Bad.» Er grinste und zog den zweiten Stiefel aus. «Beinahe.»

Sie kam auf ihn zu, aber er hielt sie auf Abstand. «Du solltest mir nicht zu nahe kommen – ich rieche schlimmer als ein Stinktier.»

Helaina hielt sich die Nase zu und gab ihm einen schnellen Kuss. «Dann sieh zu, dass du in dein Bad kommst.» Sie ging zum Herd zurück. «Was habt ihr heute gemacht?»

«Adrik und ich haben an den gefällten Bäumen gearbeitet. Wir haben sie in überschaubare Stücke zerteilt und dann die ersten davon entrindet und aufgeladen. Ich habe sie gerade ins Lager gebracht.»

«Klingt so, als könntest du morgen Muskelkater haben. Ich habe noch etwas von der Salbe, die Leah gemacht hat. Damit kann ich dir später den Rücken einreiben», murmelte sie.

Helaina machte sich am Herd zu schaffen, während Jacob seine dreckigen Sachen auszog und in die Badewanne kletterte. Er sank in das heiße Wasser und seufzte. Viel besser konnte das Leben gar nicht werden. Eine schöne Frau, die am Herd das Essen zubereitete, ein heißes Bad, um die erschöpften Muskeln zu entspannen, und ein gutes Haus, in dem sie es sicher und warm hatten. Jacob hatte immer gewusst, dass Gott für ihn sorgte, aber jetzt spürte er Gottes Überfluss.

«Und was hast du heute gemacht?», fragte Jacob nach einigen Minuten.

«Oh, ich war die ganze Zeit beschäftigt. Karen und ich haben Tannenzweige für Weihnachtskränze und Dekorationen gesammelt. Dann waren wir eine Weile bei Leah und haben Neuigkeiten ausgetauscht. Karen hat von ihren Freunden gehört – die du aus dem Yukon kennst. Offenbar geht es allen gut.»

«Das ist gut. Peter ist der, von dem ich dir erzählt habe – der mit einer eigenen Reederei. Sollten wir ernsthaft beschließen, ein Geschäft zu eröffnen, wäre er es, mit dem wir über die Warenlieferungen sprechen müssen.»

«Ich erinnere mich», sagte Helaina und trat neben die Wanne, in der Jacob sich einseifte. «Soll ich dir den Rücken schrubben?»

«Klar.» Er reichte ihr Waschlappen und Seife. «Ich kann dir gar nicht sagen, wie schön das ist. Danke, dass du an mich gedacht hast.»

Helaina wusch ihm den Rücken und massierte seine müden Schultern. «Vielleicht kannst du dir jetzt, wo du nicht so viel für die Eisenbahngesellschaft machen musst, ein paar Einzelheiten wegen des Geschäfts näher anschauen. Schreib an Mr. Colton. Du weißt, dass wir genug Geld haben. Wir könnten ein paar der Grundstücke in der Stadt kaufen und wenigstens schon mal mit der Planung anfangen.»

«Du weißt, was ich davon halte, dein Geld anzutasten, Helaina. Nicht, dass ich gar nichts davon nehmen will, aber ich will nicht auf deine Kosten leben. Ich möchte auf eigenen Füßen stehen.»

«Ich dachte, wir wären uns einig, dass wir alles miteinander teilen. Geld, Besitz, gute und schlechte Zeiten», sagte sie und gab ihm den Waschlappen zurück. «Ich will nicht, dass so etwas zwischen uns steht.»

Jacob wusch die Seife aus seinen Haaren und stand auf, um das Handtuch zu nehmen, das sie ihm reichte. «Das weiß ich. Und ich will das auch nicht. Wenn es sein muss, benutzen wir dein Geld, aber nur, wenn wir beide davon überzeugt sind, dass wir damit Gottes Willen tun. Ich möchte ein gutes Leben für uns beide, aber ich will auch, dass wir uns zuallererst nach Gott richten.»

Helaina ging zu der Truhe und holte saubere Kleidung für Jacob heraus. Er zog sich schnell an, dann nahm er sie in den Arm. «Es tut gut, wieder zu Hause zu sein.» Er küsste sie leidenschaftlich auf die Lippen und ließ seine Küsse dann über ihre Wange und ihren Hals wandern.

«Ich habe etwas für dich», sagte Helaina ein wenig atemlos. «Ein vorgezogenes Weihnachtsgeschenk.»

Jacob löste sich von ihr und schüttelte den Kopf. «Nein. Wir waren uns doch einig. Keine Geschenke bis zum Weihnachtsmorgen.»

«Aber dies ist etwas Besonderes. Etwas, das nicht ich dir schenke, sondern das Gott uns beiden schenkt.» Sie lächelte und nahm seine Hand.

«Ich verstehe nicht. Gott hat uns etwas geschenkt?»

Helaina nickte und trat einen Schritt zurück. Während sie das tat, zog sie seine Hand auf ihren Bauch. «Er hat uns ein Kind geschenkt.»

Einen Augenblick lang begriff er die Worte nicht. Jacob fühlte, wie sie seine Hand auf ihren Bauch drückte, während sie fortfuhr: «Wir werden ein Baby bekommen, Jacob.»

Leah trug gerade das Essen auf und stellte einen Teller vor Jayce hin, als sie beide davon aufgeschreckt wurden, dass ihr Bruder im Nachbarhaus einen Schrei ausstieß und dann noch einen.

Jayce sah sie an, und Leah hätte beinahe laut gelacht. «Ich nehme an, sie hat ihm von dem Baby erzählt.»

Jayce grinste. «Würde ich auch sagen. Klingt so, als wäre er einverstanden.»

Leah lachte und löffelte Erbsen auf die Teller der Zwillinge. «Ich bin sicher, er ist sehr zufrieden mit sich – und mit Helaina.»

17

«Ich weiß nicht, wo Adrik ist», vertraute Karen Leah an. «Heute ist der 25. Dezember, und er müsste eigentlich längst wieder da sein.» Sie rang die Hände und zog mindestens zum zehnten Mal die Gardine vor dem Fenster beiseite.

Leah wandte sich an ihren Bruder. «Weißt du etwas darüber, Jacob?»

Jacob zuckte mit den Schultern. «Ich weiß, dass er Unterlagen für die Eisenbahn nach Seward bringen musste. Ich habe keine Ahnung, was die Gesellschaft noch von ihm wollte, als er dort war, aber ich weiß, dass sie an Weihnachten nicht arbeiten. Bestimmt kommt Adrik bald wieder heim. Er wollte auf jeden Fall das Christfest mit seiner Familie feiern. So viel weiß ich.»

Alle hatten sich im Haus der Iwankows versammelt, um den Weihnachtsmorgen gemeinsam zu begehen, aber Karen war alles andere als feierlich zumute. Leah beschloss, dass es das Beste wäre, Karen abzulenken.

«Ich bin ganz beeindruckt von dem Frühstück, das du vorbereitet hast, Karen. Ich hätte dir aber auch geholfen.»

Karen ließ ihre Blicke über den reich gedeckten Tisch schweifen und schüttelte den Kopf. «Ich wollte, dass alles vollkommen ist. Dabei habe ich mir die ganze Zeit Sorgen um Adrik gemacht. Meinst du, ihm ist irgendetwas zugestoßen? Sollen wir Jayce und Jacob losschicken, um ihn zu suchen?»

«Gib ihm noch ein bisschen Zeit. Man weiß nie. Es kann sein, dass es auf dem Weg von Seward hierher starke Schneefälle gegeben hat. Adrik liebt dich und die Jungs mehr als alles auf der Welt. Er wird kommen, wenn er kann.»

Karen glättete nicht vorhandene Falten in ihrem blauen Wollrock. Sie hatte sich offensichtlich für diesen Tag schick gemacht. «Ich habe Kopfschmerzen. Vielleicht sollte ich einen Weidenrindentee aufbrühen.»

«Hör auf, dir Sorgen zu machen. Ihm geht es ganz sicher gut. Und sieh dich nur an – du siehst so hübsch aus», sagte Leah zu ihr. «Mir gefällt besonders, was du mit deinen Haaren gemacht hast.» Karen hatte ihr rotes Haar, das inzwischen von grauen Strähnen durchzogen war, zu einem lockeren Knoten auf ihrem Kopf hochgesteckt und die Locken, die um ihr Gesicht fielen, sorgfältig aufgedreht. Sie sah aus wie eine richtige viktorianische Dame, fand Leah. Das Problem war nur, dass Königin Victoria vor mehr als einem Dutzend Jahren gestorben war und danach eine neue Ära begonnen hatte.

«Tut mir leid, dass ich mich verspätet habe!», rief Adrik in diesem Augenblick, während er die Haustür aufstieß. «Frohe Weihnachten!»

Karen stieß einen Seufzer aus. «Es geht ihm gut.»

Leah drückte ihren Arm. «Natürlich geht es ihm gut.»

«Ich habe meiner Frau ein besonderes Geschenk mitgebracht», verkündete Adrik und trat zur Seite. Alle Blicke richteten sich auf die Tür, und selbst die Zwillinge waren verstummt.

«Fröhliche Weihnachten!», begrüßte Timothy Rogers die Versammlung und blickte an Adriks breiter Gestalt vorbei.

Leah konnte ein Lächeln nicht unterdrücken. «Timothy! Wie schön, dich zu sehen. Was für eine großartige Überraschung.»

Karen schüttelte den Kopf. «Ich kann es kaum glauben. Endlich kommst du zu Besuch, und dann nimmst du unsere Gastfreundschaft ausgerechnet mitten im Winter in Anspruch? Wieso kommst du gerade jetzt?»

Er lachte und umarmte Karen. «Meine liebe Tante, ich musste doch auf dein Weihnachtsgeschenk von Adrik aufpassen.»

In diesem Augenblick trat Ashlie durch die Tür. «Frohe Weihnachten, Mama.»

Karens Augen weiteten sich, und sie stand mit offenem Mund da. Ashlie lief auf ihre Mutter zu und drückte sie fest. «Ich habe dich ja so vermisst.»

Leah beobachtete, wie Karens Schock sich in Freude verwandelte. Sie umarmte ihre Tochter, aber ihr Blick ging zu Adrik. Leah sah eine solche Liebe in den Augen der beiden, dass ein warmes und glückliches Gefühl sie durchströmte, weil sie diesen Augenblick miterleben durfte. Wenn es zwei Menschen gab, die einander wirklich liebten, dann waren es Karen und Adrik Iwankow. Wie wunderbar, dass Gott sie zusammengeführt hatte.

«Wie in aller Welt hast du das hingekriegt?», fragte Karen, während Ashlie zu ihren Brüdern ging, um sie zu begrüßen. Adrik stand jetzt neben ihr, aber er zuckte nur mit den Schultern.

«Wusstest du davon?», fragte Karen Leah.

«Nein. Ich glaube nicht, dass ich das Geheimnis hätte für mich behalten können.»

Adrik lehnte sich vor und gab Leah einen Kuss auf die Stirn. «Deshalb habe ich es dir auch nicht erzählt», sagte er lachend.

«Sieh dich nur an», sagte Karen, als Ashlie ihren langen grünen Wollmantel auszog. Sie war in ein schickes Reisekostüm aus blauer Wolle gekleidet. Ihre Haare waren hochgesteckt und mit einem hübschen kleinen grünen Hut geschmückt, der zu dem Mantel passte.

«Ich habe gelernt, mich modisch zu kleiden», gab Ashlie zu. «Ich will schließlich meiner Schule und Tante Myrtle alle Ehre machen. Sie lässt übrigens alle herzlich grüßen. Und ein paar Geschenke hat sie mir auch mitgegeben.»

Leah fand, dass Ashlie viel erwachsener geworden war, seit sie sich das letzte Mal gesehen hatten. Das Mädchen strahlte und sah reizend aus. Sie war groß und schlank wie Karen, hatte aber zugleich Adriks neckendes Lächeln und seine dunklen Augen. In ihren Zügen lag ein Hauch ihrer Tlingit-Herkunft und verlieh ihrem Aussehen eine gewisse exotische Nuance.

«Können wir jetzt unsere Geschenke auspacken?», fragte Christopher ungeduldig. «Ich habe ein ganzes Jahr auf heute gewartet.»

Alle lachten, aber es war Adrik, der die Feierlichkeiten offiziell eröffnete. «Ich glaube, es wird wirklich Zeit für die Geschenke. Immerhin habe ich gerade mit Ashlie und Timothy schon den Anfang gemacht.»

«Das ist albern, Papa. Menschen können keine Geschenke sein.»

«Oh, da irrst du dich aber, Christopher. Natürlich können sie Geschenke sein. Jesus kam als Geschenk für uns auf die Erde, weißt du noch?»

Das führte ganz automatisch dazu, dass er die Weihnachtsgeschichte erzählte. Adrik hatte das zweite Kapitel des Lukas-Evangeliums schon vor langer Zeit auswendig gelernt und fing an, es vorzutragen, während die Erwachsenen ihre Plätze am Tisch einnahmen.

Leah wusste, dass sie sich an diesen Tag immer als eines ihrer liebsten Weihnachtsfeste erinnern würde. Alles schien vollkommen: Ihre Männer waren von ihren gefährlichen Abenteuern sicher wieder heimgekommen; Jacob und Helaina waren glücklich verheiratet und erwarteten ein Baby; Jayce und die Zwillinge waren alles, was Leah sich als Familie wünschen konnte, und alle waren gesund und munter.

An diesem Abend saß sie neben Jayce zu Hause und genoss den Tagesausklang. Leah wusste gar nicht, wo sie mit ihrer Dankbarkeit Gott gegenüber beginnen sollte. *Ich bin so glücklich, Herr. Du hast mir viel mehr gegeben, als ich erbitten oder mir vorstellen konnte. Auf jeden Fall mehr, als ich verdient habe.*

Sie seufzte und lehnte sich an Jayce. Er legte den Arm um sie und strich ihr zärtlich über die Haare. Gerade hatte Leah erst die Haarnadeln herausgezogen und ihre langen braunen Locken gebürstet.

«Ich kann nicht glauben, dass wir wirklich hier sind – dass wir so hier sitzen. Es ist ein großer Segen», sagte sie mit kaum hörbarer Stimme.

«Dasselbe habe ich auch gerade gedacht. Letztes Jahr war ich auf See verschollen und habe gewartet und zugesehen, wie unser Schiff vom Eis zerquetscht wurde und wir auf das gefrorene Meer hinaus mussten. Es war beängstigend, aber vor allem das Warten hat uns beinahe wahnsinnig gemacht.»

«Das kann ich mir gut vorstellen. Mir ging es genauso», erwiderte Leah.

Jayce hob ihr Gesicht sanft zu ihm an. «Dann bist du also glücklich?»

Sie lehnte sich zurück und blickte ihn an. «Habe ich das nicht gerade gesagt?»

«Ich weiß, dass du heute glücklich bist. Ich frage mich nur, ob du hier glücklich bist. Vermisst du Last Chance?»

«Natürlich vermisse ich Last Chance. Ich vermisse Emma und Sigrid und Björn und die Kinder. Ich vermisse Oopick und John. Vor allem vermisse ich Ayoona, aber ich weiß, dass ich sie irgendwann im Himmel wiedersehen werde. Ich habe Last Chance Creek geliebt. Aber es waren die Leute, die es zu etwas Besonderem gemacht haben. Sie vermisse ich am meisten.»

«Ich weiß. Und wir müssen nicht hierbleiben, wenn du es unerträglich findest.»

Leah schüttelte den Kopf. «Es ist nicht unerträglich. Eigentlich empfinde ich es als Gottes Geschenk, dass er uns hierhergebracht hat. Und du?»

«Was mit mir ist?» Er schien ehrlich erstaunt über die Frage.

«Bist du hier glücklich? Möchtest du hierbleiben und dies zu deiner Heimat machen?»

Er lächelte, und Leahs Knie wurden bei dem Anblick ganz weich. Dieser Mann hatte eine Gabe, ihre Sorgen und Ängste in Gefühle der Geborgenheit und des Trostes zu verwandeln. «Meine Heimat ist, wo du und die Zwillinge seid und alle anderen Kinder, die wir vielleicht noch haben werden. Du bist mein Zuhause, Leah. Ich hatte nie ein echtes Zuhause, bevor ich dich geheiratet habe.»

«Aber ich will, dass du bei deiner Arbeit zufrieden bist. Karen hat mir immer wieder erklärt, dass Männer Befriedigung in ihrem Beruf finden müssen. Das sei für die ganze Familie wichtig. Ich will nicht, dass du leidest, weil du meinst, ich wäre bei meinen Lieben glücklicher. Bitte versprich mir, dass du in diesen Dingen immer ehrlich sein wirst.»

Jayce lachte und zog sie an sich. «Ich verspreche es. Und du versprichst mir dasselbe. Ich kann eine Menge ertragen, wenn ich weiß, dass du abends auf mich wartest.»

«Leah! Leah!»

Es war Ashlie, die draußen vor der Tür rief – nein, schrie. Leah und Jayce sprangen so schnell auf, dass sie beinahe hingefallen wären. Sie hielten sich gegenseitig fest und liefen dann zur Tür.

«Was ist denn?», fragte Leah und zog Ashlie ins Haus, sobald Jayce die Tür geöffnet hatte.

Ashlie weinte, und es war eindeutig, dass etwas Schreckliches passiert sein musste. «Es … es ist … Mama.»

Leah sah Jayce an und dann wieder Ashlie. «Etwas stimmt nicht mit Karen?»

«Ja!» Ashlie klammerte sich an Leah fest. «Du musst kommen. Sie ist zusammengebrochen und wacht nicht mehr auf.»

18

Jayce blieb bei den Kindern, während Leah mit Ashlie zum Haus der Iwankows eilte. Das Mädchen war so durcheinander, dass Leah sich gar nicht vorstellen konnte, was mit Karen passiert sein mochte. Es war ihr eindeutig gut gegangen, als Leah mit Jayce und den Zwillingen nach Hause gegangen war. Karen hatte Kopfschmerzen gehabt, aber der Tag war anstrengend gewesen und Karen hatte viel gearbeitet, um dafür zu sorgen, dass alle die Feier genossen.

«Was ist passiert, Ashlie?», fragte Leah, als sie sich dem Haus näherten.

«Ich weiß nicht. Sie sagte … oh, sie sagte, ihr Kopf tue weh. Ich habe mir nichts dabei gedacht, aber das hätte ich müssen. Ich hätte sehen müssen, dass etwas nicht stimmte.» Sie blieb stehen und schüttelte heftig den Kopf. «Ich hätte es wissen müssen.»

Leah blieb ebenfalls stehen und drehte sich um. «Warum?», fragte sie, in der Hoffnung, eine nüchterne Frage würde Ashlie helfen, die Fassung wieder zu erlangen. «Du bist keine Ärztin.»

«Ich weiß. Aber sie ist meine Mutter.»

«Ich war nur ein bisschen jünger als du, als meine Mutter starb; hätte ich genug wissen sollen, um ihren Tod zu verhindern? Ist es meine Schuld, dass meine Mutter tot ist?»

Ashlie beruhigte sich ein wenig. «Nein … natürlich nicht.»

«Und genauso wenig ist es deine Schuld, dass deine Mutter krank ist.»

«Ihr schien es gut zu gehen. Sie war richtig glücklich.» Ashlie setzte sich wieder in Bewegung. «Sie wollte gerade zu Bett gehen. Sie sagte zu mir, wie froh sie sei, dass ich zu Hause bin, und dann verzog sie so merkwürdig das Gesicht und fiel hin.»

Leah stieß die Tür zum Haus der Iwankows auf, ohne anzuklopfen. «Papa ist den Doktor holen gegangen», verkündete Oliver.

Leah berührte seine Schulter. «Wann war das?»

«Gleich, nachdem Ashlie losgelaufen ist, um dich zu holen.»

«Was ist denn mit unserer Mama?», wollte Christopher wissen.

Leah schüttelte den Kopf. «Ich weiß nicht. Ich werde nach ihr sehen.»

Leah ging schnell in Karens Zimmer und sah, dass die anderen sie in ihr Bett gelegt und ihr ein Nachthemd angezogen hatten. Sie berührte die Stirn der bewusstlosen Frau mit der Hand. Sie fühlte sich nicht fiebrig oder feucht an. «Karen, ich bin es, Leah. Ich bin hier. Bitte wach auf.»

Leah nahm Karens Handgelenk und fühlte ihren Puls. Der Pulsschlag war schwach. «Ich weiß nicht, was mit dir passiert ist, Karen. Bitte wach auf.» Ashlie hatte Karens Kopfschmerzen erwähnt, und irgendwann im Laufe des Tages hatte Karen sich so unwohl gefühlt, dass sie einen Weidenrindentee aufgebrüht hatte, um die Schmerzen zu lindern.

«Weißt du, was ihr fehlt?», fragte Ashlie, als sie ins Zimmer kam. Leah sah, dass die Jungen mit ängstlicher Miene an der Tür stehenblieben und darauf warteten, welche Antwort Leah geben würde.

«Ich weiß nicht. Manchmal haben Menschen Anfälle, bei denen sie das Bewusstsein verlieren. Manche sind sehr schlimm und andere weniger. Ich wünschte, ich könnte euch sagen, was hier der Fall ist, aber das kann ich nicht. Eure Mutter scheint sehr schwach, obwohl vorher alles in Ordnung war.»

«Es war ihr Kopf», sagte Oliver ernst. «Sie hat vorhin zu mir gesagt, ich soll für sie beten, weil ihr der Kopf wehtat.»

Leah atmete langsam aus. «Vielleicht ist ein Blutgefäß in ihrem Kopf geplatzt.» Der Gedanke an eine Hirnblutung war ihr gerade gekommen. Sie hatte einmal mit einem Arzt über solche Dinge gesprochen, als sie noch in Ketchikan gelebt hatte. Der Arzt hatte erklärt, dass Adern im Gehirn platzen und schwere Blutungen verursachen konnten. Dann gab es nicht viel, was man für den Patienten tun konnte. In manchen Fällen, hatte er erklärt, konnte man ein Loch in den Schädel bohren, um das Blut abfließen zu lassen, aber das war eine riskante Operation.

Es schien eine Ewigkeit zu dauern, bevor Adrik mit dem Arzt zurückkam. Der Mann trat sofort an Karens Bett und verlangte, dass alle den Raum verließen.

«Ich bin Leah Kincaid. Ich habe eine medizinische Ausbildung», erklärte Leah. «Ich könnte als Krankenschwester helfen.»

Der Mann mittleren Alters sah sie prüfend an, dann nickte er. «Alle anderen raus.»

Adrik führte Ashlie zur Tür. «Kommt mit, Jungs, damit sie in Ruhe arbeiten können. Sobald sie wissen, was los ist, werden sie uns Bescheid sagen.» Sein Blick begegnete dem von Leah, als wollte er eine Bestätigung haben.

«Natürlich tun wir das. Ich komme rüber, sobald ich kann», versprach sie.

Als die Tür sich geschlossen hatte, sah der Arzt Leah an. «Was können Sie mir erzählen?»

Leah zuckte mit den Schultern. «Sie hat den ganzen Tag über Kopfschmerzen geklagt. Offenbar waren sie so heftig, dass sie ihren Sohn gebeten hat, für sie zu beten. Und sie hat Weidenrindentee getrunken. Karen war immer eine sehr starke Frau, und wenn sie zu solchen Mitteln greift, weiß ich, dass sie einen guten Grund hat. Aber andere Anzeichen gab es eigentlich nicht. Meinen Sie, es ist ein Aneurysma?»

«Das könnte sein. Ich habe so etwas schon gesehen, und die Symptome klingen sehr ähnlich.»

Er untersuchte Karens Pupillen und hörte ihr Herz ab. Leah

sah zu und wartete und kam sich ziemlich überflüssig vor. Sie wünschte, Karen würde die Augen aufschlagen und ihnen sagen, dass es ihr wieder glänzend gehe, aber irgendwie hatte Leah das Gefühl, dass das nicht der Fall sein würde. Zum ersten Mal, seit Ashlie zu ihrem Haus gekommen war, um Hilfe zu holen, fing Leah an, um Karens Leben zu bangen.

«Es geht ihr nicht gut», sagte der Arzt, als er das Stethoskop aus seinen Ohren zog. «Ihr Herz ist sehr schwach und ihre Atmung ziemlich flach.» Er streckte die Hand nach seinem Koffer aus und holte einige Instrumente heraus. «Ich werde ihre Reflexe überprüfen, aber ich fürchte, wir können nicht viel tun. Es könnte eine geplatzte Arterie sein, wie Sie vermuten, oder sie könnte einen Schlaganfall gehabt haben.»

«Einen Schlaganfall?»

«Ihr Körper reagiert nicht so, wie er sollte», sagte er und zeigte auf ihre linke Seite. «Die Nerven zeigen kaum eine Reaktion.»

«Was bedeutet das?» Leah biss sich auf die Lippe und blickte in die ernste Miene des Mannes.

«Das wird sich zeigen … wir können nicht vorhersagen, ob sie sich davon erholt oder nicht.»

«Das heißt … sie könnte … sterben?»

«Das ist durchaus möglich. Es tut mir leid. Ich weiß, dass Mrs. Iwankow für ihre Güte und Großzügigkeit bekannt ist. Ihr Mann auch.»

«Was können wir tun?»

«Nicht viel außer warten. Ich werde morgen Früh nach ihr sehen. Wenn es während der Nacht eine Veränderung gibt, können Sie jemanden zu mir schicken.» Er verstaute seine Instrumente und erhob sich. «Ich möchte Ihnen nicht den Mut nehmen, aber ich habe Situationen wie diese schon häufiger gesehen. Das Ergebnis war nie gut.»

Leah nickte. Sie sah Karen an, dann wanderte ihr Blick zu der geschlossenen Tür. «Ich verstehe.»

Als sie aus dem Schlafzimmer kamen, hatten Jacob und Helaina sich zu Adrik und den Kindern gesellt. Der Arzt sah Adrik an und schüttelte den Kopf. «Es tut mir leid, Mr. Iwankow. Wie es aussieht, hat Ihre Frau eine schwere Verletzung im Gehirn. Zum jetzigen Zeitpunkt können wir nicht sagen, ob sie wieder gesund wird.»

«Was wollen Sie damit sagen?», fragte Ashlie, und ihre Stimme klang schrill und unnatürlich. «Wird sie sterben?»

Christopher und Oliver starrten einander ungläubig an, während Ashlie zu schluchzen begann. Leah ging zu ihr. Sie legte einen Arm um das Mädchen und zog sie näher. «Wir müssen für eure Mutter beten. Wir wissen nicht, was Gott mit ihr vorhat, aber zu beten ist immer die beste Methode, jemandem zu helfen.»

Der Arzt nickte und wandte sich wieder an Adrik. «Es tut mir leid. Sie können mich rufen, wenn ihr Zustand sich verändert.» Er ging ebenso schnell, wie er gekommen war, und ließ die Familie wie betäubt zurück.

Adrik sah Leah an, als könnte er ihr die Wahrheit mit Macht entreißen. Die Fragen in seinen Augen verursachten ihr Unbehagen. Sie hätte ihn so gerne beruhigt, aber sie wusste nicht, was sie sagen sollte.

«Das ist alles meine Schuld», sagte Ashlie und riss sich von Leah los. Dann ging sie zu ihrem Vater. «Ich hätte hier sein sollen. Sie hat zu viel gearbeitet.»

«Es ist nicht deine Schuld», sagte Adrik und nahm sie in den Arm. «Deine Mutter würde immer viel arbeiten, ob du hier bist oder nicht. Wir wissen nicht, warum das hier geschehen ist, aber es ist geschehen.»

«Hast du eine Ahnung, was wir tun können, Leah?», wollte

Jacob wissen. «Gibt es irgendwelche einheimischen Heilmittel?»

Leah schüttelte den Kopf. «Wenn es sie gibt, kenne ich sie nicht. Ich kann mich umhören, aber ich weiß nicht, ob das hilft.»

«Tu, was du kannst», sagte Adrik. Die übliche Kraft in seiner Stimme und Haltung war verschwunden. Leah schien es, als würde Ashlie ihn ebenso aufrecht halten, wie er sie stützte.

«Das werde ich», versprach sie. «Ich gehe zurück und erzähle Jayce, was geschehen ist, und dann kann ich wieder herkommen und bei ihr sitzen, damit ihr schlafen könnt.»

«Nein. Ich kümmere mich um sie. Sie ist meine Mutter», verkündete Ashlie und löste sich von ihrem Vater. «Ich rufe dich, wenn ich Hilfe brauche.»

Leah wollte widersprechen, besann sich dann aber und nickte. «Bitte tu das. Ich komme morgen Früh und löse dich ab und mache Frühstück für alle.»

«Ich komme auch, um zu helfen», bot Helaina an.

Zu ihrer Überraschung folgte Adrik Leah nach draußen. «Hör zu, wenn du noch etwas weißt ...»

«Ich weiß wirklich nichts», sagte sie, bevor er weitersprechen konnte. «Das Gehirn ist ein merkwürdiges Ding; die Ärzte wissen so wenig darüber, wie man Probleme behandelt. Es könnte eine geplatzte Ader sein, was bedeutet, dass sie eine Hirnblutung hat. Oder es könnte ein Schlaganfall sein, dann wären die Chancen auf eine Genesung besser.» Sie berührte seinen Arm und fühlte die Körperwärme in der kühlen Nachtluft. «Es tut mir so leid, Adrik. Ich wünschte, ich könnte sagen, dass alles gut werden wird, aber ...» Sie verstummte, und Tränen traten in ihre Augen.

Adrik umarmte sie. «Ich wusste nicht, dass sie krank war. Ich wusste nicht, dass etwas nicht stimmt. Sie war heute so glücklich. So glücklich, dass alle hier waren und Ashlie nach Hause gekommen ist. Ich wäre hier gewesen, wenn ich gewusst hätte, dass etwas nicht in Ordnung ist. Wenn ich gewusst hätte, dass Karen mich braucht, hätte ich Timothy und Ashlie alleine herreisen lassen.»

«Du hast nichts falsch gemacht, Adrik. Sie war glücklich und gesund. Was geschehen ist, ist nicht deine Schuld. Du darfst nicht so hart mit dir selbst ins Gericht gehen. Nach allem, was ich weiß, gibt es in der Regel kaum eine Vorwarnung. Manchmal überhaupt keine. Gib dir nicht selbst die Schuld.»

«Aber ich weiß, dass sie sich in den letzten beiden Tagen Sorgen gemacht hat, weil ich fort war. Das hätte ich vermeiden können. Ich hätte ihr einfach die Wahrheit sagen sollen. Ich hätte hier sein müssen.»

Leah trat einen Schritt zurück und schüttelte den Kopf. «Du hast mir vor langer Zeit beigebracht, dass man mit ‹Was wäre, wenn› und ‹Hätte ich doch› nicht leben kann. Wir müssen beten und daran denken, wer alles unter Kontrolle hat. Gott kennt seine Pläne, und wir kennen sie nicht. Es ist nicht einfach, aber die Alternative ist viel schlimmer.»

Adrik nickte. «Ich weiß, Leah. Aber ich kann mir mein Leben ohne sie einfach nicht vorstellen.»

Leah flüsterte: «Ich auch nicht.»

Mehrere Tage verstrichen, ohne dass es Karen besser ging. Leah löste die anderen an Karens Seite ab und erinnerte sich an die guten und schlechten Zeiten, die sie gemeinsam erlebt hatten. Am häufigsten dachte sie an Karens Liebe und Treue. Als der Rest der Welt Leah verlassen hatte, war Karen der Fels in der Brandung für sie gewesen, das wusste Leah. Sie war eine gute zweite Mutter und eine liebe Freundin.

«Und jetzt verliere ich dich», flüsterte Leah. «Ich kann den

Gedanken nicht ertragen, dass du nicht hier sein wirst, um meine Kinder aufwachsen zu sehen – um mir zu raten – mich in meinem Kummer zu trösten und dich mit mir zu freuen.»

Im Zimmer war es dunkel, abgesehen von einer einzelnen Lampe auf der Kommode, die Adrik gebaut hatte. Das Licht warf seltsame Schatten an die Wände und tauchte sie in ein unheimliches Gelb. In ein paar Stunden würden alle aufwachen und ein neues Jahr begrüßen.

Leah gähnte und nickte auf ihrem hölzernen Lehnstuhl ein. Dann fuhr sie hoch, als die Tür des Schlafzimmers sich öffnete. Adrik kam leise herein und sah Leah fragend an.

«Sie ist ganz ruhig», erklärte Leah. «Keine Veränderung.»

Adrik setzte sich auf das Bett neben Karens reglose Gestalt. «Ich habe überlegt, den Doktor zu fragen, ob ich sie nach Seattle bringen soll. Vielleicht könnte man ihr in einem großen Krankenhaus besser helfen. Schließlich hört man doch immer, dass die Medizin solche Fortschritte macht.»

Leah wollte ihm Mut machen. «Das stimmt. Es gibt immer neue Behandlungsmethoden. Vielleicht wäre Seattle eine gute Idee. Ich bin sicher, der Arzt kann dir da raten.»

Adrik nahm Karens Hand und streichelte sie zärtlich, während er fortfuhr. «Ich bin dir sehr dankbar für alles, was du getan hast. Ich weiß, es war nicht leicht.»

«Jayce ist so gut und bleibt bei den Kindern. Er liebt sie und ist gerne bei ihnen. Er weiß, wie wichtig Karen für mich ist – für uns alle. Er liebt sie auch.»

Adrik lächelte traurig. «Wer könnte sie nicht lieben? Ihr ganzes Leben lang war sie immer für andere da. Sie hilft immer irgendjemandem.»

«Niemand weiß das besser als ich. Sie war ein Segen für Jacob und mich. Und du auch, Adrik. Wir hätten den Yukon nicht überlebt, wenn ihr beide nicht gewesen wäret. Ich wage gar nicht daran zu denken, wo wir geendet wären. Ich wäre wahrscheinlich gezwungen worden, irgendeinen bärtigen alten Goldsucher zu heiraten, und Jacob wäre wahrscheinlich tot. Du und Karen, ihr habt uns in Sicherheit gebracht und wart für uns die Eltern, die wir nicht mehr hatten.»

«Ich weiß nicht, was ich ohne sie machen soll, Leah. Sie bedeutet mir alles. Wenn sie stirbt, wie soll ich dann ohne ihr Lächeln weitermachen? Ohne ihre Berührung?» Er sah sie an, als könnte sie ihm allen Ernstes Antworten auf seine Fragen geben. «Was werden die Jungen tun? Sie sind noch so klein. Und Ashlie. Das arme Mädchen. Sie gibt sich selbst die Schuld daran. Sie ist überzeugt, ihre Mutter wäre immer noch gesund und glücklich, wenn sie bei uns geblieben wäre.»

«Ich weiß. Ich habe versucht mit ihr zu reden. Schuldgefühle sind sehr schwer zu überwinden.»

Eine Stunde später erschien der Arzt. Er hatte gerade ein Baby auf die Welt geholt und war auf dem Weg zu einem Mann, dem er nach einer schmerzhaften Begegnung mit einem Stapel Holz den Arm wieder einrenken musste. Er untersuchte Karen kurz und wandte sich dann an Adrik und Leah, als Ashlie sich zu ihnen gesellte.

«Ich habe mich gefragt», begann Adrik, bevor der Doktor etwas sagen konnte, «ob ich sie nach Seattle bringen soll? Ich könnte sie mit dem nächsten Schiff hinbringen. Ich könnte sogar einem Freund telegrafieren, dass er ein Schiff schickt. Wäre das Krankenhaus dort in der Lage, ihr zu helfen?»

«Es tut mir leid», sagte der Arzt mit gesenktem Blick. «Dazu kann ich nicht raten.» Er blickte auf, und seine Miene war jetzt wieder bemüht neutral. «Ich glaube nicht, dass sie den heutigen Tag überleben wird.»

«Nein!», schrie Ashlie und eilte an die Seite ihrer Mutter. «Das können Sie nicht sagen. Wir haben gut für sie gesorgt.»

«Mit der Pflege, die sie erfährt, hat das kaum etwas zu tun», sagte der Arzt leise. «So wie man ihren Zustand auch nicht verhindern konnte, können wir nichts tun, um ihr Sterben zu verhindern. Es tut mir sehr leid. Die Medizin vermag in unserer Zeit viel, aber leider gibt es immer noch kaum Heilungsmöglichkeiten für das Gehirn.»

Ashlie schluchzte an der Schulter ihrer Mutter, während Leah plötzlich spürte, wie ein Schauer ihr über den Rücken lief. Adrik stand schweigend da, während der Arzt zur Tür ging. «Wenn es meine Zeit erlaubt», sagte der Mann, «komme ich wieder und sehe nach ihr.»

«Ich hätte nie weggehen dürfen», schluchzte Ashlie. «Das ist alles meine Schuld. Wenn ich bei ihr geblieben wäre, würde es Mama jetzt gut gehen.»

«Das ist nicht wahr», sagte Adrik, der neben seine Tochter getreten war. Er berührte ihre Schulter und drehte sie zu sich um. «Du musst damit aufhören. Deine Brüder werden es nicht verstehen. Sie bekommen Angst, wenn du so die Fassung verlierst.»

«Ich will nicht, dass Mama stirbt.» Ashlie lehnte sich an die Brust ihres Vaters. «Ich will nicht, dass sie geht.»

«Das will ich auch nicht.» Adrik konnte die Worte kaum aussprechen.

«Egal, was passiert, ich bleibe hier, um mich um meine Familie zu kümmern», erklärte Ashlie plötzlich. «Wenn Mama ... wenn sie ... ich werde hier sein, um für dich und die Jungs zu sorgen. Du brauchst dir keine Sorgen zu machen. Ich werde meine Familie nie mehr verlassen. Niemals!»

Später an diesem Nachmittag gesellte Leah sich zu ihrem Bruder und Adrik und Ashlie, die sich um Karens Bett versammelt hatten. Die Jungen waren mit Helaina in die Stadt gegangen, um ein paar Dinge zu erledigen, und Jayce passte wieder einmal auf die Zwillinge auf.

«Ihre Atmung hat sich deutlich verlangsamt», erklärte Adrik Leah, als sie sich setzte.

«Sie hat keine Schmerzen, oder?», fragte Ashlie.

«Nein, dafür sehe ich keine Anzeichen», erwiderte Leah. «Normalerweise merkt man das. Deine Mutter scheint ganz friedlich dort zu liegen.»

Ashlie war ganz ruhig. «Sie hat etwas viel Besseres verdient als das hier. Ich verstehe nicht, wie Gott so grausam sein kann.»

«Krankheit und Tod gehören zum Leben dazu, mein Liebling», sagte Adrik und legte den Arm um sie. «Deine Mutter liebt den Herrn. Und sie weiß, dass er sie auch liebt. Sie würde ihn in dieser Situation nicht als grausam bezeichnen, und du solltest es auch nicht tun.»

«Karen hat mir vor langer Zeit einmal gesagt, dass sie nur deshalb Angst hat, sie könnte jung sterben, weil ihre Kinder dann keine Mutter mehr hätten. Sie hat mich gefragt, ob ich deinem Vater helfen würde, euch großzuziehen, falls ihr etwas zustößt», sagte Leah und nahm Karens Hand. «Ich habe ihr versprochen, dass ich das tun werde.»

«Daran erinnere ich mich», sagte Adrik. «Und ich habe dich um das Gleiche gebeten, Jacob. Weißt du noch?»

«Oh ja», antwortete Jacob. «Wir sind für dich da, Adrik. Für dich und die Kinder. Ihr seid die einzige Familie, die wir auf der Erde haben, abgesehen von unseren neu gegründeten.»

«Ich kann für meine Brüder sorgen», sagte Ashlie mit ernster Miene.

«Deine Mutter würde nicht wollen, dass du diese Bürde alleine trägst, Ashlie», sagte Leah. «Niemand sollte das allein bewerkstelligen. Dafür hat man schließlich Verwandte.»

«Ich kann es aber selbst machen.» Sie setzte sich auf ihrem Stuhl auf und hielt den Blick auf Karen gerichtet.

Leah beschloss, die Sache erst einmal auf sich beruhen zu lassen. Sie würde versuchen, mit Ashlie zu reden, wenn sie allein waren; dies war nicht der richtige Ort oder Zeitpunkt.

«Ich finde, wir sollten singen», sagte Leah, ohne lange darüber nachzudenken. «Karen hat die Choräle in der Kirche geliebt. Ich glaube, es würde ihr gefallen, wenn wir sie mit Musik umgeben.»

«‹Ich bin dein, oh Herr! Deine Stimme sprach: Die Vergebung, Kind, ist dein›», stimmte sie Karens Lieblingslied an. Die anderen fielen in den Gesang ein, außer Ashlie.

«‹Liebestiefen gibt's, die kein Herz ermisst, das nicht, Jesu', dir recht nah. Freudenhöhen gibt's, die kein Aug' erreicht, das nicht, Herr, dein Antlitz sah.›» Ein merkwürdiges Gefühl durchströmte Leah, als die Worte des Refrains das Zimmer erfüllten. «‹Zieh mich näher, näher, näher, Gott und Herr.›»

Sie umfasste Karens Hand und fühlte nach einem Puls, doch sie fand keinen. Leah wusste, dass ihre Freundin nicht mehr da war. Sie blickte über das Bett hinweg Adrik an. Als ihre Blicke sich trafen, war Leah klar, dass er es bereits wusste. Sie brauchte kein Wort zu sagen.

Die Worte des Liedes waren gerade verklungen, als Timothy das Zimmer betrat. Er blickte in die Runde. «Der Arzt ist da», verkündete er.

Adrik legte einen Arm um Ashlie. «Sag ihm … sag ihm, er wird nicht mehr gebraucht. Sag ihm, dass meine geliebte Karen heimgegangen ist.»

19

Zwei Wochen verstrichen mit heftigen Schneestürmen. Leah fühlte Karens Verlust sehr schmerzlich, aber sie versuchte, Adrik und seiner Familie so gut wie möglich Mut zu machen. Vor allem Ashlie schien unerreichbar zu sein. Soweit Leah das beurteilen konnte, focht Ashlie einen Kampf mit sich selbst aus, hin- und hergerissen zwischen Schuldgefühlen, weil sie nicht eher hergekommen war, und dem Verlangen zu fliehen.

Ashlie war ihrer Mutter sehr ähnlich; groß und schlank und sportlich in ihrer Figur. Wäre der dunkle Teint ihres Vaters nicht gewesen, hätte sie wie eine junge Karen ausgesehen. Ashlie hatte auch das herzliche Wesen und den kühnen Geist ihrer Mutter geerbt. Kaum etwas machte ihr Angst – außer der Tod ihrer Mutter. Dadurch, dass sie Karen verloren hatte, war Ashlie in ein tiefes Loch gefallen. Sie weigerte sich, mit irgendjemandem zu reden, und zog sich in der Regel mit irgendeiner Arbeit zurück. Wenige Tage nach Karens Tod hatte sie die anderen gebeten, nicht zu ihrem Haus zu kommen, damit die Familie Zeit für sich hatte. Obwohl Leah das nicht für eine gute Idee hielt, hatte sie Ashlies Wunsch respektiert. Sie beschloss, dem Mädchen ihren Willen zu lassen – wenigstens eine Zeitlang.

Zu ihrer Erleichterung hielt diese Situation jedoch nicht lange vor. Leah fing an, auf eine Rückkehr der Normalität zu hoffen, als das Mädchen eines Morgens bei ihr erschien und sie um Hilfe bat, weil sie den Kuchen mit getrockneten Beeren backen wollte, den ihr Vater so gerne aß.

«Ich habe gehört, dass Timothy nach Seattle zurückreisen will.»

«Ja. Er fährt Ende der Woche», sagte Ashlie und wandte den Blick ab, als interessiere sie diese Tatsache überhaupt nicht.

«Und was ist mit dir? Wirst du auch zurückgehen? Die Schule hat doch bestimmt wieder angefangen.»

«Wahrscheinlich. Aber ich muss die Verantwortung für meine Familie übernehmen.»

«Hast du mit deinem Vater darüber gesprochen, Ashlie?»

«Warum sollte ich? Er braucht mich. Er ist schrecklich traurig, weil er Mama verloren hat. Ich muss ihm helfen.»

«Ich mache mir große Sorgen um dich, Ashlie. Du und ich, wir haben uns immer so gut verstanden. Ich dachte, ich könnte dir helfen, indem wir gemeinsam trauern.»

«Wie kann man das gemeinsam tun?» Ashlie sah Leah mit verwirrter Miene an. «Genau deshalb wollte ich euch nicht im Haus haben. Mir ist nicht danach, zu reden und eine Menge Fragen zu beantworten. Und ich will nicht, dass jemand versucht mich umzustimmen. Ich bin es meiner Familie schuldig, für sie da zu sein.»

«Das ist bewundernswert, und ich kann gut verstehen, dass du den anderen helfen willst», gab Leah zu. «Ich weiß, dass du dich deiner Familie verpflichtet fühlst, aber ich finde, du solltest auch daran denken, was sie brauchen und wollen.»

«Was soll das heißen?» Ashlie setzte sich endlich, aber sie sah Leah noch immer nicht in die Augen.

«Das soll heißen, dass du deine Mutter nicht zu ersetzen brauchst. Das kann sowieso keiner. Du nicht, ich nicht, Helaina nicht. Die anderen wollen auch nicht, dass du bleibst und hinterher verbittert bist, weil du so viel aufgeben musstest. Ich weiß, dass du nicht hierbleiben willst, aber du hast das Gefühl, dass du es musst.»

Ihr Kopf fuhr hoch. «Meine Familie ist hier und sie braucht mich. Natürlich will ich hier sein. Wie kannst du nur sagen, ich würde verbittert werden?»

Leah schüttelte den Kopf. «Bitte sei nicht wütend auf mich. Ich bin doch auf deiner Seite.»

Ashlies Miene verzog sich. «Ich bin alles, was sie noch haben. Sie brauchen mich, und ich muss bleiben und helfen. Meine Brüder sind zu klein, um ohne Mutter aufzuwachsen.»

«Und du bist auch noch zu jung, um deine Mutter zu verlieren. Aber auf dich selbst nimmst du gar keine Rücksicht.» Leah lehnte sich vor und berührte Ashlies Arm. Das Mädchen versteifte sich, aber Leah zog ihre Hand nicht zurück. «Ich möchte, dass du dich nicht verstellst und eine Fassade aufrechterhältst, weil du glaubst, du müsstest etwas tun. Ich möchte, dass du ehrlich mit mir sprichst – ganz offen. Ich werde es nicht weitersagen, aber es ist wichtig, dass du dich öffnest und dir deine eigenen Gefühle ehrlich eingestehst. Du darfst sie nicht in dich hineinfressen.»

Ashlie biss sich so fest auf die Unterlippe, dass Leah sicher war, sie würde gleich zu bluten beginnen. Die Anspannung in ihrem Körper ließ keinen Augenblick nach, auch als sie schließlich sprach.

«Mein Vater braucht mich. Ich muss die Aufgaben meiner Mutter übernehmen. Meine Brüder brauchen mich. Mein Egoismus hat meine Mutter umgebracht. Ich bin es ihnen schuldig, hier zu sein.»

Leah nickte. «Gut, lass uns eins nach dem anderen besprechen. Zuerst einmal: Dein Vater liebt dich. Er hat dich gerne um sich und will nur das Beste für dich. Aber er will nicht, dass du den Platz deiner Mutter einnimmst. Er trauert um sie, genau wie du es tust. Er will keinen Ersatz. Er braucht dich als Tochter, und deine Brüder braucht er als seine Söhne. Würdest du die Verantwortung deines Vaters auf Olivers oder Christophers Schultern legen, wenn er gestorben wäre anstelle deiner Mutter?»

«Nein ... aber ich bin älter. Ich bin beinahe erwachsen. Viele Mädchen müssen die Pflichten ihrer Mütter übernehmen. Warum sollte es bei mir anders sein?»

«Weil dein Vater mich hat. Und er hat Helaina. Wir sind freiwillig hier, weil wir in Alaska leben wollen. Du bist fortgegangen, weil du dich zu etwas anderem berufen gefühlt hast. Du wolltest etwas anderes erleben, und deine Eltern haben offensichtlich erkannt, dass du ein Recht darauf hast. Willst du ihre Entscheidung als falsch bezeichnen?»

«Aber das war damals», fing Ashlie an. «Das war, als alles in Ordnung war. Ich bin gegangen, als alles gut war und alle glücklich waren.»

«Das weiß ich, aber ihre Gründe dafür, dich nach Seattle zu schicken, haben sich nicht geändert.» Leah hatte erst am Tag zuvor mit Adrik gesprochen und wusste, dass er sich Sorgen machte, dass Ashlie zu Hause bleiben würde. Er fürchtete, sie könnte sich in ein Schicksal als alte Jungfer fügen und die Kinder und den Mann ihrer Mutter versorgen, anstatt eine eigene Familie zu haben. Er wollte sie nicht zwingen zu gehen, aber er wollte auch nicht, dass sie ihr Leben für ihn aufgab.

Ashlie schien über Leahs Worte nachzudenken. Als sie schließlich aufblickte, sah Leah Tränen in ihren Augen. «Ich will das Richtige tun, Leah. Die Jungs sind so traurig. Sie können noch gar nicht fassen, dass Mama nicht mehr da ist. Ich kann es auch nicht, aber wenigstens bin ich alt genug, um zu wissen, dass diese Dinge passieren und dass sie zum Leben dazugehören. Christopher macht sich ständig Sorgen, dass unser Vater auch sterben wird. Oliver auch. Sie lassen ihn nicht aus den Augen, so als könnte er sich plötzlich in Luft auflösen. Ich bin froh, dass Papa nicht für die Eisenbahn arbeiten musste, seit Mama gestorben ist, weil ich glaube, dass die Jungen es nicht ertragen würden.»

Leah nickte. «Ich weiß. Aber Gott sorgt für sie, Ashlie. Und er sorgt auch für dich. Es wird schwer sein, wenn du weggehst, aber du musst eine junge Frau sein mit der Freiheit, ihre eigene Zukunft zu gestalten – du darfst nicht die Rolle deiner Mutter übernehmen. Ich bewundere deine Entschlossenheit zu bleiben mehr als alles andere, was du hättest tun können, Ashlie, aber ich möchte, dass du eine Zukunft hast. Deine ganz eigene Zukunft. Und das will dein Vater auch.» Sie zögerte und fügte dann hinzu: «Und ich weiß, dass deine Mutter sich das auch wünschen würde, Ashlie.»

«Ich weiß nicht, was ich machen soll.» Es klang ganz verloren.

«Du musst nur mit deinem Vater sprechen. Er möchte, dass du glücklich bist, und er macht sich Sorgen, weil du deine Träume aufgeben willst.»

Ashlie fing an zu weinen. «Aber wenn ich gehe ... wenn ich gehe ... was wird dann geschehen?»

«Das Leben wird weitergehen», sagte Leah leise. «Das tut es immer. Menschen kommen und gehen in unserem Leben; manchmal bleiben sie lange und manchmal sind sie nur kurze Zeit hier. Wichtig ist, dass wir sie schätzen, während wir die Gelegenheit dazu haben. Ich sage nicht, dass du gehen sollst, ohne gut darüber nachgedacht zu haben – und dein Vater würde dasselbe sagen. Es ist eine gefährliche Welt da draußen; in Europa herrscht Krieg, und Amerikaner sind an den Kämpfen beteiligt. Aber Myrtle braucht dich ebenso wie deine Familie hier. Deine Ausbildung wartet auf dich. Und wer weiß, wohin sie dich führen wird und welche Dinge du entdecken wirst. Gib das alles nicht auf, Ashlie. Ich habe Angst, dass du es immer bereuen wirst.»

«Aber für meine Familie da zu sein, ist wichtig», sagte Ashlie, die ihre Fassung wiedergewonnen hatte. «Ich habe immer gelernt, dass die Familie vorgeht. Die Familie ist das, was Bestand hat.»

«Da hast du Recht, und wenn es niemand anderen gäbe, der sich um deinen Vater und deine Brüder kümmern könnte, dann würde ich dich bitten zu bleiben. Ehrlich, das würde ich.» Leah lächelte und strich über Ashlies Handrücken. «Dein Herz ist voller guter Absichten. Es ist voller Liebe. Das ändert sich nicht, wenn du deine Abreise planst.»

«Aber wird es für Chris und Oliver nicht furchtbar schwer sein? Wenn ich gehe, nachdem sie Mama verloren haben?»

Leah lehnte sich zurück und verschränkte die Arme. «Es wird so oder so schwer sein. Wenn du bleibst, wird es schwer sein, weil du nicht ihre Mutter bist. Sie könnten es dir sogar übelnehmen, dass du ihre Mutter ersetzen willst. Wenn du gehst, wird es ein Verlust für sie sein und sie werden dich vermissen. So oder so wird es wehtun. Aber das Leben ist nun einmal voller Schmerz und Not, Ashlie. Der Kummer ist uns immer auf den Fersen und lässt uns nicht in Ruhe. Aber Gott hat uns versprochen, dass wir in Jesus alles überwinden können. Jesus hat gesagt: ‹In der Welt habt ihr Angst; aber seid getrost, ich habe die Welt überwunden.›»

«Das verstehe ich nicht. Natürlich hat Jesus sie überwunden. Er ist Gott. Aber was hat das mit mir zu tun?»

«Du gehörst ihm. Er liebt dich, und ihm ist wichtig, was aus dir wird. Weil du ihm dein Herz gegeben hast, lebt er in dir. Deshalb überwindest du auch. Es bedeutet nicht, dass nichts Schlimmes passieren wird, Ashlie, aber es bedeutet, dass du schon gesiegt hast, bevor es passiert. Du hast Jesus. Du musst nur den Blick fest auf ihn richten und deinen Glauben fest in ihm verwurzeln.

Und was mit deiner Mutter geschehen ist, ist nicht deine Schuld. Niemand kann etwas dafür. Etwas in ihrem Kopf war verletzt. Du hast das nicht verursacht. Und deine Brüder auch nicht.»

«Aber manchmal sterben Menschen, weil sie zu viel gearbeitet haben.»

Leah lächelte. «Deine Mutter hat viel mehr gearbeitet, als du noch zu Hause warst und ihr alle noch kleiner wart. Ich weiß das, weil ich eine Zeitlang dabei war und ihr geholfen habe. Hör mal, du kannst diese Last nicht länger tragen, Ashlie. Erstens ist es nicht deine Last, und zweitens wird sie dich auffressen und du wirst vor deiner Zeit altern. Deine Mutter ist gestorben, weil ihre Zeit gekommen war, das ist alles. Du hältst nicht die Macht über Leben und Tod in der Hand. Diese Macht hat nur Gott.»

Mehrere Minuten saß Ashlie schweigend da. Leah erhob sich und beschloss, nach den Zwillingen zu sehen und Ashlie etwas Zeit zu geben, so dass sie in Ruhe über alles nachdenken konnte.

«Ich möchte gerne nach Seattle zurück, aber ich habe Angst, meinem Vater wehzutun.»

Leah fuhr mit der Hand über das glatte Holz eines Stuhles, den Adrik gemacht hatte. «Ich glaube, es würde deinem Vater mehr wehtun, wenn du dich weigerst, mit ihm zu sprechen und ihm zu sagen, wie du dich fühlst. Warum gehst du nicht zu ihm und erklärst es ihm? Sag ihm all das, was du mir gerade gesagt hast. Er wird es verstehen, das verspreche ich.»

«Du glaubst nicht, dass es ihn noch trauriger macht, als er schon ist?»

«Nein. Ich glaube, es gibt nichts, was ihn so traurig machen könnte wie der Verlust deiner Mutter. Das Schlimmste ist geschehen, und jetzt versucht er sein Leben wieder zu organisieren. Sprich mit ihm.»

Ashlie nickte und stand auf. «Das werde ich. Ich gehe jetzt gleich zu ihm.»

Am nächsten Tag ließ der Schnee nach und die Temperaturen stiegen ein wenig an. Die hohen Fichten und Hemlocktannen waren mit einer frischen weißen Haube verziert, und die schweren Äste schienen fast bis zum Boden zu reichen, als wollten sie um Hilfe rufen, damit jemand sie von ihrer Last befreite. Die ganze Landschaft sah in ihrer weißen Pracht sauber und klar aus, wie eine unberührte Welt.

In all den Jahren, die sie nun schon in Alaska lebte, hatte Leah noch nie einen solchen Ort gesehen. In Ketchikan waren die Winter mild gewesen und hatten mehr Regen als Schnee mit sich gebracht, während die Winter in Last Chance bitterkalt gewesen waren, mit etwas Schnee und vor allem viel Nebel und Sturm. Hier in der Gegend um Ship Creek schneite es viel mehr, als sie es selbst im Yukon erlebt hatte. Wahrscheinlich lagen jetzt schon sechzig Zentimeter Schnee, und man hatte ihr gesagt, dass es noch viel mehr schneien würde, bevor der Winter vorbei war.

Leahs Blick wanderte zu dem Stoff in ihrer Hand. Sie schien hier die ganze Zeit zu nähen. Nicht, dass es ihr etwas ausmachte. Ihre Mutter hatte immer gesagt, dass der Nähkasten die Geschichte der Familie erzählte. Geschichten von Abenteuern, die schiefgegangen waren, oder von neuen Babys, die geboren wurden. Geschichten von Wohlstand oder Armut, die sich in der Herstellung neuer Kleider zeigte oder dem mehrfachen Flicken alter Kleidungsstücke. Bei der Erinnerung musste Leah lächeln.

«Ich kann nicht fassen, wie schnell diese Kleinen wachsen», sagte Helaina kopfschüttelnd mit Blick auf die Zwillinge.

Leah sah die neue Baumwollhose an, die sie gerade für Wills nähte. Er war in den vergangenen Monaten beinahe fünf Zentimeter gewachsen, und das allein in den Beinen. «Ich weiß. Ich habe es bei den Kindern anderer Leute gesehen, aber bei meinen eigenen habe ich nicht damit gerechnet.» Sie sah auf die Uhr und legte ihr Nähzeug beiseite. «Ich muss nachsehen, ob Ashlie mit dem Abendessen zurechtkommt. Könntest du kurz für mich auf die Zwillinge aufpassen?»

«Natürlich.» Helaina hob ihre eigene Handarbeit hoch. «Ich habe dieses Babykleidchen fast fertig, aber es sieht viel zu klein aus.»

«Das ist es nicht.» Leah lächelte und zog ihren Parka an. «Du wirst schon sehen. Ich dachte das auch, als ich Sachen für die Zwillinge genäht habe.»

«Ich will nur, dass alles genau richtig ist», sagte sie und betrachtete das Kleidungsstück kritisch.

Leah lächelte. «Ich bin gleich wieder da. Die beiden müssten eigentlich noch mindestens eine Stunde schlafen.»

«Es macht mir nichts aus, wenn sie aufwachen. Sie sind liebe Kinder. Du bist ihnen eine gute Mutter, Leah.»

«Ich hoffe es. Wir werden mit dem Elternsein konfrontiert, ohne die Erfahrung zu haben, die wir so dringend brauchen. Ich habe Karen mit ihren Kindern geholfen, aber das ist nicht dasselbe. Ich habe nie nachts gelauscht, ob Ashlie noch atmete, aber bei den Zwillingen mache ich mir ständig Sorgen.»

Helaina lachte verlegen. «Ich habe nicht mal die Erfahrung, die du hast.»

«Unsinn. Du warst eine große Hilfe bei Wills und Merry. Ich weiß nicht, wie ich in dem ersten Jahr ohne dich überlebt hätte. Du weißt schon, was du tun musst – da bin ich sicher.»

Der Weg zu Adriks Haus war nicht lang, aber bevor Leah es erreicht hatte, blieb sie plötzlich stehen. Ein merkwürdiges Geräusch war hinter dem Haus zu hören. Es klang gedämpft, beinahe wie ein Schluchzen. Sie verließ den Pfad und ging durch den Schnee zu einem kleinen Schuppen, in dem Adrik Werkzeuge aufbewahrte.

Langsam ging Leah auf den Schuppen zu und sah Olivers zusammengesunkene Gestalt. Er hatte sich an einen Stapel Felle gelehnt und das Gesicht in den Händen vergraben.

«Oliver?»

Er blickte auf, erschrocken, weil er entdeckt worden war. «Geh weg.»

Leah runzelte die Stirn und überlegte, ob sie ihn in Ruhe lassen sollte, aber sie hatte das Gefühl, dass es besser war zu bleiben. «Du brauchst dich für deine Tränen nicht zu schämen, Oliver.»

Er verbarg das Gesicht wieder. «Lass mich. Ich will nicht darüber reden.»

Leah ging zu ihm und kniete sich neben ihn. Sie streckte vorsichtig die Hand aus und berührte seinen Kopf. «Ich möchte dir helfen, Oliver.»

«Du kannst mir nicht helfen», sagte er und sah sie an. «Meine Mama ist tot. Daran kannst du auch nichts ändern.»

Leah nickte. «Ich weiß. Ich kann nicht ändern, was passiert ist. Aber du musst wissen, dass ich sie auch vermisse. Sie war für mich wie eine Mutter, und es fühlt sich an, als wäre in mir drin ein Loch, wo vorher ihre Liebe war.»

Olivers Tränen versiegten, und er nickte. «Es ist ganz leer. Und es tut so weh.»

«Ich weiß, Liebling. Ich weiß.» Sie öffnete die Arme. Eine Minute lang sah Oliver sie nur an, und gerade als Leah glaubte, er würde sie zurückweisen, lief er auf sie zu und rannte sie förmlich um. Leah hielt Oliver fest und fiel rücklings gegen die Felle.

Oliver weinte mehrere Minuten lang, während Leah lautlos betete. *Bitte, Gott, bitte lindere seinen Schmerz. Ich weiß nicht, wie ich ihm helfen kann. Bitte zeige es mir.*

Leah versuchte sich vorzustellen, was Karen an ihrer Stelle zu Oliver sagen würde. Wie würde sie es ausdrücken, damit er verstand, was es mit Leben und Tod auf sich hatte? Leah holte tief Luft und atmete langsam aus. Gab es überhaupt eine gute Art und Weise, wie man über etwas so Schmerzliches und Trauriges sprechen konnte?

«Meine Mama war ein guter Mensch, nicht wahr?», fragte Oliver und löste sich aus Leahs Umarmung.

Die Frage überraschte Leah, aber sie versuchte, sich ihr Erstaunen nicht anmerken zu lassen. «Natürlich war sie das. Sie hat allen geholfen und war immer liebevoll und freundlich.»

«Und sie hat Jesus lieb gehabt.»

Leah richtete sich auf und lächelte. «Ja. Ja, das hat sie.»

«Ich habe ihn auch lieb, aber ich habe ein schlechtes Gewissen, weil ich mir wünsche, er hätte Mama nicht zu sich geholt. Ich fühle mich ganz schlecht, Leah. Ich bin Gott böse, weil er mir Mama weggenommen hat.»

Leah zog ihn wieder in ihre Arme und lehnte sich gegen die Felle. «Ach, Liebling – Gott versteht, wie du dich fühlst. Er weiß, dass es wehtut.»

«Ist er auch böse auf mich?»

«Nein, das glaube ich nicht. Aber er möchte dich gerne trösten, Oliver. Er will nicht, dass du wütend auf ihn bist. Er weiß, wie du dich fühlst, und er will dir helfen.»

Oliver blieb noch eine Weile in ihrem Arm liegen, dann schob er sie von sich. «Tut mir leid, dass ich mich wie ein Baby benommen habe. Ich versuche nicht zu weinen, wenn Christopher oder Papa dabei sind. Wenn ich weine, kriegt Christopher Angst.»

«Du brauchst nicht für alle anderen stark zu sein, Oliver. Du vermisst deine Mutter, und das wird auch noch lange so bleiben. Ich weiß das. Mir ging es lange so. Manchmal vermisse ich meine Mutter heute noch.»

Oliver wischte sich mit dem Ärmel seines Mantels übers Gesicht. «Ich muss gehen. Christopher wartet auf mich, damit ich ihm mit dem Hundeschlitten helfe. Wir besorgen ein paar Sachen für Papa.»

Leah stand auf und lächelte den Jungen an. «Du weißt, dass ich dich lieb habe, Oliver. Du warst für mich immer wie ein kleiner Bruder, und ich werde immer für dich da sein. Und du brauchst keine Angst zu haben, wenn du weinen musst. Ich werde es niemandem sagen, wenn dir das hilft.»

Oliver nickte. «Ich will nur nicht, dass Papa sich Sorgen deswegen macht. Er hat schon genug Sorgen.»

Leah umarmte ihn noch einmal und ließ ihn dann gehen. Wie sehr wünschte sie sich doch, sie könnte ihm seinen Kummer nehmen. Sie blickte durch den Baldachin der Bäume, die Adriks Grundstück umgaben, zum Himmel über sich hinauf. «Es ist so schwer, Herr. Mein Vater hat immer gesagt, das Leben sei voller Tod. Ich glaube, das verstehe ich jetzt besser als jemals zuvor. Es ist nicht einfach, diese Lektion zu lernen – und zu wissen, wie man damit umgeht.»

«Ich bin froh, dass du an Grace und Miranda geschrieben hast», sagte Adrik später, als Leah ihm die beiden Briefe zeigte. «Ich glaube nicht, dass ich der Aufgabe hätte gerecht werden können.»

«Es war kein Problem. Ich weiß, dass sie von der Nachricht ebenso erschrocken und betroffen sein werden, wie wir es sind.»

«Ich kann immer noch nicht glauben, dass es wahr ist. Ich muss immerzu daran denken, dass wir vor ein paar Wochen noch gelacht und Pläne für Weihnachten gemacht haben.» Er lachte freudlos. «Ich war ganz selbstzufrieden mit meinen Plänen, und jetzt fühle ich gar nichts außer einer Art Taubheit – eine Fassungslosigkeit, dass das wirklich geschehen ist.» Er starrte auf die Briefe. «Wenn man bei der Arbeit einen Mann verliert – wie wir letzte Woche, als die Kettensäge gerissen ist –, dann steckt man das irgendwie weg. Es ist natürlich traurig und in gewisser Weise tragisch, aber man kennt die Risiken. Wenn deine geliebte Frau tot umfällt und nie mehr ein einziges Wort sagen kann – nie mehr deine Worte hören kann, dann ist das etwas, das man sich einfach nicht vorstellen kann.»

«Ich weiß. Mir geht es so wie Ashlie, weil ich mich frage, ob ich irgendwelche Anzeichen übersehen habe. Hätte ich noch etwas tun können? Aber ich weiß, wie gefährlich es ist, eine Situation im Nachhinein zu interpretieren. Das habe ich im Leben gelernt.»

Adriks Blick ruhte noch eine Weile auf den Briefen, dann steckte er sie in seine Jackentasche. Er sah auf und begegnete Leahs Blick. «Ashlie ist zu mir gekommen und hat mit mir geredet. Ich glaube, das habe ich dir zu verdanken.»

Leah zuckte mit den Schultern. «Wir sind alle hier, um einander zu helfen, Adrik. Hat sie mit dir über Seattle gesprochen?»

«Ja. Und ich bin froh darüber. Sie sagt, sie würde wirklich gerne weiter zur Schule gehen – vielleicht sogar aufs College. Sie fragt sich, ob ich es ertragen könnte, wenn sie zurückgeht, zumindest bis zum Sommer.»

Adrik sah aus, als wäre er seit Karens Tod um zehn Jahre gealtert, aber heute wirkte er trotzdem, als wäre eine große Last von ihm genommen worden.

«Und was hast du zu ihr gesagt?»

«Ich habe ihr gesagt, dass ich glaube, ihre Mutter würde wollen, dass sie ihre Ausbildung zu Ende macht. Wenigstens war das keine Lüge. Karen hat ihr Mädchen unglaublich vermisst, aber sie war sehr stolz auf ihre Leistungen in der Schule. Ihre Lehrerin hat geschrieben, dass Ashlie im nächsten Frühjahr wahrscheinlich als Klassenbeste ihren Abschluss machen wird.»

«Das ist beeindruckend», sagte Leah lächelnd. «Und worüber hast du gelogen?»

«Hm?»

«Du hast gesagt, du hättest wenigstens nicht gelogen, was die

Meinung ihrer Mutter in Bezug auf ihre Ausbildung angeht. In welcher Hinsicht *hast* du also gelogen?»

Adrik wirkte einen Moment lang etwas überrascht, doch dann lachte er traurig. «Ich habe ihr gesagt, dass ich zurechtkommen werde – dass ich viel Hilfe habe und sie nicht hierbleiben muss, um auf uns aufzupassen.»

«Und das war eine Lüge?»

«Ich weiß nicht», sagte er. «Vielleicht der Teil, dass ich zurechtkomme. Ich weiß wirklich nicht, wie ich jemals wieder zurechtkommen soll.»

20

Helaina bahnte sich einen Weg durch Schlamm und Schnee, während sie ihre Liste noch einmal durchging. Sie brauchte ein halbes Dutzend Dinge, die meisten davon für das Abschiedsessen, das Leah für Timothy und Ashlie geplant hatte. Sie würden am nächsten Tag nach Seattle aufbrechen, und Leah wollte sie mit einer besonders feinen Mahlzeit und den besten Wünschen auf die Reise schicken.

Helaina musste zugeben, dass sie froh war über einen Anlass, das Haus verlassen zu können. Alle waren immer noch schrecklich traurig über Karens Tod. Helaina trauerte auch, aber da sie Karen nicht so gut gekannt hatte, schienen die anderen ihren Kummer nicht zu sehen. Sie blieb vor dem Laden stehen und kam sich merkwürdig fehl am Platze vor.

«Entschuldigen Sie», sagte eine irgendwie vertraute Stimme hinter ihr.

Helaina drehte sich um und stellte überrascht fest, dass Tscheslaw Babinowitsch vor ihr stand. Das letzte Mal hatte sie diesen Mann in Nome gesehen. Sie wollte ihn begrüßen, aber der Mann machte auf dem Absatz kehrt und begann davonzulaufen.

«Mr. Babinowitsch, was ist denn?»

Er blieb stehen, wandte sich um und betrachtete sie einen Moment lang prüfend, als wollte er sich irgendeiner Sache vergewissern. Aber was hatte er? «Ich … äh …» Sein russischer Akzent war breit, und er schien verwirrt.

Helaina überlegte, dass er vielleicht ihren Namen vergessen hatte. «Mrs. Barringer. Obwohl ich noch Mrs. Beecham war, als wir uns begegnet sind. Wir haben uns in Nome kennengelernt, erinnern Sie sich?» Es kam ihr merkwürdig vor, dass dieser Mann, wann immer sie ihm seit ihrer ersten Begegnung über den Weg lief, sich nicht an sie zu erinnern schien. Vielleicht beeinträchtigten Ängste und Sorgen sein Gedächtnis.

«Natürlich. Es tut mir leid, mein Gedächtnis ist schlecht. Ich reise auf meiner Suche so viel herum und treffe so viele Menschen. Wie kann ich Ihnen helfen, werte Dame?»

Helaina fand sein ganzes Verhalten etwas seltsam, aber sie schüttelte die Zweifel ab. «Ich habe viele beunruhigende Dinge über Ihr Heimatland gehört. Ich habe an Sie gedacht und mich gefragt, ob es Ihnen gelungen ist, dem Zaren und seiner Familie zu helfen.»

Babinowitsch blickte sich nervös um, bevor er wieder auf Helaina zueilte. «Es ist besser, nicht von ihnen zu sprechen. Die Umstände sind nicht günstig für die Familie, fürchte ich. Sie sind in meinem Mutterland Gefangene. Ich fürchte, das Russland, das ich einst kannte und liebte, gibt es nicht mehr. Die jetzige Regierung will, dass alle Mitglieder der kaiserlichen Familie hingerichtet werden, fürchte ich.»

«Es tut mir leid, das zu hören. Die Zeitungen waren tatsächlich voll mit schlechten Nachrichten. Der Krieg hat überall in der Welt seine Spuren hinterlassen.»

«Das ist wahr. Wäre der Krieg nicht nach Europa gekommen, wäre mein Zar jetzt noch in seinem Palast in Sicherheit. Aber nun ...» Seine Stimme verklang, während er abwesend die Straße hinunterblickte. «Es sind traurige und hoffnungslose Zeiten.»

«Und was wollen Sie jetzt tun?», fragte Helaina.

«Ich habe keine Ahnung. Ich werde wohl weiter eine Möglichkeit suchen, die kaiserliche Familie in Sicherheit zu bringen. Vielleicht gibt es doch noch einen Weg, aber nur Gott kennt ihn.»

«Und warum sind Sie in diesen Teil Alaskas gekommen?»

«Oh, ganz einfach. Ich hatte von der Eisenbahn gehört und wollte sie mit eigenen Augen sehen. Ich dachte, sie könnte mir vielleicht nützlich sein, falls es dem Zaren und seiner Familie gelingen sollte, bis nach Seward zu reisen.»

«Aber es gibt weitaus bessere Gegenden in Alaska, wo Russen sehr willkommen sind. Ich habe gehört, Sitka wird immer noch überwiegend von Russen besiedelt. Dort gibt es Familien, die ihre Vorfahren mehrere Generationen zurückverfolgen können, als das Gebiet noch zu Ihrem Land gehörte.»

Er nickte, aber beugte sich vor und flüsterte: «Aber die Gegend kann auch voller Feinde sein. Wir müssen uns selbst ein Bild davon machen, ob die Bevölkerung dort dem Zaren und seiner Familie wohlgesinnt ist. Ich habe Mitarbeiter, die das gerade überprüfen.»

Helaina fühlte, wie ihre Füße von der Kälte ganz taub wurden. Babinowitsch, dessen Stiefel irreparable Schäden aufwiesen, tat ihr leid. Zweifellos war er durch das ganze Territorium gelaufen, auf der Suche nach einer Zuflucht für seinen geliebten Zaren.

Da kam ihr ein Gedanke. «Ich wollte gerade ein paar Dinge einkaufen. Wir haben heute Abend ein Festessen. Zwei Mitglieder meiner Familie brechen morgen nach Seattle auf. Warum leisten Sie uns nicht Gesellschaft? Es gibt genug zu essen.»

Babinowitsch schien einen Augenblick darüber nachzudenken. Er rieb sich den Schnurrbart mit dem Rücken seines Zeigefingers. «Eine solche Mahlzeit klingt für einen müden Pilger wie mich sehr verlockend. Ich nehme die Einladung sehr gerne an.»

«Gut. Wenn Sie auf mich warten, bringe ich Sie zu meinem Haus. Sie können sich dort am Feuer aufwärmen. Später kann mein Mann Sie mit dem Hundeschlitten zurückbringen. Wo wohnen Sie?»

«Ich bin erst heute Morgen eingetroffen und habe noch keine Vorkehrungen getroffen.»

«Dann könnten Sie bei uns bleiben, wenn Sie wollen», bot

Helaina an. Sie war sich nicht sicher, was sie an dem Mann so faszinierte, aber sie wollte mehr über ihn wissen. «Es gibt hier nicht viele Unterkünfte. Die meisten Eisenbahnarbeiter haben in Zelten gewohnt, aber sie sind jetzt fort.»

«Mir scheint, die Gegend hier ist weniger besiedelt als Nome und Seward», sagte er und ließ den Blick über die kleine Stadt schweifen.

«Das täuscht ein wenig. Das Gebiet weitet sich aus, und es gibt hier viel mehr Menschen als noch vor einigen Monaten – obwohl die Bahn ihre Arbeiter entlassen hat. Ich glaube, die Stadt wird enorm wachsen. Vor allem, wenn sie hier Gold oder Silber finden.»

«Vermuten Sie, dass es welches hier gibt?», fragte Babinowitsch mit plötzlichem Interesse.

«Es gibt Hinweise und Gerüchte über große Vorkommen – aber bis jetzt haben sie noch keine Beweise gefunden.»

«Aber es klingt vielversprechend.»

Helaina lächelte. «Der Gedanke an Gold klingt immer vielversprechend, aber ich würde mich nicht darauf verlassen, solange ich es nicht in der Hand halte.» Sie drehte sich um. «Ich brauche nicht lange, dann können wir zu unserem Haus gehen. Wollen Sie mit hineinkommen?»

Sie wartete, bis er sich entschieden hatte. Schließlich schüttelte er den Kopf. «Gehen Sie nur, Mrs. Barringer. Ich warte hier.»

Helaina eilte in den Laden und besorgte schnell die Dinge, die sie brauchte. Sie stellte erfreut fest, dass eine der Ureinwohnerinnen einige Eier mitgebracht hatte. Sie waren gefroren, aber Helaina war sicher, dass sie sich auftauen ließen, so dass man damit einen Kuchen backen konnte. Sie vergewisserte sich, dass die beiden Eier in Baumwollwatte gehüllt waren, bevor sie sie vorsichtig in ihre Handtasche steckte. Die anderen Dinge tat sie in einen großen Leinenbeutel.

«Ich hoffe, Sie sind nicht vollkommen durchgefroren», sagte sie zu Babinowitsch, als sie aus dem Laden kam. «Ich hätte darauf bestehen sollen, dass Sie mitkommen, obwohl es in dem Zelt auch nicht viel wärmer ist.»

«Das überrascht mich nicht. Ich weiß nicht, wie Menschen in dieser Kälte leben können.»

«Aber in Ihrem Land ist es doch auch kalt, oder nicht?»

Babinowitsch nahm ihr die Tasche ab, als sie sich auf den Weg machten. «Wir haben schöne Orte, wo die Kälte nicht so schlimm ist. Sibirien hingegen ist etwas anderes. Sibirien ist wie ein eisiger Tod. Manche Teile sind nicht so schlimm, aber andere … also, ich würde nicht dort leben wollen.»

«Erzählen Sie mir von Ihrer Heimat in Russland. Wo sind Sie aufgewachsen? Leben Ihre Eltern noch dort?»

Babinowitsch schüttelte den Kopf. «Meine Eltern sind tot. Mein Leben dort drehte sich um meinen Dienst für den Zaren. Wir sind ja verwandt, wenn auch entfernt. Ich habe ihm gedient und diene ihm auch jetzt. Mehr kenne ich nicht.»

«Haben Sie auch die Privilegien eines solchen Lebens genossen?»

Er nickte, starrte aber geradeaus. «Ich habe großen Reichtum erlebt. Große Feste – Essen und Kleider. Es war herrlich.»

Helaina hörte das Bedauern in seiner Stimme, aber ob er dem Reichtum vergangener Tage nachtrauerte oder nur die alten Zeiten vermisste, konnte sie nicht sagen. Als sie sich dem Ort näherten, an dem Adrik beschlossen hatte, ihr kleines Familiendorf zu errichten, zeigte Helaina auf das Größte der drei Häuser.

«Dort werden wir essen. Das Haus rechts daneben gehört meiner Schwägerin und ihrem Mann. Und in dem Holzhaus rechts davon wohne ich mit meinem Mann Jacob.»

«Und wessen Haus ist dies?», fragte er, als sie auf das größere Haus zugingen.

«Es gehört lieben Freunden. Die Frau des Mannes ist vor kurzem gestorben, aber er lebt dort mit seinen zwei Söhnen. Seine Tochter Ashlie ist eine von denen, die nach Seattle reisen. Sie ist noch keine achtzehn und geht dort zur Schule.»

«Ich verstehe.» Er folgte Helaina ins Haus, sagte aber nichts mehr.

«Ich habe alles gefunden, was du brauchst, und noch etwas zusätzlich», verkündete Helaina, als Leah vom Herd aufblickte. «Sie hatten drei Eier, und zwei davon habe ich gekauft.» Sie griff in ihre Handtasche und zog die Kostbarkeiten heraus.

«Echte Eier? Echte Eier im Januar in Alaska?», fragte Leah. «Das ist ein Wunder.» Dann bemerkte sie Babinowitsch. «Oh, du hast jemanden mitgebracht?»

«Ja», sagte Helaina, während sie Leah die Eier gab. Dann drehte sie sich um und nahm dem Mann die Leinentasche ab. «Dies ist Tscheslaw Babinowitsch. Ich bin ihm vor einiger Zeit in Nome begegnet. Er ist gerade hier angekommen und ich ...»

«Sie hat sich meiner erbarmt», unterbrach Babinowitsch sie. «Sie war so freundlich, mich zu Ihrem Essen einzuladen und mich von der Kälte zu erlösen.»

«Er wird ein, zwei Tage bei uns bleiben», verkündete Helaina, als Ashlie aus dem Hinterzimmer kam.

«Wer bleibt ein, zwei Tage?», fragte sie.

«Mr. Babinowitsch. Er kommt aus Russland und ist weit gereist. Er ist gerade hier angekommen und ich habe ihn eingeladen, eine Weile bei uns zu bleiben. Mr. Babinowitsch, dies sind Mrs. Kincaid, meine Schwägerin, und Ashlie Iwankow.»

«Iwankow?», fragte er mit einem Blick, der beinahe panisch wirkte.

«Ja, ihr Vater ist russischer Abstammung, wie Sie auch», erklärte Leah. «Aber er wurde hier im Territorium geboren und hat auch indianische Tlingit-Vorfahren.»

«Ich bin sicher, Sie werden sich mit meinem Vater gut verstehen. Es freut mich, Sie kennenzulernen, und ich bin froh, dass Sie uns Gesellschaft leisten können. Ich bin sicher, mein Vater würde gerne Ihre Geschichten über Russland hören. Er war zwar selbst nie dort, aber sein Großvater hat den größten Teil seines Lebens dort verbracht, bevor er nach Alaska kam.»

Babinowitsch rieb sich nervös seinen Schnurrbart. «Tja, die Geschichten aus unserer Heimat sind im Moment nicht sehr angenehm.»

Leah brachte die Eier in die Küche und Helaina folgte ihr mit den anderen Einkäufen. «Machen Sie es sich bequem, Mr. Babinowitsch. Ruhen Sie sich aus und wärmen Sie sich am Feuer.»

Er nickte und ging zum Kamin, während Ashlie sich zu den Frauen in der Küche gesellte. «Ich habe alles gepackt», verkündete sie. Sie klang irgendwie verloren. «Ich hoffe, es ist die richtige Entscheidung.»

«Wir werden dich vermissen», sagte Leah, während sie die Sachen aus Helainas Tasche holte, «aber ich weiß, dass du uns im Sommer besuchen wirst.»

«Ich habe über etwas nachgedacht», sagte sie und warf einen schnellen Blick in Richtung Kamin, wie um sich zu vergewissern, dass Babinowitsch sie nicht hörte. «Wie wäre es, wenn Papa und die Jungs mitkämen?»

«Nach Seattle?», fragte Leah ungläubig.

«Ja. Ich meine, die Arbeit an der Eisenbahn geht doch im Winter nicht weiter. Papa hat gesagt, dass man ein paar Dinge machen kann, aber alles andere muss bis zum Frühjahr warten. Ich könnte mir vorstellen, dass es für Papa und die Jungen schön wäre, mit mir zu fahren. Ich weiß, dass Tante Myrtle begeistert wäre. Sie hat ein riesiges Haus, und es gibt jede Menge Zimmer für uns alle. Die Jungen könnten dort zur Schule gehen, und überleg mal, was für eine Ablenkung die Großstadt für sie wäre.»

Leah sah Helaina an und dann Ashlie. «Es würde ihnen bestimmt guttun, aber das ist jetzt alles sehr kurzfristig. Ich weiß nicht, ob dein Vater es überhaupt ernsthaft in Erwägung ziehen würde.»

«Aber ich kann es doch versuchen, oder?»

Helaina zog ihren Mantel aus und durchquerte den Raum, um das Kleidungsstück an der Tür aufzuhängen, während Leah weiter mit Ashlie über deren Vorschlag sprach. Babinowitsch tat ihr leid, denn er schien einigermaßen unglücklich, wie er so allein dort saß.

«Tut mir leid, dass ich mich nicht zu Ihnen setzen kann», sagte sie lächelnd. «Aber ich mache Ihnen gerne einen Tee, wenn Sie mögen.»

«Das wäre sehr freundlich», antwortete Babinowitsch. Sein Akzent klang nicht mehr ganz so breit, als er sich entspannte.

«Es dauert nicht lange.» Sie machte einen Schritt auf die Küche zu, dann blieb sie wie angewurzelt stehen, als sie etwas Merkwürdiges in ihrem Unterleib spürte. Helaina legte die Hand auf ihren Bauch und sog scharf die Luft ein. «Das Baby hat sich bewegt.»

«Kindsbewegungen», sagte Leah, die neben sie getreten war. «Ist das nicht wunderbar?»

Helaina hielt die Hand auf ihren kaum gerundeten Leib. «Es ist ein Wunder.»

«Ich wusste nicht, dass Sie ein Kind erwarten», sagte Babinowitsch. «Herzlichen Glückwunsch.»

Helaina spürte, dass ihre Wangen sich röteten. Solche Dinge besprach man in der Regel nicht mit Fremden – und schon gar nicht mit einem Mann. «Danke.» Sie wusste, dass sie sich an ihre Arbeit machen sollte, aber sie wollte sich nicht bewegen. Auch wenn der Augenblick vorbei war und das leise Flattern nicht mehr zu spüren, hasste sie es, von dem, was gerade geschehen war, einfach zur Tagesordnung überzugehen.

«Es wird wieder passieren», versicherte Leah ihr lächelnd.

Beinahe eine Stunde später kamen Adrik, Timothy und die Jungen herein. Das Abendessen wurde gerade aufgetragen, und Leahs Kuchen kühlte auf der Arbeitsplatte ab.

«Wie ich sehe, haben wir Besuch», verkündete Adrik. Seine Söhne waren dicht an seiner Seite, wie Schatten, die ihn nie verließen.

«Ich hoffe, es macht dir nichts aus, Adrik, aber ich habe Mr. Babinowitsch in der Stadt getroffen. Wir haben uns in Nome kennengelernt. Er stammt aus Russland, und ich dachte, ihr zwei könntet euch ein bisschen unterhalten.»

«Es ist immer gut, einen Bruder zu Gast zu haben», sagte Adrik in seiner Muttersprache. «Ich bin froh, dass Sie es sich gemütlich gemacht haben.»

Babinowitsch schüttelte den Kopf und blickte erschrocken drein. «Bitte sprechen Sie nicht so. Ich habe geschworen, nur Englisch zu sprechen.»

«Aber wieso sollten Sie das tun?», fragte Adrik, wieder auf Russisch.

Helaina sprach selbst ganz gut Russisch und dazu noch einige andere Sprachen. Sie legte eine Hand auf Babinowitschs Arm und redete ihn ebenfalls in seiner Muttersprache an. «Sie haben hier nichts zu befürchten. Wir möchten Ihnen nur unsere Gastfreundschaft anbieten und vielleicht etwas Vertrautes.»

Babinowitsch schien jetzt beinahe panisch. Er starrte Helaina an, als wären ihr plötzlich Hörner gewachsen. «Ich bitte Sie beide. Sprechen Sie nicht in meiner Sprache. Es ist gefährlich. Es gibt überall Spione. Männer, die uns den Tod wünschen.»

Adrik lachte und blickte zu seinen beiden Söhnen hinunter, die mit großen Augen dastanden. «Er macht nur Spaß, Jungs.

Wir haben nichts zu befürchten. Geht und wascht euch vor dem Essen die Hände.»

Oliver sah den Besucher misstrauisch an. Helaina sah so etwas wie Angst in der Miene des Jungen, als er seinen Bruder bei der Hand nahm. «Komm mit, Christopher.» Sie gingen zum Spülbecken in der Küche. Immer wieder warf Oliver skeptische Blicke über seine Schulter.

Adrik senkte die Stimme. «Ich möchte Sie bitten, in meinem Haus nicht solche Dinge zu sagen, Mr. Babinowitsch. Meine Jungen haben gerade ihre Mutter verloren, und von diesem traumatischen Ereignis haben sie sich noch nicht erholt. Ich möchte nicht, dass Sie ihnen Geschichten in den Kopf setzen, die jeglicher Grundlage entbehren. Wir sind hier in Sicherheit. Ob wir Russisch sprechen oder nicht.» Er sah den Mann nachdenklich an und fügte auf Russisch hinzu: «Falls Sie die Sprache wirklich sprechen.»

«Ich kann nicht bleiben», sagte Babinowitsch und nahm seinen Mantel. «Ich habe zu viel zu verlieren. Mein Leben ist nichts mehr wert, wenn ich hierbleibe.» Mit wenigen Schritten war er bei der Tür und stieß dort gegen Jacob, Jayce und die Zwillinge, die in diesem Augenblick eintraten. Jayce, der die Zwillinge auf dem Arm hielt, drehte sich weg, damit sie nicht mit Babinowitsch zusammenprallten.

«Holla. Wohin so eilig, Mister?», fragte Jacob. «Man könnte meinen, das Haus stehe in Flammen.»

Helaina trat an die Seite ihres Mannes. «Das ist Mr. Babinowitsch. Ich hatte ihn zum Essen eingeladen, aber er scheint ziemlich erregt zu sein.»

Jacob musterte den Fremden mit fragendem Blick, aber Babinowitsch drängte sich nur an ihm vorbei. «Ich bitte allseits um Verzeihung!», rief er und eilte in die Nacht hinaus.

«Das war aber merkwürdig», sagte Jayce kopfschüttelnd. Er setzte die Zwillinge auf dem Boden ab und lachte, als sie sofort zur Tür liefen, um zu sehen, was mit dem fremden Mann passiert war. Jacob zog sie sanft zurück und schloss die Tür. Wills wollte gerade protestieren, aber Leah lenkte ihn schnell ab. Merry folgte ihm zufrieden.

«Sehr merkwürdig», erwiderte Adrik. «Was sagst du, wo du ihn kennengelernt hast, Helaina?»

«In Nome. Er hat mir eine seltsame Geschichte erzählt, dass er mit der kaiserlichen Familie von Russland verwandt ist. Er sagte, er sei hier, um einen Ort für den Zaren zu suchen, an dem er sich verstecken kann, weil die politischen Verhältnisse für ihn nicht günstig sind.»

«Man sagt, die ganze Familie werde in einem ihrer Paläste gefangen gehalten», sagte Adrik. «Das habe ich vor einiger Zeit in der Zeitung gelesen.»

Helaina nickte. «Ja, das hat Babinowitsch auch gesagt. Er tat immer sehr geheimnisvoll. Er hat mich gebeten, Schmuck von ihm zu kaufen, um seine Bemühungen finanziell zu unterstützen.»

«Und hast du?»

«Zuerst nicht», sagte Helaina, die sich nur zu gut an diese Begegnung erinnerte. «Als ich ihm wieder begegnete, konnte ich nicht anders: Ich habe ein paar Teile gekauft. Sie waren sehr hübsch, und ich dachte, wenn sie dem Mann helfen, tut es mir nicht weh.»

«Wo sind diese Schmuckstücke jetzt?», wollte Adrik wissen.

«In unserem Haus. Mr. Babinowitsch hat mich angefleht, sie niemandem zu zeigen oder davon zu erzählen. Er sagte, wenn die Peiniger des Zaren und seiner Familie davon erführen, müsste die kaiserliche Familie noch mehr leiden. Ich vermute, streng genommen gehört der Schmuck dem Land. Ich kann dir die Sachen zeigen, wenn du willst.»

«Ja, hol sie. Ich verstehe ein bisschen was von Edelsteinen. Während des Goldrauschs haben die Leute alles und jedes verpfändet, um Vorräte zu kaufen. Ich habe damals eine Menge gehandelt, unter anderem auch mit Schmuck. Ich kann dir sagen, ob er eine gute Qualität hat, aber ich weiß nicht, wie viel er wert ist.»

«Ich hole die Sachen gleich.»

«Ich komme mit», sagte Jacob und nahm ihren Arm. «Es schneit schon wieder, und ich will nicht, dass du fällst.»

Helaina genoss seinen stützenden Arm um sich. Sie gingen los, um den Schmuck zu holen, und als sie ihr Haus betraten, blieb Jacob stehen und küsste sie. Helaina schlang die Arme um seinen Hals und zog sein Gesicht näher zu einem zweiten Kuss, sobald der erste vorbei war.

«Ich habe gespürt, wie das Baby sich bewegt», flüsterte sie. «Erst vor ein paar Minuten. Es war ein ganz wunderbares Gefühl. Ich wünschte, du hättest es miterlebt.»

Er löste sich von ihr und sah ihr tief in die Augen. «Wirklich?»

Helaina kicherte. «Es war ein ganz komisches Flattern im Bauch – beinahe zu schwach, als dass ich mir hätte sicher sein können, aber es war ganz eindeutig das Baby.»

Jacob drückte sie an sich. «Ich wünschte, wir könnten hierbleiben und das Abendessen ausfallen lassen.»

Helaina küsste seinen Hals und wünschte sich dasselbe, aber sie schob ihn von sich und schüttelte den Kopf. «Heute ist Ashlies und Timothys letzter Abend hier. Wir müssen mit ihnen feiern.»

«Ich weiß.» Er klang enttäuscht.

Helaina zwinkerte ihm zu. «Das heißt ja nicht, dass wir lange feiern müssen.»

Sie ging zu ihrer Truhe und holte einen kleinen zusammengerollten Schal heraus. Arm in Arm gingen sie zum Haus der Iwankows zurück, beide mit einem Lächeln auf den Lippen, als wüssten sie von einem besonderen Geheimnis.

Nachdem sie die Schmuckstücke ausgepackt und auf dem Stoff des Schals ausgebreitet hatte, setzte Adrik sich und betrachtete sie eins nach dem anderen. Eine Rubin-Halskette war das größte Stück. Sie bestand aus etwa fünfundzwanzig Steinen ansehnlicher Größe. Sie waren in schweres Gold gefasst und hingen in einem Halbkreis an einer dicken, geflochtenen Goldkette. Nach wenigen Augenblicken blickte Adrik stirnrunzelnd auf. «Ich hoffe, du hast nicht zu viel dafür ausgegeben. Sie sind nicht echt.»

«Was?» Helaina schüttelte den Kopf. «Bist du sicher?»

«Absolut. Sie sind unecht – sowohl die Steine als auch das Gold. Eindeutig Modeschmuck. Wie man sie im Theater sieht oder bei Leuten, die so tun wollen, als gehörten sie zur Oberschicht, sich aber die Preise des echten Schmucks nicht leisten können.»

«Wie merkwürdig. Warum sollte Babinowitsch eine solche Geschichte erfinden?»

«Seinem Verhalten nach zu urteilen», sagte Adrik, «vermute ich, dass an ihm nicht nur die Juwelen unecht sind. Ich glaube nicht, dass er überhaupt Russe ist. Ich würde sagen, er ist ein Schwindler, der falschen Schmuck verkauft, um sich seinen Lebensunterhalt zu verdienen.»

«Warum ist er dann hier in Alaska?», fragte Leah. «Das ist doch so abgelegen und unwichtig. Schließlich gibt es hier nicht an jeder Ecke reiche Leute.»

«Wahrscheinlich hat er gerade deshalb diesen Ort ausgesucht. Die Eisenbahnbeamten haben mir erzählt, dass viele polizeilich gesuchte Männer sich in den Norden zurückziehen. Offenbar ist es dort nicht so einfach, Recht und Ordnung durchzusetzen, und es ist auch komplizierter, an Informationen über Kriminelle zu kommen. Selbst unser Rechtssystem ist unzureichend, wir ihr wisst. Ich vermute, dass Babinowitsch die Chance gewittert hat, sich das Mitgefühl gutherziger Menschen zunutze zu machen. Er hat die Geschichte, dass er dem Zar hilft, wahrscheinlich erfunden, weil er wusste, dass man aus den Zeitungen leicht von der Not der Zarenfamilie erfahren kann, eine genauere Überprüfung seiner Angaben aber wegen der Entfernung und des Krieges unmöglich ist.»

«Ich nehme an, dass wir ihn nicht mehr wiedersehen», erwiderte Leah. «Was für ein merkwürdiger Mensch.»

Ein Gefühl der Wut packte Helaina, und in diesem Augenblick schwor sie sich, nachzuforschen und die Wahrheit über Babinowitsch herauszufinden – oder wie auch immer er in Wirklichkeit hieß. Natürlich würde sie weder Jacob etwas davon sagen noch irgendjemand anderem. Niemand hatte dafür Verständnis, wenn eine schwangere Frau sich mit solchen Dingen beschäftigte.

«Also Papa, was hältst du von meiner Idee?», fragte Ashlie, als ihre Brüder sich zu ihr gesellten.

Helaina versuchte sich ganz normal zu verhalten – als bedeute das, was Adrik gesagt hatte, ihr weiter nichts. Jacob spürte ihre Enttäuschung jedoch und legte aufmunternd einen Arm um sie.

«Ich hatte doch noch gar keine Zeit, darüber nachzudenken, Ashlie», sagte Adrik.

«Worüber nachzudenken?», wollte Jacob wissen.

«Ashlie hat vorgeschlagen, dass die Jungen und ich mit ihr nach Seattle reisen – wenigstens für einen kurzen Besuch. Eine ähnliche Idee hatte ich allerdings schon mit Timothy besprochen, und ich glaube, es wäre besser, wenn wir im Mai hinfahren.» Er wandte sich an Ashlie und fügte hinzu: «Zu deiner Abschlussfeier. Ich hoffe, du bist nicht zu traurig oder enttäuscht. Ich habe nur das Gefühl, dass wir im Moment besser hierbleiben.»

Ashlie lächelte. «Dann habe ich etwas, worauf ich mich freuen kann. Wie schön, euch dabeizuhaben, wenn ich meinen

Schulabschluss mache. Da kann ich gar nicht traurig sein.» Sie ging zu Adrik und umarmte ihn.

«Ich weiß nicht, wie es euch geht, aber ich bin völlig ausgehungert», verkündete Jayce. «Ich finde, wir sollten endlich mit der Feier beginnen.»

Leah lachte. «Ich glaube, Wills und Merry würden dir Recht geben», sagte sie und zeigte auf den Tisch. Die Zwillinge waren bereits auf die Bank geklettert und griffen nach den Leckereien, die in ihrer Reichweite standen.

Adrik nahm den Schmuck und wickelte ihn wieder ein. Er reichte ihn Helaina mit einer Warnung. «Ich würde mich in Zukunft vor Mr. Babinowitsch in Acht nehmen. Er scheint die Sorte Mann zu sein, die es auf vornehme Damen abgesehen hat. Wenn er noch einmal versucht dich anzusprechen, ruf einen von uns.»

Helaina nickte und nahm das Päckchen mit dem Schmuck. Sie würde vorsichtig sein, was Mr. Babinowitsch betraf, aber ihre Art der Vorsicht war höchstwahrscheinlich nicht das, was Adrik im Sinn hatte.

21

Der Winter ging in einen matschigen, feuchten Frühling über. Die Arbeiten an der Bahnlinie begannen wieder, und die Männer waren beschäftigter denn je, so dass die Frauen mehr alleine waren, als ihnen lieb war. Während die Gleise weiter nach Norden vordrangen, wurden die Zeiten, in denen die Männer fort waren, immer länger, und Leah hasste die Trennung.

Als der Mai sich zu einem für diese Jahreszeit ungewöhnlich warmen Monat entwickelte, beschloss Leah, einen kleinen Garten anzulegen, trotz der Gefahr, dass sie alles an einen späten Frost oder sogar Schnee verlor. Sie würden Gemüse brauchen, und es schien das Risiko wert. Außerdem bestellte sie eine Kiste mit Hühnern von Peter Coltons Reederei. Sie hatte vor, im Sommer frisches Fleisch zu haben, aber auch zwei Legehennen zu behalten. Vielleicht konnte Jayce einen kleinen Anbau am Haus errichten, so dass sie die Hühner auch im Winter halten konnten. Es wäre schön, das ganze Jahr über Eier zu haben.

Den Boden um ihr Holzhaus herum zu bewirtschaften, gab Leah ein Gefühl der Dauerhaftigkeit und Zugehörigkeit. Die Zwillinge waren jetzt beinahe zwei Jahre alt und liefen nach Herzenslust in der waldreichen Umgebung herum. Leah war davon jedoch nicht so begeistert und versuchte sie in Schach zu halten. Sie band ihnen Glöckchen an die Kleider, befestigte sie an langen Leinen und versuchte sogar, sie einzuzäunen, aber nichts half. Sie war gezwungen, immer ein Auge auf die beiden zu haben.

Als sie zum fünften oder sechsten Mal aufblickte, um nach den Kindern zu sehen, bemerkte Leah erstaunt, dass ihr Bruder und ihr Mann auf sie zukamen. Sie klopfte sich die Erde von den Händen und erhob sich, während Wills und Merry auf ihren Vater zurannten.

«Ich hatte euch gar nicht so früh erwartet», gestand Leah.

«Obwohl ich mich natürlich freue.» Sie schob ihr Gesicht zwischen die beiden lachenden Zwillinge, um ihren Mann zu küssen.

«Ich weiß. Wir haben den letzten Wagen nach Süden bekommen. Adrik ist wieder im Norden geblieben. Es gibt große Pläne für Bahnlinien, die durch die Berge führen sollen, und er will hören, was die Gutachter über das Gebiet sagen.»

«Ich dachte, jetzt, wo sie in der Bergbauregion angekommen sind, würde er wieder mehr zu Hause sein oder sogar nach Ketchikan zurückgehen.»

Jayce setzte die Zwillinge ab und zuckte mit den Schultern. «Ich habe keine Ahnung. Du weißt ja, dass er seit Karens Tod nicht viel redet. Manchmal versuche ich ihn dazu zu bewegen, dass er von früher erzählt, aber er arbeitet viel, dann wäscht er sich und geht gleich schlafen.»

«Ich weiß. Auch wenn er hier ist, macht er nicht viel anderes. Den Jungen geht es auch nicht besonders gut. Christopher hat schreckliche Albträume. Er wacht mindestens zwei oder drei Mal in der Woche schreiend auf. Oliver spricht gelegentlich mit mir, aber er macht sich ständig Sorgen um seinen Vater und seinen Bruder. Er will nur nach Hause.»

«Nach Hause? Nach Ketchikan?»

«Ja. Aber ich glaube, er will einfach nur, dass alles wieder so ist, wie es früher war», gab Leah zu bedenken. «Ich glaube, es wäre ihm egal, wo er lebt, wenn er nur seine Mutter zurückhaben könnte und sein Vater und sein Bruder wieder fröhlich wären. Er ist wirklich ein nachdenklicher kleiner Bursche.»

«So klein ist er gar nicht mehr. Adrik sagt, Oliver hat ihn gefragt, ob er mit ihm zusammen arbeiten könne.»

«Er ist noch keine vierzehn. Er braucht eine Schulbildung, keine Arbeit.»

«Das sehe ich auch so», sagte Jayce und hielt abwehrend die Hände hoch. «Mich musst du nicht überzeugen.»

Leah sah zu, wie Wills versuchte, auf Champion zu reiten. Der Hund ließ den Jungen geduldig auf sich herumklettern, aber als Wills schließlich auf Champions Rücken saß, sank der Hund einfach zu Boden und jaulte seinen Protest. Leah lächelte und schüttelte den Kopf. Wie sehr wünschte sie doch, Adriks Söhne könnten auch so einfach Freude finden.

«Wenn Adrik bald heimkommt», begann Leah, «dann werde ich darauf bestehen, dass er mit mir redet. Er muss wissen, was los ist.»

«Geh nicht zu hart mit ihm ins Gericht, Leah. Ich weiß nicht, wie es mir ginge, wenn ich dich verlieren würde.» Er legte den Arm um sie. «Ich weiß, dass ich nie mehr ich selbst sein würde.»

«Aber diese Jungen brauchen ihn. Auch wenn wir in ihr Haus gezogen sind, um uns um sie zu kümmern, ist es für sie nicht einfach. Sie wollen nicht, dass ihr Vater so viel fort ist und ich ständig da bin. Das weiß ich, obwohl sie es nie gesagt haben.»

«Gib ihnen Zeit. Sie brauchen alle Zeit. Sie ist das Einzige, was hilft», sagte Jayce.

Leah wusste, dass er Recht hatte; dasselbe sagte sie sich auch immer wieder. Außerdem schrieb sie aufmunternde Briefe an Ashlie, die wiederum seitenweise über ihre Einsamkeit und ihren Kummer in Bezug auf ihre Mutter schrieb.

«Wann gehen sie nach Seattle?», fragte Jayce.

«Nächste Woche. Sofern Adrik seine Pläne nicht geändert hat, fahren sie am zweiundzwanzigsten ab.»

«Die Reise wird helfen. Sie bedeutet neue Eindrücke und Abwechslung. Dann sind sie aus Alaska und von allem Vertrauten weg und gezwungen, aus ihrem Kokon zu kriechen und miteinander zu reden. Das wird schon wieder, du wirst sehen.»

Leah hoffte, dass ihr Mann richtig lag. Sie hatte den Winter über beobachtet, wie Adrik sich immer mehr zurückgezogen hatte, und als die Eisenbahngesellschaft die Männer wieder eingestellt hatte, schien es die perfekte Ausrede für ihn, sich ganz abzuschotten. Leah wusste, dass jeder Mensch auf seine Weise trauern musste, aber so ging es jetzt schon seit Monaten, und damit war niemandem geholfen.

Die nächsten Tage brachten jedoch noch mehr Sorge. Die Zeitungen berichteten von einer üblen Grippeepidemie in den Regionen um Nome und Teller. Sie nannten es die Spanische Grippe, sagten aber wenig darüber, woher sie kam oder wie die Symptome aussahen. Es schien, als hätte die tödliche Krankheit sich in den Wintermonaten festgesetzt und ganze Dörfer ausgelöscht.

Leah wartete verzweifelt auf Nachricht von ihren Freunden. Sie hatte geduldig den ganzen Winter gewartet, aber jetzt hoffte sie inständig, dass sie Gutes hörte. Sie wollte wissen, wie es Emma und den Kindern ging, und auch von John und Oopick. Es gab so viele Leute dort, die ihr nahestanden, und sie wünschte, sie wüsste, wie es ihnen erging.

Ein Brief kam von Grace, in dem sie die traurige Nachricht verkündete, dass ihr Sohn Andrew sich freiwillig zum Militär gemeldet hatte. Grace schrieb auch von ihrem Wunsch, in den Norden zu kommen und Adrik und die Jungen zu sehen. Sie hatte das Bedürfnis, sie ohne Karen zu sehen, damit der Tod der Frau für sie real wurde. In ihrem Brief hieß es: *Wenn man viele Kilometer entfernt ist, fällt es leicht, so zu tun, als wäre sie noch bei uns.*

Leah hatte diesen Vorteil nicht. Sie spürte Karens Abwesenheit jeden Tag. Das hing sicherlich auch damit zusammen, dass sie in Karens Haus wohnte. So war es für alle praktischer gewesen, weil die Männer immer länger fort waren. Leah und die

Zwillinge zogen in das Zimmer, das Adrik für Ashlie vorgesehen hatte. Als er das Haus gebaut hatte, war es ihm wichtig gewesen, dass seine Tochter ein Zimmer bekam, damit sie keine Ausrede hatte, nicht nach Hause zu kommen.

Zuerst waren Leah und die Zwillinge immer in ihr eigenes Haus zurückgezogen, wann immer Adrik heimkam, aber nach einer Weile schien das für alle Beteiligten zu viel Unruhe zu bringen, und Leah und Jayce zogen ganz zu Adrik und den Jungs. Aber wenn alle fort waren oder schliefen, fühlte Leah die Einsamkeit besonders. Sie konnte Karens Stimme beinahe hören und sehen, wie sie in der Küche oder am Tisch arbeitete. Wegen des gefrorenen Erdbodens und der heftigen Schneefälle hatten sie Karen erst vor kurzem begraben können, und die Beerdigung hatte die Wunden des Verlusts noch einmal neu aufgerissen.

«Ich bin froh, dass ihr hier im Haus wohnen werdet», sagte Adrik, als Leah und die anderen sich ein paar Tage später zu einem gemeinsamen Essen versammelten, nachdem er aus dem Norden zurückgekehrt war. Am nächsten Tag würden er und die Jungen nach Seattle aufbrechen. «Ich glaube, ihr werdet den zusätzlichen Platz genießen, mit euren wilden Zwillingen.» Er stupste Wills am Kinn und beugte sich vor, um Merry einen Kuss zu geben. Das kleine Mädchen quietschte vergnügt, als Adriks Kuss ihren Hals hinunterwanderte und in einem lauten schmatzenden Geräusch endete. Es war ein Spiel, das Adrik früher immer mit ihr gespielt hatte, in letzter Zeit aber nicht mehr.

Leah war froh zu sehen, dass Adrik wieder etwas mehr er selbst war. «Wir werden euch vermissen. Als Nächstes werde ich wahrscheinlich einen Brief bekommen, in dem steht, dass ihr beschlossen habt, in Seattle zu bleiben.»

Oliver blickte stirnrunzelnd auf. «Wir bleiben nicht dort.»

Adrik zuckte mit den Schultern. «Und was ist, wenn es uns da besser gefällt als hier?»

Oliver schob seinen Stuhl so ruckartig zurück, dass er umfiel, als der Junge aufsprang. «Ich will überhaupt nicht nach Seattle. Aber mich hat ja niemand gefragt!» Er rannte aus dem Zimmer, und Adrik sah ihm erstaunt nach.

Christopher erhob sich langsam und schüttelte den Kopf. «Ich will auch nicht fahren.» Er folgte seinem großen Bruder zu ihrem Schlafzimmer auf dem Dachboden.

«Das habe ich ja schön vermasselt», sagte Adrik mit zerknirschter Miene.

«Sie leiden sehr», sagte Leah. Sie füllte etwas zerdrücktes Gemüse in Wills' Schüsselchen und reichte ihm einen Löffel. Merry kaute zufrieden auf einem Stück Sauerteigbrot mit Butter und hatte ihr Gemüse kaum angerührt. Während Leah auch für Wills ein Brot schmierte, fuhr sie fort: «Ich wollte mit dir reden, aber …»

«Aber ich bin ja nie zu Hause», vollendete Adrik den Satz. «Ich weiß, und es tut mir leid. Ich habe mich von der Arbeit so in Beschlag nehmen lassen, damit ich nicht nachdenken oder Karens Abwesenheit spüren muss. Ich wusste, dass es falsch ist, aber … Jedenfalls wird sich das jetzt ändern. Ich war sehr selbstsüchtig, das haben Jacob und Jayce mir klargemacht.»

«Haben wir?», warf Jayce ein. «Wie haben wir das denn geschafft?»

«Durch euer Verhalten. Jedes Mal, wenn ich mich umgedreht habe, wolltet ihr nach Hause und bei euren Familien sein. Ich wollte auch bei den Jungs sein, aber noch mehr wollte ich bei Karen sein, und ich wusste, dass sie nicht hier sein würde. Außerdem wusste ich, dass die Jungen Fragen hatten, und ich hätte ihren Kummer zusätzlich zu meinem eigenen ertragen müssen. Das konnte ich einfach nicht.» Er schüttelte den Kopf. «Es tut mir wirklich leid, Leah. Das war sehr egoistisch von mir, aber in Zukunft will ich es besser machen. Ich hoffe, diese Reise gibt uns die Gelegenheit, richtig miteinander zu sprechen und einen Teil der Trauer aufzuarbeiten.»

«Du brauchst dich nicht bei mir zu entschuldigen. Ich habe mir nur Sorgen um dich gemacht – und um die beiden auch. Es geht ihnen nicht sehr gut, Adrik. Christopher leidet unter Albträumen und Oliver macht sich wegen jeder Kleinigkeit Sorgen. Sie fragen mich ständig nach dir und haben Angst, dass dir etwas Schreckliches zustößt.»

«Das wusste ich nicht.» Adrik blickte zum Dachboden hinauf. «Ich werde mit ihnen reden – ihnen helfen, es zu verstehen.» Er machte Anstalten aufzustehen.

Leah berührte sanft seinen Arm. «Warum gibst du Oliver nicht ein bisschen Zeit, sich zu beruhigen? Er wird eher gewillt sein, dir zuzuhören, wenn er nicht mehr so wütend ist.»

«Ich glaube nicht, dass die Wut so schnell verschwinden wird. Nicht, wenn es ihm so geht wie mir», sagte Adrik, setzte sich aber wieder. «Aber du hast Recht. Ich gehe nach dem Abendessen hinauf.»

Oliver und Christopher hörten zu, was unten gesprochen wurde, während sie nebeneinander in ihrem Bett saßen. Oliver schüttelte den Kopf und wandte sich an Christopher. «Ich weiß, was er sagen wird. Er wird uns erzählen, dass wir uns in Seattle prächtig amüsieren werden und dass wir Mama dort nicht so doll vermissen werden wie hier, und dann dauert es nicht lange und er kauft ein Haus dort und sucht sich eine

Arbeit. Und dann sitzen wir dort fest. Aber ich habe mich entschieden: Ich fahre nicht nach Seattle. Ich fahre nach Hause.»

«Nach Ketchikan?»

«Ja. Da waren wir glücklich. Da will ich hin.»

Christophers Miene wurde ganz ernst. «Ich gehe auch nach Hause. Ich will in unser altes Haus zurück. Aber wie sollen wir denn dorthin kommen, Oliver? Ketchikan ist weit weg, und wir haben kein Geld.»

«Wenn wir den Zug nach Seward nehmen, können wir ein Boot finden, das uns nach Ketchikan bringt. Ich habe mich umgehört, und jetzt kenne ich mich aus. Die Fischerboote werden uns mitnehmen, wenn wir arbeiten. Wir können eine Menge Sachen machen. Dann dauert es keine zwei Wochen und wir sind zu Hause.»

«Nimmst du mich auch mit?»

Oliver legte eine Hand auf Christophers Schulter. «Ich lasse dich nicht hier. Ich passe auf dich auf, Christopher. Versprochen.»

«Und ich auf dich», erwiderte er.

Oliver wollte die Gefühle seines Bruders nicht verletzen, indem er ihn darauf hinwies, dass ein elfjähriger Junge kaum auf sich selbst aufpassen konnte, geschweige denn auf irgendjemand anderes. «Wir schaffen das, Christopher. Zusammen schaffen wir das. Und jetzt komm. Wir legen uns besser hin. Wenn Papa raufkommt, tun wir so, als würden wir schlafen. Dann müssen wir nicht lügen, was unseren Plan betrifft.»

Christopher zog schnell sein dickes Flanellhemd aus und streifte seinen Schlafanzug über. «Wann gehen wir denn?»

«Sobald alle eingeschlafen sind.» Oliver hatte sich in Gedanken bereits alles zurechtgelegt. Er hatte begonnen, einen Plan zu überlegen, seit sein Vater verkündet hatte, sie würden nach Seattle fahren. Zuerst hatte er vorgehabt, sich abzusetzen, sobald sie Seward erreicht hatten, aber vielleicht war es besser, jetzt zu gehen. Er wusste, dass es einen Güterzug gab, der in der Nacht hier vorbeikommen würde. Es war der Zug, der Material in den Norden gebracht hatte und jetzt wieder nach Seward zurückfuhr. In Ship Creek hielt der Zug immer, um Wasser zu tanken. Wenn er und Christopher ganz vorsichtig waren, konnten sie sich wahrscheinlich hineinschleichen und nach Süden fahren. Er hatte die Bahnwaggons schon oft beobachtet. Die Türen standen meistens offen, so dass es nicht schwierig sein dürfte, sich darin zu verstecken. Zumindest hoffte er das.

Leah beeilte sich, das Frühstück auf den Tisch zu stellen, während Adrik die Jungen zum dritten Mal rief. «Kommt schon, Jungs, wir werden den Zug nicht bekommen, wenn ihr nicht eure Sachen packt und sofort herunterkommt!»

Er schüttelte den Kopf, als keine Antwort kam, und ging zur Leiter. «Sie waren gestern Abend so müde, dass sie schon geschlafen haben, als ich hinaufgegangen bin, um mit ihnen zu reden. Offenbar sind sie vor Kummer und Sorge ganz erschöpft. Es tut mir wirklich leid, dass ich dir das alles zugemutet habe, Leah.»

«Ich war froh, für dich hier sein zu können, Adrik. Das weißt du. Mach dir keine Vorwürfe oder Sorgen deswegen. So ist es nun einmal.»

«Ich glaube, ich gehe nach oben und rede mit ihnen, bevor sie zum Frühstück kommen. Vielleicht kann ich ihnen die Sache erklären.»

Adrik stieg die Leiter hinauf, während Leah sich umdrehte, um die Kaffeekanne zu holen. Die Haustür ging auf, und Jacob und Helaina traten ein. Leah musste lächeln. Helaina bewegte sich unter der Last ihres Kindes ganz langsam. Wochenlang hatten sie überlegt, ob das Kind nun ein Junge oder ein Mädchen war, und beide hatten beschlossen, dass es ein Sohn sein müsse, weil er im Mutterleib so unruhig war.

«Wie geht es dir?», fragte Leah, während sie mit einer Hand einen Stuhl für Helaina herauszog und mit der anderen den Kaffee auf den Tisch stellte.

«Ich habe ganz gut geschlafen. Das Baby ist nicht mehr so aktiv, und der Arzt sagt, das liegt daran, dass es seine Energie für die Geburt aufspart. Er glaubt, dass es bald so weit ist.»

«Das glaube ich auch», nickte Leah. «Es hat sich in der letzten Woche deutlich gesenkt. Es könnte jetzt jeden Tag losgehen.»

«Hast du die Jungen gesehen, Leah?», fragte Adrik, als er die Leiter wieder hinunterkam.

«Nein, nicht seit dem Abendessen. Warum?»

«Sie sind nicht da. Sie sind fort und einige ihrer Sachen auch. Sie haben Rucksäcke für die Reise gepackt. Die fehlen.»

«Meinst du, sie haben ihre Meinung geändert und beschlossen, früher zum Bahnhof zu gehen – vielleicht, um dir zu zeigen, dass sie keine Schwierigkeiten machen wollen?», fragte Jacob.

«Ich weiß nicht. Ich glaube, ich sollte besser nachsehen.» Er kratzte sich den Bart. «Ich habe kein gutes Gefühl bei der Sache.»

«Warum?», fragte Leah. «Was ist denn?»

«Fehlen Lebensmittel?», fragte Adrik.

Leah zuckte mit den Schultern und ging zum Schrank. «Ich habe nicht darauf geachtet.» Sie sah sich in der Kammer um. «Mehrere Tüten Trockenfleisch fehlen – von den Vorräten, die du letzten Winter eingelagert hast. Und wie es aussieht, fehlen bis auf einen Laib auch die Brote.» Sie blickte ängstlich auf. «Sie sind weggelaufen, nicht wahr?»

Adrik nickte und ging zur Tür, um seinen Mantel anzuziehen. «Das glaube ich auch. Ich weiß nicht, wohin sie wollen, aber …»

«Wir helfen dir suchen», sagte Jayce, und er und Jacob standen auf. Jacob nahm sich ein Stück geröstetes Brot und einige Scheiben Wurst, um sich ein Sandwich zu machen, und Jayce tat es ihm gleich.

«Sagt uns Bescheid, sobald ihr etwas wisst, ja?», bat Leah. «Sie können noch nicht weit sein. Schließlich haben sie keine Transportmöglichkeit.»

Eine Stunde später hatte Leah die Küche geputzt, und noch immer waren die Männer nicht zurück. Sie machte sich Sorgen um die Jungen und hatte schon mehr als ein Dutzend Mal für alle Beteiligten gebetet. Sie konnte sich kaum vorstellen, wie die Kinder dort draußen allein zurechtkamen. Die beiden waren intelligente Buben, sagte sie sich immer wieder, und sie waren dazu erzogen worden, selbständig zu sein. Bestimmt würde ihnen nichts zustoßen.

«Leah? Ich glaube, das Baby kommt heute», sagte Helaina nervös.

Leah sah, dass sie sich den Bauch hielt. «Hast du Schmerzen?»

Helaina sah auf und nickte. «Seit heute früh immer mal wieder. Zuerst dachte ich, es wäre wie sonst manchmal, aber das hier ist anders. Der Schmerz wird stärker und kommt immer öfter.»

Leah warf einen Blick auf die Uhr. Es war kurz nach neun. «Wir sollten vorbereitet sein. Da wir nicht wissen, was mit den Jungen oder mit unseren Männern ist, möchte ich, dass du hierbleibst. Wäre das in Ordnung?»

«Nun ja, auf jeden Fall möchte ich nicht allein sein», gab Helaina zu.

«Fühlst du dich gut genug, um nach Hause zu gehen und ein

paar Sachen zu holen, oder willst du lieber hier bei den Zwillingen bleiben, während ich rübergehe?»

«Das schaffe ich schon.» Sie erhob sich langsam. «Was brauche ich?»

«Bring ein sauberes Nachthemd mit und Decken und Kleidung für das Baby. Den Rest habe ich.» Sie lächelte, als sie Helainas besorgte Miene sah. «Keine Angst.»

«Ich will nur nicht, dass etwas passiert», sagte sie. «Der Doktor hat gesagt, er habe letzte Woche eine Mutter und ihr Baby verloren.» Sie verstummte.

Leah trat neben sie und nahm sie in den Arm. «So etwas darfst du gar nicht denken. Alles wird gutgehen. Wir wollen uns keine Sorgen machen, bis wir einen Grund dazu haben.»

Helaina legte eine Hand auf ihren Unterleib und zog eine Grimasse. «Ich würde sagen, einen neuen Menschen auf die Welt zu bringen, ist ein Grund, sich Sorgen zu machen.»

In diesem Moment kam Wills angerannt. «Mama, Mama! Guck mal!»

Leah lachte, als er ein Spielzeug hochhielt. «Die Geburt ist der einfache Teil. Sie groß zu bekommen – das ist ein Grund für Sorgen.»

Helaina ging ganz langsam, während Leah ihrem Sohn durchs Haar fuhr. Ihre Hand berührte sein Gesicht, und sie stutzte. Als sie die Hand auf seine Stirn legte, stellte sie fest, dass Wills Fieber hatte. Sie wusste, dass die Zwillinge zahnten, deshalb machte sie sich keine Sorgen. Merry hatte sicherlich auch erhöhte Temperatur. Sie ging zu ihrer Tochter und sah nach. Wie erwartet fühlte sich auch Merrys Stirn warm an.

«Wie es aussieht, sollte ich euch beiden ein Stück Leder zum Kauen geben und etwas, das die Temperatur senkt.» Aber bevor Leah sich darum kümmern konnte, kehrte Helaina zurück. Ihr

Gesicht war so weiß wie eine Wand, und ihre Miene sagte Leah, dass etwas nicht stimmte.

«Was ist los?», fragte sie.

«Die Fruchtblase ist gerade geplatzt.»

22

Jacob konnte die Enttäuschung und Sorge in Adriks Gesicht sehen. Niemand bei der Bahn oder in der Stadt hatte Christopher und Oliver gesehen. Die Kinder waren wie vom Erdboden verschluckt.

«Zu Fuß können sie nicht weit gekommen sein», sagte Jacob zu Adrik.

«Ich habe ihre Spur bis hier zur Bahn verfolgt», sagte Adrik kopfschüttelnd. «Wenn sie in der Nacht hier waren, sind sie vielleicht auf den Güterzug geklettert, der Material aus Seward bringt.»

«Aber warum sollten sie ohne dich nach Seward fahren?», überlegte Jacob. «Sie wollten doch nicht einmal nach Seattle. Wäre es da nicht logischer, wenn sie sich irgendwo hier versteckt hielten, bis sie der Ansicht sind, dass du fort bist oder deine Meinung über die Reise geändert hast?»

«Ich weiß nicht. Ich sollte besser zum Haus zurückgehen und ein paar Sachen packen. Dann nehme ich den Zug in Richtung Süden wie geplant. Wenn sie wirklich nach Seward gefahren sind, kann ich mich dort umschauen und sie finden. Du und Jayce, ihr könntet hier in der Gegend suchen.»

Jacob nickte. «Das machen wir.»

Jayce kam von der Straße angetrabt. «Am Ufer hat sie auch niemand gesehen!», rief er. Die Einfahrt in den Hafen war nicht sehr gut für den Schiffsverkehr geeignet, aber es gab kleinere Boote, die auf den Kanälen navigieren konnten.

«Adrik glaubt, dass sie den Güterzug nach Süden genommen haben.»

Jayce sah Adrik an, als er vor den beiden Männern stehen blieb. «Warum?»

«Ich habe ihre Spur bis hierher verfolgt. Es gibt keine Anzeichen, dass sie das Gebiet zu Fuß verlassen haben. Und keinen Waggon, vor dem ich ihre Fußabdrücke gesehen hätte. Nur die Bahnschienen. Ich weiß nicht, warum sie das hätten tun sollen. Ich verstehe es einfach nicht.»

«Du wirst es später verstehen», sagte Jacob. «Kommt, wir gehen zum Haus zurück und überlegen, wie wir dir am besten helfen können.»

Sie machten sich auf den Weg nach Hause, und Jacob wünschte, er könnte Adrik beruhigen, aber er wusste, wie schrecklich dieser sich fühlte. Wenn Jacob einen Sohn hätte, der vermisst wurde, wäre er völlig aufgelöst, und er war sicher, dass nichts und niemand ihn würde trösten können.

«Ihr könnt mir ein Telegramm schicken», sagte Adrik. «Wenn ihr sie findet, telegrafiert einfach nach Seward. Ich werde regelmäßig nachfragen.»

«Du fährst nach Seward?», fragte Jayce.

«Ich sehe keine andere Möglichkeit.»

«Wir suchen die Gegend hier ab», versprach Jacob. «Wir können jemanden einstellen, der uns bei der Jagd hilft, und uns auf die Suche konzentrieren, bis wir von dir hören.»

«Ich weiß eure Hilfe wirklich zu schätzen. Ich weiß nicht, was ich mache, wenn …»

«Mach dir keine voreiligen Gedanken. Wir finden sie», sagte Jacob.

Sie waren beinahe bei Adriks Haus angelangt, als ein Schrei die Luft zerriss.

Adrik drehte sich zu Jacob um. «Was in aller Welt war das?»

Wieder ertönte der Schrei.

«Das ist Helaina!», sagte Jacob. Er rannte auf das Haus zu. «Helaina!»

Er rannte beinahe die Tür ein, als er ins Haus stürzte. «Helaina!»

Leah kam aus dem Schlafzimmer, in dem sie und Jayce schliefen. «Beruhige dich. Du brauchst nicht so zu schreien.»

«Was ist passiert? Was ist los?»

Leah lächelte. «Nichts ist los. Du hast nur einen Sohn.»

Jacob blieb wie angewurzelt stehen. «Einen was?»

Leah lachte. «Ich sagte, du hast einen Sohn. Einen Jungen, Jacob. Helaina hat gerade das Baby bekommen. Es ist ein Junge.»

Leah sah zu, als Jacob seinen Sohn vorsichtig aus Helainas Armen nahm. Er blickte sie mit einer solchen Liebe an, dass Leah fast in Tränen ausgebrochen wäre.

«Wie werdet ihr ihn nennen?», fragte sie das Paar.

«Malcolm Curtis Barringer», erklärte Jacob. Er betrachtete seinen Sohn staunend. «Malcolm, weil uns der Name gefällt, und Curtis nach Helainas Mädchennamen.»

«Das ist ein guter Name», erklärte Adrik. «Ich wünschte, ich könnte hierbleiben und den kleinen Kerl besser kennenlernen, aber meine beiden Kerle brauchen mich.»

«Ich werde auch weitersuchen», versprach Jacob. «Das Baby braucht mich im Moment nicht so sehr, wie Oliver und Christopher mich brauchen.» Er sah Helaina an, und sie nickte.

«Du musst ihnen helfen», sagte sie entschlossen. «Ich komme schon zurecht.»

«Leah», sagte Jayce, der in diesem Augenblick das Zimmer betrat. «Etwas stimmt nicht mit den Zwillingen.»

«Was meinst du?» Sie ließ die Decke fallen, die sie in der Hand gehalten hatte.

«Sie sind krank, Leah. Ich habe nach ihnen gesehen, als du mich darum gebeten hast, aber sie wachen nicht auf. Sie sind ganz heiß vom Fieber.»

Leah spürte, wie ihr Magen sich zusammenzog. Sie drängte sich an Jayce vorbei und lief in das Zimmer, in dem die Zwillinge gemeinsam in ihrem Bett schliefen. Als sie ihre Stirnen berührte, zuckte sie erschrocken zurück. Sie waren entschieden heißer als noch vor einer Stunde, als sie das letzte Mal nachgesehen hatte. «Wir brauchen den Arzt. Kannst du ihn holen?»

«Ich gehe sofort. Was glaubst du, was es ist?»

Leah musste an die Zeitungsartikel denken, die von der Influenza auf der Seward-Halbinsel berichtet hatten. «Ich weiß nicht. Ich hoffe und bete nur, dass es nicht die Grippe ist.»

Leah weigerte sich, ihre Kleinen allein zu lassen, bis Jayce mit dem Arzt zurückkam. Der Mann wirkte ernst, als er die Kinder untersuchte. «Es könnte die Grippe sein», sagte er zu ihr. «Es gibt mehrere Fälle in der Gegend, die so ähnlich aussehen. Ganz sicher kann ich es aber nicht sagen. Im Moment sind ihre Lungen frei, und das ist ein sehr gutes Zeichen.»

«Was kann ich tun?», fragte Leah, die nervös ihre Hände knetete. Jayce legte seine Hände auf ihre Schultern und zog sie an sich.

«Sie sollten versuchen, das Fieber zu senken. Ich empfehle lauwarme Essigbäder und Aspirinpulver. Ich habe nicht viel auf Vorrat, und die mittlerweile üblichen Tabletten habe ich gar nicht. Ich lasse Ihnen etwas von dem Pulver hier», sagte er und griff in seine Tasche. «Ich sehe jetzt nach Mrs. Barringer, und später heute Nachmittag komme ich wieder.»

Leah sah ihn gehen und fühlte sich völlig hilflos. Im anderen Zimmer erholte Helaina sich von der Geburt, und der kleine Malcolm war anfällig für die Krankheit der Zwillinge, was auch immer es war. Sobald Helaina sich stark genug fühlte, würde Leah sie drängen, in ihr eigenes Haus zurückzukehren. Vielleicht würde sie sogar vorschlagen, dass Jacob seine Frau und sein Baby sofort dorthin brachte.

«Sag mir, was ich tun kann», sagte Jayce, nachdem er den Doktor zur Tür begleitet hatte.

Leah schüttelte den Kopf, so überfordert fühlte sie sich. «Zieh sie schon mal aus, dann mache ich das Essigbad fertig.» Sie ging in die Küche, um die Dinge zu holen, die sie brauchte.

Die Tränen kamen ungebeten, und bevor sie es sich versah, schluchzte Leah in ihre Hände.

«Was ist denn, Leah?» Es war Jacob. Sie blickte auf und sah, dass er nur wenige Meter entfernt stand. Er streckte die Hand nach ihr aus, aber sie schüttelte den Kopf.

«Nicht. Die Zwillinge sind krank und haben vielleicht die Grippe. Wir wissen es nicht. Sie haben jedenfalls hohes Fieber. Du solltest Helaina und das Baby besser in euer Haus bringen. Es tut mir schrecklich leid.»

«Der Arzt ist gerade bei ihr und untersucht sie und das Baby.»

«Gut. Ich bete, dass es ihnen gut geht. Man weiß ja nie, was sie durchgemacht haben.» Ihre Stimme brach, und sie fing wieder an zu weinen.

Jacob ignorierte ihre Proteste und zog sie in seine Arme. «Leah, bitte mach dir keine Sorgen. Ich kümmere mich um Helaina und Malcolm, aber gibt es irgendetwas, das ich für dich tun kann – oder für die Kinder?»

«Nein. Nichts. Das hätte nicht zu einem ungünstigeren Zeitpunkt kommen können.» Sie löste sich von ihm und rang um Fassung. Dann goss sie eilig Wasser in eine kleine Wanne. «Ich wusste nicht, dass sie krank sind. Als Helaina kurz vor der Niederkunft stand, habe ich sie ins Bett gelegt. Sie waren müde, und obwohl sie erhöhte Temperatur hatten, dachte ich, das komme von den Zähnen.»

«Wie geht es ihnen jetzt?»

«Viel schlechter. Das Fieber ist hoch, aber der Arzt sagt, die Lungen seien frei. Er kommt heute Nachmittag noch einmal, um nach ihnen zu sehen.»

Sie fand den Essig und schüttete eine großzügige Menge in das lauwarme Wasser. «Ich muss gehen.» Sie wollte die Wanne hochheben, aber Jacob nahm sie und deutete mit dem Kinn auf das Kinderzimmer. «Geh du vor. Ich bringe das hier.»

Im Laufe des Tages veränderte sich der Zustand der Zwillinge nicht. Der Arzt kam noch einmal vorbei und ging ohne ein zuversichtliches Wort. Sie saß dort, sah auf ihre Kinder hinunter und betete. Noch nie hatte sie sich so wertlos gefühlt.

Warum kann ich sie nicht gesund machen? Warum musste das geschehen? Sie sind doch noch so klein. Vorsichtig schob sie das Haar aus Merrys Stirn. Ihr Fieber war ungebrochen. Warum ließ es nicht nach? Merry schien so blass – so reglos. Leah hob das Baby auf ihren Arm und wiegte es, und Tränen trübten ihren Blick. Der Gedanke, sie könnte ihre Tochter verlieren, war mehr, als sie ertragen konnte.

«Bitte, Gott, bitte nimm sie mir nicht. Und Wills auch nicht. Ich liebe die beiden doch so sehr.» Sie dachte an ihre alten Ängste zurück – ob die Kinder von Jayce oder von Chase waren. Das alles spielte jetzt keine Rolle mehr. Es waren ihre Kinder, und sie waren ihr wichtiger, als Leah sich jemals hätte vorstellen können.

Sie wiegte Merry, bis ihre Arme das Gewicht des Kindes nicht länger halten konnten. Vorsichtig legte sie das Mädchen wieder ins Bett. Leah beugte sich über die Kinder und küsste beide auf den Kopf. Keines von beiden rührte sich, und es zog ihr das Herz zusammen, als ihr bewusst wurde, dass ihre Babys vielleicht starben und sie nichts dagegen unternehmen konnte.

«Oh Gott, zeig mir, was ich tun soll.»

Die ganze Nacht und bis in den Morgen hinein saß sie an ihrem Bett; Jayce leistete ihr von Zeit zu Zeit Gesellschaft. Als Leah schließlich einnickte, dachte sie an ihr Leben in Last Chance Creek zurück. Sie hatte immer noch nichts von Emma und Sigrid gehört, und sie fragte sich ständig, ob es ihnen gut oder schlecht ging, ob sie tot oder am Leben waren. Sie fragte sich, ob Emma wohl bei ihren Babys saß und die gleiche Hoffnungslosigkeit empfand, die Leah das Leben aus den Adern saugte.

In ihren Träumen arbeitete Leah wieder mit einer alten Tlingit-Frau zusammen, die ihr viel über Medizin beigebracht hatte. Sie sah zu, wie die Frau arbeitete und Blätter von einer palmenartigen Pflanze riss.

«Nimm die Blätter vom Stinkkohl, Leah. Dann schneidest du dich nicht am Igelkraftwurz.»

Leah nahm die schützenden Kohlblätter und dann den Igelkraftwurz mit den rasiermesserscharfen Stacheln. Diese Pflanze wurde für alle möglichen Krankheiten benutzt. Karen nannte sie sogar Tlingit-Aspirin.

Leah erwachte mit einem Ruck. Ihr Herz hämmerte laut, als wäre sie gerade viele Kilometer hinter einem Hundeschlitten hergelaufen. Sie versuchte sich auf den Traum und die Gedanken, die sie aus dem Schlaf gerissen hatten, zu konzentrieren.

«Tlingit-Aspirin. Igelkraftwurz!» Sie sprang auf und beugte sich über Wills und Meredith. Sie schienen weniger fiebrig, aber vielleicht war das auch nur ihr eigenes Wunschdenken.

«Jayce, bist du hier?», fragte sie, als sie das Wohnzimmer betrat. Sie hatte keine Ahnung, wie lange sie geschlafen hatte.

«Was ist denn? Geht es ihnen schlechter?» Jayce kam vom Herd auf sie zu. Leah konnte sehen, dass er etwas kochte.

«Nein. Ihr Zustand ist unverändert. Hör zu, ich muss etwas Igelkraftwurz besorgen. Es ist ein Mittel gegen Fieber und Schmerzen. Ich habe gerade davon geträumt und mich daran erinnert, aus meiner Zeit in Ketchikan. Ich glaube, es ist genau das, was wir brauchen.»

Er berührte ihr Gesicht und nickte. «Geh. Ich bleibe hier.»

Adrik atmete erleichtert auf, als er seine Söhne sah. Sie saßen am Hafen und warteten … und hielten Ausschau. Ein Beamter von der Stadt hatte ihm erzählt, dass zwei Jungen im Hafen

Arbeit suchten. Der Polizist hatte mehrmals versucht, mit den beiden zu reden, aber sie waren immer davongelaufen, bevor er sie erwischen konnte. Adrik schüttelte den Kopf. Er war sich nicht sicher, warum sie hierhergekommen waren oder warum sie auf einem Boot anheuern wollten. Aber all das war im Augenblick gleichgültig; sie waren in Sicherheit. Sie waren am Leben.

Er wollte sie nicht erschrecken, und so rief Adrik ihre Namen von weitem, in der Hoffnung, dass die Entfernung ihnen etwas Zeit gab, seine Anwesenheit zu akzeptieren.

«Oliver! Christopher!»

Sie drehten sich um und sahen ihn kurz an, bevor sie mutlos die Köpfe senkten. Adrik setzte sich neben sie und fragte sich, wie er ihnen klarmachen konnte, dass er sich schrecklich um sie gesorgt hatte – und dass sie nicht hätten weglaufen dürfen.

«Es tut mir leid, Pa», sagte Oliver als Erster. «Bitte sei nicht böse. Es ist alles meine Schuld. Christopher ist nur mitgekommen, weil ich es ihm gesagt habe. Sei bitte nicht wütend auf ihn.»

«Ich bin nicht wütend, mein Sohn. Ich hatte nur schreckliche Angst.»

Oliver blickte auf. «Du?»

Adrik nickte. «Ich konnte euch nicht finden. Ich dachte, ich hätte euch für immer verloren.»

«So wie Mama?», fragte Christopher.

«Ich muss zugeben», sagte Adrik leise, «dass ich Angst hatte, euch könnte etwas zustoßen.»

«Tut mir leid», sagte Oliver wieder. Er ließ den Kopf hängen und weigerte sich, seinem Vater in die Augen zu sehen.

«Ich verstehe nicht, warum ihr hier seid, Jungs. Ich weiß nicht, warum ihr weggelaufen seid.»

«Wir fahren nach Hause», erklärte Christopher.

«Nach Hause?»

«Nach Ketchikan. Wo wir wirklich zu Hause sind», erwiderte Christopher.

Adrik schüttelte den Kopf. Er verstand das alles nicht. «Aber warum?»

«Es ist meine Schuld.» Oliver holte tief Luft. «Ich mag Ship Creek nicht. Ich mag die Eisenbahn nicht. Du bist nie daheim, und wir haben keine Freunde.»

«Und Mama ist dort gestorben. Ship Creek hat sie umgebracht», fügte Christopher hinzu.

Adrik hatte gewusst, dass die Jungs Ship Creek nicht mochten, aber er hatte gehofft, dass sie sich daran gewöhnen würden. Aber jetzt wurde ihm bewusst, dass sie sich dort ohne ihre Mutter noch weniger wohl fühlten.

Mehrere Minuten lang sagte keiner der Jungen ein Wort, dann blickte Oliver auf. Tränen liefen über sein Gesicht. «Ich kann mich nicht an Mamas Gesicht erinnern. Manchmal schon, dann ist es aber, als würde sie verschwinden, und es gibt nur noch eine Wolke um sie herum.»

«Zu Hause in Ketchikan sind Bilder von ihr», sagte Christopher, und seine Unterlippe zitterte. «Können wir nach Hause fahren, Papa? Da hatte ich nie Angst.»

Adrik wurde bewusst, wie wenig er über seine Söhne wusste und darüber, was sie dachten und fühlten. Er kam sich wie ein Versager vor, weil er ihre Bedürfnisse nicht verstand. «Kommt her, Jungs», sagte er und öffnete seine Arme. Christopher begab sich sofort in seine Umarmung und drückte seinen Vater fest.

Oliver reagierte nicht so schnell. Er wischte sich das Gesicht mit dem Ärmel ab und hustete. «Ich bin zu groß, um in den Arm genommen zu werden.»

«Nie», erwiderte Adrik leise. «Auch große Kerle brauchen ab und zu eine Umarmung.»

Oliver dachte einen Augenblick darüber nach und schob sich

dann näher an seinen Vater. Er lehnte sich an ihn und vergrub das Gesicht am Hals seines Vaters. Adrik fühlte, dass der Körper seines Sohnes ganz warm war.

«Bist du krank, Oliver?»

«Wir haben letzte Nacht draußen geschlafen. Da war es kalt.»

Adrik legte eine Hand auf Olivers Stirn, als der Junge wieder zu husten begann. «Kommt mit, Jungs. Wir nehmen uns ein Zimmer im Hotel und wärmen euch auf.»

«Und dann fahren wir nach Hause?», fragte Oliver.

Adrik hielt sie beide auf Armlänge von sich ab. «Ich verspreche euch eins: Wir gehen zurück nach Ketchikan, sobald ich in Ship Creek alles Nötige geregelt habe. Auf jeden Fall werden wir zu Hause sein, bevor der Sommer vorbei ist, aber jetzt müssen wir erst mal zusehen, dass du gesund wirst, und dann muss ich mich um meine Geschäfte kümmern. Ist das in Ordnung?»

Oliver richtete sich auf und sah seinem Vater in die Augen. «Du versprichst also, dass wir wieder nach Ketchikan ziehen?»

Adrik nickte. «Ich verspreche es.»

Stunden später an diesem Abend, lange nachdem die Jungen eingeschlafen waren, saß Adrik bei ihnen und lauschte ihrem Atem. Oliver bekam hin und wieder einen Hustenanfall. Der tief sitzende, keuchende Husten beunruhigte Adrik mehr, als er zugeben wollte.

«Aber sie sind in Sicherheit», flüsterte er. Er hatte solche Angst gehabt; sie waren zu jung, um alle Gefahren zu verstehen, aber Adrik kannte sie nur zu gut. Er hätte es sich niemals verziehen, wenn ihnen etwas zugestoßen wäre.

Tränen traten ihm in die Augen, als er an Karen dachte und daran, wie schwer die vergangenen Monate ohne sie gewesen waren. Er hatte nie die Gelegenheit bekommen, all die Dinge zu sagen, die er ihr sagen wollte. Er hatte ihr nicht die Aufmerksamkeit geschenkt, die er ihr hatte schenken wollen. So oft hatte er vorgehabt, mit ihr ganz alleine Zeit zu verbringen, aber immer war das Leben dazwischengekommen und er hatte es auf einen anderen Tag verschoben.

«Aber es wird keinen anderen Tag mehr geben», flüsterte er. «Du bist nicht mehr da. Du bist fort und ich bin hier, und nichts wird mehr so sein wie vorher – nichts wird mehr so gut sein wie vorher.» Er blickte zur Decke hinauf, obwohl er wusste, dass er sie dort nicht finden würde, aber irgendwie war der Gedanke, dass Karen vom Himmel herunterlächelte, für ihn tröstlich.

«Ich weiß nicht, warum du sterben musstest. Du warst mein Ein und Alles … und jetzt fühle ich mich so leer. So verloren.» Er unterdrückte ein ersticktes Schluchzen. «Oh Karen, ich vermisse dich so sehr.»

23

Der Juni begann mit verschiedenen guten Nachrichten. Der Tee aus Igelkraftwurz schien das Fieber der Zwillinge tatsächlich zu senken. Sie schliefen immer noch viel, aber während ihr zweiter Geburtstag näherrückte, erklärte der Arzt, sie seien außer Gefahr. Leah hatte noch nie Worte gehört, die ihr mehr bedeutet hätten.

«Wir haben noch ein Telegramm von Adrik bekommen. Er sagt, der Igelkraftwurz hilft Oliver, und Christopher scheint gegen die Krankheit immun zu sein. Oliver geht es schon viel besser, und sie hoffen, dass es keine Woche mehr dauert, bis sie wieder hier sind», verkündete Jayce mit dem Telegramm in der Hand.

«Da bin ich aber froh.» Leah nahm ein Tablett mit halb geleerten Tellern und warf einen Blick auf ihre schlafenden Kinder. «Der Doktor sagt, die Zwillinge werden wieder munter herumspringen, bevor wir es uns versehen. Er ist so beeindruckt von ihren Fortschritten, dass er mich gebeten hat, ihm bei einigen anderen Patienten zu helfen.»

«Was hast du ihm erzählt?» Jayce blickte sie neugierig an.

«Ich habe zu ihm gesagt, dass ich gerne Tee aus Igelkraftwurz für ihn brühen werde, aber dass ich hier meinen Pflichten nachgehen muss. Er hat das verstanden und freut sich über den Tee.»

Sie lächelte und brachte das Tablett in die Küche. «Natürlich», fügte sie hinzu, «kann er kaum glauben, dass eine so gefährliche Pflanze sich als so hilfreich erweisen kann. Er hat mir erst vor drei Wochen erzählt, dass er einen armen Kerl mit einem entzündeten Bein behandeln musste, nachdem der sich an einer Igelkraftwurz verletzt hatte. Und auf einmal scheinen alle ganz begeistert davon zu sein.»

Jayce kam auf sie zu und nahm sie in den Arm. «Ich habe das Gefühl, als wäre die Welt in den letzten Wochen völlig durchgedreht.»

Leah nickte. «Ich weiß wirklich nicht, was ich ohne dich gemacht hätte. Es tut mir leid, dass die Eisenbahngesellschaft Ärger hatte, weil du und Adrik nicht wie üblich mit den Fleischvorräten helfen konnten, aber für mich war es ein Segen, dass du hier warst.»

«Jacob hat das gut organisiert. Er hat in Seward ein paar Leute vom Hafen angeheuert, und die haben die Arbeit ganz ordentlich gemeistert. So gut sogar, dass Jacob überlegt, diese Arbeit aufzugeben, sobald Adrik wieder da ist, um alles zu leiten. Ich überlege auch, den Job aufzugeben.»

«Und dann?», fragte Leah.

«Ich weiß nicht. Jacob hat mich gefragt, ob ich Lust habe, zusammen mit ihm einen Laden aufzumachen, wie du weißt. Auf jeden Fall denke ich darüber nach. Dies scheint für ein solches Unternehmen ein guter Ort zu sein. Die Menschen strömen förmlich in die Region. Die Leute von der Bahngesellschaft haben mir erzählt, dass ihren Schätzungen nach ungefähr viertausend Männer hier sind. Die meisten arbeiten in irgendeiner Form für die Eisenbahn.»

«Das ist unglaublich. Ich wusste, dass es nach dem Winter wieder mehr Leute sind als letztes Jahr, als wir hierherkamen – und es gibt auch dauerhaftere Strukturen. Das ist immer ein gutes Zeichen. Bald werden wir hier all die Dinge haben, die jede andere Stadt auch bietet.» Leah schlang die Arme um Jayces Hals. «Aber du weißt ja, dass das keine Rolle spielt. Ich gehe mit dir überall hin und werde mit allem zufrieden sein, was du dir als Arbeit aussuchst.»

Am Fenster klopfte es. Leah und Jayce blickten auf und sahen, dass Jacob etwas schwenkte. Sie hatten den Kontakt zu den anderen so weit wie möglich vermieden, denn Leah wollte unbedingt, dass Malcolm und Helaina und auch Jacob gesund blieben und sich nicht mit der Grippe ansteckten.

«Post», rief Jacob. «Ich lege sie vor die Tür.»

«Danke!», erwiderte Leah. Sie konnte kaum erwarten zu sehen, wer geschrieben hatte. Sie betete jeden Tag, dass sie Nachrichten aus Last Chance erhielt, nachdem sie beschlossen hatte, dass es viel schlimmer war, das Schicksal der Dorfbewohner nicht zu kennen, als der Wahrheit ins Auge zu sehen. Sie wartete, bis sie sicher war, dass Jacob nicht mehr in der Nähe der Haustür war, bevor sie sie öffnete. Möglicherweise war eine Quarantäne jetzt nicht mehr nötig, aber Leah war lieber vorsichtig.

Es waren zwei Briefe, und beide waren an Leah adressiert. Einer war von Grace Colton, der andere von Emma Kjellmann. Leah drückte sie an ihre Brust. «Emma hat geschrieben!»

«Jetzt werden wir vielleicht endlich erfahren, was geschehen ist», sagte Jayce und nahm am Tisch Platz. «Setz dich her und lies ihn mir vor. Dann können wir die Nachrichten zusammen verdauen.»

Leah schloss die Tür und trat zum Tisch. «Ich habe so lange darauf gewartet, aber jetzt habe ich Angst.»

«Gott weiß schon, was passiert ist», erwiderte Jayce. «Was geschehen ist, ist geschehen – das können wir nicht ändern. Wenn es schlimme Nachrichten sind, werden wir ihnen gemeinsam ins Auge sehen.»

Leah öffnete den Brief und holte tief Luft. «‹Liebe Leah, lieber Jayce›», begann sie. «‹Die Nachrichten aus Last Chance sind schlecht. Ich bin nicht sicher, ob ihr irgendetwas von unserer Region gehört habt, also verzeiht mir, wenn ich Dinge wiederhole, die ihr schon wisst. Letztes Jahr um Weihnachten herum gab es Gerüchte, dass in Nome und entlang der Küste eine Krankheit wütete. Wir haben uns nicht viel dabei gedacht.

Ich war natürlich mit unserem jüngsten Familienzuwachs beschäftigt, dem kleinen Samuel. Er war im November geboren worden, fast zwei Wochen nach Qavlunaqs und Kimiks Sohn Adam. Weihnachten war ein ganz besonderes Fest mit den neuen Babys in unserer Gemeinde, aber schon bald nahm die Tragödie ihren Lauf.›» Leah blickte kurz zu Jayce auf und las dann weiter.

«‹Mehrere Männer kamen aus Teller zurück und erzählten, dass das Dorf voller Krankheit sei. Aus anderen Dörfern hatten wir Ähnliches gehört. Wie es schien, wusste niemand so recht, was für eine Krankheit es war und wie sie behandelt werden konnte. Sie fing mit hohem Fieber und Atemnot an. Manchmal entwickelte sich ein heftiger Husten, und manchmal schienen die Betroffenen überhaupt nicht mehr atmen zu können. Die meisten fielen von dem Fieber ins Delirium und waren oft während der ganzen Dauer ihrer Krankheit bewusstlos. So etwas hatten wir noch nie gesehen, Leah – nicht einmal die Masernepidemie, die wir vor langer Zeit hatten, war damit vergleichbar. Die Menschen starben, obwohl man gar nicht den Eindruck gehabt hatte, sie seien schrecklich krank gewesen. Sie fühlten sich nicht gut, und am nächsten Morgen waren sie tot. Ich hätte beinahe Björn und Sigrid verloren, aber wie durch ein Wunder haben sie es überstanden. Rachel und Samuel nicht.›»

Leah sog scharf die Luft ein. «Oh nein, nicht die beiden Kleinen. Arme Emma!»

Sie hatte Tränen in den Augen, als sie fortfuhr: «‹Kimik starb am dritten Januar und Oopick kurze Zeit später.›» Leah konnte alle diese Nachrichten kaum ertragen. Oopick war tot und Kimik auch.

«‹So viele Menschen, die du geliebt hast, sind nicht mehr da›», las sie in Emmas zittriger Handschrift. «‹Im Dorf waren nur noch so wenig Bewohner übrig, dass wir überlegten, den Rest des Winters in Nome zu verbringen. Aber dann hörten wir, dass Nome ebenso heimgesucht worden war, und die Überlebenden wollten das Risiko, sich dort anzustecken, nicht eingehen, also blieben wir hier, um das Ende des Winters abzuwarten oder zumindest so lange, bis die Quarantäne aufgehoben wurde. Aber die furchtbare Situation wurde noch schlimmer.›»

Leah schüttelte den Kopf und sah wieder zu Jayce hinüber. «Ich wüsste nicht, was noch schlimmer sein könnte.»

«Du solltest besser weiterlesen», riet ihr Mann.

Leahs Blick wanderte zu dem Brief zurück. «‹Regierungsbeamte aus Nome erschienen hier, als der Weg wieder frei war, und mit ihnen kam die Nachricht, dass viele Dörfer ausgelöscht worden waren – und dass es jetzt viele Waisen sowie Witwen und Witwer gab. Ihr oberster Vertreter erklärte den Dorfbewohnern, es gebe keine Waisenhäuser für die Kinder und die Leute müssten sie adoptieren. Um das zu ermöglichen, zwang er diejenigen, die jetzt alleinstehend waren, wieder zu heiraten. Es war schrecklich, Leah. Die Menschen trauerten noch um ihre unbegrabenen Toten und wurden gezwungen, in eine neue Heirat einzuwilligen. Die Männer konnten sich eine Ehefrau aus den übrig gebliebenen Frauen des Dorfes aussuchen. Wenn es keine Frauen mehr gab, mussten die Beamten die Männer in das nächste Dorf begleiten, damit sie sich dort eine Frau nahmen.

John und Qavlunaq waren außer sich, die Armen. Keiner von beiden wollte wieder heiraten, aber weil die Beamten Druck ausübten, beschlossen sie, einander zu heiraten. John sagte, er werde sich Qavlunaq gegenüber niemals anders verhalten, als ein Schwiegervater es seiner Schwiegertochter gegenüber tut, und Qavlunaq würde John immer schätzen als den Vater ihres Mannes. Trotzdem sind sie vor dem Gesetz verheiratet und haben zwei verwaiste Mädchen aus einem Dorf in der Nähe von Nome aufgenommen, die sie jetzt zusammen mit Qavlunaqs Söhnen – die Gott sei Dank die Epidemie beide überlebt haben – aufziehen.›»

Leah drehte das Blatt um und fuhr wie betäubt fort: «‹Björn war natürlich gegen diese erzwungenen Ehen, aber das war den Beamten egal. Sie waren mit einem Stapel Heiratsurkunden unterm Arm erschienen, alle schon ausgefüllt, so dass nur noch die Namen der betreffenden Personen fehlten und das Datum der Eheschließung. Nachdem sie unser Dorf verlassen hatten, zogen die Abgesandten der Regierung weiter nach Teller, um den armen, nichts ahnenden Seelen dort dasselbe Schicksal aufzuzwingen. Ich bin ja so froh, dass ihr nicht hiergeblieben seid und diese Abscheulichkeiten miterleben musstet. Björn und ich werden mit den Kindern und Sigrid am Ende des Monats abreisen und ein Sabbatjahr bei meiner Familie in Minnesota beginnen. Ich bezweifle sehr, dass wir nach Alaska zurückkehren werden. Der Verlust von Rachel und Samuel sowie unserer lieben Freunde hat uns ganz und gar das Herz gebrochen. Ich bete, dass die Lage in eurem Teil des Territoriums besser aussieht. Ich habe nichts von Krankheit in eurer Region gehört; andererseits haben wir wie immer überhaupt nicht viel mitbekommen.

Bevor ich diesen Brief beende, will ich dir noch erzählen, dass man beschlossen hat, das Dorf zu evakuieren. Die meisten der übrig gebliebenen Iñupiat gehen nach Teller oder Wales. Ein paar wollen nach Nome. Last Chance Creek wird es nicht mehr geben.›»

Leah ließ das Blatt Papier auf den Tisch fallen. «Mir fehlen die Worte.» Sie schüttelte den Kopf und stieß einen tiefen Seufzer aus. Sie hatte das Gefühl, dass ihre Tränen versiegt waren und dass unmöglich ein Sinn in all dem zu erkennen war, was sie gerade gelesen hatte.

Jayce nahm den Brief und las: «‹Ich melde mich wieder und hoffe, von euch zu hören. Ich habe meine Anschrift in Minnesota unten auf die Seite geschrieben. Ich hoffe, ihr betet alle für uns. Alles Liebe, Emma.»»

Er legte den Brief hin und nahm Leahs Hand.

Eine Ewigkeit schien zu verstreichen, in der Leah und Jayce nichts taten, außer dazusitzen und sich aneinanderzuklammern. Leah versuchte nicht zu sehr an ihre alten Freunde zu denken – es tat einfach zu weh. Ihre Gedanken waren ganz verschwommen, und sie öffnete die Augen erst wieder, als sie ein Ziehen an ihrem Ärmel spürte und Wills mit einem Grinsen vor ihr stand.

«Ich essen, Mama.» Er klopfte sich auf den Bauch, wie er es hin und wieder bei Adrik gesehen hatte.

Leah hob ihn auf den Arm und drückte ihn fester, als sie beabsichtigt hatte. Sie musste seine Wärme spüren – seinen Atem hören. Sie musste einfach fühlen, dass er lebendig und gesund war. «Oh Wills», sagte sie und vergrub ihr Gesicht an seinem Hals.

Helaina las den Brief, den Stanley geschickt hatte, zum dritten Mal, bevor sie ihn in die Tasche ihres Rocks steckte. Endlich hatte er ihr Informationen über Tscheslaw Babinowitsch geben können. Zumindest waren es Informationen über einen Mann, der dafür bekannt war, dass er dieses Pseudonym benutzte und sich als Russe ausgab.

Stanley hatte ihr erzählt, dass der Mann in mehreren Staaten gesucht wurde, weil er eine Vielzahl von Leuten betrogen hatte, indem er ihnen unechten Schmuck, Pelze einer minderen Qualität und sogar gefälschte Grundstücksurkunden verkauft hatte. Sein richtiger Name war Rutherford Mills, ein Schauspieler, der ursprünglich aus New York City stammte. Er hatte eine Reihe Namen, die er überall im Land benutzte, und schien sich besonders wohlhabende Frauen als Beute ausgesucht zu haben. Seine jüngste Masche, bei der er sich als Russe ausgab, der Geld für den Zaren und seine Familie sammelte, hatte er überall entlang der Küste von Kalifornien, Washington und jetzt in Alaska angewandt.

Schlimmer als seine Betrügereien und Diebstähle war jedoch, dass Mills als Hauptverdächtiger im Zusammenhang mit der Ermordung mehrerer Frauen galt. Frauen, die zuletzt in seiner Gesellschaft gesehen worden waren, verschwanden plötzlich spurlos. Mills verschwand dann ebenfalls, so dass die Behörden keine Gelegenheit hatten, ihn zu vernehmen. Er galt als sehr gefährlich.

Helaina begann in dem kleinen Wohnzimmer auf und ab zu gehen. Stanley hatte ihr geschrieben, dass ein großzügiges Kopfgeld auf den Mann ausgesetzt war, falls sie ihre frühere Tätigkeit wieder aufnehmen wollte. Natürlich wusste er aus ihren Briefen, dass sie ein Baby erwartete, aber vielleicht hatte er den Brief, in dem sie ihm von Malcolms Geburt berichtet hatte, noch nicht erhalten. Stanleys Frau Annabelle hatte Anfang des Jahres ebenfalls einen Sohn geboren, und es gefiel Helaina, dass sie innerhalb weniger Monate sowohl Tante als auch Mutter geworden war. Stanley war offenbar sehr stolz darauf, selbst einen Sohn zu haben. In Edith, die kleine Tochter seiner Frau, war er ganz vernarrt gewesen und er hatte die selbstbewusste Vierjährige adoptiert, aber dieser Sohn bedeutete, dass jemand seinen Familiennamen weitertragen würde. Nichtsdestotrotz ließ der Gedanke an Babinowitsch alias Mills sie nicht los.

«Bist du bereit für einen nörgeligen kleinen Kerl?», fragte Jacob, der ihr den quengelnden Malcolm brachte. «Ich habe seine Windel gewechselt, aber ich glaube, da ist noch etwas anderes.» Er grinste. «Ich glaube, er hat Hunger.»

Helaina lächelte und nahm ihren Sohn entgegen. Er weinte,

aber es waren keine Tränen zu sehen. «Du bist ein richtiger kleiner Gauner.» Kaum hatte sie die Worte ausgesprochen, da musste Helaina wieder an Mills denken. Mills war ein echter Gauner, und Helaina spürte unwillkürlich die alten Gefühle in sich aufsteigen: die Sehnsucht nach Gerechtigkeit, dass Menschen für ihre Fehler bezahlten – die Forderung nach Strafe, anstatt die Bereitschaft zu vergeben. Aber sie wusste, dass es einen Unterschied gab zwischen jenen, die sich wirklich ändern wollten, und jenen, die nur so taten, weil sie in die Ecke gedrängt worden waren.

«Und was hat Stanley geschrieben?», fragte Jacob, als Helaina zu ihrem Schaukelstuhl ging.

«Er sagt, dass es der Familie gut geht. Er ist außer sich vor Freude, und das hat er seinem Sohn zu verdanken. Und es hat seine Beziehung zu Edith noch verstärkt, der ihre Rolle als große Schwester gut gefällt.»

«Gab es sonst noch etwas Interessantes? Nachrichten vom Krieg vielleicht?»

Helaina schüttelte den Kopf. «Ich hatte ja gehofft, er würde schreiben, dass der Krieg vorbei ist, aber leider nicht. Er hatte allerdings andere interessante Neuigkeiten.»

«Neuigkeiten worüber?»

«Über Mr. Babinowitsch. Wie es scheint, ist er gar kein Russe – so wie Adrik vermutet hat.»

«Wenn er kein Russe ist», sagte Jacob verwundert, «was ist er dann?»

«Ein Gauner – ein Betrüger, der zu seinem eigenen Nutzen gegen das Gesetz verstößt.»

Adrik lächelte, als er die junge Frau durch die Menschenmenge am Hafen eilen sah. Sie schien in den sechs Monaten, seit er sie zuletzt gesehen hatte, sehr viel reifer geworden zu sein.

«Vater!» Ashlie lief in seine offenen Arme.

Adrik drückte sie ganz fest und genoss einfach den Augenblick. Sogar die förmlichere Anrede anstatt des gewohnten «Papa» machte ihm nichts aus. Es tat einfach gut, sie zu sehen – das Abbild ihrer Mutter und die Schönheit der jungen Frau, die Ashlie geworden war. «Ich bin ja so froh, dass du nach Hause kommen konntest. Es hat mir schrecklich leidgetan, dass ich deine Abschlussfeier verpasst habe. Ich will alles darüber hören – auch deine Rede.»

Ashlie lachte und löste sich aus seiner Umarmung. «Tante Myrtle hat eimerweise Tränen vergossen. Es war ein bisschen peinlich.»

Adrik legte den Arm um sie, und gemeinsam machten sie sich auf den Weg zum Hotel. «Deine Brüder konnten deine Ankunft hier gar nicht mehr erwarten.»

«Wie geht es Oliver?» Die Sorge in ihrem Tonfall war deutlich zu hören. «Dein Telegramm war so kurz.»

«Es geht ihm schon viel besser. Wir wollten diese Woche nach Ship Creek zurückfahren. Ich bin froh, dass du mitkommen kannst. Aber du musst wissen, dass wir nicht mehr lange in dieser Region bleiben werden. Ich habe den Jungen versprochen, dass wir wieder nach Ketchikan ziehen.»

«Wirklich? Aber warum? Ich dachte, die Arbeit hier wäre gut.»

Mehrere ungehobelte Leute drängten sich an ihnen vorbei, so dass Adrik seine Tochter beschützend an sich zog. «Deine Brüder fühlen sich elend.» Er fing an, ihr die Ereignisse zu schildern.

«Ich kann nicht fassen, dass sie weggelaufen sind. Das muss für dich ganz schlimm gewesen sein.» Ashlie klang so erwachsen, dass Adrik staunte. Als sie ihre Familie am Anfang verlassen hatte, war sie ihm wie ein kleines Mädchen erschienen, aber jetzt war an dessen Stelle eine reizende junge Frau zurückgekehrt.

«Es war nicht einfach. Dann, als Oliver krank wurde, war ich sicher, ich würde ihn verlieren. Aber er ist wieder gesund geworden, und wir können mit dem nächsten Zug nach Ship Creek fahren, wenn du willst.»

«Ich hätte nichts dagegen», erwiderte Ashlie. «Ich hatte eine gute Kabine an Bord und habe letzte Nacht sehr gut geschlafen. Von mir aus können wir weiterfahren.» Sie blieb stehen, sah zu ihrem Vater auf und fügte hinzu: «Aber es gibt ein paar Dinge, über die ich mit dir sprechen möchte, ohne dass die Jungs dabei sind.»

Adrik meinte ein Zögern in ihrer Stimme zu hören. Er wusste aus der Vergangenheit, dass etwas los war, wenn Ashlie so mit ihm sprach. «Du hast meine volle Aufmerksamkeit – und meinen Verdacht.»

Ashlie lachte. «Du kennst mich wohl zu gut, als dass ich dich zum Narren halten könnte. Da ist es das Beste, ich rücke gleich damit heraus, was ich auf dem Herzen habe, anstatt mich darum zu drücken und alles andere zu erzählen als das, was ich wirklich sagen will.»

Adrik schüttelte den Kopf und lachte laut auf. «Du klingst genau wie deine Mutter. Sie würde tausend Argumente für eine Sache finden, anstatt sie einfach auszusprechen.»

«Ich möchte dir nur keine zusätzlichen Sorgen machen.» Falten erschienen auf ihrer Stirn, während sie darüber nachzudenken schien.

«Also los, raus damit», sagte Adrik schließlich. «Worüber willst du mit mir reden?»

Ashlie holte tief Luft und straffte die Schultern. «Über zwei Dinge. Meine zukünftige Ausbildung und … äh … einen jungen Mann namens Winston Galbrith.»

24

«Dieser Mann ist also sehr gefährlich», sagte Jacob, nachdem Helaina ihm erklärt hatte, wer Rutherford Mills war und was man ihm zur Last legte.

«Ja. Stanley sagt, er ist der Hauptverdächtige in mehreren Mordfällen», erwiderte Helaina. «Die Behörden suchen ihn seit mehr als vier Jahren.»

Jacob rieb sich das stoppelige Kinn. «Ich verstehe nicht, warum ein solcher Mann nach Alaska kommen sollte.»

«Wahrscheinlich, weil es abgelegen ist. Er hat offenbar das Gefühl, dass er sich hier verstecken und dann in den Süden zurückkehren kann, nachdem die Lage sich beruhigt und man die Suche nach ihm aufgegeben hat. Stanley schreibt, dass auf den Mann ein ordentliches Kopfgeld ausgesetzt ist. Er fragt sich, ob ich einen Job suche.» Sie grinste.

Jacob schüttelte den Kopf. «So wie ich dich kenne, planst du wahrscheinlich schon etwas.»

«Nein.» Ihr Tonfall beruhigte ihn. Es lag kein Wunsch darin, eine solche Aufgabe zu übernehmen.

«Aber ich könnte zu den Behörden gehen und denen sagen, was wir wissen. Wir können ihnen die Informationen deines Bruders geben und eine Beschreibung seines Äußeren und seiner Masche bei Frauen – dass er dir die traurige Geschichte vom Zaren erzählt hat. Offensichtlich ist er kein Narr. Er informiert sich, was in der Welt vorgeht, und zieht seinen Vorteil daraus.»

«Ich weiß. Daran habe ich auch schon gedacht. Die meisten Männer wie er sind sehr intelligent. Deshalb gelingt es ihnen auch so lange, mit ihrer Methode durchzukommen, ohne dass sie erwischt werden. Ich weiß noch, dass ich einmal von einem Fall gelesen habe, bei dem ein Mann in Chicago Dutzende – vielleicht sogar Hunderte – Leute umgebracht hat. Er war ein begabter Geschäftsmann, und die Leute mochten ihn. Er war so charmant, dass er in Kreise eingeladen wurde, zu denen er sonst niemals Zugang gehabt hätte.»

«Das macht diese Verbrecher besonders gefährlich», erwiderte Jacob. «Man verdächtigt sie nicht, und niemand sieht, warum man ihnen aus dem Weg gehen sollte. Man nimmt sie nicht als gefährlich wahr.»

«Nein, auch Babinowitsch hatte nichts an sich, das auf Gefahr hindeutete. Im Gegenteil, der Mann wirkte eher unsicher und sanftmütig.»

«Meine Mutter hat immer gesagt, dass der Teufel als Wolf im Schafspelz zu uns kommt. Sie sagte, viele Leute glaubten, der Teufel wäre ein Ungeheuer – hässlich und furchteinflößend und offensichtlich böse –, dass die Bibel aber etwas anderes sagt. Wenn der Teufel uns als Engel des Lichts heimsucht, warum sollte dann ein Mensch nicht die gleiche Taktik anwenden, um sich das Vertrauen argloser Leute zu erschleichen?»

«Genau. Die meisten Verbrecher, mit denen ich zu tun hatte, waren so», bestätigte Helaina. «Mills schien ehrlich besorgt um seine Angehörigen, und das war scheinbar der Grund für sein Handeln.»

«Jetzt wissen wir jedenfalls, dass das nicht stimmte. Ich könnte zu den Behörden gehen und den Brief deines Bruders mitnehmen. Ich kann seine Arbeit für die Pinkerton-Detektei erklären und was wir hier in Ship Creek mit Babinowitsch erlebt haben, ebenso wie die Begegnung in Nome. Wenn sie nichts unternehmen wollen, können wir immer noch weiter überlegen.» Er sah sie mit einer, wie er hoffte, strengen Miene an. «Versprich mir nur, dass du in dieser Sache nichts mehr auf eigene Faust unternimmst.»

Helaina beugte sich vor und gab ihm einen Kuss auf die Stirn. «Ich verspreche es. Ich habe mich verändert.»

«Klar. Du hast dich so verändert, dass du seit Monaten versuchst, Informationen über diesen Mann zu bekommen, sogar während du meinen ungeborenen Sohn unterm Herzen getragen hast. Diese Art der Veränderung ist nicht sehr beruhigend. Wie ich dich kenne, hast du bestimmt das Hotel des Mannes aufgesucht und dich auf die Lauer gelegt.»

Helaina lachte. «Nicht ganz.» Sie nahm das Bügeleisen vom Herd und prüfte, wie heiß es war. «Ich habe nach ihm gefragt und erwähnt, dass ich Schmuck von ihm kaufen wollte, aber sonst ...»

Jacob verdrehte die Augen und stand auf. «Das reicht. Ich glaube, mehr will ich gar nicht wissen. Bitte versprich mir nur, dass du die Sache von jetzt an mir überlässt.»

«Natürlich», antwortete Helaina mit einem lieblichen Lächeln. «Ich überlasse dir die Sache gerne.»

«Mhm. Das habe ich auch schon mal gehört.»

Jacob verließ seine Frau und seinen Sohn und ging zu Jayces Haus. Da Adrik ein Telegramm geschickt und angekündigt hatte, dass er und die Jungen nach Hause zurückkehren würden, hatten Jayce und Leah beschlossen, wieder in ihre eigenen vier Wände zu ziehen. Jayce war hinterm Haus damit beschäftigt, eine Hacke zu schärfen, als Jacob näher kam.

«Wir müssen über etwas reden», verkündete Jacob. «Ich brauche deinen Rat.»

«Klar. Gib mir mal den nächsten Brocken», sagte Jayce und zeigte auf die dicken Baumstümpfe, die er noch zu Feuerholz verarbeiten musste.

Jacob tat, worum Jayce ihn gebeten hatte, und fing an, ihm von Mills zu erzählen. «Ich bezweifle, dass er hierherkommen oder eine echte Gefahr für unsere Familien sein wird. Er weiß, dass Adrik die Wahrheit über seine angebliche russische Herkunft herausfinden wird, und er könnte befürchten, dass Helaina die Wahrheit über den Schmuck erfährt.»

«Aber er muss dingfest gemacht werden», sagte Jayce, während er mit der Klinge der Hacke über den Schärfstein fuhr. «Man weiß nie, was so ein Mann als Nächstes tun wird.»

«Das sehe ich auch so. Ich denke, wir können die Beamten bei der Bahn informieren. Sie sind hier in der Region die einzigen Vertreter des Gesetzes. Sie wollen, dass die Leute gerne ins Territorium kommen und sich entlang der Bahnlinie niederlassen. Bestimmt haben sie ein Interesse daran, dass Mills verhaftet wird.»

«Ich finde, das ist eine gute Idee. Besser, als wenn wir versuchen würden, ihn selbst zu stellen. Ich weiß inzwischen, dass ich einen lausigen Gesetzeshüter abgebe.»

Leah bearbeitete die Erde in ihrem Garten und blickte stolz auf das neue Wachstum. Die langen Sonnenstunden hatten ihrem Garten gutgetan, und sie wollte das ausnutzen. Es würde sicherlich genug Gemüse geben, das sie für die Familie einkochen konnte.

«Hast du mich vermisst?», fragte eine weibliche Stimme hinter ihr.

Leah richtete sich auf und sah, dass Ashlie am Ende der Möhrenreihe stand.

«Ich wusste gar nicht, dass du nach Hause kommst!» Leah legte die Hacke nieder und lief zu Ashlie. «Sieh dich nur an!» Leah umarmte sie, wobei sie darauf achtete, Ashlies ordentliches blauweißes Kleid nicht mit Erde zu beschmutzen.

«Ich wollte alle überraschen.»

«Das ist dir auf jeden Fall gelungen. Es war sehr hinterhältig von deinem Vater, das vor uns geheimzuhalten.»

«Nimm es Vater nicht übel. Das ist meine Schuld.»

«Du siehst so erwachsen aus, ich kann es gar nicht fassen. Weihnachten hast du noch wie ein Kind gewirkt, aber jetzt bist du eindeutig eine Frau – und eine schöne noch dazu. Du machst etwas Neues mit deinen Haaren, nicht wahr?»

Ashlie lächelte und hob die Hand, um die sorgfältig hochgesteckte Frisur zu berühren. «Das stimmt. Aber vielleicht lasse ich sie bald ganz kurz schneiden.»

«Das ist ein Witz, oder?» Leah hatte schon Frauen mit kurzen Haaren gesehen, sogar hier in Alaska, aber das lag meist daran, dass das Haar vom Fieber geschädigt war, oder an etwas Ähnlichem.

«Ich mache keine Witze. Das ist auch ein Grund, warum ich hierhergekommen bin. Ich wollte euch erzählen, was ich vorhabe.»

Leah klopfte sich die Erde von den Händen. «Komm, wir setzen uns dort drüben hin.» Sie zeigte auf eine große Bank unter einer Baumgruppe aus Fichten, Hemlocktannen und Erlen. «Jayce hat sie erst vor zwei Wochen für mich gebaut. Es ist ein schöner Platz, wo ich sitzen und die Kinder beobachten kann.»

«Ich kann es kaum erwarten, die Zwillinge zu sehen», erklärte Ashlie. «Vater hat gesagt, dass sie sehr krank waren. Ich bin froh, dass es ihnen wieder besser geht.»

«Sie schlafen gerade. Die Nickerchen werden immer seltener, aber ich bestehe darauf, dass sie sich am Nachmittag hinlegen. Ihretwegen und meinetwegen.» Sie grinste. «Also, was gibt es Neues?»

«Ich weiß, dass ich nicht oft geschrieben habe, aber ich war sehr beschäftigt. Tante Myrtle war natürlich furchtbar traurig wegen Mama. Aber zu meiner Überraschung hat sie sich nicht eingeigelt, sondern ist mehr ausgegangen als vorher. Es war beinahe so, als hätte Mamas früher Tod ihr klargemacht, dass sie die Zeit, die ihr bleibt, nutzen muss.»

«Das ist verständlich. Ich denke seitdem auch öfter darüber nach, dass unsere Zeit auf der Erde sehr flüchtig sein kann.»

Ashlie nickte. «Deshalb habe ich angefangen, ernsthaft darüber nachzudenken, was ich aus meinem Leben machen möchte.»

«Und zu welchem Ergebnis bist du gekommen?»

Ashlie faltete die Hände und straffte die Schultern. «Ich will Krankenschwester werden. Ich muss immerzu daran denken, dass es für Mama anders hätte laufen können, wenn sie an einem Ort gewesen wäre, an dem es besser ausgebildete Leute gibt, die ihr hätten helfen können. Damit will ich natürlich nicht sagen, dass du Schuldgefühle haben sollst; ich weiß, dass der Doktor und du alles getan habt, was ihr tun konntet. Ich wünschte nur, es hätte ein schönes großes Krankenhaus gegeben mit der neuesten Technik und gut ausgebildetem Personal. Während ich darüber nachdachte, wurde mir bewusst, dass ich Teil der Lösung sein sollte anstatt Teil des Problems. Und dann habe ich jemanden kennengelernt, der meine Gedanken bestätigt hat.»

Leah lehnte sich zurück und wartete, bis Ashlie fortfuhr. Das Mädchen war offensichtlich überzeugt von ihrer Entscheidung. Kein Wunder, dass sie erwachsener wirkte. Sie war voller erwachsener Gedanken und Gefühle und machte jetzt Pläne für eine Zukunft, die sie in eine Arbeit führen würde, bei der sie hauptberuflich Menschen helfen konnte.

«Ich habe mich verliebt.»

Das hatte Leah nicht erwartet. Sie sah Ashlie an, und sie wusste, dass das Erstaunen, das sie empfand, sich in ihrer Miene spiegelte. «Verliebt?»

Ashlie grinste und nickte. «Er ist ein wunderbarer Mann. Sein Name ist Winston Galbrith. Dr. Galbrith. Er hat studiert, um Chirurg zu werden. Er lernt im Moment bei einem Arzt in einem Krankenhaus in Seattle. Er hat sich für vier Jahre dort verpflichtet und hofft, nach seiner Ausbildung ein hochqualifizierter Chirurg zu sein. In der Zwischenzeit lasse ich mich in dem gleichen Krankenhaus zur Krankenschwester ausbilden.»

«Halt. Jetzt mal ganz langsam. Wie hast du diesen jungen Mann denn kennengelernt?»

«Wir sind uns bei einer Veranstaltung in der Kirche begegnet. Einmal im Monat gibt es in unserer Gemeinde ein Essen, bei dem jeder etwas mitbringt. Weil es draußen windig war, hatte Myrtle beschlossen, dass es eine gute Beschäftigung für den Nachmittag wäre, anstatt die Stadt zu durchqueren und eine Verwandte zu besuchen. Während dieses Nachmittags lernte ich Winston kennen. Es war bei uns beiden Liebe auf den ersten Blick. Wir saßen beinahe die ganze Zeit zusammen und unterhielten uns, und als die Veranstaltung vorbei war, sah er mich an und sagte: ‹Mir kommt es so vor, als würde ich Sie schon mein ganzes Leben lang kennen. Darf ich Sie besuchen kommen?› Ich sagte ihm, dass es mir genauso gehe und dass ich mich über seinen Besuch sehr freuen würde. Seither sehen wir uns fast täglich. Er erzählt mir von seinen Fällen im Krankenhaus, und er hat mir geholfen, mich für die Ausbildung zur Krankenschwester zu bewerben.»

«Aber das kommt alles so plötzlich», sagte Leah kopfschüttelnd. «Was sagt denn dein Vater dazu?»

«Er macht sich Sorgen», gab Ashlie zu. «Aber ich habe ihn überredet, nach Seattle zu kommen und Winston selbst kennenzulernen. Ich habe es sogar geschafft, meine störrischen Brüder dazu zu bewegen, dass sie mitkommen.»

«Das kann nicht einfach gewesen sein», kicherte Leah.

«Nachdem ich ihnen erklärt hatte, wie viel mir daran liegt und dass ich nicht weitermachen kann, bevor ich nicht nur Vaters Einverständnis, sondern auch ihres bekomme, haben sie eingesehen, wie wichtig es ist. Vater sagt, wir reisen alle zusammen in zwei Wochen ab. Ich wünschte, ihr würdet auch mitkommen.»

Leah schüttelte den Kopf. «Ich fürchte, das ist unmöglich. Aber ich bin gespannt zu hören, was Adrik über deinen jungen Mann zu berichten hat. Er klingt sehr fleißig.»

«Das ist er. Und er liebt Gott und will den Menschen helfen. Genau das will ich auch. Und das Beste ist: Wir wollen beide nach Alaska kommen, wenn wir mit unserer Ausbildung fertig sind. Wir wollen hier leben und eine möglichst gute medizinische Versorgung gewährleisten. Genau genommen wollen wir unser eigenes Krankenhaus eröffnen.»

«Das ist sehr beeindruckend», erwiderte Leah. Sie war froh zu hören, dass Ashlie ihre Rückkehr nach Alaska plante. Das hätte Karen sehr gefallen.

«Ich weiß, dass das alles sehr plötzlich kommt, aber wenn Vater mit Winston einverstanden ist, würden wir gerne sofort heiraten. Tante Myrtle will, dass wir bei ihr wohnen, damit wir während unserer Ausbildung keine zusätzlichen Kosten für die Unterkunft haben.»

«Ich kann mir gar nicht vorstellen, dass du heiratest», sagte Leah verwundert. «Es kommt mir vor, als wärest du erst gestern mit Zöpfen durch die Gegend gerannt. Und jetzt redest du davon, dir die Haare kurz zu schneiden. Was du übrigens noch nicht erläutert hast.»

Ashlie lachte. «Die Mode ändert sich, aber wichtiger ist, dass es bei meinen Aufgaben als Krankenschwester praktischer wäre. Mehrere der Schwestern im Krankenhaus haben sich die Haare schon abschneiden lassen, und es funktioniert gut. Ich dachte, wenn Winston nichts dagegen hat, könnte ich es auch versuchen.»

«Und Winston hat nichts dagegen?»

«Überhaupt nicht. Er sagt, dass er mit allem einverstanden ist, was ich entscheide, solange ich glücklich bin.» Sie lachte wieder mit einem solch mädchenhaften Vergnügen, dass Leah einfach mit einstimmen musste.

«Ich freue mich für dich, Ashlie. Er klingt wirklich wie ein wunderbarer Mann.»

«Das ist er, Leah. Er hat mir sehr geholfen in meinem Kummer und meiner Trauer. Es ist so, als hätte Gott genau gewusst, was ich brauchte – bevor ich es selbst wusste.»

«Das hat er, Ashlie. So wie er weiß, was du jetzt brauchst. Wir werden für deinen jungen Mann beten und für die Zukunft, die Gott für dich im Sinn hat. Aber ich habe das Gefühl, dass diese Zukunft schon dabei ist, sich zu entwickeln. Komm, wir müssen mit dem Abendessen anfangen.»

«Der Plan ist folgender: Wir wollen nach Seattle reisen und dann im August oder Anfang September nach Ketchikan zurückkehren», erklärte Adrik ihnen beim Abendessen. Oliver und Christopher nickten beide, als hätten sie bei der Entscheidung ein besonderes Mitspracherecht gehabt. «Ich würde mich freuen, wenn wir uns alle dort treffen könnten. Ich weiß, dass ich es war, der euch überredet hat, dieser Region eine Chance zu geben, aber für meine Familie ist sie jetzt alles andere als ideal.»

«Was hast du vor, Adrik?», wollte Jacob wissen.

«Ich will zurückgehen und wieder anfangen, Möbel zu bauen. Mehrere Beamte der Eisenbahngesellschaft haben mir schon gesagt, dass sie gerne bereit sind, einen guten Preis für das zu bezahlen, was ich liefere. Sie tun alles, um dauerhafte Unterkünfte für einige ihrer Angestellten und Bahnhofswärter einzurichten. Diese Häuser brauchen natürlich auch Möbel, und es wäre billiger, die Einrichtung hier in Alaska zu kaufen, als sie den ganzen Weg von Seattle oder San Francisco hierherzuschaffen.»

«Sie müssten es immer noch von Ketchikan hierherbringen», gab Jacob zu bedenken.

Adrik lehnte sich zurück und nickte. «Das habe ich ihnen auch erklärt. Aber sie mögen die Qualität, die ich liefere, und im Moment wollen sie alles abnehmen, was ich produzieren kann.»

«Das klingt doch so, als würde ein lukratives Geschäft auf dich warten», sagte Jacob. Er sah nachdenklich aus.

«Ich wollte nur die Einladung aussprechen, damit wir ... na ja, damit wir auch nah beisammen sind.» Adrik hob die Hand, bevor jemand etwas sagen konnte. «Ich weiß aber, dass wir alle unser eigenes Leben führen müssen. Ich sage nicht, dass ihr das meinetwegen machen sollt. Die Jungen und ich kommen auch alleine zurecht.»

«Natürlich werdet ihr das», erwiderte Jacob. «Das hat nie jemand bezweifelt.» Er streckte die Hand aus und wuschelte Christopher durchs Haar. «Wie sollte es mit so cleveren Jungs auch anders sein?»

«Ich frage nur, weil ich gerne eine Weile meine Familie in der Nähe hätte. Es war dumm von mir, dass ich so viel weg war. Wir brauchen einander mehr denn je.»

«Es wäre auch nicht so viel anders, wenn du in Ketchikan einen Laden aufmachen würdest anstatt hier, nicht wahr?», fragte Jayce Jacob.

«Ich bin ziemlich sicher, dass er nicht so viel Umsatz machen würde – wenigstens nicht, wenn das Wachstum hier in der Gegend so weitergeht, wie es den Anschein hat. Sie sprechen schon davon, dass sie im nächsten Jahr die Stadt mit einbeziehen wollen; mit der Eisenbahn und den Bestrebungen, ein Bundesstaat zu werden, kann ich mir vorstellen, dass diese Region sehr gewinnbringend sein wird. Andererseits bin ich gerne in Ketchikan aufgewachsen, und es ist sicher ein guter Ort, um Kinder großzuziehen, weil nicht so viele Abenteurer und Störenfriede dort sind. In Ketchikan herrschte eine Ruhe, die ich nirgendwo sonst in Alaska kennengelernt habe.»

Jayce nickte. «So geht es mir auch.» Er sah zu Leah hinüber. «Was meinst du?»

Sie lächelte. «Ich lebe überall, wo du willst. Ich möchte nur ein gutes Leben für meine Familie. Mein Zuhause in Last Chance habe ich geliebt, aber dort ist nichts mehr übrig außer ein paar leeren Häusern.» Sie schluckte und rang um Fassung, bevor sie fortfuhr. «Ich möchte in die Zukunft blicken – nicht zurück. Ketchikan wäre ein guter Ort zum Leben. Es stimmt, dass ein Geschäft dort wahrscheinlich nicht so viel einbringt, aber vielleicht kannst du nach einer Weile zwei Läden haben. Einen hier und einen dort.»

«Das ist eine Möglichkeit», sagte Jacob zu Leah gewandt. «Genau genommen wäre das die Lösung. Wir könnten klein anfangen und uns hocharbeiten.» Jetzt sah er Jayce an. «Was hältst du davon?»

«Mir gefällt der Gedanke, nach Ketchikan zurückzukehren. Was die Läden betrifft, würde ich sagen: Wenn der Herr mit von der Partie ist, kann es gar nicht schiefgehen», sagte Jayce und grinste. «Ketchikan war schon mal ein Segen für mich – dort habe ich Leah kennengelernt.»

«Was sagst du, Schwesterherz?», fragte Jacob.

Leah lächelte geheimnisvoll. «Ich habe gerne in Ketchikan gelebt. Und ich würde mein Baby gerne dort bekommen», verkündete sie. «Es gibt dort gute Hebammen, die mich noch von früher kennen.»

Alle starrten Leah an, und sie lachte vergnügt, als sie ihre verblüfften Gesichter sah. «Überraschung! Ich bekomme noch ein Baby – diesmal im Januar. Typisch für mich, dass ich mir den kältesten Teil des Winters aussuche.»

«Dann ist die Sache entschieden», sagte Jayce kopfschüttelnd. «In Ketchikan wird es nicht so kalt.»

«Stimmt», sagte Jacob. «Ich bin für Ketchikan, wenn Helaina damit einverstanden ist.»

Helaina nickte. «Ich finde, das klingt gut.»

«Wie schnell könnt ihr abreisen?», fragte Adrik, und die Freude war in seiner Stimme zu hören.

«Uns hält hier ja eigentlich nichts. Man hat mir für unser Haus schon mehrmals Geld angeboten», erwiderte Jacob. «Und ich weiß, dass du und Jayce ähnliche Angebote bekommen habt.»

«Ja», nickte Adrik. «Die Eisenbahngesellschaft wird liebend gern alle drei Häuser kaufen. Sie haben Leute, die sofort einziehen könnten.»

«Dann würde ich sagen, dass wir den Verkauf abwickeln und gehen, sobald das erledigt ist», sagte Jacob zu Jayce und Leah gewandt.

«So machen wir es», erwiderte Jayce. «Kannst du das arrangieren, Adrik? Sag ihnen, dass wir auch die größeren Möbel und die Öfen hierlassen können.»

«Das mache ich. Ich bin sicher, sie werden uns gut bezahlen. In der Zwischenzeit könnt ihr ruhig schon nach Ketchikan reisen, wenn ihr so weit seid. Ihr könnt in meinem Haus wohnen und euch umsehen, was es so zu kaufen gibt. Solltet ihr nichts Passendes finden, bleibt ihr erst mal bei uns wohnen, bis wir etwas Neues bauen können. Das Haus ist groß genug. Es ist doppelt so groß wie dieses, und hier haben wir auch problemlos zusammen gewohnt. Ihr könnt mit euren Familien das Obergeschoss nehmen, und wir wohnen unten.»

Leah spürte, wie Jayce ihre Hand nahm. Er drückte sie, und als Leah aufsah, bemerkte sie die Freude in seinen Augen. Sie hatte ihm von dem Baby erzählen wollen, wenn sie allein waren, aber es war wichtig, die Sache zu erwähnen, während sie über ihre Zukunft sprachen. Wie es schien, hatte sich der Kreis geschlossen: In Ketchikan hatten sie sich kennengelernt und dort hatte sie sich verliebt. Jetzt würden sie zurückkehren, um dort zu leben und ihre Kinder großzuziehen. Es fühlte sich alles genau richtig an.

«Und Sie haben Beweise, dass dieser Mann von der Polizei in den Staaten gesucht wird?», fragte ein streng dreinblickender Mann Jayce. Der Mann hatte sich ihnen als Zachary Hinman und als für alle rechtlichen Dinge zuständig vorgestellt.

«Ja, Mr. Hinman.» Jacob reichte ihm den Brief von Stanley. «Wie Sie sehen werden, ist der Bruder meiner Frau ein Agent der Pinkerton-Detektei. Als meine Frau um Informationen über diesen Mann bat, hat er Nachforschungen angestellt und die Situation aufgedeckt, die ich Ihnen gerade geschildert habe.»

«Das ist tatsächlich eine Entdeckung», sagte Hinman und setzte sich etwas aufrechter hin. «Der Mann, der diesen Mills fängt, würde sich einen ziemlichen Namen machen.» Er strich sich über seinen dicken schwarzen Schnurrbart. «Ich bin neugierig.»

«Ich habe mich umgehört», warf Jacob ein, «und offenbar ist der Mann in der Stadt gesehen worden. Einige Leute erinnern sich sogar daran, dass er sie angesprochen hat.»

«Sie können sicher sein, Mr. Barringer, dass ich mich persönlich um die Sache kümmern werde. Wenn der Mann noch in der Gegend ist, werde ich ihn festnehmen.»

Jacob erhob sich. «Wie Sie sehen, halten die Behörden ihn für sehr gefährlich. Wenn er meiner Familie zu nahe kommt, werde ich nicht zögern, die Dinge selbst in die Hand zu nehmen.»

«Keine Sorge, Mr. Barringer. Wir haben ein paar gute Leute auf unserer Gehaltsliste. Wir werden dafür sorgen, dass dieser Mann hinter Gitter kommt.»

25

Ashlie Iwankow lehnte sich an die Reling der «Spring of Alaska» und seufzte. Bald würde sie in Seattle und wieder bei ihrem geliebten Winston sein. Sie war noch nie jemandem begegnet, der sie so faszinierte oder solche Gefühle in ihr auslöste wie dieser sanfte, humorvolle Mann. Sie dachte an seine große Gestalt und die breiten Schultern und lachte in sich hinein, als ihr bewusst wurde, dass sie sich in einen Mann verliebt hatte, der genauso gebaut war wie ihr Vater.

Ashlie erinnerte sich wehmütig daran, wie ihre Mutter ihr erzählt hatte, dass es zuerst der Sinn für Humor gewesen war, weswegen sie sich zu Adrik hingezogen gefühlt hatte – dies und seine Ehrlichkeit. Ashlie wusste, dass man dasselbe von ihrem Interesse für Winston sagen konnte. Der Mann sagte durchaus seine Meinung, konnte aber auch zuhören, wenn andere sagten, was sie dachten. Ashlie hatte festgestellt, dass er sich für ihre Interessen und Träume wirklich interessierte. Nicht nur das, sondern er unterstützte sie bei ihren Zielen sogar. Von den anderen Männern – oder eigentlich eher Jungen –, mit denen sie etwas ausführlicher geredet hatte, konnte man nicht behaupten, dass sie in irgendeiner Weise auf ihre Wünsche eingegangen wären. Sie waren im Allgemeinen selbstbezogen und interessierten sich mehr für den Krieg und dafür, Soldat zu spielen, als für irgendetwas sonst.

Aber Winston war anders. Winston verachtete den Krieg. Er wollte Menschen heilen und wiederherstellen, nicht vernichten. Ihr ging es genauso. Sie hatte ein paar von den Männern gesehen, die von ihrem Dienst in Europa zurückgekehrt waren. Einigen fehlten Gliedmaßen, während andere blind waren oder total zerstörte Lungen hatten. Winston sagte, das liege an den schrecklichen Methoden, die in diesem Krieg eingesetzt wurden. Die Männer wurden vergast – also vergiftet –, während sie im Kugelhagel kämpften. Sie schauderte. *Es ist ganz und gar abstoßend.*

Sie schob die Bilder beiseite und konzentrierte sich auf ihre Träume von einer gemeinsamen Zukunft mit Winston. Wenn alles gutging, überlegte sie, konnten sie und Winston heiraten, bevor ihr Vater und ihre Brüder nach Alaska zurückkehrten. Tante Myrtle war sehr für eine Sommerhochzeit. Ihr Garten war eine wahre Wonne, und sie hatte Ashlie mehr als einmal nahegelegt, dass er eine ideale Kulisse für einen solchen Hochzeitstag wäre. Winston hatte die Idee ausgesprochen gut gefallen. Seine Eltern lebten nicht mehr; nachdem sie erst spät im Leben Nachwuchs bekommen hatten, waren sie letztes Jahr mit Ende sechzig verschieden. Zuerst war seine Mutter an irgendeiner Magenkrankheit gestorben, und innerhalb von vier Monaten war sein Vater eines Nachts friedlich eingeschlafen. Winston meinte, er sei an gebrochenem Herzen gestorben. Wenn man all das bedachte und die Tatsache, dass Winston ein Einzelkind war, rechnete keiner von beiden mit einer großen Hochzeit. Obwohl Ashlie viele Freundinnen aus Schule und Gemeinde hatte und Winston einige dieser Leute auch kannte, waren sie beide nicht auf eine aufwendige Veranstaltung aus.

Ashlie wandte sich von der Reling ab und begann an Deck auf und ab zu gehen. Sie lächelte einer jungen Frau mit zwei kleinen Kindern zu.

«Irgendwann werde ich das sein», murmelte sie leise. *Ich werde mit Winston verheiratet und die Mutter seiner Kinder sein.* Der Gedanke an solche Intimität mit einem Mann ließ sie erröten.

«Entschuldigen Sie», sagte ein Mann in einem feinen schwarzen Anzug hinter ihr. Ashlie war sicher, dass sie ihn kannte. Seine Haare waren anders gekämmt und er war glatt rasiert, aber sie war sicher, dass sie ihn schon früher gesehen hatte. War das nicht der russische Mann, der eigentlich gar kein Russe war? Der in ihr Haus gekommen war, wo ihr Vater ihn als Betrüger entlarvt hatte? *Wie hieß er denn noch gleich? Bab-irgendwas. Babcock? Babinokow?* Er warf einen kurzen Blick über seine Schulter und plötzlich erinnerte Ashlie sich. «Mr. Babinowitsch!»

Der Mann drehte sich um und sah sie erschrocken an. Dann eilte er ohne ein Wort davon.

Wie merkwürdig – warum verhält er sich so?

Ashlie überlegte, dass der Mann vielleicht gehört hatte, was die anderen über seine Herkunft dachten, obwohl sie nicht verstand, was so schlimm daran war, sich für jemanden auszugeben, der man nicht war. Es war nicht einfach, in diesen Zeiten zu leben, und vielleicht glaubte der Mann, wenn er sich als russischer Adliger ausgab, müsse er nicht in der Armee dienen.

Sie setzte ihren Spaziergang an Deck fort. Ihr Vater und ihre Brüder hatten sich schon früh zu Tisch begeben, und Ashlie genoss es, ein wenig Zeit für sich zu haben. Ihr Vater war viel zu ängstlich und ließ sie nicht aus den Augen, weil er sie immerzu beschützen wollte. Sie konnte auch jetzt nur deshalb allein sein, weil ihr Vater glaubte, sie ruhe sich in ihrer Kabine aus.

Ashlie erinnerte sich daran, wie sie sich bei ihrer Mutter über das Verhalten ihres Vaters beklagt hatte. Sie hatte sich darüber geärgert, dass er immer wissen wollte, wohin sie ging. «Wir leben auf einer Insel», hatte sie zu ihrer Mutter gesagt. «Wo soll ich denn schon hingehen?»

Sie lächelte bei der Erinnerung daran, wie ihre Mutter ihr geduldig erklärt hatte, dass Adrik einen ausgeprägten Beschützerinstinkt hatte und dass er seine Familie vor Schaden bewahren wollte. «Gott hat ihm eine Familie gegeben und damit auch die Verantwortung, sie zu versorgen und zu beschützen. Dein

Vater hält diese Aufgabe für eine große Ehre … aber auch für seine Pflicht.»

Ashlie setzte sich auf einen der Liegestühle und wischte sich eine Träne aus dem Auge. In Zeiten wie diesen vermisste sie ihre Mutter. Sie hätte so gerne mit ihr darüber gesprochen, wie es sich anfühlte, Winston zu lieben, und über die Hochzeit, die sie planten, seit Winston ihr zum ersten Mal seine Liebe gestanden hatte. Es wäre für ihre Mutter eine große Freude gewesen, ihr beim Nähen ihres Kleides zu helfen. Stattdessen hatte Ashlie Pläne gemacht, ein hübsches Kleid zu kaufen, bei dessen Entwurf sie der Schneiderin geholfen hatte. Die Frau arbeitete bereits daran.

Oh, Mama, du würdest Winston mögen. Ashlie schloss die Augen und versuchte sich vorzustellen, dass ihre Mutter neben ihr saß. *Er ist Papa so ähnlich. So sanft und lieb, aber trotzdem stark und intelligent. Er bringt mich zum Lachen, aber er nimmt auch meine Tränen ernst.*

Ihre Mutter hatte ihr immer gesagt, das Wichtigste an einem Ehepartner sei, dass er den Herrn kenne und liebe. Bei Winston konnte Ashlie das täglich beobachten. Er liebte es, Menschen zu helfen, weil er sicher war, dass dies Gottes Wille für ihn war. Er und Ashlie hatten mehr als einmal darüber gesprochen. Winston hatte Ashlie sogar erklärt, er würde ihr nicht das Leben einer Arztgattin zumuten, wenn sie nicht selbst in einem medizinischen Beruf arbeiten wollte. Ashlie hatte gelacht und ihm erzählt, dass sie schon lange Krankenschwester werden wollte.

Wieder dachte Ashlie an ihre Mutter. Sie fragte sich unwillkürlich: Wenn ihrer Mutter eine bessere medizinische Versorgung zur Verfügung gestanden hätte, wäre sie dann gestorben? *Ich werde eine gute Krankenschwester, Mama. Ich werde fleißig lernen und helfen, Leben zu retten. Ich wünschte nur, wir hätten dich retten können.*

«Miss Iwankow. Es tut mir leid, dass Sie sich an mich erinnern. Damit haben Sie mich in eine schwierige Situation gebracht.»

Ashlie öffnete die Augen und blickte überrascht auf. «Mr. Babinowitsch?»

«Eigentlich Mills.» Mit einem schnellen Blick über die Schulter streckte der Mann die Hand aus und ergriff Ashlies Arm. «Sie werden mit mir kommen.»

«Das werde ich nicht.» Sie versuchte sich loszureißen, aber er hielt sie mit festem Griff.

«Wenn Sie es nicht tun, dann fürchte ich, dass einem Ihrer Brüder etwas Schlimmes zustoßen wird. Vielleicht dem jüngeren. Kleine Jungen haben manchmal eine Neigung, in Schwierigkeiten zu geraten.»

Ashlie erstarrte. Ihr Herz hämmerte. «Wie können Sie es wagen, meiner Familie zu drohen!»

«Wie bitte? Ihre Familie hat versucht, mir meinen Lebensunterhalt zu nehmen, und Sie beschweren sich über mein Verhalten?»

Er zog wieder an ihrem Arm, und diesmal ging Ashlie mit, weil sie sah, dass niemand in der Nähe war, der ihr hätte helfen können. «Was wollen Sie und wer sind Sie eigentlich? Mein Vater sagt, Sie seien kein Russe.»

«Und da hat er Recht, obwohl ich Hunderte getäuscht habe, vielleicht noch mehr, die glauben, ich wäre einer. Ich heiße Mills. Rutherford Mills. Und Ihre Familie hat mir eine Menge Schwierigkeiten bereitet.»

«Das verstehe ich nicht. Was für Schwierigkeiten? Wieso ist es so ein Problem, wenn mein Vater weiß, dass Sie über Ihre Herkunft gelogen haben?»

Er zog sie zu einem Durchgang und wieder wehrte Ashlie sich. «Miss Iwankow, ich bin Ihre Spielchen allmählich leid. Ich werde Sie jetzt zu meiner Kabine bringen. Entweder Sie begleiten mich aus freien Stücken, oder ich sehe mich gezwungen, etwas Drastisches zu tun.» Er öffnete seinen Mantel einen Spalt breit, so dass sie einen Revolver erkennen konnte.

«Was? Sie wollen mich hier erschießen, so dass alle angelaufen kommen? Ich lasse mich nicht leicht einschüchtern, Mr. Mills, und ich bin kein dummes Kind. Sagen Sie mir, was Sie von mir wollen.»

«Ich sage es Ihnen in meiner Kabine. Ich möchte nicht, dass Ihnen etwas zustößt.» Er zuckte mit den Schultern. «Obwohl Sie mir das wahrscheinlich nicht glauben. Aber es gibt etwas, das ich unter vier Augen mit Ihnen besprechen muss. Ich würde Ihnen nur ungern wehtun, aber für mich geht es dabei um Leben oder Tod. Deshalb steht viel auf dem Spiel.»

«Leben oder Tod? Ich verstehe nicht.»

Sein Griff wurde fester. «Ich verliere die Geduld, Miss Iwankow.» Seine Augen verengten sich und er lehnte sich so weit vor, dass Ashlie den Alkohol in seinem Atem riechen konnte. «Zwingen Sie mich nicht, Ihnen wehzutun.»

Ashlie überlegte kurz, was sie tun sollte, während sie sich von ihm den Gang hinunterführen ließ. Sie war sich nicht sicher, was das Beste war. Auf dem Gang war niemand, der ihr helfen konnte, und wenn sie sich wehrte, fand Mr. Mills vielleicht wirklich eine Möglichkeit, einem ihrer Brüder zu schaden. Vielleicht, beschloss sie, war es besser, einfach zu sehen, was der Mann wollte, und wenn er sie dann nicht gehen ließ, konnte sie ihm den Revolver abringen. Er wusste nicht, mit was für einer Frau er es zu tun hatte. Immerhin war sie in Alaska aufgewachsen.

«Gehen Sie da rein», verlangte Mills und schob Ashlie in seine Kabine. Dann schloss er die Tür hinter sich ab. «Ich habe Ihre Familie sehr genau beobachtet, seit ich erfahren habe, dass die Behörden hinter mir her sind. Wie Sie sehen, bin ich nicht bereit, mich verhaften zu lassen.»

«Wofür denn verhaften lassen? Wovon reden Sie?»

Er sah sie einen Augenblick lang skeptisch an. «Ihre Familie hat es Ihnen also nicht erzählt?»

«Mir was erzählt?» Ashlie verschränkte die Arme und versuchte, gelangweilt auszusehen. «Warum sagen Sie nicht einfach, warum Sie mich hierhergebracht haben?»

Mills setzte sich und gab ihr ein Zeichen, ebenfalls Platz zu nehmen, aber Ashlie weigerte sich. Er tat so, als mache ihm das nichts aus, aber Ashlie sah an seinem Blick, dass er nicht so recht wusste, wie er mit ihrem Trotz umgehen sollte.

«Jemand in Ihrer Familie hat meine wahre Identität in Erfahrung gebracht und diese Information an die Behörden weitergeleitet. Seitdem sind sie mir auf den Fersen. Als Sie mich erkannten, wusste ich, dass ich Sie nicht zu Ihrem Vater zurückgehen lassen durfte. Sie würden ihn von meiner Anwesenheit in Kenntnis setzen, und dann würde es allen bekannt werden.»

«Warum sollte mein Vater sich für Ihre Anwesenheit auf diesem Schiff interessieren? Und wieso interessiert die Behörden Ihre wahre Identität? Ich weiß, dass Sie Helaina unechten Schmuck verkauft haben. Geht es darum?»

Mills lachte. «Kaum. Das ist das geringste meiner Vergehen, was die Gesetzeshüter betrifft. Sie müssen verstehen, Miss Iwankow, dass ich ein gesuchter Mann bin. Ich wollte mich eine Zeitlang in Alaska verstecken, wie viele meiner Kollegen es in der Vergangenheit getan haben. Aber Ihre Freunde und Angehörigen haben das ganz und gar unmöglich gemacht.»

«Aber wofür werden Sie denn gesucht?» Ashlie sah ihn durchdringend an. «Nicht für den Verkauf von unechten Juwelen?»

Er zuckte mit den Schultern und sah beinahe stolz aus. «Ich werde gesucht, weil ich dumme Frauen umgebracht habe, die so naiv waren zu glauben, dass sie mit einem Mann wie mir fertig werden.»

Ashlie zog eine Augenbraue hoch. «Wollen Sie damit sagen, dass ich dumm oder naiv bin, was Sie betrifft?»

«Das wird sich noch zeigen. Ich werde es entscheiden, wenn Sie gehört haben, was ich Ihnen zu sagen habe.»

«Dann beeilen Sie sich bitte. Mein Vater wird mich bald suchen, und dann müssen Sie sich ihm erklären.»

Mills schüttelte den Kopf. «Das glaube ich nicht. Wissen Sie, ich habe ihn mit Ihren Brüdern im Speisesaal gesehen, und sie hatten ihre Mahlzeit gerade erst begonnen. Ich hatte gedacht, ich sei in Sicherheit, weil niemand mich bemerkt hat, aber dann bin ich Ihnen an Deck über den Weg gelaufen. Ich bezweifle ernsthaft, dass sie sich in der nächsten Zeit Gedanken über Ihren Verbleib machen werden. Aber ich bin ebenso bedacht darauf wie Sie, diese Sache zu erledigen. Ich sehe das so: Ich konnte unter den Augen der Beamten aus Alaska entkommen, aber wenn jemand bemerkt, dass ich so weit gekommen bin, wird die Polizei zweifellos in Seattle auf mich warten, und das würde für mich sehr unangenehm. Deshalb habe ich vor, Ihre Dienste auf zweierlei Weise in Anspruch zu nehmen.»

«Ich warte.» Ashlie bemühte sich, ihre Angst nicht zu zeigen. Sie hatte keine Ahnung, was Mills vorhatte, aber der Gedanke, dass er einem ihrer Brüder etwas antun könnte, machte sie wütend und ängstlich zugleich.

«Ich habe einen Freund an Bord, der mir gerne behilflich sein wird. Ich habe gerade mit ihm gesprochen, bevor ich zu Ihnen kam. Er wird mich wissen lassen, wenn Ihr Vater und Ihre Brüder mit dem Essen beinahe fertig sind. Außerdem wird er mir helfen, Sie und Ihre Familie während der restlichen Reise im Auge zu behalten. Deshalb dürfen Sie nicht glauben, dass Sie zu Ihrem Vater zurückgehen und ihm von meiner Anwesenheit erzählen können. Mich loszuwerden, wäre für Sie nicht gut. Mein Helfer hat Anweisung, Sie alle umzubringen, falls mir etwas zustoßen sollte.»

«Jetzt weiß ich aber immer noch nicht, was Sie von mir wollen», sagte Ashlie mit einem, wie sie hoffte, strengen Blick.

«Ich will, dass Sie mich decken. Ich will Ihre Hilfe, wenn wir nach Seattle kommen.»

«Hilfe in welcher Art?»

«Ich kann Ihnen natürlich nicht vertrauen. Es könnte Ihnen vielleicht doch gelingen, jemandem einen Zettel zuzustecken oder dem Kapitän von mir zu erzählen. Dann würde die Schiffsbesatzung etwas Dummes anstellen, um mich gefangen zu nehmen. Das werde ich nicht zulassen. Also habe ich mir einen Plan überlegt. Er ist nicht sehr fein, aber er müsste trotzdem funktionieren.

Ich bin sicher, Ihre Familie wird keine Schwierigkeiten haben, in Seattle an Land zu gehen. Sollten Polizeibeamte dort warten, wird es für mich schwieriger sein, von Bord zu gelangen, wie Sie sich vorstellen können. Mein Assistent wird keine Probleme haben, das Schiff zu verlassen, er ist nicht bekannt und wird nicht erwartet. Er wird Ihrer Familie folgen und meinen Plan ausführen.»

«Was für einen Plan?» Sie wollte die Sache endlich beenden, aber Mills zog sie immer weiter hinaus.

«Sie werden ein paar Schritte hinter Ihrem Vater und Ihren Brüdern gehen. Tun Sie so, als hätten Sie ein Problem mit Ihrem Schuh oder etwas in der Art. Mein Helfer wird Sie anrempeln, und dann schreien Sie und erklären, er hätte versucht, Sie zu bestehlen. Natürlich wird er weglaufen, aber Sie werden einen solchen Lärm machen, dass alle Beamten – ob uniformiert oder nicht – herbeigelaufen kommen. Es liegt bei Ihnen, die Sache so echt wie möglich aussehen zu lassen und die Aufmerksamkeit aller Leute auf sich zu lenken, Miss Iwankow. So kann ich ungesehen von Bord gehen und mich in Sicherheit bringen.»

«Sie sind verrückt. Ich würde Ihnen niemals helfen.»

«Sie werden mir helfen, sonst sind Sie schuld daran, wenn einer Ihrer Brüder stirbt. Ich will Ihnen die Entscheidung erleichtern.» Er erhob sich und baute sich unmittelbar vor ihr auf. «Sie werden mir gehorchen, oder Ihr jüngerer Bruder wird noch heute Abend sterben. Verstehen Sie mich? Sie können ihn nicht beschützen. Ich habe meine Wege … und meine Freunde. Es passiert schnell, dass ein Junge einfach über Bord geht.»

Ashlie versteifte sich. Ihr Vater hätte diesen Mann wegen seiner Drohungen zweifellos zu Brei geschlagen, aber Ashlie würde niemals gegen ihn ankommen. Jedenfalls nicht mit körperlicher Kraft. Es wäre keine gute Idee, jetzt einen Aufstand zu proben, beschloss sie. «Also gut. Ich werde tun, was Sie sagen, aber welche Garantie habe ich, dass meiner Familie dann nichts zustoßen wird?»

«Sie müssen verstehen, dass ich keinen persönlichen Groll gegen Ihre Familie hege, Miss Iwankow. Mir ist nur mein eigenes Überleben wichtig. Wenn Sie tun, was Sie gerade versprochen haben, habe ich keinen Grund mehr, mich mit Ihrer Familie zu befassen. Ich bin, was ich bin, und ich kann Ihnen nichts anderes anbieten.»

Die dunklen Augen des Mannes wirkten leblos – sein Blick leer. Ashlie unterdrückte ein Schaudern. «Dann habe ich wohl keine Wahl.»

Er lächelte, aber in seiner Miene lag keine Freude. «Genau. Sie haben keine Wahl.»

Ein dreifaches Klopfen ertönte an der Tür. «Sie sind fertig», rief eine Stimme von der anderen Seite.

«Ah, wir müssen unsere Geschäfte abschließen. Wie es aussieht, hat Ihre Familie sich satt gegessen. Verstehen Sie, was von

Ihnen erwartet wird? Es dauert keine vierundzwanzig Stunden mehr, bis wir anlegen.»

«Ich weiß, was ich zu tun habe», erwiderte Ashlie.

Mills nickte und öffnete die Kabinentür. «Dann gehen Sie besser wieder zu ihren Lieben zurück, sonst glauben sie noch, Ihnen wäre etwas zugestoßen.»

Ashlie schlüpfte schnell durch die Tür und rannte beinahe den Gang hinunter. Sie stieg zu dem Deck hinauf, auf dem ihr Vater ihre Suite gebucht hatte. Mills' Dreistigkeit machte sie so wütend, dass sie sich nicht beruhigen konnte. Seine Drohungen gegen Christopher und Oliver waren unglaublich.

Als sie die Tür zu ihrer Kabine öffnete, sah ihr Vater sie mit besorgter Miene an. «Wo warst du?»

«Du wirst es nicht glauben, wenn ich es dir erzähle», erklärte Ashlie. Sie sah ihre Brüder an und dann wieder ihren Vater. «Wir haben ein Problem an Bord. Ein großes Problem. Sein Name ist Mr. Mills.»

Adrik schüttelte den Kopf. «Mills?»

«Wir kannten ihn unter dem Namen Babinowitsch. Weißt du noch?»

«Er ist hier? Die Behörden suchen in Ship Creek nach ihm. Er ist ein Dieb und Mörder.»

«Ja, ich weiß», erwiderte Ashlie. «Das hat er mir erzählt, nachdem er mich gezwungen hatte, ihn zu seiner Kabine zu begleiten.»

«Was!» Adriks dröhnende Stimme ließ alle drei Kinder zusammenfahren. «Das erklärst du besser sofort.»

Ashlie erzählte ihrem Vater alles, was Mills zu ihr gesagt hatte, bis ins kleinste Detail, bis hin zu dem Klopfen des Assistenten an der Tür. Sie konnte sehen, dass ihr Vater wütend war, sich aber beherrschte.

«Hast du seinen Helfer gesehen?»

Ashlie schüttelte den Kopf. «Er hat nur an die Tür geklopft

und ist dann verschwunden. Ich vermute, Mr. Mills will nicht, dass sie zusammen gesehen werden.»

«Kannst du dich erinnern, in welcher Kabine Mills war?» Adrik ging zu einem Koffer am Fußende eines der Betten.

«Nein, ich bin so schnell ich konnte weggelaufen. Darauf habe ich gar nicht geachtet.» Ashlie zögerte und sah ihre Brüder an. «Ich habe eine Idee, Vater.»

Adrik zog einen Revolver aus der Truhe. «Ich auch.»

Ashlie berührte vorsichtig den Arm ihres Vaters. «Bei meiner Idee wird kein Blut vergossen», sagte sie grinsend.

Die wütende Miene ihres Vaters wurde sanfter. «Also gut, lass hören.»

«Ich finde, wir sollten Mr. Mills in dem Glauben lassen, dass er die Oberhand hat. Soll er ruhig denken, ich würde mit ihm kooperieren. Die Jungen und ich können hier in der Kabine bleiben. Schließlich sind es keine vierundzwanzig Stunden mehr, bis wir ankommen. Wenn es dir gelingt, dich ungesehen zum Kapitän zu schleichen, kannst du ihm die Situation erklären und er kann per Funk die Behörden informieren. Dann können sie ihn in Empfang nehmen, wenn wir ankommen.»

«Offensichtlich beobachtet uns jemand», sagte Adrik nachdenklich. «Aber wir könnten jemanden dafür bezahlen, dass er uns hilft – vielleicht sogar, indem er unseren Wächter bewacht.»

«Erinnerst du dich an den Steward?», fragte Ashlie. «Er schien sehr darauf bedacht, sich ein Trinkgeld zu verdienen. Vielleicht können wir ihn überreden, dem Kapitän einen Brief zu überbringen. Vielleicht könnte er sogar Mills und seinen Freund für uns beobachten. Früher oder später wird Mills seinen Komplizen treffen, um Anweisungen und Informationen weiterzugeben.»

«Das hast du gut überlegt», sagte Adrik grinsend. «Du bist

ganz die Tochter deiner Mutter.» Er lächelte und überprüfte seinen Revolver. «Aber es ist immer gut, einen Plan B zu haben.» Er schob die gefüllte Trommel wieder hinein. «Das hier ist mein Plan B …»

26

«Aber warum will der Mann uns wehtun?», fragte Christopher unschuldig.

Ashlie fuhr ihm durchs Haar und schüttelte den Kopf. «Weil manche Menschen einfach böse sind, Christopher. Wir müssen genau tun, was Vater sagt, damit wir sicher sind.» Sie sah zum Kabinenfenster hinaus, aber von den Docks war nichts zu sehen.

Oliver saß an der Tür, den Revolver seines Vaters in der Hand. Ashlie wusste, dass der Junge tun würde, was notwendig war, um sie zu beschützen. Er hatte sich ungeheuer wichtig gefühlt und war sich seiner Verantwortung voll bewusst gewesen, als sein Vater ihn gebeten hatte, die Rolle des Beschützers zu übernehmen.

Am Abend zuvor war es Ashlie gelungen, sich an die ungefähre Lage von Mills' Kabine zu erinnern. Sie schrieb die Information auf, so genau sie es vermochte, und ihr Vater hatte mithilfe des Stewards dem Kapitän Bescheid gesagt. Der junge Mann war angesichts der großen Summe, die Adrik ihm angeboten hatte, ausgesprochen gerne bereit gewesen zu helfen. Der Kapitän hatte geantwortet, dass die Iwankows in ihrer Kabine bleiben sollten und dass er selbst, zusammen mit seiner Besatzung und den Behörden in Seattle, sich um die Sache kümmern werde. Wenn sie der Meinung waren, dass sie den richtigen Mann festgenommen hatten, würden sie Adrik holen, um ihn zu identifizieren. Und dort war ihr Vater in diesem Augenblick.

Ashlie versuchte, nicht so angespannt zu wirken. Sie wusste, dass die Jungen schon jetzt Angst hatten, und sie wollte die Situation nicht noch verschärfen. Angesichts ihrer Lage bereute sie jetzt beinahe, dass sie darauf bestanden hatte, sie nach Seattle mitzunehmen.

«Was ist, wenn er versucht, Papa wehzutun?», fragte Christopher.

Oliver schnaubte verächtlich. «Niemand kann Pa besiegen. Vor allem nicht, wenn er keine Ahnung hat, dass Pa Bescheid weiß.»

«Oliver hat Recht, Chris. Mr. Mills weiß nicht, dass ich Vater etwas erzählt habe. Wahrscheinlich glaubt er, ich hätte zu viel Angst, um Vater die Wahrheit zu sagen.»

«Aber du hattest überhaupt keine Angst», sagte Christopher und in seiner Stimme schwang Bewunderung mit.

Ashlie lächelte. «Ich habe keine Angst, aber ich glaube, dass es wichtig ist, gehorsam und vorsichtig zu sein. Wir werden hier in Sicherheit sein und auf Vaters Anweisungen warten. So gehen wir kein Risiko ein, und er kann sich auf die Dinge konzentrieren, die im Augenblick wichtig sind.»

«Wirst du wirklich heiraten?», fragte Oliver von seinem Stuhl aus.

Ashlie hatte immer mal wieder über ihre Heiratspläne gesprochen, seit sie die Reise nach Seattle angetreten hatten. Es schien ihr nur natürlich, dass ihr Bruder sich dafür interessierte. «Das werde ich», erwiderte sie. «Ich glaube, du wirst Winston sehr mögen. Ich freue mich schon darauf, dass ihr euch bald kennenlernt.»

«Meinst du, ich mag ihn auch?», fragte Christopher.

«Auf jeden Fall.» Ashlie setzte sich auf die Bettkante. «Winston ist unserem Vater sehr ähnlich. Er ist lieb und rücksichtsvoll und hat Jesus lieb. Er ist groß und hat breite Schultern wie Papa, und wenn er lächelt, dann leuchtet sein ganzes Gesicht.»

«Und er ist ein Doktor, nicht wahr?»

«Das stimmt, Chris. Er ist Doktor, und er lernt ganz besonders fleißig, damit er Chirurg werden und Menschen operieren kann, die verletzt oder krank sind. Er hilft gerne anderen Menschen.»

«Dann ist er bestimmt gut», sagte Oliver. «Ich will nicht, dass du jemanden heiratest, der nicht richtig gut ist.»

«Und das Beste ist, dass wir vorhaben, nach Alaska zu ziehen. Dann bin ich nicht so weit von euch entfernt.»

«Werdet ihr in Ketchikan wohnen?» Christophers Miene war hoffnungsvoll.

«Das weiß ich nicht», gab Ashlie zu. «Wir gehen dorthin, wo Gott uns haben will.»

Adrik hörte zu, während der Steward die Situation erklärte. «Ich habe ihn nicht mit jemand anderem gesehen. Es ist so, wie ich es dem Kapitän gesagt habe. Ich glaube, der Gentleman arbeitet allein.»

«Ein Gentleman ist er nicht, aber ich bin froh, das zu hören. Aber meine Tochter sagt, jemand habe an die Tür geklopft, um ihm zu sagen, wann meine Söhne und ich mit dem Essen fertig waren.»

«Darüber weiß ich Bescheid», sagte der Steward eifrig. «Das war kein Komplize. Es war einer der Kellner im Speisesaal. Der Mann wäre beinahe gefeuert worden, weil er seinen Platz verlassen hat.»

Adrik schüttelte den Kopf. «Sind Sie ganz sicher?»

«Absolut. Der Mann wollte mit dem Kapitän sprechen, als sein Vorgesetzter ihn rausschmeißen wollte. Der Mann erklärte, jemand habe ihm viel Geld geboten, damit er Sie und Ihre Jungen beobachtet. Er sollte Mr. Mills Bescheid sagen, wann Sie mit dem Essen fertig sind. Ich glaube, er ist der Einzige, der Mr. Mills geholfen hat.»

«Dann hofft Mills offenbar, dass wir uns leicht verunsichern lassen – vor allem Ashlie.» Adrik lachte. «Er kennt meine

Tochter nicht. Sie stammt aus Alaska, und wir lassen uns nicht so leicht einschüchtern.»

In diesem Augenblick erschienen sechs bewaffnete Polizisten aus Seattle zusammen mit dem Kapitän. Adrik wusste, dass der Kapitän per Funk die Behörden informiert hatte und die Polizei mit einer Barkasse zum Schiff herausgekommen war. So konnten sie Mills unauffällig dingfest machen, ohne irgendwelche anderen Passagiere in Gefahr zu bringen.

«Sind wir so weit?», fragte der Kapitän. «Ich will die Sache erledigt sehen.»

Adrik nickte. «Lassen Sie mich zuerst hineingehen.» Die Polizeibeamten reihten sich auf beiden Seiten der Tür auf. Adrik senkte die Stimme und beugte sich zu dem Steward vor. «Wenn er wissen will, wer es ist, dann antworten Sie ihm als Steward.»

Der junge Mann nickte. Er schien so begeistert zu sein, weil er an der Verhaftung beteiligt war, dass Adrik beinahe laut gelacht hätte. Stattdessen unterdrückte er seine Belustigung und klopfte. Je eher Mills in polizeilichem Gewahrsam war, desto besser für alle.

«Wer ist da?», fragte eine Stimme auf der anderen Seite der Tür.

Adrik nickte dem Steward zu. Der junge Mann warf nur einen kurzen Blick zu seinem Kapitän hinüber und antwortete dann mit lauter Stimme: «Der Steward, Sir.»

«Was wollen Sie?»

Adrik spürte einen Anflug von Panik, aber der junge Mann hatte alles im Griff.

«Wir legen gleich in Seattle an. Ich bin hier, um Ihnen mit Ihrem Gepäck zu helfen.»

Adrik hielt die Luft an, während er sich fragte, ob die Erklärung ihnen Einlass verschaffen würde oder ob er die Tür würde eintreten müssen. Er hörte, wie der Riegel betätigt wurde, und sah, dass der Türknauf sich langsam drehte. Sobald die Tür einen winzigen Spalt breit geöffnet war, stieß Adrik dagegen, so dass Mills unfeierlich auf seinem Allerwertesten landete.

«Und ich bin hier, um diesen Leuten hier zu helfen», sagte Adrik über den verblüfften Mills gebeugt. Die Polizisten kamen hereingeeilt, um den Mann zu umstellen.

«Was soll denn das?», knurrte Mills. «Sie haben den Falschen erwischt.»

«Das glaube ich nicht», sagte Adrik mit einem zufriedenen Lächeln. «Aber Sie haben eindeutig auf die falsche junge Frau gesetzt.»

Die Polizisten zogen ihn auf die Füße und ließen ihn los, während Mills seinen Mantel zurechtzog. «Ich habe keine Ahnung, wovon Sie reden.»

«Eigentlich ist es auch egal. Sie werden gesucht und sind hiermit verhaftet. Wenn ich das Gefühl hätte, dass ich es ungestraft tun könnte, würde ich Sie verprügeln, weil Sie meine Kinder bedroht haben.»

Mills' Oberlippe verzog sich. Er warf dem Beamten, der ihm gerade die Handschellen anlegen wollte, einen schnellen Blick zu, dann stieß er den Mann ohne Vorwarnung zurück und rannte zur Tür. Adrik versperrte ihm jedoch den Weg, und die Beamten rangen ihn zu Boden.

«Auf dem Fußboden ist er wohl besser aufgehoben», sagte Adrik mit einem verächtlichen Blick auf Mills. «Vielleicht sollten Sie ihn einfach dort liegen lassen – und ihn wie ein leeres Whiskeyfass vom Schiff rollen.»

Die Polizisten lachten, aber Mills war alles andere als belustigt. Es war deutlich, dass er seine Niederlage erkannte und nicht glücklich darüber war. Der leitende Polizeibeamte notierte sich eilig Adriks Namen und Anschrift und folgte dann seinen Untergebenen.

«Danke für Ihre Hilfe in dieser Sache», sagte Adrik zu dem Steward gewandt, als die Polizei Mills aus der Kabine geführt hatte. Dann sah er den Kapitän an und zwinkerte. «Dieser junge Mann hat eine Lohnerhöhung verdient. Er ist ganz schön auf Zack.»

«Ich glaube, da haben Sie Recht», erwiderte der Kapitän. «Vielleicht kann er eine bessere Stellung bekommen. Zum Beispiel beim Sicherheitsdienst des Schiffes.»

Adrik hielt dem Steward die Hand hin. «Danke, mein Junge.» Er wandte sich an den Kapitän und reichte auch ihm die Hand. «Und danke Ihnen, Kapitän. Jetzt werde ich ruhiger schlafen, weil ich weiß, dass meine Familie nicht mehr in Gefahr ist.»

Ashlie erschrak, als der Schlüssel sich im Schloss drehte, die Tür sich öffnete und ihr Vater hereinkam. «Die Behörden haben ihn in Gewahrsam genommen», verkündete er.

«Gab es irgendwelche Schwierigkeiten?» Ashlie sprang auf.

«Oh, er hat behauptet, er wäre unschuldig, und als er merkte, dass er damit nicht weiterkam, hat er versucht zu fliehen. Aber gegen die Polizei hatte er keine Chance, die Männer haben ihn gleich überwältigt. Ich habe eine Aussage gemacht und Myrtles Adresse angegeben, für den Fall, dass sie mit uns reden müssen.»

«Das heißt, wir können jetzt gehen?», fragte Ashlie. Sie konnte es kaum erwarten, Winston zu sehen. Bestimmt machte er sich Sorgen und fragte sich, warum alle von Bord gegangen waren, nur die Iwankows nicht.

Ihr Vater warf ihr einen schelmischen Blick zu. «Ich weiß nicht. Ich habe es nicht eilig, und der Kapitän hat gesagt, wir können uns Zeit lassen.»

Ashlie nahm ihre Sachen. «Ihr könnt ja hier warten, aber ich habe das ganz bestimmt nicht vor.»

Oliver reichte seinem Vater den Revolver. «Ich bin dieses Schiff leid. Jetzt will ich das sehen, wovon alle immer erzählen – diese tolle Stadt Seattle.»

«Ich auch», sagte Christopher und gesellte sich zu seinem Vater. «Können wir jetzt gehen?»

Der stämmige Mann lachte laut auf. «Das tun wir wohl besser, sonst stehen wir gleich alleine hier. Nehmt eure Sachen, Jungs, und beeilt euch, sonst geht Ashlie noch ohne uns.»

Ashlie öffnete die Kabinentür und wartete ungeduldig auf ihre Familie. Die Jungen beeilten sich, ihre kleinen Rucksäcke zu nehmen, während Adrik gelassen die Waffe in seinem Koffer verstaute und ihn dann auf seine Schulter hob.

«In Ordnung, gehen wir.»

Am Anleger blickte Ashlie sich um, auf der Suche nach dem einzigen Menschen, den sie wirklich sehen wollte. «Da ist er!», rief sie plötzlich und beschleunigte ihre Schritte. Sie konnte Winston neben Timothy Rogers stehen sehen. Konnte es sein, dass Winston noch besser aussah als am Anfang des Sommers, als sie sich voneinander verabschiedet hatten?

«Ich dachte, wir würden nie ankommen», sagte sie. Dann ließ sie ihre Taschen auf den Boden fallen und schlang in höchst unziemlicher Weise die Arme um den Mann. In diesem Augenblick war es ihr egal, was die Leute dachten. «Ich habe dich so vermisst.»

Winston drückte sie fest an sich und hielt sie dann auf Armeslänge von sich. Ashlie merkte, dass ihm unter dem Blick des großen Mannes neben ihr unbehaglich wurde.

«Winston, das ist mein Vater, Adrik Iwankow.»

«Sir … Ich … es ist mir ein Vergnügen, Sie kennenzulernen.» Er reichte Adrik die Hand. Adrik hielt mit einer Hand den Koffer auf seiner Schulter fest und schlug mit der anderen in Winstons Rechte ein.

Ashlies Vater musterte den jungen Mann eingehend.

«Schön, dass wir einander endlich begegnen. Ich würde sagen, wenn Sie demnächst zur Familie gehören sollen, machen wir uns besser an die Arbeit.»

Der junge dunkelhaarige Mann schien ein wenig überrascht. «An die Arbeit?»

«Damit, uns besser kennenzulernen», entgegnete Adrik. «Ashlie sagt, Sie würde gerne noch diese Woche heiraten. Wäre das auch in Ihrem Sinne?»

Winston schien seine Verblüffung ein wenig überwunden zu haben. Er sah Ashlie an und dann wieder Adrik. «Sie bekommt meistens, was sie will», sagte er und grinste. «Und diesmal muss ich sagen, dass ich sehr damit einverstanden bin. Aber ich möchte trotzdem richtig um ihre Hand anhalten und Ihren Segen erbitten, Mr. Iwankow.»

Ein Lächeln durchbrach Adriks strenge Miene. «Stimmt, sie bekommt ihren Willen meistens, und ich kann schon jetzt sehen, dass wir beide bestimmt gut miteinander auskommen werden.»

Leah blickte sich in dem großen offenen Raum um und lächelte. Vorhin hatten Helaina und sie alle Fenster im Haus geöffnet, um den abgestandenen, feuchten Geruch zu vertreiben. Dies war das Zuhause, in dem sie bei Karen und Adrik aufgewachsen war. Das Holzhaus in Ketchikan war anfänglich recht klein gewesen, aber im Laufe der Jahre hatte Adrik erst ein Zimmer und dann noch eins und schließlich ein ganzes zweites Stockwerk angebaut. Es war ein wunderschönes Haus, das viele ganz besondere Erinnerungen an ihre Beziehung zu Karen in Leah aufsteigen ließ.

Jetzt, nachdem sie zwei Stunden lang abgestaubt und gewischt hatte, war Leah mit dem Zustand des Hauses zufrieden.

Sie seufzte und lehnte sich mit dem Rücken an die Haustür. Adrik hatte gesagt, sie könnten so lange bei ihm wohnen, wie sie wollten. Er wollte Gesellschaft – nein, er brauchte sie. Leah wusste, dass es ihm wahrscheinlich schwerfallen würde, in dieses Haus zurückzukehren und sich nicht einsam zu fühlen.

«Du hast wirklich eine Menge gemacht», sagte Helaina, die jetzt die Treppe herunterkam. Sie und das Baby hatten sich ebenso wie die Zwillinge ausgeruht, während Leah gearbeitet hatte. «Du hättest in deinem Zustand nicht so viel arbeiten sollen.»

«Mir geht es gut. Außerdem schaffe ich viel, wenn die beiden Kleinen mir nicht zwischen den Füßen herumlaufen. Ganz abgesehen davon, dass es mir Spaß gemacht hat. Ich habe an die Zeiten gedacht, in denen Karen und ich dieses Haus zusammen geputzt haben.»

«Ich weiß, dass du sie vermissen wirst», sagte Helaina. «Ich vermisse sie selbst. Manchmal mehr, als ich für möglich gehalten hätte.» Sie runzelte die Stirn. «Aber das ergibt für dich wahrscheinlich gar keinen Sinn, oder?»

«Warum nicht?»

«Ich kannte Karen schließlich gar nicht so lange, aber in der Zeit, die ich mit ihr verbracht habe, ist mir bewusst geworden, was für eine aufbauende Art sie hatte. Und sie hat mir das Gefühl gegeben, als wäre meine Mutter wieder hier. Wenn ihr Zeitplan es zuließ, kam sie jeden Tag und trank Tee mit mir. Das hat mir eine Menge bedeutet.»

Leah ging zu Helaina und nahm ihre Hand. «Es spielt keine Rolle, wie lange du sie gekannt hast. Karen hatte ein Herz für Menschen. Ich weiß, dass sie in dir die perfekte Partnerin für Jacob gesehen hat.» Leah lächelte. «Wir wussten immer, dass eine Frau mit einem starken Willen nötig sein würde, um ihm eine gute Ehefrau zu sein.»

«Wir hatten ganz eindeutig schwierige Phasen. Du meine

Güte – wenn ich an unsere erste Begegnung zurückdenke, dass ich ihm beinahe eine Ohrfeige gegeben hätte, als er mich auf der Straße umgerannt hat, dann muss ich heute noch lachen. Es war nicht gerade Liebe auf den ersten Blick.»

«Du warst ja auch zu sehr damit beschäftigt, meinen Mann an den Galgen zu bringen», neckte Leah sie.

«Erinnere mich bloß nicht daran. Ich hasse diese Zeit – damals, als ich so hart war.» Helaina legte eine Hand auf Leahs Schulter. «Ich verdiene die Barmherzigkeit, die mir entgegengebracht wurde, gar nicht, aber ich bin heilfroh darüber. Ich verdiene nichts von all den guten Dingen, die Gott mir geschenkt hat.»

«Keiner von uns verdient sie», gab Leah zu bedenken. «Aber wenn sie verdient wären, dann wären sie auch nicht so etwas Besonderes.»

«Ich dachte nicht, dass ich noch einmal Teil einer richtigen Familie sein würde», gab Helaina zu. «Und ich wollte es auch gar nicht. Ich wollte keine Kinder, weil ich den Schmerz, sie zu verlieren, nicht ertragen hätte, und ich wollte ganz sicher nicht riskieren, noch einmal einen Mann zu lieben. Und jetzt habe ich sowohl einen Ehemann als auch einen Sohn, und ich könnte mir das Leben ohne sie gar nicht mehr vorstellen. Ganz zu schweigen von den Zwillingen und dir und Jayce.» Tränen traten in ihre Augen. «Die Vergangenheit, Leah … sie kommt mir wie ein undeutlicher Traum vor – ein Albtraum, genau genommen. Ich hätte nie gedacht, dass das möglich sein könnte. Ich bin mit meinem Leben unglaublich glücklich.»

Leah tätschelte Helainas Hand. «Ich auch. Und vor vielen Jahren habe ich in diesem Haus gesessen und mir die Augen ausgeweint, weil Jayce meine Liebe nicht erwidert hat. Es ist ein merkwürdiges Gefühl, jetzt wieder hier zu sein – verheiratet und mit zwei wundervollen Kindern und einem dritten, das unterwegs ist.» Leah legte eine Hand auf ihren Bauch. «Das alles war damals unvorstellbar für mich. Ich dachte, ich würde nie glücklich sein, aber jetzt bin ich es.»

«Leah!», rief Jayce von draußen. Er kam durch die Haustür hereingestürmt, unmittelbar gefolgt von Jacob.

Leah konnte sehen, dass sie beide ganz aufgeregt waren. «Was ist los?»

«Vor euch stehen die stolzen Besitzer des Barringer-Kincaid-Handelsunternehmens», verkündete Jayce.

«Was für eine gute Nachricht! Ich bin ja so froh, dass alles gut gelaufen ist.» Leah ging zu ihrem Mann und gab ihm einen flüchtigen Kuss auf die Wange. Sie hatte gewusst, dass die Männer ihrem neuen Geschäftsabenteuer den letzten Schliff verleihen wollten, aber sie war nicht sicher gewesen, ob sie an diesem Tag alles abschließen konnten.

«Ich habe Peter Colton ein Telegramm geschickt, so dass wir eine Ladung mit Waren geliefert bekommen, sobald er ein Schiff übrig hat, das die Fahrt in den Norden übernehmen kann», sagte Jacob. Er fasste Helaina um die Taille und hob sie hoch. Dann wirbelte er sie ein paar Mal herum, bevor er sie wieder auf den Boden stellte. «Endlich wird etwas aus unserem neuen Laden.»

«Ich wusste, dass ihr es schaffen würdet», erwiderte Helaina.

«Heute Abend müssen wir feiern», erklärte Leah. «Ich schlachte eines der Hühner und brate es.»

«Und können wir Kartoffeln und Soße haben?», fragte ihr Mann.

«Und Brötchen und Rhabarberkuchen?», fügte ihr Bruder hinzu.

Leah lachte und sah Helaina an. «Wie es aussieht, hat unsere Arbeit gerade erst angefangen.»

Im September fand dann die feierliche Eröffnung des Ladens statt. Jacob war stolz auf das, was sie erreicht hatten, und er wusste, dass Ketchikan sich für ihn wie zu Hause anfühlen würde, auch wenn hier nicht so viel los war wie in Seward oder Ship Creek. Erst vor zwei Tagen hatten sie die Renovierung der Zimmer über dem Geschäft beendet, und er war mit seiner Familie in ein eigenes Heim gezogen. Da Malcolm noch klein war, wusste Jacob, dass es noch eine Weile dauern würde, bis sie sich über eine größere Behausung mit Garten Gedanken machen mussten. Im Augenblick war die Wohnung über dem Laden nicht nur angemessen für ihre Bedürfnisse, sondern auch vorteilhaft für das Geschäft. Mit dem Laden im gleichen Haus brauchte Jacob sich keine Gedanken über einen nächtlichen Einbruch zu machen. In einer größer werdenden Stadt war das immer eine Sorge.

Alles schien vollkommen. Da der Laden unmittelbar am Hafen lag, war Jacob sicher, dass sie gute Geschäfte machen würden. Jayce war derselben Meinung. Er hatte angemerkt, dass die Schiffe ihren Passagieren vielleicht erlauben würden, an Land zu gehen und von Ureinwohnern handgefertigte Souvenirs von ihrer Reise in den Norden mitzubringen.

«Ich glaube, wenn wir alles ausgerechnet haben», sagte Jayce mit einem Blick auf das Auftragsbuch, «werden wir am Ende des Tages einen schönen Gewinn gemacht haben.»

«Das war zu erwarten», sagte Jacob. «Schließlich war es der Eröffnungstag. Die Leute sind neugierig, was wir zu bieten haben. So viel Kundschaft werden wir nicht jeden Tag haben. Deshalb wollte ich keinen so großen Laden.»

«Ich habe schon überlegt», sagte Jayce, «dass wir mit der Zeit anbauen und weitere Geschäfte errichten könnten, die wir dann vermieten. Denk mal darüber nach.»

Jacob konnte sich das gut vorstellen. «Ich hatte auch schon die Idee, die Häuser ein Stück weiter zu kaufen und mit ein paar neuen Gebäuden an unseres anzuschließen. Das wäre teuer, aber überleg mal, was wir dann hätten. Wir könnten die anderen Gebäude vermieten und hätten ein paar schöne Einkünfte.»

Jayce lachte. «Es ist schon fast unheimlich, wie ähnlich wir uns sind.»

Die Glocke über der Tür ertönte, als ein Mann den Laden betrat. Er war etwa Mitte fünfzig, und Jacob begab sich hinter den Verkaufstresen. «Willkommen, mein Freund. Wir wollten gerade schließen.»

«Dann bin ich froh, dass ich Sie noch erwische.» Er kam zum Tresen und streckte die Hand aus. «Ich heiße Bartholomew Turner. Meine Freunde nennen mich Bart. Ich bin gekommen, um etwas mit Ihnen und Ihrem Partner zu besprechen.»

Jayce trat neben Jacob. «Ich bin Jayce Kincaid.»

«Und ich Jacob Barringer. Was können wir für Sie tun?»

«Die Sache ist die: Ich habe einen Laden in Skagway. Die Wirtschaft in der Gegend dort ist ziemlich am Boden, und wenn mein Mietvertrag Ende Oktober ausläuft, will ich das Geschäft aufgeben. Ich bin hier in Ketchikan, um mit meinem Bruder darüber zu sprechen, ob wir ganz aus Alaska fortgehen sollen. Wir sind nicht mehr die Jüngsten, und ein wärmeres Klima würde uns schon gefallen.»

«Ich verstehe nicht, was das mit uns zu tun hat.» Jacob sah, wie die Miene des Mannes sich von ernst zu hoffnungsvoll wandelte.

«Ich dachte, Sie könnten vielleicht Interesse daran haben, meine Waren zu übernehmen. Es ist nicht viel, aber niemand in Skagway will die Sachen kaufen, weil es zu viele spezielle Dinge sind, die dort niemanden interessieren. Dinge wie Musikinstrumente und Kameras. Sie waren einmal sehr gefragt, und ich habe viele verkauft. Jetzt laufen kleinere Möbel, Lampen und natürlich Grundnahrungsmittel besser. Wir haben festgestellt, dass wir Lebensmittel in unser Sortiment aufnehmen mussten, damit sich der Laden rechnet.»

«Haben Sie Ihr Geschäft schon lange?», wollte Jayce wissen.

«Die Eröffnung war kurz nachdem der Goldrausch begann», erwiderte Turner. «Ich hatte ein Geschäft am Ende der Hauptstraße, S&T Haushaltswaren. Zuerst waren wir eine Zeitlang im Zelt untergebracht, aber dann hat einer der reichen Städter mehrere Gebäude errichtet und wir haben ein Ladengeschäft gemietet.»

«Ich erinnere mich an den Laden», sagte Jacob. «Ich war dort während des Goldrauschs. Ich war noch ein Kind, aber an Ihr Geschäft erinnere ich mich.»

Turner strahlte. «Wir hatten ein feines Geschäft. Mein Bruder und mein Cousin haben geholfen, ein gewinnbringendes Unternehmen daraus zu machen, aber nachdem das Goldfieber vorbei war, wurde es zunehmend schwieriger, davon zu leben. Nicht nur das – ich sehne mich auch nach meiner Heimat.» Sein Lächeln schwand. «Unsere Mutter ist verstorben, während wir hier oben waren, und unser Vater ist beinahe achtzig. Wir müssen nach Oregon zurück, bevor er stirbt.»

«Ich kann Ihre Überlegungen verstehen», erwiderte Jacob. «Ich könnte mir vorstellen, dass wir Ihnen die Waren abnehmen.» Er sah Jayce an, und der nickte.

«Vielleicht können wir zusammen zu Abend essen und die Einzelheiten besprechen?», schlug Jayce mit einem Blick zu Jacob vor.

«Warum nicht?», erwiderte Turner. «Kommen Sie doch zum Haus meines Bruders.»

«Unsinn. Meine Frau kocht gerne für Sie beide mit. Wie wäre es, wenn Sie und Ihr Bruder um sechs zu uns kommen? Jacob und seine Familie werden auch dort sein.»

Turner schien ganz erleichtert. «Ich kann Ihnen gar nicht sagen, wie glücklich mich das macht. Ich möchte so bald wie möglich nach Oregon zurück, noch bevor der Winter anfängt. Mein Bruder und ich werden heute Abend kommen.»

An diesem Abend, nachdem sie zu Ende gegessen hatten, brachte Leah ihre Kinder zu Bett und kam wieder in die Küche, als die Männer gerade den letzten Rest Dessert und Kaffee vertilgten.

«Hättest du etwas dagegen, wenn ich mit Jacob Anfang nächsten Monat nach Skagway reise?», fragte Jayce. «Mr. Turner kann bis dahin Inventur gemacht und alles verpackt haben.»

«Ich habe gar nichts dagegen», antwortete Leah, obwohl sie am liebsten keinen der beiden Männer hätte fortgehen sehen. «Wie lange werdet ihr weg sein?»

Jacob sah sie an. «Ich denke, nicht länger als zwei Wochen. Höchstens drei. Ich dachte, weil Adrik und die Jungen übermorgen wiederkommen wollen, könnte ich ihn vielleicht überreden, für uns den Laden zu betreuen.»

«Darum können Helaina und ich uns doch kümmern», erwiderte Leah.

«Mir wäre es lieber, wenn ihr das nicht tätet», sagte Jacob streng. «Die Kinder brauchen euch, und außerdem können einige der Männer ziemlich grob sein. Ich möchte nicht, dass etwas passiert, während wir fort sind und euch nicht beschützen können.»

«Genau. Schlimm genug, dass wir euch allein lassen müssen», bekräftigte Jayce. «Vielleicht wäre es besser, wenn nur einer von uns ginge.» Er sah Jacob an.

«Wir sind sehr wohl in der Lage, auf uns selbst aufzupassen», sagte Leah, die Hände trotzig in die Hüften gestemmt. «Du solltest das besser wissen als jeder andere.»

Jacob hob die Hände, als Helaina Anstalten machte, ihre

Meinung kundzutun. «Wartet. Es gibt keinen Grund für euch beide, sich aufzuregen. Lasst mich mit Adrik sprechen, dann finden wir eine Lösung.»

«Sie können bei mir wohnen, während sie in Skagway sind», sagte Turner, als wollte er das Thema wechseln und die Damen beruhigen. «Ich revanchiere mich gerne für Ihre Gastfreundschaft.»

«Das klingt gut.» Jacob sah auf den Kalender. «Wir werden versuchen, um den ersten Oktober herum aufzubrechen. Wenn alles glattläuft und je nachdem, ob ein Schiff zur Verfügung steht, dürften wir noch vor dem fünfzehnten wieder auf dem Heimweg sein.»

«Ich werde mein Möglichstes dazu beitragen», versprach Turner. «Ich werde alles fertig verpackt haben, so dass wir die Kisten nur noch zunageln müssen, nachdem Sie die Waren für gut befunden haben. Außerdem sorge ich dafür, dass ein paar Helfer fürs Aufladen bereit stehen.»

«Dann auf unser neues Abenteuer», sagte Jacob und hob seinen Kaffeebecher.

Leah fühlte plötzlich einen kalten Schauer ihren Rücken hinunterlaufen, als die Männer mit ihren Bechern anstießen. Sie wusste nicht, warum sie ein so ungutes Gefühl hatte, aber sie konnte es nicht abschütteln.

Nachdem alle nach Hause gegangen waren und sie sich zum Schlafengehen fertig machte, äußerte sie ihre Bedenken ihrem Mann gegenüber. «Ich habe kein gutes Gefühl bei diesem Unternehmen.»

«Kein gutes Gefühl?» Jayce blickte von dem Buch auf, das er im Bett sitzend las. «Was meinst du?»

Leah zuckte mit den Schultern. «Ich weiß nicht.» Sie fuhr sich mit der Bürste durch ihre langen dunklen Locken. «Wahrscheinlich gibt es keinen Grund, sich Sorgen zu machen. Turner ist offensichtlich ein ehrlicher Geschäftsmann, sonst hätte er keinen Grund, euch beide nach Skagway einzuladen.»

«Jacob erinnert sich sogar noch an sein Geschäft.»

«Ich weiß. Und ich verstehe selbst nicht, warum mir die Sache nicht geheuer ist. Ich habe einfach ein ungutes Gefühl. Das Wetter ist zu dieser Jahreszeit unberechenbar. Es könnte schwierig werden, in den Norden zu reisen.» Sie legte die Bürste fort und kroch ins Bett. «Ich mache mir wohl einfach nur Gedanken um eure Sicherheit.»

«Dann hör damit auf», sagte Jayce und legte sein Buch beiseite. Er blies die Lampe aus. «Es gibt keinen Grund, Angst zu haben. Skagway ist ein Hafen, der das ganze Jahr zugänglich ist. Er friert nie zu wie der in Nome. Und die Reise ist ganz gewiss nicht so riskant wie die in die Arktis. Wir werden nicht auf einer Eisscholle festsitzen. Außerdem kennt Jacob Skagway, und wir haben beide genug Geld, so dass wir immer noch in ein Hotel gehen können, falls Turners Gastfreundschaft sich als nicht so wünschenswert erweisen sollte.»

Leah kuschelte sich in die Armbeuge ihres Mannes. «Du könntest krank werden.»

«Und Schlittenhunde können fliegen lernen», neckte er sie. «Du musst aufhören, dir ständig Sorgen zu machen, was passieren könnte, und deine Aufmerksamkeit anderen Dingen widmen.»

«Anderen Dingen? Zum Beispiel?» Sie fragte sich, was er wohl meinte.

«Zum Beispiel dem hier», sagte Jayce und senkte seine Lippen auf ihre.

27

Leah gewöhnte sich schnell an ihr neues Leben in Ketchikan. Sie war erstaunt, wie sehr die Stadt seit ihrem letzten Besuch gewachsen war. Jetzt gab es vier Fabriken für Lachskonserven und eine weitere war geplant, außerdem Bergbau und Holzwirtschaft. Das einzige Problem bei der zunehmenden Industrialisierung war natürlich die wachsende Zahl von Saloons und Bordellen in der Creek Street. Leah nahm an, dass es eine unvermeidliche Begleiterscheinung war, obwohl sie versuchte, allen, die sie kannte, vom Besuch dieser Gegend abzuraten.

In der Kirche sprachen sie oft darüber, wie sie die gefallenen Mädchen, die in diesen Lasterhöhlen arbeiteten, erreichen konnten, aber zu viel Geld wechselte den Besitzer, um die Frauen auf Dauer von ihrer Tätigkeit abzuhalten. Das machte Leah ungeheuer traurig. Diese Häuser hatte es schon gegeben, als sie noch ein Kind gewesen war, aber sie hatte nie über die Frauen nachgedacht, die dort arbeiteten. Jetzt, wo sie selbst Ehefrau und Mutter war, taten diese armen Menschen ihr aus tiefstem Herzen leid. Sie waren auch die Töchter von jemandem – vielleicht sogar Ehefrauen und Mütter. Was hatte ihnen ein so schreckliches Schicksal beschert?

Trotz der dunkleren Seiten des Lebens blieb Ketchikan ein landschaftlich reizvoller und schöner Ort. Es gab Adler im Überfluss, die von den Lachsen und anderen ertragreichen Fischfängen angezogen wurden. Leah sah den Vögeln gerne vom Strand aus zu. Wills und Merry liebten sie ebenfalls. Sie beobachteten sie nicht oft, aber wenn sie einmal Zeit dazu hatten, genossen alle die Gelegenheit.

Da Adriks Haus etwas außerhalb der Stadt und etwas höher am bewaldeten Hang lag, fühlte Leah sich abgehoben von dem Elend und Schmutz des Lebens. Hier war es ruhig und schön, und sie hatten alles, was sie brauchten. Die Winter waren mild, es regnete mehr, als dass es schneite, und die Sommer waren warm und wunderbar geeignet, um Obst und Gemüse anzubauen. Sie hatte sogar wieder Kontakt zu ein paar Freundinnen aus ihrer Jugend aufgenommen. Das Leben, das sie hier führten, war viel besser, als sie es sich vorgestellt hatte, und Leah war sicher, dass sie die richtige Entscheidung getroffen hatten, als sie hierher übergesiedelt waren. Es würde ein guter Ort sein, um Wills und Merry und das neue Baby großzuziehen.

Sie legte eine Hand auf ihren Bauch. Die Schwangerschaft hatte wieder alte Bedenken in ihr geweckt, wie dies sich auf Jayces Liebe zu den Zwillingen auswirken könnte. Nachdem sie die Angst, Jayce könnte die Kinder nicht als seine eigenen annehmen, gerade überwunden hatte, wurde sie von neuen Befürchtungen umgetrieben. Würde er das Baby, von dem er sicher sein konnte, dass es seins war, mehr lieben?

«Ich gehe jetzt», sagte Jayce. Er kam und drückte einen Kuss auf Leahs Haar. «Ich bin so gegen vier wieder zurück.»

Sie schob ihre Sorgen beiseite und lächelte. «Vergiss nicht, die Sachen an der Tür mitzunehmen.» Sie zeigte auf einen Stapel fertiger Hemden, zwei mit Fell gefütterte Mützen und einen Muff. Jacob hatte sie gebeten, ein paar Sachen für den Laden anzufertigen, da eine nicht enden wollende Nachfrage nach solchen Dingen herrschte.

«Die sind toll, Leah. Ich weiß, dass ich sie im Nu verkaufen werde. Wir hatten neulich erst wieder einen Kunden, der nach Hemden gefragt hat.»

«Das ist gut. Dann habe ich ein bisschen Geld für Weihnachtsgeschenke.»

Er lachte. «Bis dahin sind es doch noch ein paar Monate.»

«Bis zur Geburt des Babys auch», entgegnete sie, «aber dafür mache ich trotzdem Pläne.»

Er wurde ernst. «Es geht ganz schön schnell. Fühlst du dich gut?»

Seine Fürsorge rührte sie. «Ich fühle mich wunderbar. Und jetzt geh.» Leah erhob sich. Sie hatte Angst, sie könnte ihre wahren Befürchtungen zum Ausdruck bringen, wenn sie weiterredeten. «Ein Baby zu bekommen ist ganz anders, als es bei zweien ist.»

«Woher willst du wissen, dass es nur eins ist?» Jayce grinste. «Es könnten doch wieder Zwillinge sein.»

«Nein, bei den Zwillingen war ich um diese Zeit schon so.» Sie übertrieb, indem sie mit ausgestreckten Armen einen Kreis um ihren Leib zeichnete. «Außerdem meint der Doktor, dass es nur eins ist.»

«Wie auch immer – wir nehmen, was Gott uns schenkt.»

Nachdem er gegangen war, konzentrierte Leah sich wieder auf ihre Arbeit. Es war still im Haus. Seit Adrik mit den Jungen heimgekommen war, hatte Leah es genossen, sie zu verwöhnen. Aber heute war ein Schultag, und die Jungen würden bis zum Nachmittag fort sein. Adrik war ebenfalls unterwegs, um ein besonderes Holz für einige Möbel zu besorgen, die er bauen wollte. Er sprach schon jetzt davon, seine Werkstatt auszuweiten und Oliver anzulernen.

Leah legte ihr Nähzeug beiseite und nahm die Zeitung, die Adrik am vergangenen Abend mitgebracht hatte. Es gab viel zu viele traurige Ereignisse in der Welt. Zar Nikolaus und seine Familie waren von den Leuten, die sein Land in Besitz genommen hatten, ermordet worden. Diese Tatsache bereitete Leah große Sorgen. Wie konnte es sein, dass eine kaiserliche Familie ermordet wurde, ohne dass die Welt lautstark protestierte?

Andere beunruhigende Dinge gingen vor sich. Die Grippe hatte wieder einmal ihr hässliches Gesicht gezeigt, und während der Krieg endlich zu enden schien, forderte eine neuerliche Krise Menschenleben. Leah verstand nicht, warum es so viel Tod auf der Welt gab, ohne dass die Menschheit ganz und gar ausgerottet wurde. Hunderttausende waren im Krieg umgekommen, und die Influenza konnte noch einmal so viele töten. Es war unvorstellbar. Leah betete, dass die Grippe nicht bis zu ihnen kam, aber gleichzeitig hatte sie schon etwas Igelkraftwurz gesammelt, nur für den Fall.

«Ich hoffe, du musst niemals Krieg oder Krankheit erleben», sagte sie zu ihrem ungeborenen Kind.

«Mama!», rief Wills. Er kam die Treppe hinunter, wie es morgens früh seine Gewohnheit war. «Essen!» Er sprang von der letzten Stufe und lief in die weit geöffneten Arme seiner Mutter.

Leah umarmte ihn und drückte einen Kuss auf seinen Hals. «Dann will ich dich mal füttern, kleiner Mann. Ist deine Schwester wach?»

«Merry spielt», sagte er ihr. Auch das war ganz und gar nicht ungewöhnlich. Merry wachte oft auf und spielte still in ihrem Bett, bis Wills anfing, Krach zu schlagen.

«Dann ziehen wir euch beide mal an und machen euch für den Tag fertig. Ich habe das Gefühl, dass ihr mich auf Trab halten werdet.»

Stunden später, als die Jungen aus der Schule kamen, spürte Leah eine Müdigkeit in ihrem Körper, die täglich zuzunehmen schien, je mehr das Baby wuchs. Sie hatte die Speisekammer aufgeräumt und an mehreren Handarbeiten weitergemacht. Eine Arbeit insbesondere, eine neue Steppdecke für Helaina und Jacob, dauerte länger, als sie gehofft hatte. Ihr Plan war gewesen, sie rechtzeitig zu Weihnachten fertig zu haben, und als Muster hatte sie die Patchworkdecke zugrunde gelegt, die Karen ihr in Last Chance geschenkt hatte. Leah hatte auch bemerkt, dass Adriks Mantel ziemlich abgetragen war. Wenn sie ein schönes Fell in die Hände bekäme, könnte sie ihm als Geschenk einen neuen Mantel nähen.

«Wie war euer Tag?»

«Wir haben wieder etwas über den Bürgerkrieg gelernt»,

sagte Christopher, während er seine Bücher auf den Tisch legte. «Eine Menge Leute haben gegeneinander gekämpft, und es war so, als würden Oliver und ich beschließen, einen Krieg anzufangen – Bruder gegen Bruder.»

«Ich erinnere mich daran, wie ich das alles gelernt habe», nickte Leah. Sie stellte einen Teller mit Keksen vor die Jungen. «Es war keine gute Zeit für unser Land. Es gab viele Menschen, die voller Hass waren, und viele unschuldige Leute wurden verletzt.»

Oliver ließ sich auf einen Stuhl fallen. Es war, als wäre er über Nacht zwanzig Zentimeter gewachsen. Leah war bereits eifrig damit beschäftigt, neue Hemden und Hosen für ihn zu nähen. Bestimmt würde er so groß werden wie sein Vater.

«Und was ist mit dir, Oliver? Was lernst du gerade?»

«Nichts, was mir Spaß macht. Wir müssen ganz viele Bibelverse auswendig lernen, und das kann ich nicht so gut.» Er nahm einen Keks und schob ihn sich in den Mund.

«Auswendiglernen ist manchmal schwierig», gab Leah zu, «aber eure Mutter hat mir vor langer Zeit mal einen guten Trick verraten. Sie hat mir erklärt, wenn ich den Vers mit Musik lerne – indem ich einfach eine kleine Melodie erfinde, die zu dem Text passt –, dann würde es mir viel leichter fallen, ihn zu behalten. Das mache ich heute noch so.»

Oliver zuckte mit den Schultern. «Ich weiß, das hat sie mir auch erzählt. Aber ich habe es eigentlich nie so richtig versucht.» Er warf einen Blick auf die Uhr. «Ich muss Holz hacken, das habe ich Pa versprochen.» Er nahm sich noch einen Keks und ging dann zur Tür.

Nachdem er fort war, wandte Leah sich an Christopher. «Und was ist mit dir? Hast du keine Aufgaben zu erledigen?»

«Doch, schon», gab er zu, «aber ich wollte dich was fragen.»

Leah sah, dass die Zwillinge mit ihren Spielzeugen beschäftigt waren, so dass sie Christopher ihre ganze Aufmerksamkeit widmen konnte. «Was möchtest du denn fragen?»

«Warum musste Gott meine Mama sterben lassen?»

Sie hatte keine Antwort auf eine solche Frage – eine Frage, die sie sich selbst schon oft gestellt hatte. Was konnte sie ihm darauf sagen?

«Meine Mama war eine gute Frau, das hast du selbst gesagt. Sie hat Gott lieb gehabt und Gutes getan. Warum hat er sie dann weggenommen? Warum musste er ihr das antun?»

«Wenn du es so sagst, klingt es, als wäre es eine Strafe, in den Himmel zu kommen.»

«Na ja, Sterben klingt wie eine Strafe», erwiderte Christopher. «Sterben macht doch keinen Spaß. Nachdem man gestorben ist, kann man doch nichts mehr machen.»

«Da bin ich nicht so sicher», sagte Leah und setzte sich dem Jungen gegenüber an den Tisch. «Ich glaube, es gibt eine Menge toller Dinge, die man im Himmel machen kann. In der Bibel steht, dass wir dort glücklich sein werden – dass wir nicht mehr weinen müssen.»

«Es gefällt mir trotzdem nicht, dass Gott sie hat sterben lassen. Ich brauche sie.»

Leah nickte. «Ich weiß, Christopher. Ich wünschte, ich hätte eine Antwort für dich. Wir wissen nicht immer, warum Gott Dinge auf eine bestimmte Weise tut.» Sie dachte an ihr eigenes Leben. Es hatte so viele Zeiten gegeben, in denen sie Gott gefragt hatte, warum bestimmte Dinge geschahen. Manchmal wurde es ihr mit der Zeit klar, aber genauso oft blieb das Warum ihr ein Rätsel.

«Aber Christopher, ich kann dir ohne jeden Zweifel sagen, dass deine Mama Gott lieb gehabt und ihm vertraut hat, dass er das tut, was für ihr Leben und für eures das Beste ist. Sie würde wollen, dass du ihm jetzt auch vertraust.»

«Aber Gott macht mir Angst.»

«Warum?»

Christopher blickte auf den Keks in seiner Hand. «Ich weiß nicht. Er ist einfach so groß und hat die ganze Macht. Ich muss immer gut sein, sonst liebt er mich nicht.»

«Wer hat dir denn das erzählt?»

Christopher zuckte mit den Schultern. «Ich weiß nicht. Irgendjemand.»

Leah lächelte. «Er ist mächtig und groß, und das muss er auch sein, damit er die ganze Welt lenken kann. Aber er wird dich immer lieben, Christopher – ganz egal, was passiert. Er möchte, dass du ihn auch liebst und ihm gehorchst, aber er liebt dich auch, wenn du es nicht schaffst. In der Bibel steht, dass Jesus gekommen und für uns gestorben ist, als wir noch Sünder waren. Wir waren nicht gut – aber Gott hat uns trotzdem geliebt und Jesus geschickt, damit er am Kreuz für unsere Sünden stirbt.»

«Er macht mir trotzdem Angst.»

«So wie dein Vater manchen Leuten Angst einjagen kann.»

«Vor meinem Pa braucht man doch keine Angst zu haben.»

«Manche Menschen, die ihn nicht kennen, haben aber welche. Er ist groß und stark. Ich habe gesehen, wie Leute vor ihm zurückgewichen sind. Als ich noch ein kleines Mädchen war und deinen Vater zum ersten Mal sah, hatte ich auch Angst vor ihm.»

Christopher sah sie ungläubig an. «Aber mein Pa ist doch gut.»

«Das ist Gott auch. Hast du einen Grund zu glauben, dass er es nicht ist?»

«Na ja … er … er hat Mama sterben lassen. Das ist überhaupt nicht gut.»

Leah ging der Schmerz des Jungen zu Herzen. «Ich wünschte, deine Mutter hätte bei uns bleiben können, Christopher, aber du weißt doch, dass wir alle irgendwann sterben müssen.»

«Das hat Pa mir auch gesagt. Es steht in der Bibel, dass wir alle einmal sterben müssen. Und wenn wir Jesus nicht als unseren Erlöser annehmen, müssen wir zweimal sterben.»

«Das stimmt. Einmal würden wir dann körperlich sterben und dann noch einmal am Tag des Gerichts – wenn wir Jesus ablehnen würden. Und das wäre dann endgültig.»

Christopher nickte. «Ich weiß noch, dass Mama das gesagt hat.» Er seufzte und stand auf. «Ich bin froh, dass du hergekommen bist, Leah. Ich finde es schön, dass du da bist. Manchmal erinnerst du mich an Mama.» Er sah zu Karens Bild hinüber, das über dem Kamin hing. «Ich vermisse sie sehr, aber jetzt kann ich mich wenigstens an ihr Gesicht erinnern.»

Leah kämpfte mit den Tränen, als Christopher das Haus verließ, um seine Pflichten zu erledigen. *Gott, das ist so schwer. Bitte hilf diesen Jungen. Hilf Adrik. Sie brauchen deine heilende Berührung in ihrem Leben.* Sie blickte zu den Zwillingen hinüber, die friedlich spielten. Leah hatte geglaubt, sie würde die Kinder an die Influenza verlieren. Sie hatte Angst gehabt, sie könnte Jayce und Jacob in der Arktis verlieren, als die Expedition verschollen war. So viele ihrer Freunde in Last Chance waren tot. Der Tod war so unglaublich schwer zu ertragen – schon die Angst davor konnte lähmen.

Leah versuchte das dunkle Gefühl, das sie beschlich, abzuschütteln. Sie fing an, einige Bibelverse aus dem achten Kapitel des Römerbriefs, die sie auswendig gelernt hatte, erst zu summen und dann laut zu singen.

«‹Denn ich bin gewiss, dass weder Tod noch Leben, weder Engel noch Mächte noch Gewalten, weder Gegenwärtiges noch Zukünftiges, weder Hohes noch Tiefes noch eine andere Kreatur uns scheiden kann von der Liebe Gottes, die in Christus Jesus ist, unserm Herrn.›»

Der Tod würde immer ein ganz natürlicher Teil des Lebens sein, aber Leah würde sich von ihm nicht besiegen lassen. Er konnte sie nicht von Gottes Liebe trennen. Das würde sie nicht zulassen.

«Wir haben unsere Passage nach Skagway gebucht», sagte Jacob und hielt die Fahrkarten hoch, damit Jayce sie sehen konnte. «Das Problem wird die Rückreise sein. Es gibt nur zwei Schiffe, die im Oktober nach Skagway fahren. Die ‹Spirit of Alaska› verlässt Skagway am siebten – wahrscheinlich zu früh für uns, dann haben wir unsere Geschäfte noch nicht abgewickelt, wenn wir erst am dritten Oktober in Skagway ankommen. Und die ‹Princess Sophia› legt erst am zweiundzwanzigsten ab.»

«Das bedeutet, wir müssen eine Woche länger wegbleiben.» Jayces Tonfall machte deutlich, dass ihm der Gedanke gar nicht gefiel.

«Ich weiß. Vielleicht können wir die Sache forcieren, um möglichst schnell fertig zu werden. Wenn wir es Turner erklären, könnten wir Tag und Nacht arbeiten, um die Artikelliste durchzugehen und die Waren aufzuladen.»

«Ich glaube trotzdem nicht, dass die Zeit reichen würde. Vielleicht sollten wir einfach davon ausgehen, dass wir die Princess Sophia nehmen, und es dabei belassen. Das können wir unseren Frauen erklären, und dann haben sie Zeit, sich an den Gedanken zu gewöhnen.»

«Sich an welchen Gedanken zu gewöhnen?», fragte Adrik, als er vom Hinterzimmer in die Stube trat. «Ich habe gerade etwas frischen Fisch oben abgeliefert. Helaina hat sich schon an die Arbeit gemacht.»

Jacob lächelte. «Danke. Hattest du einen guten Fang?»

«Genug, um uns alle satt zu machen. Also, was ist das für ein Gedanke, an den die Frauen sich gewöhnen müssen?»

«Ich habe unsere Fahrkarten nach Skagway abgeholt und

erfahren, dass wir wahrscheinlich erst am zweiundzwanzigsten Oktober wieder zurückreisen können. Das einzige andere Schiff, das es gibt, fährt ab, bevor wir genug Zeit gehabt haben, die Waren zu sichten, die wir von Turner kaufen.»

Adrik runzelte die Stirn. «Und ihr wollt, dass ich mich in der Zeit um euren Laden kümmere? Ich weiß nicht, ob ich der Richtige bin, um einen Monat lang Ladenbesitzer zu spielen.»

Jayce sah Jacob an. «Ich könnte hierbleiben.»

Adrik lachte. «Ich habe doch bloß einen Witz gemacht. Ich komme schon zurecht. Und die Mädchen auch. Wir tun alle, was wir tun müssen – richtig? Dies ist einfach eine Gelegenheit, bei der nicht alles genau nach Plan geht. Aber wir schaffen das schon. Bestimmt können wir eine Zeitlang ohne euch auskommen. Vielleicht könnt ihr euch ja ein bisschen umsehen. Ich habe gehört, Dyea sei heute nicht mehr als ein paar verlassene Gebäude und ein paar alte Kerle.»

Jacob nickte. «Ich habe überlegt, zum Friedhof zu gehen.»

«Zum Grab deines Vaters?», fragte Jayce.

«Ja. Es ist lange her, und es täte mir vielleicht gut, es zu besuchen.» Er spielte mit dem Gedanken, seit Turner sie nach Skagway eingeladen hatte.

«Dann kommt die zusätzliche Zeit dir doch gelegen», erwiderte Adrik. «Wahrscheinlich wird sie euch beiden guttun.»

Jayce sah Jacob an und lächelte. «Wahrscheinlich, aber ich weiß, dass es nicht einfach sein wird, Leah davon zu überzeugen.»

28

Skagway erwies sich als Glücksfall für beide Seiten. Jacob und Jayce fanden die Waren zu ihrer Zufriedenheit und waren zuversichtlich, dass alles ihnen nutzen würde. Turner ließ sogar noch etwas von dem ursprünglichen Preis nach, um die beiden für die Frachtkosten zu entschädigen. Während die Waren auf dem Weg zum Hafen waren, um auf die Princess Sophia geladen zu werden, erledigten Jayce und Jacob die letzten Formalitäten beim Büro der Reederei.

«Wollen Sie die Ladung versichern?», fragte der Angestellte.

«Daran hatte ich noch nicht gedacht», gab Jacob zurück.

«Wenn der Preis nicht so hoch ist, wäre es vielleicht klug. In letzter Zeit hat es viele Unwetter gegeben. Erinnerst du dich noch an den Brief, in dem Peter erzählt hat, dass er eine Ladung aufgrund von Wasserschäden verloren hat?»

Jacob dachte einen Augenblick darüber nach. «Du hast Recht. Das Wetter ist in letzter Zeit wirklich schlecht, und mit Schnee und Wind könnte es eine gute Idee sein. Also machen Sie uns doch ein Angebot.»

Der Mann erklärte schnell die Bedingungen der Versicherung und die verschiedenen Tarife. Jacob und Jayce einigten sich schließlich auf eine Versicherungssumme und unterzeichneten die nötigen Papiere. In ein paar Stunden würden sie abreisen.

«Ich kann immer noch nicht glauben, wie dieser Ort sich verändert hat», sagte Jacob, als sie wieder auf die Hauptstraße hinaustraten. «Als wir in Dyea lebten, war diese Stadt so geschäftig wie Seattle. Vielleicht nicht so groß, aber genauso belebt. Überall waren Leute, und die Preise waren unverschämt hoch. Die Bezahlung war aber gut.» Er grinste. «Ich habe immer gesagt, dass der wahre Reichtum beim Goldrausch hier zu finden war. Auf ihrem Weg nach Dawson kamen die Leute oft durch Skagway. Packer und Hilfsarbeiter konnten hier ordentlich Geld verdienen.»

Jetzt wirkte die Gegend eher wie eine Geisterstadt. Die Gebäude standen noch, aber viele waren heruntergekommen. Auf den Bürgersteigen liefen immer noch Leute, aber längst nicht mehr so viele wie früher. Wenn die Eisenbahn nicht gewesen wäre, die eine Linie in den Norden gebaut hatte, um Menschen zu den Goldminen zu bringen, dann hätte Skagway Jacobs Meinung nach kaum überlebt.

«Ich frage mich, ob die Stadt irgendwann einmal wieder belebt werden könnte.»

Jacob zuckte mit den Schultern. «Ich nehme an, wenn die Politiker in diesem Territorium ihren Willen bekommen, schon. Es gibt bereits eine Bahnverbindung und einen guten Hafen. Wenn sich ein Grund ergibt, warum Menschen in diese Region ziehen sollten – auch wenn es wie beim letzten Mal ist und die Leute nur auf der Durchreise zu einem anderen Zielort sind – dann könnte die Stadt wieder florieren.»

Jayce zeigte auf ein Café. «Was hältst du davon, wenn wir uns etwas zu essen besorgen? Wir gehen doch erst um fünf an Bord, nicht wahr?»

Jacob nickte. «Ja, wir sollten was essen. Oh, und ich möchte noch ein Geschenk für Helaina besorgen. Sie war wirklich sehr verständnisvoll, obwohl wir so lange wegbleiben. Sie hat etwas ganz Besonderes verdient.»

«Woran hast du denn gedacht?» Sie gingen in das Restaurant und setzten sich an den ersten Tisch neben der Tür. «Turner hat mir von einer Frau erzählt, die tolle Handarbeiten verkauft. Sie macht so hübsche Spitzen und Deckchen für Tische und Sofas. Du weißt schon, was ich meine.»

Jayce grinste. «Ich hätte nie gedacht, dass wir einmal solche Dinge kaufen würden.»

Jacob lachte. «Ich auch nicht, aber ich konnte mir ja auch nie richtig vorstellen, dass ich einmal glücklich verheiratet sein würde.»

«Ich weiß, was du meinst, aber ich habe mehr Glück, als ich sagen kann. Ich liebe deine Schwester mehr als mein Leben, und meine Kinder kommen gleich an zweiter Stelle.»

«Ich kann es kaum erwarten, nach Hause zu kommen», gab Jacob zu. «Es wird ein gutes Gefühl sein, an Bord dieses Schiffes zu gehen.»

Eine für diese Jahreszeit ungewöhnliche Kälte ließ die Temperatur um beinahe zwanzig Grad fallen, während der Oktober auf den November zuging. Schnee bedeckte die Berge und reichte bis ins Tal hinunter, um alles mit einer feinen weißen Schicht zu überziehen.

Jayce und Jacob waren jetzt beinahe einen Monat fort. Malcolm war quengelig und vermisste seinen Vater, so dass Helaina oft schlaflose Nächte verbrachte, während Leah und die Zwillinge ihr Möglichstes taten, jeden Tag ohne Jayces Humor und Aufmerksamkeit hinter sich zu bringen. Wären Adrik und die Jungen nicht gewesen, wäre es keiner der beiden Frauen gut gegangen, soweit Leah das beurteilen konnte.

Leah, die jetzt im siebten Monat war, konnte die Geburt kaum erwarten. Die Zwillinge wollten wissen, wo das Baby war, und bestanden von Zeit zu Zeit darauf, dass Leah ihnen erlaubte, das Ohr an ihren Bauch zu legen, damit sie ihren Bruder oder ihre Schwester hören konnten. Ihre Possen bewahrten Leah davor, sich völlig einsam zu fühlen, aber auch die beiden konnten nicht verhindern, dass sie sich Sorgen machte.

Am dreiundzwanzigsten Oktober wehte ein heftiger Sturm, und Leah fürchtete, dies könnte die Rückkehr von Jayce und Jacob verzögern. Sie sollten am sechsundzwanzigsten mit der

Princess Sophia eintreffen, aber das Wetter war immer ein Faktor, den man bei nördlichen Schiffsrouten berücksichtigen musste. Als die Lage sich am fünfundzwanzigsten beruhigte, atmete Leah erleichtert auf. *Nur noch ein Tag,* sagte sie zu sich. *Noch ein Tag, dann sind sie wieder zu Hause.*

«Du wirst nicht glauben, was ich mitgebracht habe», rief Adrik von der Tür aus. «Komm mal gucken.»

Leah legte einen Deckel auf den Eintopf, den sie an diesem Vormittag gekocht hatte. «Was hast du denn jetzt wieder gemacht, Adrik?» Sie lächelte ihm zu und folgte ihm in den Garten.

Adrik zog eine Plane zurück. «Jetzt haben wir genug Bärenfleisch, um über den gesamten Winter zu kommen.»

Leah betrachtete den Berg aus zerlegten Fleischteilen. «Ach du liebe Güte! Ich glaube, du hast Recht. Wo hast du ihn gefunden?»

«Oben in den Bergen. So etwas Riesiges habe ich meinen Lebtag noch nicht gesehen. Hier, sieh dir nur das Fell an. Daraus kannst du eine Menge Sachen nähen.» Er hielt ein Stück der blutigen Tierhaut hoch.

«Das ist genau richtig für einen neuen Mantel für dich, Adrik. Ich suche schon die ganze Zeit ein gutes Fell dafür. Dein alter Mantel ist schon ganz dünn.»

Adrik wurde ernst. «Karen wollte mir im letzten Winter einen neuen Mantel nähen. Sie sagte, er sei schon längst fällig. Ich habe ihr immer gesagt, sie solle sich keine Gedanken darum machen.»

Leah ging zu ihm und berührte das Fell. «Wenn Karen jetzt hier wäre, würde sie mir zustimmen, dass dieses Bärenfell perfekt ist. Ich werde mich gleich daranmachen, es zu bearbeiten. Wenn man bedenkt, wie das Wetter in den letzten Wochen war, könntest du etwas Warmes gebrauchen.»

«Wir haben kaum noch Salz, um das Fell zu gerben. Was

hältst du davon, wenn ich mich um das Fleisch kümmere und wir anschließend in die Stadt fahren? Helaina hat den ganzen Vormittag im Laden verbracht, und ich möchte sie so bald wie möglich ablösen.»

Leah dachte einen Augenblick darüber nach. Der Gedanke, für eine Weile aus dem Haus zu kommen, war verlockend. «Wir könnten vielleicht Ruth bitten, bei den Zwillingen zu bleiben.» Ruth war eine junge Tlingit-Frau, die nur ein paar hundert Meter entfernt wohnte. «Würde es dir etwas ausmachen, ein Ohr auf die Kinder zu haben, während ich rübergehe?»

«Überhaupt nicht. Ich bleibe in der Nähe», versicherte Adrik ihr.

Kurz darauf kam Leah mit Ruth im Schlepptau zurück. Die Frau hatte gerade ein Baby bekommen – ihr erstes – und hatte überhaupt nichts dagegen, auf Leahs Kinder aufzupassen. Ruths Mutter war eine gute Freundin von Karen gewesen, als Leah ein Kind gewesen war.

«Wir bleiben sicher nicht lange», sagte Leah zu ihr. «Wenn sie aufwachen, gib ihnen einfach etwas von dem Eintopf, der auf dem Herd steht. Er müsste dann eigentlich fertig sein. Und iss du auch etwas.»

Die dunkeläugige Frau nickte und legte ihr Baby auf eine Matte vor dem Kamin.

«Leah, bist du so weit?», rief Adrik von der Tür aus.

«Ja, ich komme.» Leah zog ihren Parka an.

«Wir nehmen den kleineren Wagen und lassen uns von den Hunden beim Ziehen helfen.» Er hatte ein paar von Jacobs Huskys vor den Karren gespannt. Da Jacob jetzt in der Stadt wohnte, kümmerte Adrik sich um die Tiere. «Diese Jungs werden froh sein über die Bewegung. Bestimmt vermissen sie die langen Reisen mit Jacob.» Er half Leah auf den Wagen.

«Da bin ich sicher. Sie rennen für ihr Leben gern.»

Adrik ließ sie loslaufen, sobald Leah es sich bequem gemacht hatte, aber er bremste sie zu einem langsamen Trab. Leah war dankbar dafür, denn sie wusste, dass die Tiere lieber schnell gerannt wären. Die ganze Fahrt dauerte nur zehn Minuten. Bergab ging es flott, aber der Heimweg würde etwas länger dauern.

Als sie vor dem Laden eintrafen, ließ Leah sich von Adrik hinunterhelfen. Sie streckte sich und stemmte eine Hand in ihren Rücken. Zu ihrer Überraschung kam Helaina aus dem Laden gerannt. Sie sah zerbrechlich und blass aus, und ihrer Miene nach zu urteilen, war etwas passiert. Ihre Augen sahen aus, als hätte sie geweint.

«Leah, es gibt Schwierigkeiten.»

Leah sah Adrik an, der die Hunde festgebunden hatte und sich jetzt zu den Frauen gesellte. Leahs Blick wanderte wieder zu Helaina, bevor sie fragte:

«Was denn? Was ist passiert?»

Tränen traten in Helainas bereits gerötete Augen. «Sie haben ein Telegramm geschickt. Die Princess Sophia ist auf ein Riff aufgelaufen und sinkt irgendwo im Lynn Canal.»

Leah konnte sich nicht erinnern, warum sie ohnmächtig geworden war, aber als sie im Laden aufwachte und Adriks besorgte Miene und Helaina sah, die ihr Luft zufächelte, wusste sie, dass etwas Schlimmes geschehen sein musste. Dann kam die Erinnerung Stück für Stück wieder, und Helainas Worte schlugen über ihr zusammen.

«Die Princess Sophia sinkt …»

«Erzähl mir alles», sagte sie und versuchte sich aufzusetzen.

«Meinst du nicht, du solltest noch ein bisschen liegen bleiben?», fragte Adrik.

«Ich will wissen, was los ist», sagte Leah und schob Adrik zur Seite.

«Offenbar hat es ein Unwetter gegeben – einen Blizzard», erklärte Helaina ihr. «Sonst weiß ich auch nicht viel, außer dass das Schiff nach einer Weile zu sinken begann. Sie waren nicht sehr weit von Juneau entfernt und es gab Rettungskräfte vor Ort, aber mehr habe ich nicht gehört. Die Nachricht kam heute Morgen rein, aber ich wusste nicht, wie ich euch informieren sollte. Ich wollte gerade das Geschäft schließen und mit Malcolm zu Fuß zu euch gehen, als ich euch kommen sah.»

Leah seufzte. «Wir müssen herausfinden, was geschehen ist. Wer könnte das wissen?»

«Wir könnten beim Telegrafenamt anfangen», sagte Adrik. «Das wäre der logischste Ort.»

Leah nickte. «Dann gehen wir dorthin.»

«Warum bleibst du nicht mit Helaina hier, und ich gehe?», bot Adrik an. «Du solltest deine Gesundheit nicht aufs Spiel setzen. Du hattest gerade einen Schock.»

«Ich muss es selbst in Erfahrung bringen», sagte Leah. «Ich war von Anfang an nicht begeistert von dieser Reise. Auf See gibt es immer Unfälle und Unglücke. Seht euch doch nur die Denkmäler in allen Küstenstädten an – Erinnerungen an jene, die auf See verschollen sind. Es wäre mir gerade recht, wenn ich nie wieder ein Schiff sehe.»

«Ich schließe den Laden», sagte Helaina. «Ich hole nur Malcolm, dann komme ich mit.»

Leah sah die Frau an, die ihr so lieb geworden war wie eine Schwester. «Beeil dich.»

Helaina rannte hinauf, und währenddessen konnten Leah und Adrik miteinander reden. «Ich weiß, du willst nicht, dass ich gehe», fing Leah an, «aber ich muss das tun. Bitte versteh mich. Ich tue das nicht, um schwierig zu sein.»

Adrik legte eine Hand auf ihre Schulter. «Das weiß ich. Ich

mache mir nur Sorgen um dich und das Baby. Ich habe Jayce und Jacob versprochen, dass ich auf euch beide aufpassen werde.»

Leah schüttelte den Kopf. «Erst haben wir Karen verloren, und nun das hier.» Sie sah Adrik in die Augen. «Ich glaube nicht, dass ich noch einen Verlust überlebe. Ich bin nicht sicher, ob ich den Schmerz ertragen könnte.»

«Gott weiß, was wir ertragen können und was nicht», sagte Adrik leise. «Ich dachte auch, ich könnte Karens Verlust nicht ertragen, aber meine Jungs und Ashlie brauchten mich. Weißt du noch, wie ich versuchte, mich vor all dem zu verstecken? Du warst diejenige, die mir beigestanden hat – und mir geholfen hat, die Wahrheit zu sehen. Jetzt werde ich für dich da sein, wie auch immer die Tatsachen sind.»

«Aber wenn sie kurz vor Juneau waren und Hilfe kam, dann können die Tatsachen doch gar nicht so schlimm sein», versuchte Leah sich selbst zu überzeugen. Noch immer konnte sie die Bilder nicht vergessen, als sie und Jayce beinahe gestorben waren, als das Schiff «Orion's Belt» im Meer vor Sitka untergegangen war.

«Das denke ich auch. Wir müssen hoffen.»

«Wir sind so weit», sagte Helaina, die nur noch die Mütze auf Malcolms Kopf zurechtzog.

«Ich wünschte, ihr beide würdet hier warten», sagte Adrik mit einem fragenden Blick.

«Da kennst du uns aber besser.» Leah ging zur Tür. «Kommt.»

Beim Telegrafenamt hatte sich schon eine Menschentraube versammelt, als Leah und die anderen dort eintrafen. Sie drängte sich an mehreren Männern vorbei, wobei sie durch die Tatsache, dass sie eine Frau war und dazu noch schwanger, an das Mitgefühl der Leute appellierte.

«Bitte entschuldigen Sie.» Sie legte eine Hand auf ihren dicken Bauch und lächelte, obwohl ihr nicht dazu zumute war. Ihre Gedanken überschlugen sich und im Geiste sah sie das Schicksal ihres Mannes und ihres Bruders vor sich.

Herr, betete sie lautlos. *Ich brauche dich jetzt mehr denn je. Dies kann ich wirklich nicht alleine ertragen. Adrik sagt, du weißt, was ich aushalten kann, aber ich weiß, dass ich nicht damit leben kann, sie zu verlieren. Du hast sie schon einmal zu mir zurückgebracht – bitte bring sie auch jetzt wieder her.*

«Wenn alle still sind», verkündete ein Mann, «dann kann ich die neuesten Informationen aus Juneau weitergeben.»

Leah blieb wie angewurzelt stehen. Sie sah die Menschen um sich herum an und holte tief Luft, bevor sie den Blick auf den Mann vorne richtete. Sie wusste nicht, wie Adrik es geschafft hatte, aber er war plötzlich an ihrer Seite, einen Arm fest um ihre Schultern gelegt.

«Die Princess Sophia ist in einen heftigen Sturm geraten», begann der Mann. «Offenbar haben sie per Funk Hilfe gerufen, und die Rettungsboote sind von Juneau aus hinausgefahren. Aber wegen des Sturms konnten sie nicht eingreifen. Und aus dem gleichen Grund konnte die Sophia offenbar auch keine Rettungsboote herablassen. Eine Zeitlang wurden Rettungsversuche unternommen, aber es nutzte nichts. Die Princess Sophia sank, und es gibt keine Überlebenden.»

Dies kann nicht geschehen. Sie können nicht tot sein.

Leah und Helaina saßen in Adriks Haus am Tisch. Weil er darauf bestanden hatte, waren Helaina und Malcolm mitgekommen. Der Schock war so groß gewesen, dass weder Leah noch Helaina geweint hatten. Sie waren einfach fassungslos von der schreienden, wütenden Menge fortgegangen.

«Ich habe versucht ein Telegramm nach Skagway zu schicken, damit sie mir dort bestätigen, ob die Männer an Bord gegangen sind», sagte Adrik, als er hereinkam. Er und die Jungen waren in der Stadt gewesen und hatten versucht, weitere Informationen zu ergattern.

«Und?», fragte Leah zögernd, während Christopher und Oliver in ihr Zimmer gingen. Offenbar hatte Adrik ihnen gesagt, dass die Erwachsenen ungestört reden mussten.

Adrik schüttelte den Kopf. «Sie antworten nicht. Sie haben Befehl, die Leitungen für die Küstenwache und die Helfer bei der Princess Sophia frei zu halten.» Er zog seinen Mantel aus und hängte ihn an der Tür auf. «Ich habe sie gebeten, so schnell wie möglich die Information zu schicken.»

Leah hörte seine Worte, konnte sie aber kaum verstehen. Sie versuchte zu beten, aber sie fand keine Worte. Helaina hatte ihre Bibel aufgeschlagen, aber ihr Blick war starr darauf gerichtet, ohne dass sie etwas las.

Was sollen wir nur tun? Leah weigerte sich, die Worte laut auszusprechen, aber es war die gleiche Frage, die sie verfolgte, seit sie von dem Untergang der Princess Sophia erfahren hatte. Sie wusste, dass Adrik anbieten würde, sie bei sich und den Jungen aufzunehmen. Wahrscheinlich würde er auch Helaina ein Zuhause bieten. Aber das spielte keine Rolle. Darum ging es bei ihrer Frage nicht.

Adrik setzte sich zwischen die beiden Frauen. «Es besteht immer noch die Chance, dass diejenigen, die von der Situation berichtet haben, nicht alles wissen. Es ist sehr selten, dass ein Schiff ohne einen einzigen Überlebenden untergeht. Selbst auf der Titanic gab es Überlebende, und sie waren deutlich schlechter vorbereitet als die Princess Sophia.»

«Glaubst du wirklich, dass die Passagiere heil das Schiff verlassen haben könnten?», fragte Helaina. «Ich meine, warum würden die Behörden sagen, es gebe keine Überlebenden, wenn noch die Hoffnung bestünde, dass einige gerettet wurden?»

«Ich weiß nicht. Die Welt ist voller Schwarzmaler. Wir warten ein paar Tage und sehen, was passiert. So oder so möchte ich, dass ihr mir zuhört.»

Leah hob den Kopf, und ihr Blick begegnete seinem. Sie sah nichts als Mitgefühl und Liebe in seinen Augen. «Ich höre.»

«Du weißt, dass du für mich wie eine Tochter bist und Jacob wie ein Sohn.» Er wandte sich an Helaina. «Ich habe euch alle als meine Familie lieben gelernt, und ihr sollt wissen, wie auch immer diese Sache ausgeht, dass ihr bei mir ein Heim habt. Und ich möchte, dass ihr den Laden schließt, bis wir Gewissheit haben.»

«Es ist lieb von dir, dass du für uns sorgen willst», sagte Helaina kopfschüttelnd. «Ich kann nicht einmal über das Geschäft oder irgendetwas anderes nachdenken, weil ich immerzu daran denken muss, ob es Jacob gut geht.»

Leah nickte. Helaina hatte ihr aus der Seele gesprochen. Sie konnte kaum einen klaren Gedanken fassen und sich um die Zwillinge kümmern. Sich um noch etwas anderes zu sorgen, war unmöglich.

«Wir sind eine Familie», sagte Adrik und legte beiden Frauen eine Hand auf den Arm. «Ihr habt mir nach Karens Tod sehr geholfen. Ich möchte für euch da sein – diese Situation gemeinsam mit euch durchstehen. Ich bin sicher, Gott hat uns zusammengebracht, damit wir gerade jetzt füreinander da sind.»

«Ich verstehe das alles nicht», fing Helaina an. «Ich will Gott ja vertrauen, aber ich bin wütend. Ich bin wütend darüber, dass wir – nach allem, was wir durchgemacht haben, was sie ertragen haben – jetzt schon wieder eine solche Prüfung erleben müssen. Ich hoffe, der Gedanke schockiert euch nicht, aber ich finde, Gott ist ungerecht.»

Adrik senkte den Kopf und schien über ihre Worte nachzudenken. «Es hat schon immer Zeiten gegeben, in denen

Gott ungerecht schien. Ich wünschte, ich könnte dir Antworten geben – dir erklären, warum dies geschehen musste. Aber auch wenn wir die Gründe wüssten, würde es nicht weniger wehtun.»

«Vielleicht doch», wandte Helaina ein. «Wenn ich wüsste, warum, dann könnte ich vielleicht einen Sinn darin finden. Warum sollte ich einen Ehemann verlieren, nur um wieder zu heiraten und noch einen zu verlieren? Habe ich etwas, das Gott mir zeigen wollte, vielleicht nicht gelernt? Werde ich für etwas bestraft?»

Leah hatte sich dieselben Fragen gestellt, und in ihrem Herzen wusste sie, das es keine Antworten gab. «Manchmal», sagte sie leise, «ergibt das Leben keinen Sinn. Der Krieg in Europa, die Grippe, die ganze Dörfer auslöscht, Kinder, die ihre Eltern verlieren, Ehemänner, deren Frauen sterben.» Sie sah Adrik an. «Manchmal helfen Antworten nicht. Manchmal schmerzt das Leben zu sehr, als dass man einen Sinn darin sehen könnte.»

29

Die nächsten Tage verstrichen unendlich langsam. Leah dachte oft an die Pläne, die sie mit Jayce geschmiedet hatte ... kleine Dinge und große. Sie hatten darüber geredet, im Frühling ein eigenes Haus zu bauen. Sie hatten sich beide auf das neue Baby gefreut und darüber, dass die Zwillinge neue Dinge lernten.

Jetzt, wo sie allein durch den Nieselregen ging, hatte Leah Mühe, in den jüngsten Ereignissen einen Sinn zu erkennen. *Es ist alles so unwirklich. Wie in aller Welt soll ich darin einen Sinn erkennen? Wir waren glücklich, Herr. Wirklich glücklich. Und jetzt das. Was soll ich nur tun?*

Sie dachte an Adriks großzügiges Angebot, sie alle aufzunehmen und zu beschützen. Es erinnerte sie an die Dorfbewohner von Last Chance, die neue Ehen eingingen, um für die Kinder zu sorgen. Aber Leah wusste, dass es genug Geld gab, um sie selbst und die Kinder zu versorgen. Jayce hatte nie einen Hehl daraus gemacht, was er an Ersparnissen und Aktien besaß. Helaina war viel reicher als Leah und würde keine Mühe haben, für Malcolm zu sorgen. Doch das Leben bestand aus so viel mehr als aus Geld. Das Überleben hing nicht nur von materiellen Dingen ab.

«Leah?»

Sie blickte auf. «Was machst du denn hier draußen, Christopher? Es ist doch ganz kalt und nass.»

Er zuckte mit den Schultern. «Ich habe dich hinausgehen sehen und dachte, du könntest vielleicht einen Freund gebrauchen.»

Sie lächelte den Jungen an. Für einen so jungen Mann war er sehr einfühlsam. «Ich kann immer einen Freund gebrauchen – aber vor allem, wenn du das bist.»

Er gesellte sich zu ihr und passte sich ihrer Geschwindigkeit an, während sie den nächsten Waldweg hinaufstiegen. Die dichten Äste der Fichten und Tannen hielten den meisten Regen ab. «Leah, darf ich dich etwas fragen?»

Sie nickte und schob die Hände in die Taschen ihres Parkas. «Was möchtest du wissen?»

«Macht Gott dir jetzt Angst?»

Sie blieb stehen und sah Christopher überrascht an. Als er zu ihr aufblickte, wirkte er verlegen. «Ich meine nur … na ja … weil das Schiff von Jayce und Jacob gesunken ist. Ich habe mich gefragt …» Er verstummte und schaute wieder auf den Boden. «Du brauchst nicht zu antworten.»

Leah dachte eine Weile über seine Frage nach. «Ich werde dich nicht anlügen, Christopher. Diese Situation ist für mich sehr schwer. Wahrscheinlich ist es das Schlimmste, was ich je ertragen musste.»

«So wie bei mir, als meine Mutter gestorben ist?»

«Ja, genau so.» Leah setzte sich wieder in Bewegung, in der Hoffnung, dass das Antworten ihr im Gehen leichter fallen würde. «Ich verstehe nicht, warum es so kommen musste. Nachdem schon so viel passiert ist.»

«Es scheint so ungerecht – wie bei Ma», warf er ein.

«Stimmt. Es scheint wirklich nicht gerecht.»

Sie gingen schweigend nebeneinander her. Das Geräusch des Regens, der sanft auf die üppigen Fichtenzweige fiel, und das Knirschen ihrer Stiefel auf dem Weg waren alles, was zu hören war.

«Ich kann es nicht so einfach in Worte fassen», sagte Leah schließlich. Es war nicht so, dass Christopher es nicht verstehen würde; sie war einfach nicht sicher, ob sie ihre eigenen Gefühle gut genug verstand, um sich richtig auszudrücken.

«Ich kann mich nicht an eine Zeit erinnern, in der Jacob nicht zu meinem Leben gehört hätte. Er ist mein großer Bruder, also war er immer da, so wie es für dich mit Ashlie und Oliver der Fall ist. Und was Jayce betrifft, so habe ich mich vor langer Zeit in ihn verliebt. Mir ein Leben ohne sie vorzustellen, ist mir beinahe unmöglich.»

«So ging es mir bei Mama auch», gab Christopher zu. «Manchmal, wenn ich morgens aufwache, dann denke ich ganz kurz, dass sie immer noch da ist. Dass ihr Tod nur ein böser Traum war.» Er zuckte mit den Schultern. «Das klingt albern, oder?»

«Überhaupt nicht. So ging es mir ganz oft, als Jayce und Jacob in der Arktis verschollen waren. Ich habe immer gehofft, ich würde aufwachen und feststellen, dass ich mir das alles nur eingebildet hatte – dass sie im Dorf in Sicherheit waren und ich nichts zu befürchten hatte.»

«Aber sie sind im Himmel bei Mama», sagte Christopher und blieb stehen, um Leah anzusehen. «Nicht wahr?»

Leah wusste, dass Christopher die richtigen Worte von ihr hören musste, aber sie fühlte sich der Aufgabe überhaupt nicht gewachsen. «Ja. Ich glaube, dass sie alle im Himmel sind.» Sie spürte, wie ihr die Tränen kamen, und richtete den Blick nach oben. Der Baldachin aus Bäumen über ihr und die Regenwolken ließen immer weniger Licht hindurchdringen.

Leah drehte sich um und versuchte ihre Gedanken zu ordnen, während sie sich auf den Rückweg zum Haus machten, um nicht irgendwelchen wilden Tieren zu begegnen. «Um deine erste Frage zu beantworten: Ich finde nicht, dass Gott mir Angst macht. Genau genommen bietet er mir jetzt den einzigen Trost, den ich finden kann. Ich weiß, dass er mich liebt. Ich weiß, dass er mein Leben in der Hand hält, so wie er deine Mama und Jacob und Jayce in der Hand gehalten hat. Er ist gut, Christopher. Selbst in schlimmen Zeiten, wenn wir denken, er hätte uns gestohlen, was wir am meisten geliebt haben. Er ist gut, und er liebt uns.»

«Du warst auch wirklich gut zu mir und Oliver, Leah. Wir haben dich sehr lieb.»

Sie lächelte und legte den Arm um Christophers Schultern. Es würde nicht mehr lange dauern, bis er größer war als sie. «Das weiß ich, und ich habe euch auch sehr lieb.»

«Du hast für uns all die Sachen gemacht, die Mama sonst gemacht hat. Du hast uns geholfen und auch Pa. Ich möchte dir auch helfen. Du bist wie eine Mutter zu mir, und ich würde dir gerne helfen und für Wills und Merry wie ein Vater sein. Ich weiß, dass ich nicht ihr richtiger Papa bin, aber ich möchte mit ihnen spielen und sie beschützen. Du sollst wissen, dass ich das für dich tun werde.»

Leah konnte ihre Tränen nicht länger zurückhalten. Sie zog Christopher in ihre Arme und hielt ihn lange an sich gedrückt. Er wand sich nicht aus ihrer Umarmung und schien auch nicht verlegen. Stattdessen schlang er selbst die Arme um sie und klammerte sich an sie, als hinge sein Leben davon ab.

Nach einer Weile ließ Leah den Jungen los und sagte: «Das ist das Wunderbarste, das mir jemals ein Mensch geschenkt hat. Danke, Christopher. Ich wäre sehr stolz, wenn du so für die Zwillinge da sein könntest.»

«Ich möchte einfach nicht, dass sie traurig sind», erwiderte Christopher. «Ich will nicht, dass sie ihren Papa so vermissen, wie ich meine Mama vermisse. Ich möchte nicht, dass sie innerlich leiden, wenn sie älter werden, und sich fragen, warum er weggegangen ist.»

Helaina saß am Tisch und starrte auf dieselbe Handarbeit, mit der sie sich schon den ganzen Vormittag abgemüht hatte. Malcolm schlief tief und fest vor dem Kamin in der schönen Wiege, die Adrik für ihn aus dem Lager geholt hatte, während die Zwillinge mit Leah in der Küche waren. Leah hatte beschlossen, ihnen etwas Teig zum Spielen zu geben, und Helaina konnte sie lachen hören.

«Das ist doch reine Zeitverschwendung», sagte sie und warf den Stoff auf den Tisch.

«Stimmt irgendetwas nicht?», fragte Leah, die jetzt an den Tisch trat.

«Was stimmt denn schon? Nichts stimmt. Nichts wird jemals wieder in Ordnung sein.» Sie stand auf und schob den Stuhl so heftig von sich, dass er gegen den Tisch stieß und zu kippeln begann. Nachdem er kurz geschwankt hatte, fiel er schließlich nach vorne, bis alle Beine den Boden wieder berührten.

Leah schien von Helainas Ausbruch überrascht, aber Helaina war nicht danach zumute, sich zu entschuldigen. Sie waren alle so gefasst ... so ruhig. Das war doch nicht normal. Es war völlig künstlich.

«Ich fühle mich überhaupt nicht zufrieden oder getröstet», erwiderte sie. «Ich weiß, dass Gott alles in der Hand hat, aber das macht mir am meisten zu schaffen. Er hat die Kontrolle und trotzdem ... trotzdem geschieht so etwas Schreckliches.»

Leah nickte. «Ich weiß.»

«Das kann nicht sein, sonst würdest du dich genauso fühlen», fuhr Helaina auf, auch wenn sie wusste, dass ihre Worte ungerecht waren, sobald sie sie ausgesprochen hatte.

«Nur weil ich in deiner Gegenwart keinen Wutanfall bekomme, heißt das nicht, dass es mir nicht genauso geht. Wenn ich allein bin, habe ich Gott eine Menge zu sagen. Aber im Moment versuche ich, es nicht im Beisein anderer zu tun.»

«Aber warum? Dürfen wir Christen nichts fühlen? Können wir nicht leiden und trauern und solche Dinge zugeben? Wird Gottes Allmacht und Liebe irgendwie schwächer oder ungültig und unser Glaube in Frage gestellt, wenn wir es tun?» Helaina ging zum Kamin und starrte auf ihren Sohn hinunter. «Jetzt bin ich zum zweiten Mal Witwe. Ich hatte mir geschworen, nie wieder zu heiraten, damit ich diesen Schmerz nicht noch einmal erleben muss. Ich dachte, Gott hätte das verstanden. Dass er sich um mich sorgt – aber wie kann er das, wenn er trotzdem all das geschehen lässt? Das verwirrt mich, Leah. Ich verstehe das alles nicht.»

Leah stand auf und streckte zögerlich die Hände aus, um Helainas Hände zu ergreifen. Der zähe warme Teig, der noch an ihren Fingern klebte, schien sie beide miteinander zu verbinden. «Ich verstehe es auch nicht», gestand Leah. «Aber was können wir sonst tun, Helaina?»

Helaina wandte den Blick ab. «Ich fühle mich so verloren und allein, Leah. Ich gehe in dem Meer unter, das ich selbst geschaffen habe. In einem Meer aus Tränen und Kummer, das so tief ist, dass ich bestimmt ertrinken werde.»

«Du bist nicht verloren, Helaina. Gott weiß, wo du bist – er ist hier bei uns. Und du bist auch nicht allein. Wir stehen das zusammen durch. Du bist meine Schwester, weißt du noch?»

«Wir waren Schwestern. Wir waren nur deshalb Schwestern, weil ich deinen Bruder geheiratet habe.»

«Nein», sagte Leah und schüttelte langsam den Kopf. «Zuerst waren wir Schwestern im Herrn. Und dann im Herzen. Mein Herz ist mit deinem verbunden, und nicht nur wegen Jacob. Du warst meine Freundin und hast mir geholfen, als Jacob und Jayce in der Arktis waren. Willst du mich jetzt im Stich lassen?»

Helaina schlang die Arme um Leah und drückte sie fest. «Nein! Ich werde dich nie im Stich lassen. Tut mir leid, wenn es so geklungen hat. Oh, Leah, ich weiß, dass du mich und Malcolm gern hast. Das weiß ich. Ich wollte nicht, dass es abschätzig klingt.»

Leah löste sich aus ihrer Umarmung. «Ich kenne dein Herz. Aber noch wichtiger ist, dass Gott unser Herz kennt. Er ist alles, was wir jetzt noch haben. Ich werde mich nicht von ihm abwenden, in der Hoffnung, dass irgendetwas oder irgendjemand anderes eine bessere Zuflucht bietet. Aus Erfahrung weiß ich, dass es nicht so sein wird.»

Helaina nickte. «Das weiß ich auch. Ich möchte stark sein, Leah, aber es ist so schwer. Als die Beamten kamen und sagten, dass die Bergung der Leichen begonnen hat, wäre ich am liebsten gestorben. Als sie sagten, sie würden Jacob und Jayce zu uns schicken, sobald eine sichere Identifizierung erfolgt ist, hätte ich schreien können. Wie konnten sie so ruhig und gleichgültig dort sitzen? Sie waren genauso gefühllos, als hätten sie die Inventarliste des Ladens vorgelesen.»

«Ich weiß, aber was hätten sie deiner Meinung nach tun sollen? Weinen und klagen? Das haben wir schon genug getan.» Leah straffte die Schultern. «Wir dürfen nicht aufgeben. Wir haben Kinder, die uns brauchen. Und es gibt noch andere Menschen, die uns brauchen. Wir dürfen nicht bitter und hasserfüllt sein.»

«Bitterkeit ist etwas, das sich bei mir in Krisenzeiten automatisch einstellt», erwiderte Helaina. «Ich verlasse mich darauf, dass du mir hilfst, ihren Fesseln zu entkommen.»

«Und ich hoffe, du hilfst mir, die Ketten der Hoffnungslosigkeit zu vermeiden», erwiderte Leah. «Beide wollen uns gefangen setzen, und sie würden beide nichts dazu beitragen, uns am Leben zu erhalten. Und jetzt komm. Ich brauche Hilfe beim Feuerholz. Die Zwillinge sind beschäftigt, und Malcolm schläft. Eine bessere Gelegenheit werden wir wohl nicht bekommen.»

Helaina warf einen kurzen Blick zu ihrem Sohn hinüber und nickte. «Gehen wir.» Sie öffneten die Tür und sahen Adrik auf der anderen Seite stehen. Seine Hand war ausgestreckt, als wollte er gerade die Türklinke ergreifen. Leah erschrak und wich zurück, aber Helaina erstarrte, den Blick unverwandt auf

Adriks Gesicht gerichtet. Er hatte nicht erwartet, sie dort an der Tür zu sehen, aber etwas in seiner Miene sagte ihr, dass noch etwas los war.

«Was machst du denn hier? Es ist doch erst Mittag», sagte Helaina.

«Ich … ich … also, ich habe Neuigkeiten für euch», stotterte Adrik.

«Was ist denn, Adrik?», fragte Leah. «Wir wollten gerade Holz holen.»

«Ich glaube, ihr beiden setzt euch besser», sagte er sanft. Er trat ein und schob die Frauen in Richtung Wohnzimmer.

«Warum?», fragte Leah. «Was hast du gehört?» Ihr Gesicht war ganz bleich geworden, und sie legte eine Hand auf ihren dicken Bauch. Adrik half ihr zum Sofa.

Helaina war wie betäubt. Was konnte Adrik sagen, das noch schlimmer war als das, was sie bereits ertragen hatten? «Was ist passiert?», fragte sie schließlich.

«Setz dich erst mal.» Adrik nötigte sie, neben Leah Platz zu nehmen. «Ich verspreche, dass ihr diese Überraschung nicht bereuen werdet.»

In diesem Augenblick öffnete die Tür sich ganz, und Jacob kam herein, gefolgt von Jayce. Helaina schlug sich die Hand vor den Mund, während ihr ein erstickter Schrei entfuhr.

«Wir wussten nicht, wie wir es euch sonst sagen sollten», sagte Adrik. «Sie sind gerade angekommen, und wir sind den ganzen Weg hierher gerannt.»

Leah schüttelte unentwegt den Kopf, als hätte sie einen Geist gesehen. Jayce kniete sich neben sie. «Es ist gut. Ich bin wieder da. Ich bin hier.»

Helaina war aufgesprungen und warf sich in Jacobs Arme. Er roch nach Schweiß und Fisch, aber das war ihr gleichgültig. Sie wusste nicht, wie dieses Wunder geschehen war.

«Papa!» Wills rannte durch das Zimmer, mit Merry dicht

auf den Fersen. «Papa!» Er quietschte vor Vergnügen und lief zu Jayce.

Helaina konnte das alles von dort, wo sie stand, sehen. Es war wie in einem Traum. Sie löste sich aus der Umarmung und starrte in das Gesicht ihres erschöpften Mannes. «Sie sagten, es gebe keine Überlebenden. Keine Überlebenden.»

«Es gab tatsächlich keine Überlebenden auf der Princess Sophia», bestätigte Jacob. «Wir waren nicht auf dem Schiff.»

«Aber warum? Ihr hattet doch ein Telegramm geschickt, dass ihr die Sophia nehmt.»

Helaina drehte sich um und sah Jayce an. Erst jetzt bemerkte sie, dass sein linker Arm in einer Schlinge lag. Leah saß fassungslos neben ihm. «Was ist passiert?»

«Wir hatten gerade aufgegessen und wollten zu einem Laden gehen, in dem es angeblich schöne Handarbeiten gibt. Ich wollte dir ein Geschenk kaufen», sagte Jacob lächelnd. «Wir waren gerade dabei, die Straße zu überqueren, als ein Kutscher die Kontrolle über sein Pferdegespann verlor. Jayce stieß mich zur Seite, aber er wurde niedergeworfen, so dass er bewusstlos war – und sein Arm war gebrochen. Ich habe ihn zur Praxis des Arztes getragen, und als er wieder bei Bewusstsein war und reisen konnte, hatte die *Sophia* bereits abgelegt.»

«Wir waren nicht begeistert», nahm Jayce den Faden der Geschichte auf. «Das nächste Schiff sollte erst in einer Woche ankommen. Ich wollte nicht so lange warten, sah aber, dass wir keine Wahl hatten. Zu diesem Zeitpunkt war das Telegrafenamt bereits geschlossen, also kehrten wir in unser Hotel zurück und gingen schlafen. Am nächsten Morgen konnten wir wieder keine Nachricht senden, weil der Telegraf wegen eines heftigen Schneesturms nicht funktionierte.»

Jacob erzählte weiter. «Also buchten wir eine Passage auf dem nächsten Schiff. Wir hörten erst von dem Schicksal der Princess Sophia, als ein kleiner Fischkutter in den Hafen kam und vom Untergang des Schiffes berichtete. Wir wussten, dass ihr krank vor Sorge sein würdet, aber niemand schien uns helfen zu können. Da hatte Jayce eine Idee.»

«Was für eine Idee?», fragte Helaina mit einem Blick zu Jayce.

«Wir heuerten für eine horrende Summe das Fischerboot an, uns so weit wie möglich zu bringen, und der Fischer nahm uns mit nach Juneau. Wegen des Wetters mussten wir die Reise mehrmals unterbrechen, aber schließlich kamen wir dort an. Von dort aus versuchten wir wieder, ein Telegramm zu schicken, aber offenbar wollten dreihundert andere Leute das Gleiche tun, und es wurden nur Nachrichten zugelassen, die mit den Rettungs- und Bergungsarbeiten bei der Princess Sophia zu tun hatten. Wir ließen Geld und unsere Nachricht dort, und sie sagten, sie würden das Telegramm so bald wie möglich schicken.»

«Aber Adrik hat uns erzählt, dass ihr gar nichts gehört habt», fügte Jacob hinzu. «Das tut mir wirklich leid. Wir dachten, ihr wüsstet wenigstens, dass wir in Sicherheit sind.»

«Ich kann nicht fassen, dass ihr hier seid», sagte Leah. Ihr Blick war unverwandt auf Jayces Gesicht gerichtet. Helaina konnte sehen, dass die Farbe allmählich wieder in Leahs Wangen zurückkehrte. «Wir dachten, ihr wäret tot.»

Jayce schüttelte den Kopf. «Gott hatte andere Pläne.»

«Ja», bestätigte Jacob. «Einen gebrochenen Arm und eine Gehirnerschütterung.»

«Aber ihr seid beide am Leben, während alle anderen umgekommen sind», sagte Leah, und jetzt wanderte ihr Blick zu ihrem Bruder. «Wenn ihr das Schiff bekommen hättet, wäret ihr jetzt tot.»

«So, wie wir das sehen», sagte Jayce, «hat Gott mit uns offensichtlich noch etwas anderes vor.»

«Oder wir sind zu störrisch, um jetzt schon zu sterben», sagte Jacob lachend.

Helaina spürte, wie sich zum ersten Mal seit mehr als einem Monat ein Friede über das Haus legte. Sie konnte kaum glauben, was Gott getan hatte – trotz ihrer Wut und ihren Fragen. Trotz ihrer Ängste und ihres mangelnden Glaubens.

«Ihr könnt euch vorstellen, wie ich geschaut habe, als diese beiden plötzlich in den Laden spaziert kamen. Ich war dort, um ein paar Sachen zu holen, von denen ich dachte, dass wir sie gebrauchen können, und da standen sie vor der Tür. Ich wäre beinahe in Ohnmacht gefallen. Ich glaube, wir hatten genug Aufregung, dass es für ein ganzes Leben reicht», sagte Adrik.

Plötzlich stöhnte Leah auf und umklammerte ihren Bauch. «Oh nein … das Baby.» Sie sog scharf die Luft ein. «Es ist noch zu früh.»

Helaina begab sich sofort an Leahs Seite. «Jacob, bring sie zu Bett. Jayce, du setzt dich zu ihr. Ich kümmere mich um die Kinder, und Adrik kann den Arzt holen.»

Der Arzt kam beinahe eine halbe Stunde später. Die Schmerzen hatten nachgelassen, aber Leah hatte Angst. Sie wollte das Baby nicht verlieren – nicht, nachdem sie Jayce und Jacob gerade wieder zurückbekommen hatte.

«Sie werden bis zur Geburt im Bett bleiben müssen», sagte der Arzt ihr in väterlichem Ton. «Wenn Sie es nicht tun, werden Sie höchstwahrscheinlich das Kind verlieren.»

«Sie wird sich nicht von der Stelle rühren», versprach Jayce. «Ich kümmere mich um alles.»

«Ich bin froh, dass Sie überlebt haben. Es kann gut sein, dass der Schock für Ihre Frau zu viel war. Sie braucht Ruhe.»

Leah musste lachen, als sie einen lauten Krach hörte und Wills, der aus vollem Hals brüllte, Merry solle das lassen. «Ruhe in einem Haus mit Zwillingen. Nichts einfacher als das.»

30

«Aber ich bin es leid, die ganze Zeit im Bett zu sitzen», widersprach Leah. «Es geht mir gut.»

«Das liegt daran, dass du die ganze Zeit im Bett sitzt. So wie der Doktor es verordnet hat», entgegnete Jayce. Er sah sie mit einem Blick schierer Verzweiflung an. «Hör zu, ich weiß, dass du dich langweilst. Ich habe versucht, dir so viele Bücher zu beschaffen wie möglich, und der Arzt hat dir sogar deine Näharbeiten erlaubt. Aber aufzustehen ist zu riskant. Du würdest dich selbst hassen, wenn du deshalb das Baby verlieren würdest.»

Leah wurde ernst und ließ sich in ihre Kissen fallen. «Ich weiß.» Ihr Tonfall spiegelte die Niedergeschlagenheit, die sie fühlte.

«Es ist ja nicht mehr lange», tröstete Jayce sie. «Nur noch ein paar Wochen. Bald ist Weihnachten, und danach müsstest du außer Gefahr sein, meint der Arzt. Das Baby kann nach dem ersten Januar jederzeit kommen.»

Er setzte sich zu ihr aufs Bett. «Ich weiß, dass dir das zu schaffen macht.»

Leah schüttelte den Kopf. «Nicht mehr als der Gedanke, du wärest tot. Ich habe beschlossen, dass man dich von allen Schiffen fernhalten muss. Du warst der gemeinsame Nenner bei allen Schiffsunglücken, von denen ich weiß, abgesehen von der Titanic, und wer weiß, vielleicht warst du ja dort auch an Bord.»

Jayce lachte laut. «Ich kann dir versichern, dass ich nicht auf der Titanic war. Aber ich würde auch sagen, dass ich erst mal an Land bleiben sollte. Ich weiß noch, als wir in der Arktis gestrandet waren, da dachte ich, wenn ich doch nur meine Reiselust gebändigt hätte und bei dir und den Zwillingen geblieben wäre, hätte ich das ganze Elend abwenden können. Wenn man eine Familie hat, wird man vielleicht vorsichtiger.»

«Mir geht es auch so. Früher habe ich mir nie Sorgen wegen Dingen gemacht, die andere als gefährlich empfanden. Ich habe Jacob auf lange Schlittenfahrten begleitet und nie an das Risiko gedacht. Jetzt denke ich immerzu an die Gefahren.»

Jayce nahm ihre Hand. «Ich liebe dich mehr als mein Leben. Als ich auf diesem Fischerboot saß und daran dachte, wie du leiden musstest – weil du glaubtest, ich wäre tot –, das hat mich beinahe umgebracht. Ich saß da und dachte, wie schön es wäre, wenn die alten Tlingit-Legenden über Raben oder Adler wahr wären, die Menschen in die Lüfte entführen und fortbringen – zumindest, wenn sie mich zu dir nach Hause flögen.»

«Jacob sagt, es gibt Leute, die schon Pläne machen, Passagierflüge nach Alaska einzurichten. Dann kannst du vielleicht nächstes Mal fliegen und dem Wasser ganz aus dem Weg gehen.»

«Solange wir in Alaska leben – vor allem in Ketchikan –, werden wir mit dem Wasser leben müssen», gab Jayce zu bedenken. «Aber ich hoffe, du weißt, dass ich in Zukunft vorsichtiger sein werde. Um deinetwillen und um Wills' und Merrys willen.» Er ließ ihre Hand los und berührte zärtlich ihren dicken Bauch. «Und um des Babys willen, wie auch immer es heißen wird.»

«Wir haben gar nicht richtig darüber gesprochen», sagte Leah, während sie ihre Hände auf seine legte. «Wenn es ein Mädchen ist, würde ich es gerne Karen nennen.»

Jayce nickte, und seine Miene war ernst. «Ich finde, das ist eine gute Idee. Und was ist, wenn es ein Junge ist?»

«Ich dachte, dann möchtest du vielleicht einen Namen aussuchen. Mir gefallen Michael und Paul, aber etwas anderes wäre mir auch recht.»

«Zum Beispiel Hiskia?», fragte Jayce grinsend.

«Ich würde mein Kind lieber nicht Hiskia nennen», sagte sie stirnrunzelnd. «Und Ezechiel und Methusalem finde ich auch nicht so schön.»

«Das waren meine nächsten beiden Favoriten!», neckte er.

«Ich werde versuchen, mit dem Namen zufrieden zu sein, den du ihm gibst – wenn es ein Junge ist.»

«Ich bin jedenfalls stolz, dem Baby den Namen Kincaid zu geben. Es wird mein Kind sein, so wie seine älteren Geschwister es auch sind.»

Als sie diese Worte hörte, durchströmte ein großer Friede ihr Herz. Jayce schien immer zu wissen, wie er ihre Ängste beschwichtigen konnte. «Ich liebe dich.»

Er beugte sich vor und gab ihr einen Kuss auf die Lippen. «Ich liebe dich sehr, Mrs. Kincaid.» Dann stand er auf. «Kann ich dir noch etwas bringen, bevor ich Helaina von den Zwillingen erlöse?»

Leah seufzte. «Nein, danke. Ich habe meine Bibel und mein Nähzeug, das dürfte genügen.»

Nachdem er gegangen war, versuchte Leah, es sich bequem zu machen. Weihnachten war nur noch wenige Tage entfernt, und weil sie im Bett nichts anderes tun konnte, hatte sie für alle Geschenke genäht. Jayce hatte ihr geholfen, die meisten davon zu verstecken, außer natürlich sein eigenes Geschenk. Es war ihr sogar gelungen, den Schnitt für Adriks neuen Mantel zu entwerfen, und das Kleidungsstück war beinahe fertig. Leah war sicher, dass der Bärenfellmantel eine echte Überraschung für Adrik sein würde. Er wusste zwar von ihrer ursprünglichen Absicht, aber er hatte auch gesagt, sie solle sich keine Gedanken darüber machen. Sie sollte sich ausruhen, und Leah hatte den Befehl befolgt.

«Aber ich kann schließlich nicht die ganze Zeit schlafen», sagte sie laut und fing an, die neue Hose zu säumen, die sie für Oliver nähte.

Sie spürte ein Stechen in der Seite, das sie aber nicht weiter beachtete, bis es nach einigen Minuten wiederkam, nur dass es sich diesmal bis zur Mitte ihres Unterleibs ausbreitete.

«Wir haben erst den zwanzigsten Dezember», murmelte sie. Der Arzt hatte ihr gesagt, es wäre das Beste, wenn das Baby nicht vor dem ersten Januar geboren wurde. Jedenfalls hatten er und Leah das ausgerechnet.

Leah legte ihre Handarbeit beiseite und versuchte sich zu entspannen. Sie schloss die Augen und stellte sich vor, wie sie in Last Chance Creek auf einem kleinen Hügel am Ufer saß. Sie versuchte sich vorzustellen, wie die Sonne ihr Gesicht wärmte. Und sie versuchte sich an die Gerüche und Geräusche zu erinnern.

Doch der Schmerz kam wieder und zwang sie, sich den Tatsachen zu stellen. Das Baby würde bald geboren werden – vielleicht noch heute.

«Jayce?», rief sie. «Jayce, bist du da?» Sie wusste, dass er vorhatte, Helaina die Zwillinge abzunehmen. Sie verbrachten den Nachmittag bei ihr und Malcolm in der Stadt. Leah wusste aber auch, dass Jayce sie nicht ganz allein zurücklassen würde.

«Ist jemand da?»

Niemand antwortete. Der Gedanke, allein zu sein und in den Wehen zu liegen, erfüllte sie mit einem Gefühl der Angst. Langsam setzte Leah sich auf. Sie holte tief Luft und wartete auf die Wehe, von der sie sicher war, dass sie bald kommen würde. Als nichts geschah, schob sie vorsichtig die Beine über die Bettkante und stand auf. Ohne Vorwarnung platzte ihre Fruchtblase. Jetzt konnte das Baby nicht mehr warten.

«Hast du gerufen, Leah?» Oliver kam ins Zimmer und sah überrascht aus. «Du sollst doch nicht aufstehen.»

«Es ist das Baby, Oliver.» Die Schmerzen kamen wieder und Leah presste eine Hand auf ihren Bauch. «Jayce ist gerade losgegangen, um die Zwillinge bei Helaina abzuholen. Kannst du hinter ihm herrennen und ihn aufhalten?»

«Klar!» Er drehte sich um und rannte aus dem Zimmer, offensichtlich froh darüber, keine anderen Verpflichtungen zu haben, die mit der Geburt von Leahs Baby zu tun haben könnten.

Sie hätte angesichts seiner Reaktion laut gelacht, wenn die Umstände nicht so dramatisch gewesen wären. «Herr, du hast dieses Kind immer in deiner Hand gehalten. Ich weiß nicht, warum es schon so früh zur Welt kommen will, aber ich vertraue dir. Bitte beschütze mein Baby.»

Sie ging und holte ein Handtuch, um den Boden zu wischen. Jetzt hatte es keinen Sinn mehr, im Bett zu bleiben. Zu ihrer Überraschung musste Leah an die Zeit denken, als Ashlie in diesem Haus geboren worden war. Leah war die ganze Zeit an Karens Seite gewesen, zusammen mit einer Hebamme vom Stamm der Tlingit. Es war für sie eine Ehre gewesen, bei Ashlies Geburt helfen zu dürfen.

«Oh, Karen, ich vermisse dich so sehr. Ich wünschte, du könntest hier sein und mir bei diesem Baby helfen.» Sie lächelte, während sie noch die Worte aussprach. Karen war in vielerlei Hinsicht bei ihr – in ihren Erinnerungen und den Dingen, die sie Leah beigebracht hatte.

Der Schmerz durchfuhr Leahs Körper. Dieses Baby würde sich mit dem Geborenwerden nicht viel Zeit lassen. Sie konnte schon fühlen, dass es sich in ihrem Leib senkte.

«Leah!», rief Jayce, und die Haustür knallte gegen die Wand.

Sie schob sich zum Bett zurück und ließ sich darin nieder, als er ins Zimmer gelaufen kam. «Ich bin immer noch hier», neckte sie ihn.

«Oliver sagt, das Baby kommt. Ich habe ihn zum Arzt geschickt.» Er kam an ihre Seite und sah, dass der Boden nass war. «Ist die Fruchtblase geplatzt?»

«Ja. Ich fürchte, dieses Kincaid-Baby lässt sich nicht aufhalten.» Sie tätschelte ihren Bauch. «Ich glaube, sie kommt bald.»

«Du hast also beschlossen, dass es ein Mädchen ist?» Er half Leah wieder ins Bett. «Du hast bestimmt Recht, bei all den Schwierigkeiten, die sie macht.»

Leah zog eine Grimasse und umklammerte Jayces Arm. «Wenn der Doktor sich nicht beeilt, wirst du das Baby selbst holen müssen.»

Jayce wurde blass, aber er straffte die Schultern. «Was muss ich tun?»

Leah zeigte auf die Truhe. «Da sind Decken und Windeln und Kleidung für das Baby. Wir brauchen zwei Schüsseln, etwas heißes Wasser und eine Schere.» Sie presste die Hände auf ihren Bauch. «Beeil dich ...» Vor Schmerzen brachte sie die Worte kaum heraus.

In diesem Augenblick erschien Christopher in der Tür. «Wo ist Oliver? Er sollte mir doch mit dem Holz helfen.»

«Ich habe ihn zum Doktor geschickt», sagte Jayce, während er einen Stapel Dinge aus der Truhe holte. «Leah bekommt ihr Baby.»

Christopher sah Leah ehrfürchtig an. «Wirklich? Jetzt?»

Leah nickte. Sie biss sich auf die Lippe, um nicht laut aufzuschreien, weil sie den Jungen nicht erschrecken wollte. Dann stellte sie überrascht fest, dass er angesichts der Situation überhaupt nicht verängstigt wirkte, im Gegensatz zu Oliver, den die Ereignisse ganz offensichtlich beunruhigten.

«Willst du mir helfen?», fragte Jayce.

«Klar, Jayce. Für Leah und dich würde ich alles tun. Was soll ich machen?»

«Hol die Schere und bring mir etwas heißes Wasser.»

Der Junge lief ohne weiteren Kommentar los, um zu tun, was Jayce ihm aufgetragen hatte. Leah lächelte und holte zitternd Luft. «Er wird dir helfen, das Baby zu holen.»

Jayce sah sie an, als hätte sie den Verstand verloren. «Er ist gerade mal zwölf Jahre alt.»

Leah nickte. «Aber er hat zwei gesunde Hände und scheint von all dem nicht abgeschreckt zu sein.» Sie fühlte den Drang, das Baby herauszudrücken. «Jayce, ich muss pressen. Es dauert nicht mehr lange.»

«Hier, Jayce. Ich habe das Wasser und die Schere geholt. Was brauchst du noch?»

Jayce runzelte die Stirn und sah aus, als versuchte er sich zu erinnern. «Schüsseln.»

«Und etwas Bindfaden, Christopher», konnte Leah gerade noch sagen, bevor der Drang zu pressen wieder ihre ganze Aufmerksamkeit beanspruchte.

Jayce trat ans Bett und legte die Decken so, dass es für die Geburt praktischer war. Leah biss die Zähne zusammen und keuchte vor Schmerzen. «Ich sehe den Kopf», sagte Jayce zu ihr.

Christopher kam mit den Schüsseln zurück und hätte sie beinahe fallen lassen, als er diese Meldung hörte. «Holen wir wirklich das Baby auf die Welt? Jetzt?»

Jayce schob seine Ärmel hoch und nickte. «Jetzt. Ich brauche dich, Christopher. Bist du sicher, dass du das schaffst?»

Der Junge nickte. «Ich kann das, Jayce. Du kannst mir vertrauen.»

Leah konnte sich nicht länger auf die Unterhaltung konzentrieren. Sie wusste, dass dies die letzten Momente der Geburt waren. Sie ertrug den Schmerz und presste mit aller Kraft, und dann fühlte sie, wie das Baby aus ihrem Leib glitt. Sie ließ sich in die Kissen fallen und schnappte nach Luft.

«Schnell», sagte sie und zeigte auf das Baby, das Jayce gerade umdrehte. «Binde die Nabelschnur an zwei Stellen ab und schneide sie dazwischen durch.»

«Hier ist der Bindfaden», sagte Christopher und reichte

Jayce das Knäuel. «Und die Schere.» Er war sehr nüchtern und konzentriert.

Jayce machte sich daran, das zu tun, was Leah gesagt hatte. Nachdem die Nabelschnur durchtrennt war, blickte er auf und wartete auf die nächsten Anweisungen.

«Du musst das Gesicht sauber machen und alles aus ihrem Mund holen. Dann halt sie an den Füßen hoch und gib ihr ein paar Schläge auf den Po, damit sie anfängt zu schreien.»

«Sie ist so winzig», sagte Jayce und hob das leblos wirkende Kind hoch. Er befolgte Leahs Anweisungen und zögerte nur, bevor er dem Baby auf den Po klopfte.

«Beeil dich, Jayce. Sie muss atmen.»

Er gab dem Baby einen Klaps auf den Po, zuerst leicht, dann etwas kräftiger. Das erweckte die Kleine zum Leben, und es ertönte ein Weinen, das fast wie ein Miauen klang. Doch bald wurde das Geschrei lauter, und das heulende Geräusch ließ Leah lächeln.

«Willkommen in der Welt, Karen Kincaid», murmelte sie.

Christopher sah sie fragend an. «Du hast sie nach meiner Mama genannt?»

Leah nickte. «Ich konnte mir keinen besseren Namen vorstellen und auch keine bessere Art, wie ich einen Menschen, den ich so geliebt habe, besser ehren könnte. Ist das für dich in Ordnung?»

Christopher nickte. «Ich glaube, Mama würde das sehr gefallen.»

Jayce wickelte das Baby in ein paar Decken und schob den Schaukelstuhl an den Kamin. «Hier, Christopher, komm her und halt sie warm. Ich muss Leah noch ein bisschen helfen.»

Der Junge sah Jayce und Leah mit großen Augen an. «Ich? Seid ihr sicher, dass ich sie halten soll?»

«Aber natürlich», ermutigte Leah ihn. «Sie muss warm werden, also halt sie schön an dich gedrückt.»

Christopher ging zu dem Schaukelstuhl und setzte sich. «Ich will ihr aber nicht wehtun.»

Leah lächelte. Er wirkte ganz erwachsen, wie er so dasaß und darauf wartete, dass Jayce ihm den Säugling gab. «Du tust ihr nicht weh, wenn du vorsichtig bist», sagte Leah. Sie sah, dass ein Leuchten über Christophers Gesicht ging, als Jayce ihm das Baby in die Arme legte.

Der Junge war sofort begeistert. «Sie ist so schön», murmelte er.

Jayce sah Leah an und lächelte. Der Blick in seinen Augen war voller Liebe. «Ja, das ist sie.»

«Ich kann nicht fassen, dass du geholfen hast, ein Baby auf die Welt zu holen», sagte Oliver zu Christopher, nachdem der Arzt da gewesen und wieder gegangen war. Alle hatten sich in Leahs Zimmer versammelt, um ihren ersten offiziellen Blick auf den Säugling zu werfen.

«Er war so gut wie ein Arzt», erklärte Jayce. «Wir waren ein großartiges Team. Vielleicht sollten wir damit unseren Lebensunterhalt verdienen – was meinst du, Christopher?»

«Vielleicht werde ich ja irgendwann einmal Arzt», erwiderte er. «Ich glaube, das würde meine Mama stolz machen.»

Adrik klopfte seinem Sohn auf den Rücken. «Das würde es, aber deine Mama wäre immer stolz auf dich, egal, welchen Beruf du ausübst, solange du bei allem, was du tust, Gott an erste Stelle setzt.»

Oliver betrachtete den Säugling auf Leahs Arm. «Sie ist wirklich klein.»

«Ja. Sie ist ein bisschen zu früh gekommen, aber der Doktor sagt, sie atmet gut und ihre Lungen sind in Ordnung. Das ist ein gutes Zeichen.»

Er streckte die Hand aus, um Karens winzige Fingerchen zu berühren. «Sie ist beinahe ein Weihnachtsgeschenk.»

Leah lachte. «Beinahe. So kann ich jedenfalls an Weihnachten auf sein und mit euch allen feiern – darauf freue ich mich schon.»

«Mrs. Kincaid, ich möchte dich daran erinnern, dass der Arzt dir noch eine Woche Bettruhe verordnet hat.»

Leah sah ihren Mann an und schüttelte den Kopf. «Nein, er hat gesagt, ich soll mich noch eine Woche lang schonen. Ich verspreche, dass ich mich am Weihnachtstag ausruhen werde, aber ich werde es zusammen mit allen anderen im Wohnzimmer tun, während wir zusammen frühstücken und Geschenke auspacken.»

Adrik lachte. «Die Frauen in diesem Haus hatten schon immer einen Hang zur Sturheit. Ich würde mich nicht mit ihr streiten. Wir werden schon zurechtkommen.»

«Ist noch Platz für mehr Leute?», rief Jacob von der Tür aus.

Leah wandte sich um und sah ihren Bruder. Helaina stand mit Malcolm auf dem Arm unmittelbar hinter ihm. «Ihr seid immer willkommen. Kommt und seht euch eure neue Nichte an.»

Er trat an ihre Seite und beugte sich vor, um den neu geborenen Säugling zu begutachten. Oliver ging ein Stück zurück, damit Jacob besser gucken konnte. «Das ist aber eine Hübsche. Eine richtige Herzensbrecherin, das steht fest.»

«Wenn sie ihrer Namenspatronin auch nur im Geringsten ähnlich ist», sagte Adrik, «dann wird sie es faustdick hinter den Ohren haben, das steht fest.»

«Ich kann nicht fassen, dass du sie geholt hast, Jayce. Das muss eine ziemlich beeindruckende Erfahrung gewesen sein.» Jacob sah ihn ehrfürchtig an. Er senkte die Stimme ein wenig, als er hinzufügte: «Unsere Mutter ist im Kindbett gestorben, musst du wissen.»

«Das hatte ich völlig vergessen, aber Leah war es bestimmt die ganze Zeit bewusst.»

«Ich habe selbst auch nicht daran gedacht», gab Leah zu. «Ich war zu beschäftigt.»

Alle lachten, aber Adrik war es, der als Nächster sprach. «Ich glaube, es wird Zeit, dass wir dir und dem Baby etwas Ruhe gönnen.» Er trat an Leahs Bett, beugte sich vor und küsste sie auf die Stirn. «Danke, dass du sie nach Karen benannt hast. Sie wird für uns alle ein besonderer Segen sein.» Er drehte sich um und sah die Jungen an. «Kommt, Jungs, wir müssen kochen. Ich weiß nicht, wie es euch geht, aber ich bin völlig ausgehungert.»

Jacob nahm Malcolm aus Helainas Armen. «Wir sind draußen, wenn du etwas brauchst. Adrik hat uns zum Abendessen eingeladen. Er macht ‹Überraschungspastete›. Jedenfalls hat er das angekündigt. Kannst du dich noch an früher erinnern, als er die für uns vier gemacht hat?»

Leah lächelte. «Das kann ich. Hat er dir verraten, welches Fleisch er ausgesucht hat?»

Jacob schüttelte den Kopf und erwiderte ihr Lächeln. «Nee. Er hat nicht mal eine Andeutung gemacht. Es ist also eine echte Überraschung.»

Helaina streckte den Arm aus und drückte Leahs Hand. «Ich kann mir nicht vorstellen, hier draußen ein Baby zu bekommen, ohne dass ein Arzt oder eine Hebamme dabei ist. Ich sage Jacob, dass er meine Sachen herbringen soll, damit ich mich um dich und die Zwillinge kümmern kann, und natürlich um unsere Kleine hier.» Sie berührte Karens Gesichtchen mit dem Finger.

«Ich freue mich schon darauf», erwiderte Leah. «Es wird wie damals sein, als wir alle zusammengewohnt haben. Eine große, glückliche Familie.»

Nachdem alle gegangen waren, kam Jayce zu Leah und kniete neben ihrem Bett nieder. «Mrs. Kincaid, du bist unglaublich. Ich muss an früher denken und an das süße Mädchen, das mir sagte, es habe sich in mich verliebt. Ich kann nicht glauben, dass ich diese Liebe zurückgewiesen habe. Jetzt kann ich mir nicht mehr vorstellen, ohne sie zu leben.»

«Alles zu seiner Zeit, Mr. Kincaid. Eine kluge Frau hat das einmal zu mir gesagt.»

«Wer? Ayoona?»

Leah schüttelte den Kopf. «Nein, Karen. Karen hat gewartet, bis sie nach Ansicht anderer eine alte Jungfer war, bevor die wahre Liebe sie fand. Als ich fast verzweifelt wäre, weil ich glaubte, nie einen Mann zu finden, den ich so lieben konnte wie dich, hat sie das zu mir gesagt: ‹Alles zu seiner Zeit.›»

Jayce nahm ihre Hand und küsste ihre Finger. «Der Krieg ist zu Ende, wir sind gesund und munter, und wir haben einander. Wir dürfen Segen im Überfluss erfahren.»

«Bei allem Kummer sind wir doch gesegnet.» Leah verlagerte das schlafende Baby, um sich näher zu ihrem Mann vorzubeugen. «Ich dachte, nachdem ich dich beinahe verloren hatte, ich würde jedes Mal Angst haben, wenn du aus der Tür gehst. Ich dachte, ich würde die Zeiten, wenn ich dich nicht sehen kann, fürchten – und uns beide irgendwann mit meiner Angst verrückt machen. Aber Gott hat mir einen erstaunlichen Frieden geschenkt, was das Leben betrifft.»

«Wie kommt das?», fragte Jayce, und sein Blick wich keine Sekunde von ihrem.

«Ich hatte wochenlang Zeit, als ich hier lag und betete und in der Bibel las. Es war gut, dass Gott mir hier begegnet ist. Vielleicht war es der einzige Weg, damit ich lange genug still war, um ihn zu hören.»

Jayce grinste, aber er sagte nichts.

Leah fuhr fort: «Ich habe gehört, wie er zu mir gesprochen hat, Jayce. So deutlich, als würdest du oder Jacob mit mir sprechen. Er hat mir versichert, dass ich niemals allein sein werde –

dass die Zukunft etwas ist, das er bereits kennt, für das er längst gesorgt hat. Was auch immer geschieht, Gott wird mit mir gehen – mit uns. Ich weiß, das klingt albern; schließlich haben wir schon so oft gehört, dass wir Gott vertrauen müssen. Aber irgendwie erscheint es mir jetzt wirklicher. Ich verstehe es besser.»

Jayce nickte. «Ich glaube, ich verstehe es auch. Zu sehen, wie Karen geboren wurde – zu spüren, wie sie zu atmen anfing, und ihren ersten Schrei zu hören ... das hat etwas mit mir gemacht. Ich habe gebetet, dass ich die richtigen Dinge tun würde, aber letztendlich wusste ich, dass ich nichts tun konnte, um ihr das Leben zu schenken oder sie am Leben zu erhalten. Das kann nur Gott. Und so wie er mein Leben schon oft erhalten hat, hat er uns ein neues Leben geschenkt.»

Leah seufzte und lächelte Jayce an. «Ob in der Herrlichkeit des Sommers oder dem Flüstern eines langen Winters – er hat unseren Weg bestimmt. Das bedeutet nicht, dass es keine mühevollen Steigungen oder steinige Strecken geben wird, aber es bedeutet, dass wir mit ihm rechnen können – an ihn glauben können, auf ihn hoffen. Wir müssen unsere Herzen nur ihm anvertrauen ... und einander.»

Jayce lehnte sich vor und küsste sie zärtlich. «Und genau das werden wir tun – in guten wie in schlechten Tagen.»

«In Freud und Leid», flüsterte sie.

«So lange wir leben.»

Die Autorin

Tracie Peterson hat über 70 Romane geschrieben, sowohl historische als auch solche, die in der heutigen Zeit spielen. Ihre eifrigen Recherchen finden ihren Nachhall in ihren Geschichten, etwa in den erfolgreichen Serien «Heirs of Montana» und «Alaskan Quest» (das vorliegende Buch ist der dritte Band der Alaska-Trilogie). Außerdem bietet Tracie Peterson bei Konferenzen literarische Kurse an, auch zum Thema «historische Recherche». Tracie und ihre Familie leben in Montana, USA.

Von derselben Autorin weiterhin erhältlich

Teil I der Alaska-Trilogie

Tracie Peterson
Alaska – Land der Sehnsucht
Ein Sommer der Leidenschaft
€ [D] 14.95
€ [A] *15.40
CHF *26.80
* = unverbindliche Preisempfehlung
Bestellnummer 111.467
ISBN 978-3-7655-1467-8

An der Küste Alaskas: Leah Barringer und ihr Bruder Jacob leben weit entfernt von den Annehmlichkeiten der Städte. Dennoch – sie lieben das Leben unter den Einheimischen des Landes. Und beide sind begeistert von der wilden Schönheit der Natur um sie herum. Als aber Jayce auftaucht, wird Leah bewusst, dass ihre Liebe keineswegs nur Alaska gilt. Dieser Mann, der sie vor zehn Jahren so tief verletzt hat, hat ihr Herz noch immer fest im Griff. Kann es sein, dass Gott sie aus einem bestimmten Grund wieder zusammengeführt hat?
Als eine Frau aus Washington sich an seine Fersen heftet, beginnt Leah, um Jayce zu kämpfen. Und auch ihrem Bruder Jacob ist die hartnäckige Helaina ein Dorn im Auge. Was führt sie im Schilde? Und was hat sie gegen Jayce in der Hand?
Ein spannender Roman, der die Welt des wildromantischen Nordens zu Beginn des 20. Jahrhunderts lebendig werden lässt und der zeigt, dass wir Menschen auf Gottes Barmherzigkeit angewiesen sind.

Von derselben Autorin weiterhin erhältlich

Teil 2 der Alaska-Trilogie

Tracie Peterson
Alaska – Land der Sehnsucht
Liebe im Schein des Polarlichts
€ [D] 14.99
€ [A] *15.40
CHF *26.80
* = unverbindliche Preisempfehlung
Bestellnummer 111.490
ISBN 978-3-7655-1490-6

Helaina Beecham bewegte sich in Washington in einer Welt voller Vergnügungen, Luxus und Kultiviertheit, bevor ein tragischer Verlust ihr Leben für immer veränderte. Jetzt sucht sie die Gerechtigkeit bei der berühmten Pinkerton-Detektei, für die sie zu arbeiten beginnt. Während die Suche nach dem flüchtigen Verbrecher Chase Kincaid die selbstbewusste Helaina bis nach Alaska führt, ist es ein anderer Mann, Jacob Barringer, der ihr Selbstverständnis und ihren Lebensinhalt durcheinanderwirbelt. Dieser raue, bodenständige Mann fordert ihren Geist ebenso heraus wie ihre Seele. Und er ist viel attraktiver, als es ihm guttut …
Als Helainas Urteilsvermögen getrübt ist, weil sie geradezu davon besessen ist, Kincaid zu fangen, wird aus der Jägerin eine Gejagte. Jetzt ist ihre einzige Hoffnung, dass Jacob sie im eisigen Norden Alaskas findet, bevor es zu spät ist. Eine dramatische Geschichte über Liebe und Hass, über Gerechtigkeit und Erbarmen – und über den Glauben, der trotz aller Gefahr Hoffnung gibt.

Von derselben Autorin weiterhin erhältlich

Tracie Peterson
Die Ehestifterin
€ [D] 14.95
€ [A] *15.40
CHF *26.80
* = unverbindliche Preisempfehlung
Bestellnummer 111.436
ISBN 978-3-7655-1436-4

Philadelphia, 1852: In eine wohlhabende Familie hineingeboren, ist die junge Mia Stanley eine beliebte Dame der Gesellschaft, die sich in ihrer Freizeit mit großem Eifer als Heiratsvermittlerin betätigt. Außerdem schreibt und recherchiert sie für die damals sehr moderne Zeitschrift «Godeys Handbuch für Damen», sehr zum Missfallen ihrer Familie – und der Gesellschaft. Eine anständige junge Dame ihres Standes sollte doch nicht arbeiten! Aber Mia konnte schon immer gut mit Worten umgehen …
Ihre Recherchen führen Mia in die Welt der unterdrückten Seemannsfrauen. Sie sieht die armseligen Lebensbedingungen und die Schuldenberge der Seefahrer-Familien, erschrickt über die Prostitution und die Kinderversklavung im Hafen von Philadelphia. Sofort stellt sie Hilfsprogramme auf die Beine und deckt eine beunruhigende Intrige auf, die sie selbst in große Gefahr bringt. Und auch ihr Herz setzt sie dabei aufs Spiel … Hat ihre Entschlossenheit, als Ehestifterin («Matchmaker») alle unter die Haube zu bringen, am Ende ausgerechnet Garrett vertrieben, den Mann, dessen Beachtung ihr so wichtig ist?